EIN BRITISCHER SPORT-LIEBESROMAN

PAYBACK

EIN KNISTERNDER RACHEPLAN

AMY DAWS

Besuche Amy im Netz!
amydawsauthor.com/deutsch

Abonniere den deutschen Newsletter!
www.subscribepage.com/amydaws_deutscher_newsletter

www.facebook.com/amydawsauthor
www.instagram.com/amydaws.deutsch
www.tiktok.com/@amydaws_deutsch

KAPITEL

Allie

„Hey, Vi. Ich bin gerade gelandet", sage ich aufgeregt ins Telefon, während ich durch den belebten Flughafen Heathrow eile und mich bemühe, nicht aus Freude zu hüpfen, weil ich aus endlich dem verdammten Flugzeug raus bin. Es ist ein achtstündiger Flug von Chicago nach London, aber die Ankunft ist umso schöner, wenn man aufgrund einer nicht enden wollenden Verspätung einen ganzen Tag auf dem Flughafen verbracht hat.

„Hallo, Allie! Ich bin so froh, dass du es endlich geschafft hast." Die Stimme meiner Cousine Vi ist warm und mütterlich, wie ich sie in Erinnerung hatte.

Seit die Mutter meiner Cousins vor etwa zwanzig Jahren verstorben ist, hat Vi die mütterliche Rolle in der Familie übernommen. Ich war bei der Beerdigung und dem Tod meiner Tante, Vilma Harris, dabei. Er veränderte die Dynamik unserer Familie, insbesondere die Beziehung zwischen unseren Vätern – einst Brüder, die sich sehr nahe standen und nun durch mehr als nur einen Ozean getrennt sind.

„Ich bin auch froh, dass ich es geschafft habe." Ich blase mir eine Haarsträhne aus dem Gesicht. „Und ich lasse mich vom Jetlag nicht beeindrucken."

Vi schnaubt. „Nach den beschissenen Wochen, die du hinter dir hast, hast du es nicht verdient, Flugprobleme zu haben."

„Wohl eher beschissenes halbes Jahrzehnt", murmle ich, während ich einem Flughafenangestellten ausweiche, der mit übermenschlicher Geschwindigkeit eine Frau im Rollstuhl schiebt.

„Hast du etwas gehört, was … Oh, wie lautet der lustige Spitzname, den du für deinen Ex hast?"

„Geisterpenis", antworte ich ohne jeglichen Humor und versuche, das schmerzende Pochen in meinen Schläfen wegzublinzeln. Ich weigere mich, jemals wieder seinen vollen Namen auszusprechen. „Und ja, ich habe von ihm gehört. Aber ich ignoriere seine Anrufe. Ich habe genug Zeit meines Lebens mit ihm vergeudet."

Parker Frost und ich lernten uns im ersten Jahr am College kennen, und ich dachte, er würde mir nach dem Abschluss einen Antrag machen. Als er das nicht tat, blieb ich geduldig. Ich redete mir ein, dass wir noch jung waren und unsere Karrieren gerade erst begonnen hatten. Wir hatten noch viel Zeit, unsere Zukunft zu planen.

Dann, vor zwei Wochen, betrat ich die Wohnung, die ich mit meiner Stiefschwester Rosalie geteilt habe, und erwischte sie auf meinem Bett. Auf meiner lilafarbenen Paisley-Bettdecke. Wo sie meinen Freund vögelte, als wäre es ihr letzter Tag auf Erden. Sie hatte nicht mal den Anstand, meine Bettdecke zurückzuziehen. *Verdammtes Tier.*

Seitdem war mein Leben ein betrunkener Wirbel, während dem ich ausgezogen bin, diese schreckliche Bettdecke verbrannt, die Farbe Lila verflucht und meinen Kollegen geschworen habe, dass ich nicht gegoogelt habe, wie man mit einem Mord davonkommt. Ich war mir nicht sicher, welchen der beiden ich mehr umbringen wollte: meine Stiefschwester oder meinen Freund der letzten fünf Jahre.

Vis beruhigende Stimme holt mich in die Realität zurück. „Ich bin froh, dass du Geisterpenis links liegen lässt. Er hat deine Zeit und Energie nicht verdient. Genauso wenig wie diese Lachnummer von Schwester, die du hast", sagt sie.

„Rosalie ist bald eine Ex-Stiefschwester, also Gott sei Dank für kleine Gefallen."

„Das stimmt", antwortet Vi. „Das wird die dritte Scheidung deines Vaters sein, richtig?"

„Ja. Und das Timing könnte nicht besser sein", murmle ich und schüttle den Kopf darüber, wie verkorkst mein Vater ist, wenn es um seine Beziehungen geht.

Als ich acht Jahre alt war, ließ sich mein Vater, Charles Harris, von meiner Mutter Karen scheiden, weil er ein großes Jobangebot in den USA erhielt und sie sich weigerte, umzuziehen. Wochen später lernte sie ihren jetzigen Ehemann Jon in einem Club für Reiseliebhaber kennen. Sie liefen praktisch gemeinsam davon und ließen mich zurück, um mit meinem Vater – dem beständig Aussehenden in der Ehe – nach Übersee zu ziehen.

Die zweite Frau meines Vaters war ein junges Ding, an das ich mich kaum erinnere, weil ihre Ehe nur ein Jahr dauerte und sie die Hälfte der Zeit getrennt lebten. Seine dritte Frau, Hilary, hielt über ein Jahrzehnt durch, aber jetzt erleidet sie das gleiche Schicksal wie die anderen.

Meine Stimme klingt resigniert. „Es wird schön sein, nicht mehr an meine Stiefschwester gebunden zu sein, aber ich habe Dad immer noch nicht erzählt, was passiert ist. Ich habe Angst, dass er kein Verständnis aufbringt, und mit dieser Eiseskälte kann ich im Moment nicht umgehen.“

Mein Vater und ich haben eine etwas angespannte Beziehung. Charles Harris war nie ein warmherziger und liebevoller Vater, wie ich es aus so vielen Fernsehserien kenne. Ich habe immer angenommen, dass es daran liegt, dass er Brite ist und dadurch anders tickt. Aber als er Hilary heiratete, wurde mir klar, dass er in der Lage war, echte menschliche Gefühle zu zeigen. Zumindest tat er das, wenn es um ihre Tochter ging.

Wenn man Rosalie und mich nebeneinander stellt, könnte man meinen, wir seien leibliche Schwestern. Wir sind gleichaltrig und haben beide goldblondes Haar und blaue Augen. Wir wurden oft für Zwillinge gehalten, was ich eigentlich sehr mochte. Es war, als hätte ich auf Anhieb das Geschwisterchen bekommen, nach dem ich mich als Einzelkind mein ganzes Leben lang gesehnt hatte. Rosalie und ich haben uns auch gut verstanden und sind nach dem College sogar in eine gemeinsame Wohnung gezogen.

Mit der Zeit fiel mir auf, wie sehr mein Vater auf Rosalies Bedürfnisse einging. Ich versuchte, nicht eifersüchtig zu sein, denn ihr eigener Vater hatte sie verlassen, als sie zehn Jahre alt war, und ich wusste, wie schwer das für sie war. Offenbar hatte er eine andere Frau mit dem

Sohn geschwängert, den er immer gewollt hatte, und dann Rose und ihre Mutter zugunsten seines anderen Lebens fallen gelassen. Meine Eltern mögen egoistische Arschlöcher sein, aber wenigstens haben sie mich nicht komplett für ein anderes Kind verlassen.

„Hast du mit deiner Mutter über alles gesprochen, was passiert ist?", fragt Vi angespannt.

Ich atme schwer aus. „Nein. Sie und Jon machen diese Woche eine Rucksacktour durch Polen. Ich habe ihr nicht einmal gesagt, dass ich nach London komme. Ich werde nicht lange hier sein und kann ihr Drama nicht zusätzlich zu meinem eigenen gebrauchen."

Vi macht einen abfälligen Laut, denn die meisten Leute wissen, dass meine Mutter eine Spinnerin ist. Lieb und fürsorglich, aber von ihrem eigenen Leben vereinnahmt.

„Es ist gut, dass du hier bist", sagt Vi mit neuem Elan, wobei ihr Tonfall wieder diesen matriarchalischen Klang annimmt. „Meine Familie mag laut, unausstehlich und völlig gestört sein, aber wir lieben einander mehr als das Leben. Ich glaube, du könntest jetzt eine gesunde Dosis echter Familie gebrauchen."

Ihre letzte Bemerkung lässt einen Kloß in meinem Hals entstehen, den ich mit aller Gewalt in den dunklen Teil meiner Seele hinunterschlucke, der in den letzten zwei Wochen alle meine Gefühle zurückgehalten hat. *Nicht heute, Satan. Nicht heute.*

„Und warte nur, bis du das Date siehst, das ich dir für Tante Fionas Hochzeit gefunden habe!", ruft sie in die Leitung. „Du wirst nicht mehr an Geisterpenis denken."

Ein Lächeln umspielt meine Mundwinkel. Vi laut „Geisterpenis" sagen zu hören, ist wirklich fantastisch, aber das ist nicht das, was mich freut. Was mich freut, ist zu hören, dass sie mich mit einem heißen Typen verkuppelt hat. Mein Date ist genau der Grund, warum ich nach London gekommen bin. Ehrlich gesagt, ist es das Einzige, worauf ich mich freue, seit mein ganzes Leben auf den Kopf gestellt wurde. Denn ich habe einen Racheplan ausgearbeitet, wie ich Parker und Rosalie zeigen kann, dass sie mich nicht gebrochen haben.

Zum Glück ist Vi gut vernetzt und eine willige Mitverschwörerin. Ihre vier Brüder – meine wilden, unbändigen Cousins – spielen

Profifußball in England. Zwei von ihnen spielen für das Team ihres Vaters, Vaughn Harris, den Bethnal Green F. C. Das bedeutet, dass Vi oft von heißen, verschwitzten Sportlern umgeben ist – die Glückliche. Es spielt keine Rolle, dass sie im sechsten Monat schwanger und verlobt ist, sie konnte mir trotzdem genau das besorgen, was ich brauche.

Epischen. Verdammten. Lückenbüßersex.

Eine Nacht, keine Bedingungen, und eine Rache, die mit dem mithalten kann, was diese beiden Arschlöcher mir angetan haben. Dann sitze ich wieder im Flugzeug nach Chicago, um das, was von meinem Leben noch übrig ist, wieder aufzubauen.

„Tanner und Booker holen dich draußen ab", erklärt Vi und unterbricht damit meine bösen Intrigen. „Sie haben einen großen, grässlichen Truck, also solltest du sie nicht übersehen."

Ich lächle, als schwache Erinnerungen an meine Cousins in mein Gedächtnis sickern. Es überrascht mich nicht, dass die Harris-Brüder einen großen Truck fahren. Sie waren nie dafür bekannt, diskret zu sein, und genau das machte sie so lustig. Als Einzelkind waren Vi und ihre Brüder für mich immer der aufregendste Teil der Familienzusammenkünfte. Sie waren wie eine lebende Zirkusnummer, die nur zu meiner Unterhaltung existierte.

Nach dem Umzug habe ich den Kontakt zum Harris-Clan verloren, abgesehen von den regelmäßigen E-Mails mit Vi. Ich versuche jedoch, die Fußballkarrieren der Jungs zu verfolgen, denn sie sind wirklich beeindruckend.

Der älteste Harris-Bruder, Gareth, spielt als Verteidiger bei Manchester United. Camden hat erst vor einem Monat bei Arsenal unterschrieben. Sein Zwillingsbruder Tanner und sein jüngster Bruder Booker sind die letzten beiden, die noch für den lokalen Londoner Verein Bethnal Green F. C. spielen.

„Wissen Tanner und Booker, dass du mich mit ihrem Teamkollegen verkuppelt hast?", frage ich, als ich mich auf den Weg zum Abholbereich für die Passagiere mache.

„Ähm, nicht ganz. Tanner ist in letzter Zeit ein bisschen durcheinander, seit Camden das Team verlassen hat, also wollte ich die Dinge noch nicht aufmischen."

„Wird er es nicht bei der Hochzeit herausfinden?", frage ich, und mein Gesicht verzieht sich vor Angst, wie schlimm das ausgehen könnte.

Vi schnaubt spöttisch. „Wenn ich da bin, um dir den Rücken freizuhalten, sind sie still wie eine Kirchenmaus. Da ich schwanger bin, behandeln sie mich mit Samthandschuhen, also sollte mein großer Umfang zu unserem Vorteil sein. Das ist quasi meine Superkraft."

Das bringt mich zum Lächeln. „Zum Glück scheint die Schwangerschaft deine Fähigkeiten als knallharte Wing-Woman nicht zu beeinträchtigen."

„Kein bisschen", lacht sie. „Ich kann es kaum erwarten, dich zu sehen!"

Wir beenden unser Gespräch gerade, als ich durch die Flughafentüren in die feuchte Sommerluft der Londoner Außenbezirke trete. Bevor ich überhaupt die Gelegenheit habe, die Landschaft zu betrachten, fällt mein Blick auf etwas Entsetzliches.

Ein großer schwarzer Pick-up ist am Bordstein geparkt, direkt vor der Tür. Auf der Heckklappe steht ein fast einen Meter neunzig großes, blondes, bärtiges Tier mit Männerdutt, tätowierten Armen und einem breiten Grinsen, das Jack Nicholson Konkurrenz macht. Als wäre sein Standort auf der Ladefläche nicht schon auffällig genug, hält er auch noch ein großes Schild hoch, auf dem steht: WILLKOMMEN ZURÜCK AUS DEM GEFÄNGNIS, COUSINE ALICE.

Ich bleibe auf halbem Weg stehen, mein Handgepäck fest umklammert, und zu meinem Entsetzen richten sich seine Augen auf mich.

„Alice?" Der Mann, der aussieht wie ein Yeti, ruft meinen Namen laut über den Verkehr hinweg, und die Passanten drehen sich um, um mich anzustarren.

Ich werfe einen kurzen Blick den Bürgersteig entlang, um festzustellen, ob ich ihn abhängen und ein Taxi rufen kann, aber ich weiß, dass es nichts bringt, als er hinzufügt: „Booker, sie ist es, das ist Allie!"

Mein Blick fällt auf das Führerhaus des Trucks, als Booker vom Fahrersitz springt und auf mich zukommt. Seine dunklen haselnussbraunen Augen sind mitfühlend zusammengekniffen, während er sich durch sein kurzes braunes Haar fährt. „Das mit Tanner tut mir so leid. Er ist eine besondere Art von Wichser." Er greift nach meiner

Tasche und schüttelt den Kopf, als wäre das etwas ganz Normales, wogegen er machtlos ist.

Tanner stellt einen Fuß auf die Kante der Ladefläche und springt gekonnt auf den Boden. Er hat immer noch dieses Lächeln, als er sich mir nähert und wie ein Riese über mir aufragt. „Komm her, Cousine." Seine langen Arme umfassen mich beinahe zweimal, als er mich in einer Bärenumarmung hochhebt. „Ich habe Booker gesagt, ich würde dich erkennen." Er zerzaust mein langes, goldenes Haar, löst Strähnen von ihrem Platz und zieht einen Vorhang über meine Augen. „Ich erinnere mich an das eine Mal, als ich diesen Mopp mit Schlamm schamponiert habe, weil ich dir gesagt habe, das würde helfen, dass deine Brüste zum Vorschein kommen."

Jetzt weiß ich den Schutzschild aus Haaren zu schätzen, als mein Gesicht in Flammen aufgeht. „Zum Glück sind meine Brüste von ganz allein gewachsen, ganz ohne deine kosmetischen Fähigkeiten." Ich streiche mir die Haare aus dem Gesicht und blicke auf das Schild hinunter. „Gefängnis, Tanner? Echt jetzt?"

Er hält es wieder hoch und zuckt mit den Schultern. „Nun, dein Flug aus Chicago hatte einen ganzen Tag Verspätung, also hatte ich mehr Zeit."

Booker räuspert sich und fügt hinzu: „Apropos Zeit, wir müssen uns beeilen. Der Empfang für diejenigen von uns, die nicht wichtig genug sind, um zur Zeremonie eingeladen zu werden, findet in ein paar Stunden statt, und ich bin sicher, du willst dich noch frisch machen."

Ich versuche halbherzig, mein Haar in Ordnung zu bringen und sehe Bookers Grübchen, während er versucht, angesichts meines Zustands ein Lachen zu verbergen. Ich folge ihnen zum Truck und murmle leise: „Gott, ist das schön, wieder hier zu sein."

Auf der vierzigminütigen Fahrt zum Hotel sitze ich zwischen Booker und Tanner, und es macht Spaß, ihrem britischen Akzent zuzuhören, während sie immer weiter reden. Meiner ist so gut wie nicht mehr vorhanden, nachdem ich so lange in den Staaten war, aber er rutscht ab und zu heraus, da ich ständig mit meinem Vater zusammen bin.

Mehr noch als ihr Akzent macht es Spaß, sich über alle Ereignisse in der Familie Harris zu informieren. Booker wohnt immer noch in der Villa seines Vaters in Chigwell, obwohl er vielleicht nächstes Jahr in eine eigene Wohnung ziehen wird. Vi lebt mit ihrem Verlobten Hayden zusammen, aber sie warten mit der Hochzeit, bis das Baby da ist. Tanners Zwillingsbruder Camden ist offenbar so gut wie verheiratet, nachdem er sich erst vor ein paar Wochen in seine Kniechirurgin verliebt hat. Und Tanner gibt zu, dass er gerade dabei ist, eine Nackttour durch East London zu machen …, was auch immer das heißen mag.

Als sie mich nach meinem Beziehungsstatus fragen, bekomme ich einen plötzlichen Anfall von Sprechdurchfall und erzähle am Ende wesentlich mehr als beabsichtigt.

„Mein Freund ist nicht existent, nachdem ich ihn dabei erwischt habe, wie er meine Stiefschwester, Schrägstrich ehemalige Mitbewohnerin, Schrägstrich ehemalige beste Freundin ausgerechnet in *meinem* Bett gevögelt hat. Als hätte unsere großzügige Dreizimmerwohnung nicht genug Platz, um seinen Mikropenis irgendwo in sie reinzustecken, haben sie entschieden, dass es ein Riesenspaß wäre, meinen Raum mit ihren Sexflüssigkeiten zu verseuchen. Es ist wirklich komisch, denn er war während unserer gesamten Beziehung ein eifersüchtiger Freak, der kaum wollte, dass ich andere Männer ansehe, geschweige denn mit ihnen rede. Er wäre wahrscheinlich auch euretwegen eifersüchtig, selbst wenn er wüsste, dass wir einen gemeinsamen Stammbaum haben."

Ich höre auf zu sprechen, und im Wagen herrscht für eine lange, unangenehme Zeit unheimliche Stille. Meine Güte …, habe ich zu viel gesagt? Verdammt, Tanner hat über seine sexuellen Eskapaden geplaudert, also dachte ich, mein Drama wäre in Ordnung. Es hat sich gut angefühlt, Vi gegenüber alles rauszulassen, aber vor ihren Brüdern hätte ich wohl besser den Mund gehalten.

Gerade als ich etwas sagen will, um die Stimmung aufzulockern, unterbricht mich Booker mit seiner eiskalten Stimme. „Name. Wir brauchen einen Namen."

Ich sehe ihn stirnrunzelnd an und Tanner blafft weiter. „Eine Adresse würde genügen. Ich habe einen ehemaligen Mannschaftskameraden, der für Chicago Fire spielt. Er schuldet mir einen Gefallen."

„Ja, Mitchem würde den Job gut machen", fügt Booker mit zusammengebissenen Zähnen hinzu. „Gib uns die Arbeitsadresse deines Typen. Dieser Arsch verdient eine öffentliche Demütigung. Etwas, das ihn seinen Job verlieren lässt. Was für ein wertloser Scheißkerl von einem Mann …"

„Guter Gedanke, Book", wirft Tanner ein und klingt dabei seltsam fröhlich, als wären sie mitten in einer Art Brainstorming-Sitzung. „Wo arbeitet er?"

Tanner drückt sein Handy ans Ohr, und mir wird klar, dass er gerade tatsächlich seinen Freund aus Chicago anruft. Ich ringe einen Moment mit ihm, bevor ich das Handy aus seinem Griff befreie und schnell BEENDEN drücke.

„Ich kümmere mich darum", schnauze ich, vor allem wütend auf mich selbst, da ich zwei der fürsorglichsten Freaks der Welt so persönliche Informationen preisgegeben habe.

„Wie?", fragt Booker. „Details, Allie. Wir müssen wissen, wie du dich darum kümmerst, denn soweit ich das beurteilen kann, muss dieser Wichser kastriert werden. Und ich glaube, wir müssen deine Stiefschwester an Vi ausliefern." Ihn schaudert es bei dem Gedanken, denn die vier Brüder haben wirklich Angst vor ihrer Schwester Vi.

Natürlich wissen sie nicht, dass Vi bereits Bescheid weiß. Sie hat sich ein Bein ausgerissen, um diese Reise unterhaltsam zu gestalten. Etwas, das mich aus meinem Trübsinn holt.

Aber zu hören, wie Booker und Tanner sich darüber streiten, wie sie sich rächen werden, ist so bewegend, dass es mich nicht einmal überrascht, als mir die Tränen in die Augen steigen. Blinde Loyalität … Ist es das, was eine Familie wirklich ausmacht? Rosalie und ich standen uns in den zehn Jahren, in denen unsere Eltern verheiratet waren, nahe, aber ich kann nicht behaupten, dass ich jemals ein so starkes Schutzgefühl durch sie verspürt habe. Ist das eine Bruder-Sache? Oder eine Harris-Sache?

Vielleicht beides.

Ich starre Booker und Tanner mit offenem Mund an, völlig fassungslos, weil ich seit jenem schrecklichen Dienstagnachmittag, als ich meine Stiefschwester und meinen Freund zusammen im Bett fand, keine Träne vergossen habe. Nicht eine einzige Träne. Ich habe einfach nur getrunken, bin aus meiner Wohnung ausgezogen, in einem Gästezimmer bei meinem Kollegen untergekommen und habe meine Rache geplant. Aber jetzt bin ich hier, eingepfercht zwischen zwei übermäßig muskulösen, großmütigen Verrückten und stehe kurz vor einem emotionalen Vulkanausbruch.

Meine Stimme zittert, als ich krächze: „Danke für all das, Leute, aber das ist wirklich nicht euer Problem." Ich räuspere mich und bete, dass sie den Knacks in meiner Stimme nicht bemerkt haben. „Ich bin kein achtjähriges Mädchen, dessen Schulhof-Fiesling ihr verprügeln müsst. Ich bin vierundzwanzig. Und ich weiß den Vorschlag zu schätzen, ihn strecken und vierteilen zu lassen, aber ich denke, ich habe das im Griff."

Ich spüre, wie mich Tanners Blick an meinem Sitz fixiert, doch ich weigere mich, ihn anzusehen. Ich werde nicht zulassen, dass diese beiden Weltverbesserer sich in meine Angelegenheiten einmischen oder, noch schlimmer, meinen großen Plan für heute Abend ruinieren. Ich freue mich tatsächlich auf diesen Plan! Es ist ein gutes Gefühl, nach zwei Wochen des Ausweichens etwas gegen sie zu unternehmen.

Nach einem langen, unangenehmen Moment schnaubt Tanner laut und sagt: „Hast du vor einer Minute wirklich *Sexflüssigkeiten* gesagt?" Booker bricht in Gelächter aus und ich beiße mir auf die Lippe, um ruhig zu bleiben. „Verdammt, du bist eindeutig eine Harris."

KAPITEL 2

Roan

„DeWalt! Was machst du noch hier?", hallt eine tiefe, vertraute Stimme von den Duschwänden der Umkleidekabine wider. Ich blinzle durch die Seife, die mir über das Gesicht läuft, und sehe den Teammanager, Vaughn Harris, auf der anderen Seite der Fliesenwand stehen. Er beobachtet mich mit finsterer Miene.

„Tut mir leid, Sir. Ich bin fast fertig."

„Ich meine nicht in der Dusche. Ich meine hier ... Warum bist du um diese Zeit noch auf dem Trainingsgelände?"

Ich spüle die Seife weiter ab und antworte: „Ich habe mir mit Stephens Filmmaterial angesehen."

„Was für Filmmaterial?", fragt er, während er mich ernst mustert.

Ich drehe ihm den Rücken zu, um seine Reaktion nicht zu sehen, als ich antworte: „Wir haben uns Filmmaterial von Camden angesehen."

„Mein Sohn Camden?", fragt er verwirrt.

Ich nicke. „Stephens meint, wenn ich etwas von Camdens Stil übernehmen könnte, würden Tanner und ich auf dem Spielfeld vielleicht besser zurechtkommen."

Das Geräusch des laufenden Wassers ist für einige lange Sekunden das einzige, bevor Vaughn schwer ausatmet. „Hör zu, ich weiß, dass Tanner eine Nervensäge sein kann. Und ich weiß, dass es für dich eine große Sache war, Südafrika zu verlassen, um hier an der Seite von jemandem zu spielen, der bisher nur mit seinem Zwillingsbruder zusammengespielt hat. Aber ich glaube, das kann funktionieren, Roan. Mehr als nur funktionieren. Ich glaube, es kann brillant werden."

Ich nicke, immer noch den Blick von ihm abgewandt, denn ich vermisse mein Zuhause sehr. Meine Mutter und meine beiden Schwestern für dieses Team zurückzulassen, war der größte Schritt meiner ganzen Fußballkarriere. Und an der Seite von Tanner Harris zu spielen, war die größte Herausforderung, die ich in diesem verrückten Spiel meistern musste. Er und sein Zwillingsbruder Camden waren hervorragende Stürmer, die jahrelang im Tandem spielten. Jetzt erwartet das gesamte Team und der Trainerstab von mir, dass ich einspringe und Camdens Platz einnehme. Es fühlt sich oft wie ein unerreichbares Ziel an, aber ich bin niemand, der aufgibt. Und mein Platz im Team ist mir wichtiger als alles andere.

Ich setze einen selbstsicheren Gesichtsausdruck auf und drehe mich zu meinem Trainer um. „Ich verstehe, was Sie sagen, Sir. Deshalb arbeite ich ja auch so hart."

Vaughn sieht mich einen Moment lang fest an, dann nickt er. „Also gut. Wir sehen uns dann morgen beim Training. Geh nach Hause und ruhe dich aus."

Ich dusche fertig und gehe in die Umkleidekabine, wo mein Anzug in einem Kleidersack hängt. Ich bin gerade dabei, den Reißverschluss zu öffnen, als mein Telefon mit einem eingehenden Anruf aufleuchtet.

Ich sehe den Namen von Tanners Schwester, Vi Harris, als Anrufer und gehe schnell ran. „Ähm, hallo?"

„Hallo, Roan! Ich bin's, Vi."

„Ich weiß", antworte ich lachend. „Ich habe deine Nummer gespeichert, nachdem du das letzte Mal angerufen hast."

„Oh, richtig." Vi kichert nervös und klingt viel angespannter als zuletzt, als sie mich anrief, um mich zu fragen, ob ich heute Abend als Date ihrer Cousine auf irgendeine Hochzeit gehen könne. „Hör zu, Roan, ich rufe an, um dir zu sagen, dass Allie jetzt im Hotel ist und sich fertig macht. Ich weiß nicht genau, was sie für heute Abend geplant hat, aber ich will dich nur warnen, behutsam zu sein … Okay?"

„Behutsam?"

„Sie ist … zerbrechlich, glaube ich. Sie sagt, sie habe einen Plan, aber ich weiß nicht genau, wie der aussieht. Ich mache mir einfach

Sorgen um sie. Meinst du, du kannst dich von deiner besten Seite zeigen?"

Angesichts ihrer Bitte runzle ich die Stirn. „Hast du erwartet, dass ich das nicht tun würde?"

„Nein, nein, nein. Aber mal ehrlich, ich bin die Schwester von vier Fußballern. Ich weiß, wie ihr Jungs eure Nächte verbringt. Bacon-Sandwich-Regel und so weiter."

„Bacon-Sandwich-Regel?", frage ich, das Gesicht vor Verwirrung verzogen.

„Wenn du etwas ableckst, um zu markieren, dass es dir gehört, dann darf niemand anderes es anfassen … Ach, egal. Tu einfach, was du heute Abend für das Beste für Allie hältst, okay? Vertrau deinem Instinkt. Ich will, dass diese Nacht genau das ist, was sie braucht, denn sie hat eine harte Zeit hinter sich. Das Problem ist, ich bin nicht sicher, was sie braucht. Ich will nur, dass, was auch immer du mit ihr machst …"

„Was ich mit ihr mache?", unterbreche ich sie ungläubig. „Was genau sollte ich mit ihr machen?"

Mein Blutdruck steigt, denn ich befürchte, dass Vi meine Absichten für diese verrückte Aktion ein wenig durcheinandergebracht hat. Ich hoffe, mit diesem Gefallen für die Familie Harris bei Tanner punkten zu können. Sie sind eine eingeschworene Gruppe, und es war mir bisher nicht möglich, sie so zu infiltrieren, dass sich die Chemie auf dem Spielfeld verbessert hätte. Und Vaughn hat mir immer wieder gesagt, dass ich Tanner nicht mehr loswürde, wenn ich erst einmal bei ihm „drin" bin. Wenn Vi sich also Sorgen macht, dass ich mit ihrer Cousine etwas tue, das eine Grenze überschreitet, liegt sie völlig falsch.

„Ich meine nicht, dass du etwas tun würdest. Tut mir leid, so habe ich das nicht gemeint. Ich bin im sechsten Monat schwanger und dieses Baby saugt mir die Kommunikationsfähigkeit ein Hormon nach dem anderen heraus. Ich fange gerade an, Panik zu bekommen, dass das eine sehr schlechte Idee war!"

Vis Stimme wird so schrill, dass es mir in den Ohren wehtut, also tue ich das, was ich mit meiner Mutter und meinen Schwestern mache. Ich hole meine beruhigendste Stimme hervor und entschärfe die Situation. „Hör zu, Vi. Egal, was du denkst, ich bin ein guter Mensch und werde mich um deine Cousine kümmern. Ich bin zwar ein Profisportler, aber ich bin bei einer alleinerziehenden Mutter aufgewachsen und habe zwei jüngere Schwestern. Ich werde heute Abend für Allie dasein, was auch immer sie braucht, selbst wenn es nur eine Schulter zum Ausheulen ist. Alles klar?"

Vi atmet erleichtert aus. „Ja … Ach du meine Güte. Danke, Roan. Es tut mir leid, dass ich so durcheinander bin. Ich weiß das wirklich zu schätzen."

„Das ist kein Problem." Ich atme tief ein und füge hinzu: „Und du bist sicher, dass dein Vater nichts dagegen hat, dass ich mit seiner Nichte ausgehe? Ich bemühe mich wirklich sehr, seinen Respekt im Team zu gewinnen."

„Ich bin sicher", beharrt Vi. „Mein Vater geht nicht einmal zur Hochzeit und ich werde meinen Brüdern alles erklären. Du tust uns damit einen großen Gefallen."

Meine Schultern entspannen sich. Vaughn Harris hat mich unter seine Fittiche genommen, seit er mich rekrutiert hat. Das Letzte, was ich tun möchte, ist also, meine Beziehung zu ihm negativ zu beeinflussen, weil ich mich von seiner Tochter überreden lassen habe, seine Nichte für einen Abend auszuführen.

„Großartig. Ich helfe gerne", antworte ich mit einem gezwungenen Lächeln.

„Du bist der Beste! Hoffentlich ist das der letzte Anruf von der verrückten Schwangeren!" Sie lacht manisch, und ich kann nicht anders, als es zu erwidern.

„Keine Sorge. Wir sehen uns später."

„Tschüss!"

Ich lege auf und schüttle den Kopf. Irgendetwas sagt mir, dass ich es noch bereuen werde, diesem Abend zugestimmt zu haben.

KAPITEL 3

Allie

ALS ICH IN MEINEM HOTELZIMMER ANKOMME, KANN ICH NICHT schnell genug unter die Dusche gehen. Ich muss den Flug, die Autofahrt und die Erinnerungen an Geisterpenis, der meine Stiefschwester vögelt, abwaschen, die mir in den Sinn kommen, nachdem ich Tanner und Booker alles noch einmal erzählt habe. Das Aufflackern der Tränen, das ich vorhin gespürt habe, soll verdammt noch mal verschwinden. Es geht bei diesem Trip nicht darum, über das Geschehene zu weinen. Bei diesem Trip geht es nicht einmal darum, der zweiten Hochzeit meiner Tante Fiona beizuwohnen. Sie ist die viel jüngere Schwester meines Vaters und meines Onkels Vaughn, aber sie hat bis vor Kurzem in Japan gelebt, sodass ich sie gar nicht so gut kenne.

Bei diesem Trip geht es um Rachesex. Etwas, das jede Erinnerung an Rosalie und Geisterpenis für immer auslöscht.

Eine Stunde und zwanzig Minuten später habe ich zwei Wodka Red Bulls getrunken und mich in mein aufreizendstes kleines Schwarzes mit einem skandalösen Dessous darunter gekleidet. Meine blonden Locken hängen mir locker über den Rücken, und ich trage einen mattroten Lippenstift auf, der zu meinem dramatischen Make-up passt. Ich bin bereit, mich mit meinem Date für den Abend zu treffen, aber ich muss noch eine Sache erledigen. Bevor ich mein Hotelzimmer verlasse, lasse ich mein Telefon absichtlich aufgestellt neben dem Fernseher hinter einer Pflanze zurück. Dann mache ich mich auf den Weg nach unten in die Hotelbar, wo Vi unser Treffen geplant hat.

Es kostet mich all meine Kraft, nicht in die Bar zu hüpfen, denn ich fühle mich in meinen Plateau-Absätzen wie eine Millionen-Dollar-Hure und bin bereit, die Show zu starten. Aber es würde nicht wirklich passen, in diesem Outfit zu hüpfen.

Hüpfen ist ein Problem für mich. Nicht ein Problem im Sinne dessen, dass ich es nicht kann. Ich bin eine hervorragende Hüpferin. Es ist ein Problem in dem Sinne, dass ich manchmal nicht merke, wenn ich es tue, und ich tue es nicht nur, wenn ich glücklich bin. Manchmal hüpfe ich auch, wenn ich unruhig oder gestresst bin. Es ist ein nervöser Tick, den ich schon mein ganzes Leben lang habe, aber bei einer Vierundzwanzigjährigen ist er um einiges weniger bezaubernd als bei einem Kind.

Ich nehme einen tiefen Atemzug, um meine Nerven zu beruhigen, wie eine normale, nicht hüpfende Erwachsene. Mich so in Schale zu werfen und fremde Männer in Bars zu treffen, war in den letzten Jahren nicht meine Art, Zeit zu verbringen. Das ist nicht falsch zu verstehen, ich bin ein mädchenhaftes Mädchen, trage gerne hohe Absätze und mache mich schick. Aber es ist ein nervenaufreibendes Gefühl, darauf zu vertrauen, dass meine Cousine jemanden aussuchen kann, den ich sexuell attraktiv finde. Andererseits geht es heute Abend auch nicht um mich. Es geht um eine Fantasie. Um einen Plan. Eine Flucht vor der beschissenen Realität, die mein Leben ist. Also beschließe ich, mir dieses Gefühl zu eigen zu machen und mein inneres, hüpfendes Ich davon beflügeln zu lassen.

Vi hat gesagt, dass mein Date wissen wird, wer ich bin, was mir Angst macht, da es bedeutet, dass er höchstwahrscheinlich ein Foto von mir gesehen hat. Aber Vi hat darauf bestanden, dass ich überrascht werde, also vertraue ich meiner Cousine.

Als ich die Bar betrete, fällt mein Blick auf einen großen, gutaussehenden Mann, der neben einem Hocker steht und einen Maßanzug trägt, der seine Muskeln ein wenig zu eng umschließt. Seine Haut ist bronzefarben und sein Haar fast schwarz. Er sieht aus wie ein Schmelztiegel verschiedener Kulturen, den ich nicht ganz entziffern kann, aber alles an ihm lässt mir das Wasser im Mund zusammenlaufen. Sogar die Art und Weise, wie er mit entspannten Schultern dasteht und die Hände in den Taschen hat, als wäre es völlig normal, dass er sich wie ein GQ-Fitnessmodel lässig in einer Bar parkt.

Gerade als ich Vi innerlich dafür verfluche, dass sie mich nicht mit jemandem verkuppelt hat, der so sexy und selbstbewusst ist wie er, dreht er sich um und kommt auf mich zu. Ich werfe einen Blick über die Schulter, um mich zu vergewissern, dass ich nicht gerade in einem dieser peinlichen Momente stecke, in denen man denkt, dass einem jemand zuwinkt, und man dann zurückwinkt, nur um festzustellen, dass die Person hinter einem gemeint war. Mein Gott, ist das peinlich.

Als die Luft rein ist, drehe ich mich um und sehe, dass der Mann nur noch einen Meter von mir entfernt steht. Seine hellbraunen Augen sind schockierend strahlend. Sie sehen aus wie diese Filter, die man anwenden kann, um die Augen auf einem Foto aufzuhellen, aber er steht eindeutig ohne Filter direkt vor mir. Seine vollen Lippen sehen so weich und geschmeidig aus, dass ich am liebsten die Hand ausstrecken und sie drücken würde, um zu sehen, ob sie wie Karamell schmelzen.

„Bist du Alice?", fragt er mit einer warmen, heiseren Stimme, die mir die Kehle zuschnürt.

Ich schlucke schwer und nicke. „Nenn mich Allie."

Er lächelt halb, und seine Augen schweifen kurz an meinem Körper hinunter, bevor sie zu meinem Blick zurückkehren. „Ich bin Roan DeWalt. Und du, Allie ..." Er lacht leise und der Laut lässt meine Vagina eine Kegelübung machen. „Das Warten hat sich wirklich gelohnt."

Ich lecke mir über die Lippen und erhole mich von meinem Mini-Vaginakrampf, während ich seinen leichten Akzent bemerke. „Es ist schön, dich kennenzulernen, Roan. Woher kommst du?"

Sein Grinsen erreicht seine Augen. „Nun, ich bin in England geboren, aber ich bin in Südafrika aufgewachsen ... Kapstadt. Schon mal da gewesen?"

Ich schüttle bedauernd den Kopf. „Nein, noch nie." *Aber wenn die Männer in Südafrika so aussehen, muss ich unbedingt einen Besuch planen.*

„Haben wir Zeit für einen Drink?", fragt er, wobei er keinerlei Verdruss über meine Verspätung zeigt.

„Für einen schnellen, ja.“

Er legt eine Hand auf meinen Rücken und führt mich zu dem Platz, an dem er gestanden hat. Mir ist aufgefallen, dass er während des Wartens für sich selbst keinen Drink bestellt hat. Ich weiß nicht genau, warum, aber das gefällt mir.

Die Getränke sind bestellt und ich setze mich auf die Kante des Hockers, nippe an meinem Wodka Soda und fühle zum ersten Mal seit … nun, vielleicht zum ersten Mal in meinem Leben, Schmetterlinge im Bauch. Ich fühlte mich zu Geisterpenis wegen seines Selbstbewusstseins hingezogen, aber ich habe völlig verdrängt, ob ich jemals so gefühlt habe, als wir uns kennenlernten. Vielleicht ist es der Wodka.

Mein Blick wandert hinunter zu Roans Oberschenkeln, die sich breit und lang ausstrecken, während er auf dem Barhocker sitzt. Sie sind so dick, dass sie aussehen, als könnten sie den Saum seiner maßgeschneiderten Hose aufreißen. Wahrscheinlich muss er sich spezielle Hosen besorgen, die um seine muskulösen Beine herum passen – eine Begleiterscheinung seines Jobs.

„Du spielst Soc – äh, Fußball, richtig?“, frage ich und stelle fest, dass meine Stimme einen seltsamen Klang hat, den ich noch nie zuvor gehört habe. Vielleicht nehme ich diese Fantasie zu ernst? *Reiß dich zusammen, Allie. Kein Grund, hier einen auf Pretty Woman zu machen.*

Roans Lächeln wird breiter und enthüllt atemberaubend weiße Zähne. „In Südafrika nennen wir es Soccer.“ Er zwinkert. „Aber ich bin überrascht, dich das sagen zu hören. Die Leute hier sind davon besessen, es Fußball zu nennen. Ich dachte, Vi hätte gesagt, du kämst ursprünglich aus England?“, fügt er hinzu.

Ich nicke. „Ursprünglich, ja. Ich bin mit meinem Vater nach Chicago gezogen, als ich acht Jahre alt war, also habe ich viel länger in den Staaten gelebt als hier. Aber ich bin hier geboren, deshalb bin ich in meinem Herzen immer noch eine englische Rose.“

„Mit amerikanischem Akzent.“ Er lehnt sich mit einem verspielten Lächeln zu mir, und der Geruch seines Eau de Cologne ist himmlisch.

Ich erwidere sein Lächeln. „Als ich vorhin bei Tanner und Booker war, haben sie mir vorgeworfen, ich hätte meinen Akzent verloren."

Er hebt neugierig die Augenbrauen. „Tanner und Booker sind sicherlich interessante Cousins."

„Ja, in der Tat." Ich atme schwer aus, denn diese Behauptung ist für sich schon ein zu tragendes Kreuz. „Ich fürchte, ich sitze aufgrund der Verwandtschaft mit ihnen fest."

„Nun, deshalb werde ich heute Abend ein perfekter Gentleman sein." Er lächelt freundlich.

„Was meinst du?", frage ich mit einem Stirnrunzeln.

Er schüttelt den Kopf. „Ich muss mich mit der Harris-Familie gutstellen, das ist alles."

„Warum sagst du das?" Verärgerung kribbelt auf meiner Haut. „Weil ihr Vater dein Teammanager ist?"

„Das, und weil ich kürzlich Camdens Position bei Bethnal Green übernommen habe, nachdem er bei Arsenal unterschrieben hat. Tanner ist mein Stürmerkollege. Wir müssen gut zusammenspielen, sonst sind sie mich schneller los, als ich meine Koffer auspacken kann. Tanner und ich haben noch nicht richtig zusammengefunden."

Ich weiß nicht, ob es der Alkohol ist oder die erdrückende Enttäuschung darüber, dass meine Mission vereitelt wurde, aber ein leises Knurren kommt irgendwo tief aus meiner Kehle. „Das ist scheiße."

„Was ist scheiße?", fragt Roan verwirrt. Sogar die Art, wie er „scheiße" mit seinem südafrikanischen Akzent sagt, ist sexy. *Verdammter Mist.*

„Nichts", seufze ich dramatisch und hasse bereits, was ich gleich sagen werde. „Hör zu, Roan, du scheinst ein netter Kerl zu sein, aber ich denke, wir sollten unseren Abend an dieser Stelle beenden." Ich werfe einen Blick über die Schulter, um eine Uhr zu finden und sehe, dass es fast Zeit ist, zum Empfang in den Ballsaal zu gehen. Vielleicht gibt es dort einen alleinstehenden Mann, den ich aufreißen kann.

Roans warme Hand umschließt mein Handgelenk. „Warum willst du das beenden? Es hat doch gerade erst angefangen."

Seine Berührung verursacht bei mir Gänsehaut, und das ist

frustrierend. Er wäre so perfekt für meinen Plan gewesen ... Wenn er nur nicht versuchen würde, so perfekt zu sein.

Mein verzweifelter Blick trifft den seinen. „Darf ich ganz offen sein?"

Er nickt. „Bitte. Ich bin mehr als neugierig."

„Ich bin dabei, eine monumental beschissene Trennung hinter mir zu lassen. Man stelle sich das Schlimmste vor, was passieren könnte, und multipliziere es mit einer Million. Mein Verstand ist ein Wrack und ich bin überhaupt nicht bereit für ein nettes Date."

„Also, wofür genau bist du bereit? Vi sagte, du wolltest ein Date für heute Abend."

„Ich wollte einen One-Night-Stand", platze ich unverblümt heraus, wobei meine innere Harris-Hure stolz ihre feministischen Flügel ausbreitet. „Tut mir leid, dass ich so offen bin, aber ich bin auf der Suche nach einem Lückenbüßer. Einer Affäre. Einer unverbindlichen Nacht voller Sex. Aber um ehrlich zu sein, sind wir wahrscheinlich von vornherein zum Scheitern verurteilt, weil meine Cousins uns nicht die ganze Nacht herumtollen lassen werden, wenn die Dinge zwischen dir und Tanner angespannt sind. Sie werden sich in meine Angelegenheiten einmischen und sich fragen, warum ich ausgerechnet mit dir zusammen bin. Und wenn du dich mehr darum sorgst, den Harris-Brüdern den Arsch zu küssen anstatt meinen, wird das nicht funktionieren."

Er erhebt sich mit mir, als ich aufstehe, und greift mir sanft an den Unterarm. „Lis, warte. Ich brauche eine Minute zum Nachdenken ..." Er lässt mich los und beginnt, nach seiner Brieftasche zu suchen.

Sein Gesicht sieht gequält aus, als wüsste er nicht, was er tun soll, und obwohl ich weiß, dass er nicht versucht, grausam zu sein, tut es weh. Es tut weh, weil dieser ganze Abend untypisch für mich ist und diese kleine Form der Zurückweisung ein großes, helles Licht darauf wirft, wie sehr ich im Moment außer Kontrolle bin.

Diese verdammten ungewollten Tränen kommen wieder zum Vorschein. Ich weiß nicht, ob es seine eindringliche Berührung auf meinem Arm ist oder der mitfühlende Ausdruck in seinen umwerfenden hellbraunen Augen, aber ich spüre, wie sich gemeine kleine

Salztröpfchen um meine Iris bilden, und das wird nicht passieren. Nicht jetzt. Niemals.

Ich beginne zu gehen, in dem Wissen, dass ich die Getränke hätte bezahlen sollen, besonders nachdem ich ihm einen Korb gegeben habe. Aber wenn ich zu lange bleibe, könnten diese Tränen Flüsse bilden, und ich weigere mich, ihnen die Genugtuung zu geben.

Als ich mich dem Ausgang der Bar nähere, sehe ich meine Cousins in die Lobby gehen. Eine wunderschöne rothaarige Frau geht Hand in Hand mit Camden und ein Mann mit dunkelblonden Haaren hat den Arm um Vi mit ihrem Babybauch gelegt.

Um Himmels willen, ich kann mich jetzt nicht mit ihnen auseinandersetzen.

In der Hoffnung auf einen Hinterausgang biege ich scharf nach rechts in Richtung Küche ab. Als ich den stinkenden, lauten Raum betrete, schlingen sich zwei Hände um meine Taille und wirbeln mich herum.

Ich blicke in Roans eindringliche Augen, als die Küchentür hinter uns zufällt. Er ist groß. Perfekt groß, denn mit diesen hohen Absätzen bin ich über eins siebzig groß und er überragt mich immer noch um einige Zentimeter.

Er fixiert mich mit einem stählernen Blick, während er auf meine Lippen hinunterschaut, als hätte er genau das gefunden, wonach er gesucht hat. Bevor ich zu Atem kommen kann, packt er mein Kinn fest mit einer Hand und presst seine seidenweichen Lippen fordernd auf meine. Seine Zunge dringt schnell in meinen Mund ein, wie ein erfahrener Seemann, der auf einem Ozean nach einem vergrabenen Schatz sucht. Meine Überraschung verwandelt sich in Lust, als seine freie Hand schamlos nach unten greift und meinen Hintern umfasst, um mich gegen seinen harten Körper zu ziehen. Direkt gegen die Wölbung an seinem Schritt. Und was für eine Wölbung das ist.

Ich stöhne laut auf, aus keinem anderen Grund als dem, dass ich es unbedingt tun muss. Nichts an diesem Kuss ist gentlemanlike und ich kann mich nicht erinnern, wann ich das letzte Mal so etwas erlebt habe. Der Gedanke daran lässt meinen Körper vor Kummer und Dankbarkeit weinen. Genommen …, geküsst …, erobert zu werden.

Keine Manieren, kein höfliches Geplauder. Kein Fragen! Nur zwei Menschen, die sich mit der Zunge duellieren und genau das tun, was wir wollen.

Scheiße. Ja.

Ich biete ihm Paroli, aber er lässt mich trotzdem nicht meinen Kopf bewegen. Das ist jedoch mehr als in Ordnung, denn ich mag es so. Ich mag die atemberaubende Macht, die er über mich hat. Ich mag es, dass er sich nimmt, was er will, und nicht höflich ist. Ich fühle mich, als würde ich wegen nichts als sündiger Lust begehrt.

Eine Stimme unterbricht unser intensives Knutschen. „Heilige Scheiße."

Wir lösen uns und entdecken eine junge Frau, die mit einem Messer in der einen und einem Sack Zwiebeln in der anderen Hand auf der anderen Seite einer langen Edelstahltheke steht.

Ihre großen Augen sind auf uns fixiert, als sie die Zwiebeln fallen lässt und sagt: „Im Ernst. Das war verdammt heiß."

Ich spüre ein Zittern und drehe mich zu Roan um, der versucht, ein Lachen zu unterdrücken, aber seine Augen brennen immer noch, als er mich ansieht. „Das tut mir leid. Diese Frau bringt mich offensichtlich dazu, ungewöhnliche Dinge zu tun."

Ich beiße mir auf die Lippe, lächle und schiebe seine kräftige Gestalt zur Tür, durch die wir gekommen sind. Vielleicht kann dieser Abend ja doch noch funktionieren.

„Okay, heißt das, dass du nicht mehr auf einer Harris-Bruder-Arschkussmission bist?", frage ich, während er neben mir durch den Küchenflur geht. Ich halte inne und werfe einen Blick um die Ecke in die Lobby, um zu sehen, ob die Luft rein von der Harris-Familie ist.

„Es scheint so", murmelt Roan, und das tiefe Timbre seiner Stimme ist wie ein Instrument, das auf meinem Unterleib Noten spielt. Er lehnt sich dicht an mich heran, senkt seine Stimme und fügt hinzu: „Aber wenn es dir gleich ist, möchte ich diese Tatsache deinen Cousins gegenüber lieber nicht verdeutlichen."

„Ähm, ebenso", antworte ich mit einem nervösen Lachen. „Ist es komisch, wenn ich mich bei dir bedanke, dass du das machst?"

Ich spüre seinen Blick auf mir, also schaue ich zu ihm rüber und sehe, wie er mich mit Humor in den Augen anstarrt. „Es ist komisch, aber vieles an diesem Abend ist schon komisch. Ich scheine auf die buchstäbliche Goldmine unter den Frauen gestoßen zu sein, die zufällig mit einer Familie verwandt ist, die über meine Karriere entscheiden kann. Aber irgendetwas sagt mir, dass ich es für immer bereuen würde, wenn ich mich entschließe, eine Nacht mit dir in diesem verdammt sexy Kleid gegen eine mannschaftsbildende Übung mit den Harris-Brüdern einzutauschen.“

„Freut mich, zu hören“, erwidere ich und kann mein erfreutes Lächeln nicht verbergen, als wir durch die Lobby in den Ballsaal des Hotels gehen, der bereits von Menschen überfüllt ist.

„Hüpfst du etwa?“, fragt Roan wie aus dem Nichts, während sein Blick an meinen Beinen hinuntergleitet.

„Nein!“, rufe ich mit lauterer Stimme als beabsichtigt. „Ich, ähm, beeile mich nur, weil wir spät dran sind.“ Ich wende meine Aufmerksamkeit der Tür zu, aber ich spüre seinen neugierigen Blick auf mir. „Lass es uns tun.“

Roan bremst uns aus, als er meinen Arm bei sich einhakt und mich zu sich dreht, sodass unsere Lippen nur noch wenige Millimeter voneinander entfernt sind. Seine Stimme ist tief und eindringlich, als er murmelt: „Ja, aber sag mir erst, wie lange wir hier unten bleiben müssen, denn alles, woran ich denken kann, ist die Tatsache, dass ich gottverdammte Strapse durch den Stoff deines Kleides gespürt habe.“

Ich atme scharf ein und starre unverhohlen auf seine üppige Unterlippe, in der ich unbedingt meine Zähne versenken möchte. Meine Augen sind immer noch auf seinen Mund gerichtet, als ich antworte: „Zwei Stunden. Höchstens.“

Er schließt die Augen, als hätte er Schmerzen. „Ich werde versuchen, es zu schaffen.“

„Gut“, erwidere ich, wobei meine Stimme aufgrund der überwältigenden Schmetterlinge, die in meinem Bauch flattern, schrill klingt. „Jetzt lass uns ein kleines Spiel spielen, das ich gerne *Geh den Harris-Brüdern aus dem Weg* nenne.“

Ich drehe mich um, um in den Ballsaal zu schauen, und unser

beider Blick fällt auf etwas Erschreckendes. Ein mörderisch aussehender Tanner stürmt direkt auf uns zu.

Roan brummt: „Ich bin an der Bar und hole uns Drinks." Er drückt mir beruhigend die Hand und überlässt es mir, mich gegen meinen aufdringlichen Cousin zur Wehr zu setzen.

Einen Moment später erreicht Tanner mich, seine Augen sind auf Roan fokussiert, während dieser zur Bar geht, bevor er sich zu mir umdreht und blafft: „Allie, auf ein Wort."

„Was gibt's, Cousin?" Ich lächle strahlend.

„Komm mir nicht mit ‚Cousin'. Was zum Teufel ist hier los?"

Er sieht wütend aus, also sehe ich ihn mit Rehaugen an, um ihn noch mehr zu verärgern. „Was meinst du?"

„Warum bist du mit meinem verdammten Mannschaftskameraden hier?"

„Hat Vi es dir nicht gesagt?", frage ich unschuldig.

„Mir was gesagt?"

Vis Stimme ertönt, um die Lage zu retten. „Tanner, ich habe ein paar Krämpfe. Könntest du mir bitte ein Wasser holen? Der Arzt hat gesagt, dass viel trinken gut sei, wenn so etwas passiert."

Tanners Kiefermuskeln verkrampfen sich. „Mir gefällt nicht, was hier vor sich geht. Es fühlt sich an, als würdest du versuchen, mich abzulenken."

„Fang nicht damit an, Tanner. Das ist eine Familienangelegenheit", antwortet Vi lässig. „Allie brauchte ein Date, also habe ich eins für sie gefunden. Roan wird ein perfekter Gentleman sein. Ende der Geschichte. Und jetzt hör auf, mich zu verärgern. Das ist nicht gut für das Baby."

„Ich verärgere dich?" Er beobachtet, wie Vis Hände ihren Bauch streicheln und schließt dann den Mund, um jedes weitere Argument zu unterdrücken. Ich fühle mich fast schuldig, als sich seine Stirn vor Sorge runzelt. Er murmelt: „Ich hole dir dein verdammtes Wasser", und verschwindet ohne ein weiteres Wort.

Sobald er geht, richtet sich Vi auf, als ginge es ihr gut. „Lass dich umarmen! Ich habe dich vermisst, Allie."

„Gleichfalls, Vi!"

Wir umarmen uns und sie zupft an meinen goldenen Strähnen. „Schau, wie lang deine Haare jetzt sind. Sie sind wunderschön. Und deine großen blauen Augen sind so schön wie eh und je!"

„Das musst du gerade sagen", antworte ich und betrachte sie in ihrem roten, bodenlangen Umstandskleid von Kopf bis Fuß. Ihr blondes Haar ist zu einer Seite hochgesteckt und über ihre Schulter drapiert. „Dein Körper sieht genauso aus wie vorher, bis auf diesen perfekten kleinen Basketball hier." Ich berühre ihren Bauch, da ich nicht anders kann.

Vi lacht liebevoll. „In der Familie Harris nennen wir das einen Fußball, Allie."

Sie zwinkert und wir kichern darüber, wie leicht es für sie war, Tanner zu manipulieren. „Ich verspreche, dass ich mich auch um Booker, Camden und Gareth kümmern werde. Mach dir keine Sorgen."

Roan kommt mit Getränken in der Hand auf uns zu, und Vi hebt anerkennend die Brauen. „Schön, dich wiederzusehen, Roan."

„Ich freue mich auch, dich zu sehen, Vi. Brauchst du etwas zu trinken? Wasser?"

„Nein, danke. Tanner besorgt mir was." Sie streicht mir mit der Hand über den Arm und wackelt mit den Augenbrauen. „Ich lasse euch zwei dann mal ein wenig Privatsphäre."

Sie schlendert zum Tisch hinüber, an dem der Rest der Harris-Familie sitzt, und ich kann nicht umhin, zu bemerken, dass sie alle mit großen Augen in unsere Richtung blicken. Man hätte meinen können, dass Vi ein Date für mich findet, das ihre Brüder weniger aus der Fassung bringt, aber nach dem Kuss, den wir in der Küche geteilt haben, beschwere ich mich nicht im Geringsten.

Roan reicht mir ein Glas Champagner und lächelt unser Publikum freundlich an. Er beugt sich vor, um mir ins Ohr zu flüstern: „Vergiss nicht, dass ich dir etwas zeigen möchte, wenn wir hier fertig sind."

Ich bin fasziniert, aber seine Bemerkung gerät völlig in Vergessenheit, als wir in etwa zehn verschiedene erweiterte Familienkreise hineingezogen werden. Die Harris-Familie ist nicht groß und steht sich nicht sehr nahe, sodass wir uns jedes Mal, wenn wir uns sehen, eine Menge zu erzählen haben.

Die Braut des Abends, Tante Fiona, kommt in ihrer ganzen Pracht zu uns herüber. Sie ist groß wie mein Vater und mein Onkel, und ihr Spitzenkleid ist von schlichter Eleganz, was wohl zu ihrer zweiten Hochzeit passt.

Mein Vater hatte nie viel über seine jüngere Schwester zu sagen. Nur, dass sie ihrem viel älteren und wohlhabenden Mann nach Japan folgte, als sie erst neunzehn Jahre alt war. Die Familie war mit der Heirat nicht einverstanden und entzweite sich daraufhin. Ehemann Nummer zwei ist ebenfalls ein gutes Jahrzehnt älter, und mein Vater sagte, er wolle nicht zusehen, wie sich die Geschichte wiederholt.

Sie sieht mich mit ihren großen braunen Augen an und schnappt nach Luft. „Ist das die kleine Alice, ganz erwachsen?"

„Höchstpersönlich", antworte ich mit einem gezwungenen Lächeln.

„Als Vi mir sagte, dass du kommst, bin ich fast in Ohnmacht gefallen!" Sie nimmt mich in die Arme und dreht mich im Kreis. „Es ist Jahre her, dass du hier warst, und ich kann nicht glauben, dass mein Bruder die Frechheit hatte, nicht mit dir zu kommen!"

Ich neige bedauernd den Kopf, als ich mich ihr wieder zuwende. „Herzukommen war eine Entscheidung in letzter Minute."

„Das will ich meinen!" Sie richtet ihren prüfenden Blick auf Roan. „Und wer ist dieser schneidige junge Begleiter neben dir?"

„Roan DeWalt", antwortet er und hält ihr die Hand hin. „Es ist mir eine Freude, Sie kennenzulernen."

Sie lächelt spielerisch und zieht ihn in an sich, um ihn zu umarmen. „Noch ein Fußballer, nehme ich an?"

Er zieht sich lächelnd zurück. „Da liegen Sie richtig."

„Ich erkenne sie schon aus einer Meile Entfernung." Sie streicht sanft über ihre Hochsteckfrisur. „Fußballer haben ein Selbstvertrauen, das unverkennbar ist. Man kann es auch als übertriebenes Selbstvertrauen empfinden, wenn man mein Bruder Vaughn ist, der sich schockierenderweise auch nicht die Mühe machen konnte, zur Hochzeit seiner eigenen Schwester zu kommen."

„Zweite Hochzeit", möchte ich murmeln, aber ich tue es nicht.

Roans Augen werden schmal. „Ich denke, der Manager eines Fußballvereins hat viel zu tun."

Sie schnaubt spöttisch und wedelt mit der Hand in der Luft, um Roans Bemerkung abzuweisen, als sie mich wieder ansieht. „Mein Gott, Alice, als ich dich als Kleinkind kennengelernt habe, hätte ich nie erwartet, dass du dich so entwickeln würdest." Sie wendet sich an Roan und fügt hinzu: „Sie war so ein pummeliges Kind und hatte die furchtbarsten Zähne. Wahrlich ein hässliches Entlein."

Mein Mund öffnet sich, um etwas Rotziges zu erwidern, aber Roans Hand legt sich um meine Taille und streichelt beruhigend meine Seite. Die Zuneigung ist so überraschend, dass ich nicht mehr reagieren kann.

Er lächelt langsam und sagt: „Meiner Erfahrung nach sind hässliche Entlein verkleidete Schwäne, die versuchen, den anderen Vögeln eine Chance zu geben, sich besonders zu fühlen." Er dreht den Kopf und sieht mich neugierig an. „Weil sie noch nicht herausgefunden haben, dass sie die Besondersten von allen sind." Er neigt den Kopf und zieht mich weg. „Entschuldigen Sie uns, bitte."

Als ich mich umdrehe, entspannt sich mein Körper augenblicklich. „Heilige Scheiße, war das gut!"

Seine Schultern beben vor lauter Lachen. „Ich bin gut darin, weibliche Konflikte zu entschärfen."

Ich hebe anerkennend die Brauen. „Das ist eine seltsame Fähigkeit, aber sie war heute Abend sehr nützlich. Ich war kurz davor, ihr den Kopf abzuschlagen, um ihr dabei zuzusehen, wie sie wie ein totes Huhn herumzappelt."

Sein Gesicht zuckt vor Belustigung. „Irgendwie überrascht mich das nicht. Du scheinst nicht der Typ Frau zu sein, der kampflos aufgibt."

„Das kannst du laut sagen", antworte ich und runzle die Stirn, als ich merke, dass er mich zur Tanzfläche zieht. „Ich bin eine furchtbare Tänzerin", sage ich, entziehe mich seiner Umarmung und erstarre am Rand.

„Unsinn", antwortet er, legt seine festen Arme um mich und wirft mir einen glühenden Blick zu. „Du hattest nur noch nicht den richtigen Partner."

Ehe ich mich versehe, liege ich in seinen Armen und wir gleiten über die Tanzfläche. Und wir sehen gut aus. Besser als gut, vielleicht sogar fantastisch. Roans Hand liegt fest auf meinem oberen Rücken, während seine andere Hand die meine auf Höhe unserer Schultern hält. Wir tanzen wirklich.

Als ich mich von dem Schock meiner ersten Drehung erholt habe, drücke ich mich an seinen Körper und frage: „Roan DeWalt, du kannst tanzen?"

Er berührt mein Ohrläppchen mit seinen Lippen und flüstert: „An mehr als nur einem Ort."

Ich lache und schüttle den Kopf. „Ich scherze nicht! Wo hast du gelernt, so zu tanzen?"

Er schenkt mir ein verlegenes Lächeln. „Meine Mutter betreibt eine Tanzschule in Kapstadt. Ich bin in dem Studio aufgewachsen."

Meine Augen weiten sich vor Interesse. „Wie cool! Und du hast den Sprung vom Tanzen zum Fußball gemacht, weil ..."

Ein Tippen auf Roans Schulter lässt uns beide seitwärts zu meinem großen, kräftigen und furchteinflößenden ältesten Cousin Gareth blicken, der in seiner ganzen grüblerischen, schmaläugigen Pracht über uns aufragt. „Was dagegen, wenn ich übernehme?"

Roan sieht mich an, um eine Antwort zu erhalten, denn er lässt sich offensichtlich nicht einfach einschüchtern.

Ich seufze und nicke, als Gareth schnell Roans Platz einnimmt.

Ich beobachte, wie Roan sich mit geduldigem Verständnis zurückzieht, und drehe mich um, um zu sehen, wie mich mein Cousin verurteilend anfunkelt. „Geht es dir gut, Allie?"

Ich nicke und zwinkere neckend. „Natürlich tut es das, Cousin. Warum fragst du?"

Er schnaubt. „Zuletzt habe ich gehört, dass du auf dem Weg warst, dich zu verloben, und jetzt sehe ich, dass du Tanners neuem Teamkollegen etwas näher bist, als mir lieb ist."

Ich verkrampfe mich in Gareths Armen und lenke meinen Blick

auf Roan, der sich einen Platz sucht und die Blicke von Tanner, Booker und Camden ignoriert. Sie sind nicht einmal diskret.

„Ich muss die Wahrheit wissen, Allie-Cat. Geht es dir wirklich gut?" Gareths Stimme ist jetzt sanft und wärmt mich an einer Stelle, an der ich noch nicht auftauen will.

Ich wappne mich und antworte: „Das tut es nicht, aber bald schon." Ich sehe in seine dunklen, haselnussbraunen Augen, die mich ängstlich beobachten, als wäre ich eine Zeitbombe, die gleich explodieren wird. „Hör zu, Gareth, ich werde nach London zurückkommen, wenn ich mehr Zeit habe, damit wir uns wie in alten Zeiten amüsieren können. Eine gute Bindung aufbauen …, ich meine es ernst. Aber im Moment sind die Dinge für mich einfach …"

„Zu frisch?", beendet er meinen Satz.

Ich schließe die Augen. „Wie eine klaffende Wunde."

„Und du glaubst, Roan DeWalt wäre bessere Gesellschaft als wir? Wir sind deine Familie, Allie. Du solltest uns erlauben, für dich da zu sein."

Ich lächle, aber es tut weh. Diese überfürsorglichen Cousins sind das, was für mich Brüdern am nächsten kommt. Ich möchte das nicht mit Füßen treten, zumal meine Vorstellung von Familie bereits zerstört wurde und ich ein Zeichen brauche, dass nicht alle Familien schlecht sind.

„Ich finde es toll, dass du für mich da sein willst, Gareth. Aber so, wie ich heute Abend drauf bin, ist ein Fremder die einzige Gesellschaft, mit der ich umgehen kann. Roan ist wirklich nett. Ich verspreche es."

Er wirft einen Blick in Roans Richtung und murmelt: „Ich hoffe nur, du weißt, worauf du dich mit ihm einlässt."

Ich atme schwer aus, denn wenn Gareth wüsste, was ich für heute Abend geplant habe, würde er nicht Roan mit seinen Blicken erdolchen, sondern mich. Ich ziehe ihn in eine Umarmung, denn, verdammt noch mal, diese Harris-Brüder sind wirklich ziemlich großartig. Und in diesem Moment sind sie das, was für mich Geschwistern am nächsten kommt. „Es war schön, dich wiederzusehen. Ich verspreche, ich rufe an, wenn ich wieder in London bin."

Gareth küsst mich auf den Kopf und sagt: „Du bist bei uns immer willkommen."

Mit einem resignierten Lächeln drehe ich mich auf dem Absatz um und schreite auf mein Date zu, das an der Bar steht und mich mit großer Faszination beobachtet. Entschlossen ergreife ich seine Hand, denn ich werde nicht zulassen, dass die von meinem Cousin geschürten Gefühle meine Pläne für heute Abend durchkreuzen. „Wohin wolltest du mich denn bringen?"

Ein Grinsen umspielt seine Lippen, als er sich hinunterbeugt und flüstert: „An einem Ort, der dich sehr *feucht* machen wird."

Mein Inneres verkrampft sich bei den Worten, die ihm wie flüssige Hitze von der Zunge laufen. In einem vergeblichen Versuch, entspannt und gefasst zu wirken, streiche ich mir die Haare zurück und antworte: „Wenn es fern vom Harris Shakedown ist, lass es uns tun."

KAPITEL 4

ROAN FÜHRT MICH DURCH DEN SEITENAUSGANG DES BALLSAALS AUF eine wunderschön beleuchtete Terrasse und einige Stufen hinunter in einen Innenhof, der von einer Reihe gepflegter Büsche umgeben ist.

Seine Augen wirken geradezu böse, als er sagt: „Sag mir zuerst … Müssen wir noch einmal in den Ballsaal gehen?"

Ich runzle die Stirn und schüttle den Kopf. „Nein. Ich frage mich nur, warum wir draußen sind und nicht oben in meinem Hotelzimmer und uns ausziehen."

Sein leises Lachen ist Musik in meinem Unterleib. „Ich wollte dich erst feucht machen, Mooi."

„Mooi?" *Moment, hat er gerade feucht gesagt?*

Er schaut auf seine Uhr und grinst mich an, während er von fünf an den Fingern herunterzählt. Es gibt eine kleine Verzögerung, als er bei null ankommt und dann …

ZISCH!

Das Wasser ist überall. Unter meinem Rock, in meinem Gesicht, eiskalt auf meinem Rücken. Ich schreie, als die verschiedenen Fontänen um unsere Füße herum aus dem Boden schießen. Wie konnte ich die kleinen Löcher nicht bemerken?

Ich hatte nur noch Sex im Kopf. So war das!

Ich blicke auf und stelle fest, dass Roan ebenso durchnässt ist – vielleicht sogar noch mehr – und kichere, als er mich in seine nassen Arme zerrt. „Das war mein Plan, um deinen Abend zu sabotieren."

Ich blinzle durch den Ansturm einer weiteren Gischt und wir

drehen uns ein paarmal lachend, während wir erfolglos versuchen, einen Bereich zu finden, in dem wir nicht mit Wasser bombardiert werden.

„Indem du mich durchnässt, damit ich nicht mehr zum Empfang gehen kann?" Ich versuche, meinen Kopf mit den Händen zu bedecken.

Er leckt sich über die feuchten Lippen und nickt, während Wasserperlen über sein gestutztes Haar und die Rundungen seines Gesichts tropfen. „Seit diesem Kuss kann ich nicht aufhören, daran zu denken, wie viel mehr ich will."

Unsere Blicke treffen sich, und dank der Lachfalten, des Wassers und des Lärms der Sprühdüsen um uns herum bin ich definitiv feucht … in mehr als einer Hinsicht.

Wir prallen genau zur gleichen Zeit mit einem hungrigen, verzweifelten Bedürfnis aufeinander. Meine Finger vergraben sich in seinen dicken Armen, in dem Wunsch, er wäre nicht bekleidet. Unsere Münder treffen sich wie ausgehungerte Tiere, und ich nutze die Gelegenheit, auf seine Unterlippe zu beißen, so wie ich es mir gewünscht habe, seit ich ihn zum ersten Mal gesehen habe.

Plötzlich zieht sich Roan atemlos von mir zurück. Seine hellbraunen Augen sind jetzt schwarz vor Lust. „Ich werde dich jetzt mit nach oben nehmen und ficken."

Nie wurden perfektere Worte gesprochen.

Wir eilen aus den Springbrunnen und die Stufen zum Vordereingang des Hotels hinauf. Zum Glück bleibt unser wasserdurchtränkter Gang der Schande durch die noble Lobby vom Harris-Clan unbemerkt, aber nicht von vielen anderen. Und ich weiß, dass ich verdammt noch mal hüpfe, aber ich kann einfach nicht anders!

Roans Finger spielen Klavier auf meinem Hintern, während wir Schulter an Schulter im Aufzug stehen, der voller Fremder ist, welche uns alle anglotzen. Ich nutze die Zeit, um meinen lustverrückten Kopf freizubekommen, denn ich habe einen Plan, den ich ausführen muss, und ich darf mich nicht ablenken lassen. Wenn wir auf mein Zimmer gehen, geht es nicht nur um Sex. Es geht um Rache. Und obwohl Roan vielleicht nicht in die Details meines *gesamten* Plans eingeweiht ist, wird er die grundlegende Funktion erfüllen, für die ich ihn brauche.

Als wir in mein Zimmer stolpern, zieht Roan seinen Anzug aus und beginnt, den Reißverschluss meines Kleides zu öffnen, wobei er die ganze Zeit an meinem Hals leckt und knabbert. Beim Anblick seines weißen Hemdes, das sich an seine wohlgeformte Brust schmiegt und jede einzelne Muskelpartie seines Körpers zur Geltung bringt, presse ich meine Schenkel zusammen. *Konzentriere dich, Allie! Du hast eine Aufgabe zu erledigen.*

Wir erreichen das Bett und ich drehe mich schnell um, um ihn nach hinten zu stoßen, bevor er mein Kleid aufmachen kann. Er zieht mich sofort auf sich, aber ich halte einen Finger hoch und krächze durch mein lusterfülltes Gehirn hindurch: „Stopp."

Er hält inne. Aber der sexy Ausdruck in seinen Augen beweist, dass er in Gedanken immer noch bei dem schmutzigen Plan ist, den er gerade ausheckt.

Ich schlucke einen Kloß in meinem Hals hinunter und zwinge mich zu einem aufreizenden Lächeln. „Ich möchte etwas tun, aber du musst für einen Moment deine Augen schließen."

Er mustert mich wie ein Löwe, den man gebeten hat, das rohe Steak vor sich nicht zu fressen. Aber er fügt sich, schließt die Augen und reißt sich die Krawatte von seinem kräftigen Hals. Ich ziehe ihn so, dass er auf der Bettkante sitzt und bewundere sein unverhohlenes Vertrauen in mich, während seine Augen geschlossen bleiben. Ich wende mich dem Fernseher zu, meine Knie zittern vor Angst, während ich versuche, die Angst vor dem, was ich gleich tun werde, sowie das Bild seiner Brust unter seinem jetzt durchsichtigen Hemd zu verdrängen, und hantiere mit meinem Telefon herum.

Du schaffst das, Allie. Das ist der Plan, den du komplett durchdacht hast. Du nimmst dich selbst auf, wie du einen Striptease für Roan machst – einen Fremden, einen vollkommen Fremden. Dann schickst du das Video an Geisterpenis und Rosalie und zeigst ihnen, dass du auch allein klarkommst. Du schaffst das!

Ich neige mein Handy in Richtung des Bettes, sodass sowohl mein Oberkörper als auch Roans Gesicht nicht mehr zu sehen sind. In der Aufnahme ist nur ein Mann zu sehen, etwa von den Schultern abwärts, aber der Hintergrund ist so dunkel beleuchtet, dass man nicht viel von ihm erkennen kann. Wichtiger ist der Vordergrund, auf dem mein Hintern zu sehen sein wird. Wenn man bedenkt, wie besitzergreifend und unreif Geisterpenis ist, bin ich sicher, dass ihn das in blinden Zorn versetzen wird. Seine Eifersucht wiederum wird Rosalie verärgern. Am Ende wird sie einen ihrer epischen Wutanfälle bekommen und ihre aufkeimende neue Beziehung wird so leiden, wie ich gelitten habe. *Sie haben es wirklich verdient.*

Bevor ich es mir ausreden kann, tippe ich auf AUFNAHME. Sofort bildet sich Nervosität tief in meinem Bauch. Unbeholfen streife ich meine Schuhe ab und drehe mich zu Roan um. „Okay, mach die Augen auf."

Seine Augen öffnen sich und lodern vor Erregung, während er jede meiner Bewegungen beobachtet, als wäre ich eine Sexgöttin, die direkt vom Olymp herabgeschickt wurde. Die Art, wie seine Augen in mich hineinbrennen, gibt mir das Gefühl, die Welt erobern zu können. Er war heute Abend wirklich so perfekt.

Vielleicht sollte ich ihm von der Kamera erzählen?, denke ich mir, während er sich in aufgeregter Erwartung über die Lippen leckt. Als sein Blick über meinen Körper schweift, kann ich nicht anders, als zu denken, dass er vielleicht darauf stehen oder mir mit Freuden aushelfen würde?

„Aber was, wenn nicht?", meldet sich der psychotische Teufel auf meiner Schulter zu Wort. Es ist dieselbe Stimme, die mir in den letzten zwei Wochen ins Ohr geflüstert hat. *„Was wenn du jetzt umsonst den ganzen Weg nach London gekommen bist?"*

Ich verfluche die Schuldgefühle, die ich empfinde, weil ich Roan ausnutze, und erinnere mich daran, dass mein Ex das verdient hat. Roan ist einfach nur ein gesichtsloser männlicher Körper. Nichts weiter. Geisterpenis und Rosalie werden nie erfahren, dass er derjenige in dem Video ist.

Die letzten Worte, die ich mir sage, sind: *Roan wird es nie erfahren.* Dann unterbricht seine tiefe Stimme meine widersprüchlichen Gedanken.

„Wie sieht dein Plan aus, Mooi?", fragt er, wobei seine warmen Augen die Hitze zwischen meinen Beinen widerspiegeln.

„Was ist Mooi?", frage ich, dankbar für die Ablenkung von meinen düsteren Gedanken. Ich wiederhole das Wort so, wie er es ausspricht. Es klingt wie Neu, aber mit einem *M* am Anfang.

Er lächelt selbstgefällig. „Das ist südafrikanisch für schön."

Mein Körper schmilzt fast zu Boden. Dieser Typ hat es wirklich drauf.

„Bei wie vielen Frauen hast du diesen Begriff schon benutzt?", frage ich, beiße mir auf die Lippe und greife wieder nach dem Reißverschluss meines Kleides.

Er zuckt mit den Schultern. „Nur bei denen, die Strapse tragen."

Ich lache und schüttle den Kopf, weil ich mich seltsam gerührt fühle. „Da hast du Glück, denn ich habe vor, dir die Strapse zu zeigen, die du vorhin gespürt hast." Er lächelt wissend, und ich senke meine Stimme, um hinzuzufügen: „Die Strapse, die du gespürt hast, als du mich so heftig geküsst hast, dass ich dachte, meine Beine würden nachgeben."

Seine Hand bewegt sich, um die Beule in seiner Hose zu richten. Aber anstatt die Hand wieder aufs Bett zu legen, streicht er sich ungeniert in langsamen, trägen Bewegungen über seine Hose. *Heilige Scheiße, wie ist es möglich, dass er mit all seinen Klamotten so verdammt heiß aussieht?*

Ich stähle mich und schiebe die Träger meines Kleides nach unten, um mein schwarzes, durchsichtiges Bustier zu enthüllen. Meine Nippel sind steinhart, als er sie betrachtet. Bevor ich eine Chance habe, das Kleid über meine Taille gleiten zu lassen, zieht er meine Brust zu seinem Gesicht und beißt über den durchsichtigen Stoff in meinen rechten Nippel. Es fühlt sich so verdammt gut und so absolut überraschend an, dass ich für einen Moment den Verstand verliere.

„Oh mein Gott!", schreie ich, als er seine Zähne auf meine empfindliche Haut presst und dann kräftig saugt. Er fährt mit einer Hand unter meinen Rock zwischen meine Beine, und ich stöhne erschreckend erotisch auf, als er meinen nackten Schritt findet.

„Kein verdammtes Broekies", knurrt er, als er sein Gesicht mit einem gequälten Stöhnen an meiner Brust vergräbt.

Ich schnappe laut nach Luft und verziehe das Gesicht, als mir auffällt, dass ich keine Ahnung habe, wovon er spricht. „Was zum Teufel ist Broekies?"

Er stoppt seinen Angriff auf meine Nippel und sieht zu mir auf. „Höschen. Du trägst Strapse und kein Höschen. Wie kommt es, dass du mich immer wieder schockierst?"

Ich schüttle den Kopf und stelle fest, dass ich so abgelenkt war, dass ich keine Gelegenheit hatte, meine Mission zu beenden. Ich räuspere mich und ziehe sein Gesicht von meinen Brüsten weg. „Lehn dich zurück und warte ab, ob ich dich noch mehr schockieren kann. Ich verspreche, es wird sich lohnen."

Er tut wie befohlen, stützt sich auf die Ellbogen und präsentiert eine Erektion in seiner Hose, die so gewaltig ist, dass sie mich nervös macht. Ich atme tief ein und schiebe mein Kleid weiter nach unten. Als ich aus dem nassen Stoffkreis trete, stemme ich die Hände in die Hüften, um Selbstvertrauen vorzutäuschen, als würde ich das ständig tun.

Schwarze halterlose Strümpfe mit schwarzen Strumpfbändern, die an dem Band um meine Hüften befestigt sind, sind alles, was meine untere Hälfte schmückt. Meine frisch enthaarte Muschi ist nur für ihn erotisch zur Schau gestellt, und ich werde mit jeder Sekunde, die seine Augen auf mich gerichtet sind, immer feuchter.

„Dreh dich um", fordert er, während er langsam beginnt, sein Hemd aufzuknöpfen. Ich tue genau, was er sagt, denn ich habe meinen Striptease gemacht und bin bereit, dass er übernimmt. „Jetzt beuge dich vor", fügt er hinzu.

Mein feuchtes Haar hängt fast bis zum Boden, als ich mich an der Kommode festhalte und kopfüber hinter mich blicke. Roan sitzt am Ende des Bettes, sein Gesicht ist auf Augenhöhe mit meinem Hintern, während er eine Folienverpackung öffnet. Als ich sehe, wie sein harter Schwanz unter seinen Bauchmuskeln aus der Hose ragt, erinnere ich mich daran, dass mein Handy noch aufzeichnet und richte mich sofort auf.

Eilig greife ich danach, mein Finger nach dem Bildschirm ausgestreckt, der sich hinter dem Fernsehgerät verbirgt. Gerade als ich die Stopptaste berühre …

Klatsch!

Meine linke Pobacke brennt von dem Schlag, den er mir gerade versetzt hat. „Roan!", quieke ich, schockiert von der Lust, die seine feste Berührung in meinem Unterleib auslöst.

Seine Stimme ist kontrolliert, während er die Stelle massiert, die er gerade angegriffen hat. „Ich dachte, ich hätte dir gesagt, du sollst dich vorbeugen."

Ich schaue über die Schulter nach hinten, und mein Blick fällt auf seinen Schwanz. *Großer Gott, er ist riesig.* Um ehrlich zu sein, habe ich mit Geisterpenis übertrieben, weil ich mich damit besser gefühlt habe und er es verdient hat, verspottet zu werden. In Wahrheit war er durchschnittlich. Vielleicht etwas kleiner als der Durchschnitt, aber er war passabel, was Schwänze anging. Verglichen mit dem von Roan DeWalt war er allerdings wirklich ein Mikropenis.

Roans Augen werden schmal, was mir ein nervöses Kichern entlockt. Pflichtbewusst nehme ich meine Position wieder ein und starre zwischen meine Beine, um zu beobachten, wie er das Magnum-Kondom über seine Länge rollt.

Eine kühle Spur gleitet meinen Innenschenkel hinunter und lässt meinen Blutdruck in die Höhe schnellen. Oh Gott, tropft es mir die Beine herunter? Ist das Wasser oder meine Erregung? So oder so, wie peinlich. Ich schließe verlegen die Augen, aber sie weiten sich, als ich spüre, wie eine heiße, feuchte Zunge den Weg hinauffährt, der sich auf meinem Innenschenkel gebildet hat.

„Oh mein Gott", stöhne ich so laut, dass ich unmenschlich klinge.

„Scheiße, ja, du schmeckst so gut, wie ich gehofft hatte." Sein Atem ist wie eine Feder auf meiner Haut. Und ohne Vorwarnung packt er meine Hüften mit seinem starken, lüsternen Griff und vergräbt sein Gesicht in meinem Schritt. Gerade als ich denke, dass meine Beine nachgeben, presst er seine flache Zunge gegen mich und leckt mich vollständig.

Wirklich vollständig.

Meine Knie geben nach und ich beginne zu schwanken, bevor er mich an sich zieht.

„Spreiz deine Beine, Mooi."

Mooi wie Neu … Bitte, Gott, gib mir mehr Neues!

Ich spreize sie.

Er positioniert mich über seinem Schoß und schiebt seine Spitze genau dorthin, wo ich ihn haben will. Genau dorthin, wo ich verdammt noch mal pulsiere, ihn zu spüren.

„Jetzt lass dich sinken", befiehlt er.

Reflexartig füge ich mich.

Ein bizarres, animalisches Geräusch gurgelt in meiner Kehle aufgrund des überwältigenden Gefühls von ihm in mir. Es ist zu viel, aber gleichzeitig auch nicht genug. Ich muss mich bewegen, um es angenehmer zu machen. Um mehr Platz zu finden. Ich muss …

„So ist es richtig …, reite mich, verdammt." Roans Stimme ist heiser, während seine rauen Hände über meine Brüste wandern, sie gierig packen und meine Nippel zwicken, während er mich dazu drängt, auf ihm auf und ab zu hüpfen. Und heilige Scheiße, ich tue es. Ich tue es gut. Zu gut, um genau zu sein. Alles fühlt sich zu heiß, zu empfindlich, zu lebendig an. Er rollt meine Nippel und macht mich verrückt. Ich habe das Gefühl, dass ich die Kontrolle über alle meine Sinne verliere, da alles zu der Stelle rauscht, wo wir miteinander verbunden sind.

Er lässt seine Hände hinunter zu meinen Schenkeln wandern und streicht dann unsanft über meine Klitoris. Ich schreie auf. Es ist eine seltsame Reaktion, aber ich habe sie nicht bewusst herbeigeführt. Der Bereich zwischen meinen Schenkeln fühlt sich an wie ein stromführender Draht, von dem ich möchte, dass er ihn entzündet, aber gleichzeitig will ich nicht, dass er es tut. Es ist alles zu intensiv und mein Gehirn ist zu verwirrt, um mir zu sagen, was ich brauche!

Ohne Vorwarnung zwickt er meine Klitoris. Er zwickt sie so fest und lange, dass ich schreie. Ich schreie und komme zum Höhepunkt, wie ich es in meinem ganzen Leben noch nicht getan habe. Der Orgasmus erwischt mich völlig unvorbereitet und ich spüre, wie ein nasser Druck aus mir herausschießt.

„Habe ich gerade gepinkelt, verdammt?", rufe ich mehr schockiert und ehrfürchtig als verlegen.

Er beißt mir in die Schulter, sein Körper bebt vor leisem Lachen. „Nein, Mooi. Ich glaube, das nennt man Squirt."

„Oh mein Gott", stöhne ich, als er in mich stößt, während er weiter meine Klitoris reizt.

Mein Körper muss zu diesem Zeitpunkt auf einer Art Autopilot laufen, denn mein Verstand ist völlig weg. Ich glaube, ich reite ihn, aber vielleicht ist es auch er, der mich reitet? Ich kann es nicht sagen, denn ich habe einen Blackout und lebe in meiner Muschi, wo ich nur unsere Organe spüre, die in rasantem Tempo gegeneinander gleiten.

Das ist Ficken. Das ist ekstatischer, maximaler, orgastischer Sex der Extraklasse. Ich habe noch nie solchen Sex erlebt. Ich habe noch nie einen Orgasmus wie diesen erlebt. Roan löscht alle Penisse aus, die vor ihm da waren.

Er zieht sich aus mir heraus und ich denke mir: *Gott sei Dank, ich kann nicht mehr.* Aber er schlägt mir nur sanft auf den Hintern und dreht mich um, sodass ich auf dem Bett liege. Heilige Scheiße, er ist noch nicht fertig? Wie kann es sein, dass er noch nicht gekommen ist? Kann ich noch mehr aushalten? Mein Körper erholt sich immer noch von diesem Squirt!

Roan stößt wieder in mich hinein, und ich bin noch so feucht, dass es völlig mühelos abläuft. Meine Strapse reißen von mir ab, als ich reflexartig die Beine um seine Taille lege.

Ich schätze, ich kann noch mehr aushalten.

„Verdammt, Lis. Du fühlst dich so gottverdammt gut an. Dein Ex ist ein Schwachkopf."

Ich lege meine Hand auf seine weichen Lippen. „Sprich nicht über ihn, während du mich fickst."

Er lacht gegen meine Hand, beißt in meinen Finger und saugt ihn fest in seinen Mund.

Heilige Scheiße, ich spüre, wie sich ein weiterer Höhepunkt aufbaut. Dieser Mann ist unfassbar. Ein kehliger Laut entweicht seinen Lippen, und ich weiß, dass er kurz davor ist, denn er ist heißer als jeder andere Laut, den er die ganze Nacht von sich gegeben hat. Ich schockiere mich erneut, als sich meine Muskeln als Reaktion darauf anspannen. Roan dreht seine Hüften und trifft eine magische Stelle in mir, die noch nie zuvor berührt wurde. Innerhalb von Sekunden explodiere ich erneut und schreie leise in seine Schulter.

Dieser Orgasmus ist tiefer und sanfter als der erste, aber dennoch genauso aufrüttelnd.

Roan zuckt bei dem Gefühl, wie ich um seinen Schwanz pulsiere, bevor er schließlich seinen Kopf in meine Halsbeuge legt und seinen eigenen Höhepunkt erreicht.

„Heilige Scheiße", sage ich unelegant, als er mit einem Schaudern schwer auf mein Schlüsselbein atmet.

„Ich hätte es nicht besser sagen können", murmelt er gegen meine Haut, bevor er sie leckt und einen letzten Kuss dort platziert.

Er rollt sich von mir herunter und wir liegen beide auf dem Rücken, starren an die Decke und lassen alles Revue passieren, was gerade passiert ist.

Ich bin die Erste, die das Schweigen bricht. „Roan DeWalt, du kannst ficken."

Er lacht über meine Unverblümtheit und gleitet vom Bett, um sich leise auf den Weg ins Bad zu machen. Ich sollte mich auch waschen, schließlich habe ich verdammt noch mal abgespritzt! Mein Gott, ich dachte, so etwas könnten nur Pornostars tun.

Bei diesem Gedanken kommt mir mein Handy wieder in den Sinn. Ich will mir unbedingt das Video ansehen und sicherstellen, dass man Roans Gesicht nicht sieht. Oder, Gott behüte, seinen Schwanz. Die Dinge sind mehr eskaliert, als ich dachte, also muss ich wahrscheinlich alles, was auf meinem Handy ist, sofort löschen.

Ich klettere aus dem Bett, meine Beine wie Wackelpudding und mein Magen ein Nervenbündel, als ich mein Handy hinter dem Fernseher hervorhole. Meine Augen weiten sich, als ich sehe, dass der Bildschirm beleuchtet ist und die Aufnahme noch läuft.

„Heilige Scheiße", flüstere ich, als ich auf STOPP drücke.

Ich schwöre, ich sterbe tausend Tode, als ich feststelle, dass ich tatsächlich unseren ganzen Fick aufgenommen habe und nicht nur meinen kleinen Striptease. Das Vorschaubild taucht auf und ich erschaudere, obwohl das Bild von mir auf seinem Schoß im Reverse-Cowgirl irgendwie heiß ist.

Das ist definitiv mehr als ein Striptease. Es ist die ganze Enchilada mit Guacamole und Jalapeños, dazu mit Gesichtern, Muschis, Schwänzen und Magnum-Kondomen als Extras!

Ich kann das auf keinen Fall an Geisterpenis schicken, selbst wenn ich den Sexkram rausschneide. Das ist zu viel.

Mein Daumen zögert über der Löschtaste, denn perverserweise möchte ich es mir erst ansehen. Ich habe mich noch nie beim Sex gesehen, also will ich wohl einfach wissen, wie es aussieht. Und wenn ich auf die Taste tippe, ist es für immer weg. Bumm. Nicht mal ein Blick. Wenn ich auf „Löschen" drücke, wird Roan nicht mehr sein als eine ferne Erinnerung an eine wilde Nacht in London, in der ich den besten Sex meines Lebens hatte. In der Zwischenzeit werden die fünf beschissenen Jahre, die ich mit Geisterpenis verbracht habe, wahrscheinlich bis zu meinem Todestag in lebhafter gestochener Schärfe in meinem Gedächtnis bleiben.

Roan räuspert sich, woraufhin ich aufschaue und ihn neben dem Badezimmer stehen sehe, wo das Licht auf seine Erektion fällt. Wieso ist er schon wieder hart? Er legt den Kopf schief. „Bist du bereit für Runde zwei des Lückenbüßerficks, Allie Harris?"

Angesichts seines herrlichen, köstlichen Anblicks kneife ich die Augen zusammen. Ich habe es getan. Ich habe es verwirklicht. Diesen Mann, diesen Moment, diese wunderbare Nacht der Leidenschaft habe ich selbst geschaffen. Das Video nur für mich aufzubewahren, ist die ganze Rache, die ich brauche, um mit meinem Leben weiterzumachen.

Ich lächle Roan an, nehme meinen Finger von der Löschtaste und schalte stattdessen das Display aus. „Definitiv bereit."

Und ich werde diesen Südafrikaner definitiv so lange wie möglich in meinem Handy aufbewahren. Was ist das Schlimmste, was passieren kann?

KAPITEL 5

Charles Harris,
Wir bitten Sie um Ihre Anwesenheit bei der Hochzeit von
Rosalie Shay Dawson
und Parker Lee Frost
Es wird ein Ereignis sein, das Chicago nie vergessen wird,
mit Cocktails, Abendessen, Tanz und vor allem … Liebe.

Ich schließe die Augen und mein Magen dreht sich beim Anblick der Hochzeitseinladung, über die ich in der Wohnung meines Vaters stolpere. Ich bin hierhergekommen, um ihn nach der Arbeit zu treffen, denn es ist Wochen her, seit wir miteinander gesprochen haben, und Monate, seit wir uns das letzte Mal gesehen haben. Und wenn ich mir bei meinem Vater nicht die Mühe mache, vorbeizukommen und ihn zu begrüßen, wird er es auch nicht tun.

Seit ein paar Jahren läuft es zwischen uns nicht mehr gut. Als er und meine Ex-Stiefmutter das mit Rosalie und Geisterpenis herausfanden, wurden alle sehr distanziert. Mein Vater hat keinen Aufstand gemacht, trotz meiner Kampfschreie. Er hat sich einfach in seine kleine Ecke von Chicago zurückgezogen, wie das passiv-aggressive, privilegierte Arschloch, das er ist.

Aber es ist jetzt ein Jahr her, seit er sich von Hilary hat scheiden lassen, und ich dachte, meine Beziehung zu ihm würde sich verbessern, wenn keine anderen Frauen um seine Aufmerksamkeit wetteifern. Offenbar habe ich mich geirrt.

Als ich in seine Wohnung kam, fand ich die Nachricht auf dem Küchentisch, obwohl er wusste, dass ich vorbeikommen würde. Vielleicht ist das der Grund, warum er in letzter Zeit wieder so distanziert war?

Meine Finger gleiten über die geprägte schwarze Kalligrafie, als ich die Namen von Rosalie und Geisterpenis sehe, die übereinander platziert sind, ähnlich wie in der Position, in der ich sie beim Vögeln in meinem Bett fand. Ich bin nicht völlig überrascht von dieser Nachricht. Ich wusste, dass sie zusammen sind, weil Rosalie mir ein paar Monate, nachdem alles passiert war, einen lächerlichen Brief geschickt hatte. Darin stand nur, es täte ihr leid, dass ich verletzt wurde, aber dass sie und Geisterpenis ineinander verliebt seien. Ich konnte es kaum ertragen, ihn zu lesen, denn er war ungefähr so aufrichtig wie damals, als sie sich dafür entschuldigte, dass sie in unserem Literaturkurs in der Oberstufe meinen Aufsatz anstelle ihres eigenen eingereicht hatte.

Dann bekam ich SMS-Nachrichten von ihr, in denen sie mich bat, meinen Namen aus unserem Mietvertrag zu streichen, damit Parker bei ihr einziehen konnte. Es scheint, dass das Wohnhaus Regeln gegen die Untervermietung hat und mein Name auf diesem Stück Papier negative Auswirkungen auf ihre Pläne hatte. Zugegeben, diese winzige Form der Rache fühlte sich zu gut an, um nachzugeben, also ignorierte ich ihre Nachrichten monatelang.

Aber die Einladung im Haus meines Vaters zu sehen, fühlt sich nicht gut an. Warum laden sie ihn zu ihrer Hochzeit ein? Warum muss er dabei sein, wenn er nicht mehr mit Rosalies Mutter verheiratet ist? Sie reden nicht einmal mehr miteinander, glaube ich.

Meine Finger streichen über einen Zettel, der auf der Rückseite der Einladung klebt. Ich ziehe ihn ab und sehe, dass er in der Handschrift meiner Ex-Stiefschwester gekritzelt ist.

„Daddy, würdest du mir die Ehre erweisen, mich zum Altar zu führen und mich an die Liebe meines Lebens zu übergeben? Ich kann mir

niemanden vorstellen, dessen Hand ich lieber halten würde. In Liebe für immer, Deine Tochter Rose"

Ich blinzle schnell, da es sich auf unheimliche Weise so anfühlt, als wäre ich gerade angeschossen worden. Mein Blick schweift durch die graue, sterile Küche, auf der Suche nach versteckten Kameras, denn ich werde sicher verarscht. Dieser lächerliche Zettel kann unmöglich echt sein! Ich meine, ich weiß, dass Rosalie Vaterkomplexe hat, seit ihr leiblicher Vater verschwunden ist, aber das bedeutet nicht, dass sie meinen für immer behalten darf.

Aber die Nachricht ist echt. Und es steht außer Frage, was sie verlangt.

Plötzlich geht die Wohnungstür auf. Ich nehme die Einladung von der Theke und eile hinüber, um meinen Vater am Eingang zu treffen.

„Was soll das?", zische ich mit vor Zorn bebender Stimme.

Charles Harris ist ein hochgewachsener Mann mit vollem, dunklem Haar, das anscheinend niemals ergrauen wird. Er starrt mich mit seinen kantigen Zügen an, während ein misstrauischer Ausdruck in seinen Augen flackert. „Das solltest du eigentlich nicht sehen", antwortet er scharf in seinem schwachen britischen Akzent.

„Gehst du zur Hochzeit?", blaffe ich zurück, als er seine Jacke auszieht und an einen Haken hängt.

Er atmet schwer aus und schreitet an mir vorbei in Richtung Küche. „Das ist keine große Sache, Alice."

Ich folge ihm. „Es ist eine große Sache. Sie bittet dich, sie zum Traualtar zu führen! Das scheint eine sehr große Sache zu sein."

Er holt ein Glas aus dem Schrank und dreht sich zu mir um. „Es hat wirklich nichts mit dir zu tun."

„Es hat nichts mit mir zu tun?", schreie ich, als meine Wut überkocht. „Er war *mein Freund*, nicht ihrer! Du bist *mein Vater*, nicht ihrer! Und dass du eine Beziehung mit ihr aufrechterhältst, ist ein absoluter Verrat an mir. Wenn du sie zum Traualtar führst und sie an ihn übergibst, billigst du im Grunde alles, was sie mir angetan haben!"

Er rollt mit den Augen und füllt sein Glas am Wasserhahn. „Du weißt doch, wie Rosalie ist. Wenn sie etwas will, ist sie unerbittlich."

„Wen interessiert das? Sie ist nicht mehr dein Problem!"

Er stellt das Glas ab und nimmt mir die Einladung aus der Hand. Er steckt sie in eine nahegelegene Küchenschublade, als würde das Verstecken der Einladung all das verschwinden lassen.

„Du machst ein Drama, Alice, und ich werde nicht mit dir reden, wenn du so bist."

Er nimmt das Glas in die Hand, um erneut einen langen Schluck zu trinken. Ich sehe ihm zu, während sich meine Augen mit Tränen füllen, die ich wegen des Verlusts meines Ex oder von Rosalie nie zu vergießen vermochte. Aber die Tränen um meinen Vater scheinen ungehindert zu fließen.

„Ich weiß gar nicht mehr, was ich hier mache", krächze ich, gehe zum Tisch hinüber und greife nach meiner Handtasche.

Er mustert mich misstrauisch. „Ich dachte, du wolltest zu Abend essen."

„Nicht hier, in deiner Wohnung. Ich weiß nicht, was ich in Chicago mache. In deinem Leben. Wir sprechen kaum miteinander, weil du mich nicht mehr brauchst. Du hast Rosalie. Ich weiß nicht, warum ich überrascht bin. Sie hatte dich doch immer um den Finger gewickelt", sage ich in dem Wissen, dass ich kindisch klinge, aber ich erinnere mich an all die Male, in denen sie meinen Vater manipuliert hat, um zu bekommen, was sie wollte.

„Du bist unvernünftig."

Ich nicke nachdenklich, bevor das Bild meines Vaters, der Rosalie in ihrem weißen Hochzeitskleid zum Altar führt, in meinem Kopf aufblitzt. Das Bild bereitet mir Bauchschmerzen, denn sie hat kein Recht, mir diesen Moment zu nehmen. Und das nicht, weil mir Rosalie oder Geisterpenis noch etwas bedeuten. Sondern weil die Verwicklung meines Vaters in ihre Beziehung und seine Ambivalenz mir gegenüber den Boden erschüttert, auf dem ich gehe.

„Ich muss gehen", sage ich, drehe mich auf dem Absatz um und verlasse die Küche.

„Wohin gehst du?", fragt er flach und völlig emotionslos.

„Ich weiß nicht", rufe ich über die Schulter. „Aber egal wo ist um Längen besser als hier."

KAPITEL 6

Allie

Ein paar Monate später

VI ERGREIFT MEINE HAND UND ZERRT MICH MIT DEM REST DES Harris-Clans auf das Spielfeld von Old Trafford, um Gareth bei seiner Abschiedsrede für Manchester United zu unterstützen. Bei meiner Zusage herzukommen dachte ich, ich würde mir das Spiel mit den anderen gewöhnlichen Leuten von der Tribüne aus ansehen. Ich wusste nicht, dass ich bei der endgültigen Verabschiedung dabei sein würde.

Das Stadionlicht blendet uns, als wir uns dem Mittelfeld nähern, wo Gareth mit einem Mikrofon steht. Er ist schweißgebadet und trägt seine Red Devils-Ausrüstung, während sich seine Stollen in den grünen Rasen unter seinen Füßen graben.

Er lächelt leicht und hebt das Mikrofon an seinen Mund. „Heute Abend verabschiede ich mich von diesem Stadion und dem wunderbaren Spiel namens Fußball." Ein Gefühlsausbruch überrascht ihn, als er zu den fünfundsiebzigtausend schreienden Fans aufschaut, die nur für ihn auf den Tribünen sitzen.

Ich schaue mich nach der Familie Harris um, die neben ihm steht. Trotz der Scheinwerfer, die auf sie gerichtet sind, wirken alle genauso emotional. Dies ist nicht nur ein letztes Spiel für Gareth, sondern auch ein Meilenstein für ihre Familie. Gareths Karriere im Profifußball ist in der ganzen Welt bekannt, und ihm dabei zuzusehen, wie er sich davon verabschiedet, um mehr Zeit mit seiner wachsenden Familie zu verbringen, ist in mehr als einer Hinsicht etwas Besonderes.

Ich schaue mich bei den anderen Brüdern um und frage mich, wie lange sie dem Sport noch treu bleiben werden, da auch ihre Familien zu wachsen scheinen. Ich hatte einmal vermutet, dass alle Harris-Brüder als ewige Junggesellen enden würden, aber hier stehen sie mit Ehefrauen unter dem Arm und einem Lächeln im Gesicht.

Schockierenderweise waren die Zwillinge die ersten, die eine feste Bindung eingegangen sind. Die beiden haben brillante Ärztinnen an Land gezogen, die zufällig auch noch beste Freundinnen sind. Camdens Frau Indie ist derzeit die Teamärztin von Onkel Vaughns Club, und Tanners Frau Belle ist pränatale Chirurgin, die Babys rettet, während sie noch im Mutterleib sind.

Der Jüngste, Booker, hat vor etwa sechs Monaten seine beste Freundin aus Kindertagen, Poppy, geheiratet. Ich habe lediglich Fotos ihrer einjährigen Überraschungszwillinge Oliver und Teddy gesehen und kann schon jetzt sagen, dass diese beiden süßen Teufel genauso frech sein werden wie ihre Onkel.

Die Hochzeit von Gareth und Sloan fiel klein aus, da es sich um Sloans zweite Ehe handelt. Aber sie waren offensichtlich sehr beschäftigt, denn Sloan drückt ihren vier Wochen alten kleinen Jungen Milo an ihre Brust. Gareth greift nach unten und hebt Sloans zehnjährige Tochter Sophia in seine Arme. Sophia stammt aus Sloans erster Ehe, aber der Name HARRIS steht groß und stolz auf ihrem Rücken.

Die Hochzeit von Vi und Hayden fand im engsten Familienkreis statt und wurde in letzter Minute geplant. Ihre kleine Tochter, die sie alle Rocky nennen, soll ein perfektes Blumenmädchen gewesen sein.

Ihre Gruppe erstaunt mich, wie sie mit ihren neuen Ehepartnern und neuen Babys zusammenstehen. Die Harris-Brüder sind weltweite Superstars, und doch sind sie alle noch in der Lage, für diesen Moment zusammenzukommen. Das ist es, was eine Familie ausmachen sollte. Blut, Engagement, Loyalität, Unterstützung. Nicht um versteckte Einladungen und ignorierte emotionale Reaktionen.

„Ich spiele seit über einem Jahrzehnt in der Verteidigung und es ist an der Zeit, dass ich im Leben eine andere Rolle einnehme. Ein Fan, ein Freund, ein Bruder, ein Onkel, ein Ehemann …, ein Vater." Gareths Stimme bricht am Ende, als er auf seinen Sohn in Sloans Armen blickt. Er drückt Sophia noch einmal und findet in ihrem strahlenden Lächeln die Kraft, weiterzumachen.

„… es kommt ein Punkt im Leben, an dem man anfangen muss, mit dem Herzen zu denken und nicht mehr mit dem Kopf. Und mein Herz ruft mich nach Hause. Zu meiner Familie." Gareth beendet seine Rede unter dem tosenden Jubel der Fans und nimmt seine Familie in die Arme. Vi zieht mich zu sich heran und lacht, während Vaughn Rocky auf seine Schultern hievt, um eine Siegesrunde um das Spielfeld zu drehen.

Auch mir steigen Tränen in die Augen. Die Gründe, warum ich hier bin, sind vielleicht etwas egoistisch, aber ich bin dankbar, dass ich dies aus nächster Nähe miterleben konnte. Es hilft mir, zu erkennen, dass es auf der Welt noch echte Beispiele für Familie gibt.

Nachdem wir das Stadion verlassen haben, fahren wir zu Gareths Haus in Manchester, das etwas außerhalb von Astbury liegt. Es ist ein unglaubliches architektonisches Gebäude aus Glas, eingebettet in die atemberaubende englische Landschaft. Er, Sloan, Sophia und Milo planen, ganz in ihrem Haus in Hampstead zu leben, damit Sloan näher an der Modeboutique ist, die sie mit ihrer besten Freundin Freya und Haydens Schwägerin Leslie betreibt.

Das Abendessen ist ein lautes, typisches Harris-Familienessen, mit Streitereien, Fußball-Geplauder und jeder Menge Sticheleien. Ich lache mit allen mit, als sie mir von ihrem Leben erzählen, und ich bin überglücklich, als Tanner mir mitteilt, dass seine Frau Belle im vierten Monat schwanger ist.

„Wisst ihr schon, was es wird?", frage ich, während ich zu Belle hinüberblicke, die eine dunkelhaarige, dunkeläugige Sexbombe mit den entsprechenden Kurven ist.

Belle lächelt geheimnisvoll. „Ich weiß es, aber nur, weil wir letzte Woche im Krankenhaus einen Scan gemacht haben. Tanner will es allerdings nicht wissen."

„Verdammt richtig, das will ich nicht", erklärt Tanner. „Ich will am großen Tag überrascht werden."

„Weißt du es?", frage ich und schaue zu Camdens Frau Indie hinüber. Da sie Belles beste Freundin ist, könnte sie Insider-Infos haben.

Indie schüttelt den Kopf, ihre roten Locken fallen ihr ins Gesicht, während sie an ihrer Brille mit Gepardenmuster herumfummelt. Sie ist so niedlich, und die Tatsache, dass Camden sie „Brillchen" nennt, lässt mich ein wenig ins Schwärmen geraten, weil sie zusammen so süß sind. „Ich kann keine Geheimnisse bewahren, also darf ich es nicht wissen. Wenn ich es weiß, wird Camden es aus mir herausbekommen. Dann wird er es an Tanner weitersagen. Das ist ein schrecklicher Dominoeffekt."

Camden wendet sich mit verletzter Miene an seine Frau. „Das ist nicht fair! Ich würde sagen, ich bin in letzter Zeit ziemlich gut darin, Geheimnisse zu bewahren, Brillchen!"

Indies Augen verengen sich hinter ihrer Brille, als alle am Tisch verstummen und ihre Aufmerksamkeit auf sie richten. „Camden!" Indie zischt die Warnung leise, bevor sie uns alle nervös anlächelt.

„Nein. Ich bin beleidigt, dass du denkst, ich könne keine Geheimnisse bewahren." Camden wirft seine Serviette auf seinen Teller und lehnt sich zurück, um einen Arm über Indies Stuhl zu legen. „Wir haben uns davongeschlichen, um in Schottland zu heiraten, ohne dass ich es verraten habe. Und du bist jetzt seit zwei Monaten schwanger und ich habe es keiner Menschenseele erzählt."

„Camden!", quiekt Indie mit feuerroten Wangen.

„Du bist schwanger?", kreischt Belle, und ihre Stimme steigt in eine Tonlage, die Hunde in die Flucht schlagen würde.

Nach einer kurzen, bedeutungsvollen Pause richtet Indie ihren Blick an Tanner vorbei, der zwischen ihr und Belle sitzt, und antwortet: „Wir wollten es allen nach Gareths großem Abend sagen. Ich bin erst in der achten Woche …"

„Ahhh!", schreit Belle und stürzt sich über Tanner hinweg, um die Arme um Indie zu legen. „Wir sind zusammen schwanger! Ich kann nicht glauben, dass wir es tatsächlich geschafft haben!" Sie schreien weiter über Tanners Kopf, während der Rest des Tisches seine Glückwünsche ausspricht.

Bookers Frau Poppy zerzaust sich ihr kurzes blondes Haar und murmelt ihrem Mann zu: „Sie sollten besser um zusätzliche Scans bitten, damit sie nicht so überrascht werden wie wir."

Er lacht herzhaft, aber seine Augen werden weicher, als sie auf seiner Schwester landen. Mein Blick folgt dem seinen zu Vi, und ich sehe, dass ihre Augen voller Tränen sind, die sie zu verbergen versucht. Aber es ist sinnlos. Sie laufen ihr über die Wangen und sie stößt ein ersticktes Lachen aus, während sie unsere Aufmerksamkeit abweist.

„Sophia, ich hoffe, du magst Babysitten!", ruft Vi aus und blickt zu Sophia am anderen Ende des Tisches hinunter. „Du könntest mit dieser fruchtbaren Gruppe reich werden!"

Sophia setzt sich eifrig nickend auf. „Mummy hat gesagt, dass ich diesen Sommer einen Babysitter-Kurs machen kann!"

Tanner spitzt bei ihrer Antwort die Ohren. „Heißt das, du wirst tatsächlich auf *mein* Kind aufpassen, Soph?" Er lehnt sich über den Tisch und sieht sie spielerisch an. „Das Baby wird mit mir verwandt sein, und wir alle wissen, was du von mir hältst."

Sophia rollt mit ihren großen braunen Augen in typischer Tween-Manier und sagt: „Ich denke, wenn ich babysitten kann, dann kann ich auch alles wieder in Ordnung bringen, was du bei dem Baby falsch machen könntest."

Der Tisch bricht in Gelächter aus, und Gareths Augen funkeln vor Stolz, während er das Haar seiner sehr klugen Tochter zerzaust.

Im Laufe des Abends wird noch viel gelacht. Erst bei Käsekuchen und Kaffee richtet Vaughn seine Aufmerksamkeit auf mich. „Also, Alice, wie lange bleibst du in London?"

Ich spüre, wie alle Blicke auf mir landen, als ich meine Gabel in mein Dessert steche. „Ähm, tatsächlich eine Weile."

„Ach?", fragt er neugierig.

„Ja", sage ich, lasse meine Gabel sinken und reibe meine Handflächen an meiner Jeans, um den Schweiß zu trocknen. Ich weiß nicht, warum ich so nervös bin, ihnen diese Neuigkeit zu erzählen, aber ich bin es. „Ich wollte euch mitteilen, dass ich gerade nach London gezogen bin."

„Was?", kreischt Vi aufgeregt, wobei sie meinen Unterarm packt. „Wann? Für wie lange?"

Ich zucke mit den Schultern. „Ich bin vor einer Woche hierher-gezogen und werde wohl so lange bleiben, wie ich möchte. Mein Chef ist vor ein paar Monaten hierhergewechselt und ich habe ihn gefragt, ob ich mich ihm anschließen kann."

„Oh mein Gott, das ist ja genial!", schreit Vi und zieht mich in eine Umarmung. „Wo wohnst du denn? Du hast mir gesagt, du hast ein Hotel."

„Ich bin im Moment in einem Hotel." Ich zwinge mich zu einem Lächeln, denn das Hotel ist nicht ideal. Es ist super alt, klein und riecht muffig. Aber mehr konnte ich mir nicht leisten, und ich wollte meinen Vater bestimmt nicht um Geld bitten. „Sobald ich eine Wohnung gefunden habe, werden die Möbelpacker den Rest meiner Sachen aus Chicago schicken. Ich habe Mühe, eine Wohnung zu finden, die ich mir mit dem Gehalt einer Assistentin leisten kann, also suche ich einen Mitbewohner."

„Einen Mitbewohner?", ruft Gareth und schiebt Milo von einem Arm auf den anderen, nachdem Sophia sich auf ihren Stuhl gesetzt hat, um zu essen. „Du bist sechsundzwanzig, richtig? Du brauchst keinen *Mitbewohner*, Allie-Cat."

Ich blinzle ihn schnell an. „Ähm, ich brauche unbedingt einen Mitbewohner, weil ich weiß, wie viel Geld ich verdiene."

Gareth wirft mir einen strengen Blick zu. „Für wen arbeitest du? Die sollten doch sicher genug für die Lebenshaltungskosten in London zahlen."

Ich lächle und wende meinen Blick allen zu, die mich beobachten. „Nun, der Umzug war meine Idee, also habe ich nicht viel in Sachen Umzugskosten bekommen. Ich glaube, sie haben es nur erlaubt, weil ich die doppelte Staatsbürgerschaft habe."

„Für welche Firma arbeitest du?", fragt Vaughn, scheinbar unsicher über meinen Arbeitgeber, denn diese Familie hat keine Ahnung, wie es ist, Teil der normalen Arbeiterklasse zu sein.

Ich setze ein weiteres Lächeln auf. „Das ist die andere Überraschung. Ich bin die Chefassistentin von Niall Capelle, dem Senior Vice President für die neue Unterhaltungsabteilung bei J&S Public Relations."

Vaughn richtet sich in seinem Stuhl auf. „Das ist der, den wir gerade für das Team angeheuert haben."

„Ich weiß", antworte ich, beiße mir auf die Lippe und hoffe, dass mein Onkel genauso begeistert ist wie ich. „Ich habe im Büro in Chicago unter Niall gearbeitet, bevor er gegangen ist. Wegen der Familienverbindung war ich mir nicht sicher, ob sie mich hier unter ihm platzieren würden. Aber da ich nur Assistentin bin und eure tatsächliche Vertreterin, sagten sie, es sei in Ordnung."

„Wow!", ruft Vi aus. „Du wirst also für Dads Club arbeiten?"

Ich zucke mit den Schultern. „Wahrscheinlich ist es eher Kaffee holen. Ich bin noch dabei, mich im Büro einzurichten. Ich bin mir ehrlich gesagt nicht sicher, wo ich im Großen und Ganzen sein werde, aber ich hoffe, einige von euch im Vorbeigehen zu sehen."

„Das wirst du", sagt Vi fest und ergreift meine Hand. „Wir essen jeden Sonntagabend in Dads Haus in Chigwell und erwarten, dass du dabei bist."

„Absolut", stimmt Vaughn zu, und sein Gesicht ist so ernst, wie ich es den ganzen Abend noch nicht gesehen habe. Er räuspert sich und fügt hinzu: „Was hält dein Vater davon, dass du wieder hier in London bist?"

Ich schrumpfe auf meinem Platz zusammen, da es das erste Mal ist, dass Vaughn von meinem Vater spricht. An seinem angespannten Gesichtsausdruck erkenne ich, dass es für ihn nicht leicht ist. Die Kluft zwischen Vaughn und meinem Vater entstand nach dem Tod von Tante Vilma, und keiner von beiden hat sich je bemüht, die Distanz zu überwinden.

„Er freut sich für mich", erkläre ich freundlich, auch wenn ich es nicht glaube. Er hat lediglich nach meiner Gehaltserhöhung gefragt, nicht nach meinen emotionalen Gründen für den Umzug. „Natürlich wünscht er sich immer noch, ich wäre Juristin geworden und hätte in seiner Kanzlei in Chicago gearbeitet, aber ich genieße, was ich tue, auch wenn es noch nicht so gut bezahlt wird."

„Ich werde deine Wohnung übernehmen", verkündet Gareth vom anderen Ende des Tisches, während er sich einen Bissen Käsekuchen in den Mund schiebt, als hätte er mir gerade gesagt, wie das Wetter heute ist.

„Du übernimmst gar nichts", gebe ich scharf zurück. „Gareth, du bist mein Cousin, nicht mein Vater. Ich lasse nicht zu, dass du für mich bezahlst."

„Es gibt eine Menge Verrückte in London, Allie-Cat", blafft Gareth mit finsterem und nachdrücklichem Tonfall. „Du kannst nicht einfach nach links wischen, um einen Mitbewohner zu finden."

„Woher weißt du überhaupt, was nach links wischen bedeutet?", wirft Tanner ein, der verwirrt die Augen zusammenkneift. Schließlich haben wir, bevor Gareth Sloan kennenlernte, nie von ihm mit einer anderen Frau gehört.

Gareth zuckt mit den Schultern. „Ich habe gehört, wie das Team darüber geredet hat … Wie auch immer, Tanner. Du weißt, was ich meine. Sie kann nicht mit einfach irgendjemandem zusammenwohnen."

„Nun, das weiß ich verdammt gut!", antwortet Tanner.

Belle meldet sich mit einem Achselzucken zu Wort. „Sie haben irgendwie recht. Es hat Jahre der Freundschaft mit Indie gebraucht, bis ich ihr genug vertraut habe, um sie bei mir einziehen zu lassen."

„Weil du dachtest, ich sei verrückt?", kreischt Indie verletzt und überrascht.

„Ich traue Jungfrauen nicht", sagt Belle leise, und Vaughns Gesicht erblasst vor Entsetzen. Zum Glück sitzt Sophia am anderen Ende des Tisches und hat sie nicht gehört. Rocky und die Zwillinge sind schon seit einer Stunde im Bett, sodass ihre kostbaren kleinen Ohren sicher sind.

„Lass uns heute Abend einfach mein ganzes Privatleben auf den Tisch legen, ja?" Ihre Augen weiten sich, als Camden den Mund öffnet, und sie klatscht schnell ihre Hand darüber.

Poppy lässt sich von dem Spektakel nicht abschrecken und lehnt sich über den Tisch, um zu fragen: „Hast du nicht einen Freund aus deiner Kindheit, mit dem du vielleicht wieder Kontakt aufnehmen kannst? Das habe ich mit Booker gemacht, als ich zurück in die Stadt kam." Poppy lächelt Booker an.

Booker hebt die Brauen und sagt: „Und es hat nur zu einer ungewollten Schwangerschaft geführt, es hätte also wesentlich schlimmer kommen können." Poppy stößt ihn mit dem Ellbogen in die Rippen, aber er schafft es, hinzuzufügen: „Na ja, zwei ungewollte Schwangerschaften, denn es waren Zwillinge."

„Und sieh nur, wie glücklich du damit bist", sagt Vi mit warnendem

Blick zu Booker. „Du frecher Kerl. Du musst nicht zum selbstgefälligen Ferkel werden, nur weil deine Babys im Bett sind." Mit zusammengezogenen Augenbrauen richtet Vi ihre Aufmerksamkeit wieder auf mich. „Ich würde ja sagen, du kannst bei uns wohnen, aber wir haben keinen Platz. Ehrlich gesagt, sind wir schon seit einer Weile auf Wohnungssuche."

Hayden sieht mich bedauernd an. „Du solltest mit uns über die Viertel sprechen, die du dir ansiehst, damit wir dir sagen können, ob sie sicher sind."

„Im Haus in Chigwell gibt es genug Platz. Du wirst dort wohnen, bis du etwas Passendes gefunden hast", verkündet Vaughn sachlich, scheinbar nicht gewillt, sich dieses Gespräch noch länger anzuhören.

„Leute! Ich bitte nicht darum, bei jemandem einzuziehen!", rufe ich aus und halte die Hände hoch, um sicherzugehen, dass mich alle noch sehen, denn sie reden schon seit Ewigkeiten über mich, als wäre ich nicht hier. „Mein Hotelzimmer ist in Ordnung für den Moment. Ich komme klar."

„Aber wir haben Platz", sagt Indie leise und sieht zu Camden hinüber, der zustimmend nickt. „Unser Stadthaus in Notting Hill hat drei ganze Stockwerke. Das oberste Stockwerk hat sogar eine eigene Küche und ein eigenes Bad, du würdest also wirklich nicht stören. Du könntest dort so lange bleiben, wie du willst."

Ich atme schwer aus, denn jetzt hat sich jeder bezüglich meiner Wohnsituation eingeschaltet und ich bin mir verdammt sicher, dass ich hier nicht rauskomme, ohne bei einem der Harris-Brüder einzuziehen. Und da meine anderen Optionen für sie inakzeptabel zu sein scheinen, ergebe ich mich dem Geringsten aller Übel.

„Wenn ihr sicher seid, dass ich nicht im Weg sein werde", antworte ich Camden und Indie.

„Das ist kein Problem!", brüllt Camden fröhlich. „Solange du mich ignorierst, wenn ich aus der Dusche ‚Tor' rufe, wirst du eine tolle Mitbewohnerin sein."

Indie errötet und ich runzle die Stirn. *Diesen Köder werde ich auf keinen Fall schlucken.*

KAPITEL 7

VAUGHN HARRIS STEHT AUF EINER BANK IN DER UMKLEIDEKABINE, während wir langsam unsere Sachen ausziehen. Es ist Mitte Mai, und wir haben gerade unser letztes Spiel der regulären Saison gegen Newcastle mit einem überwältigenden Vier-Null-Sieg beendet, wobei eines dieser Tore von mir erzielt wurde. Abgesehen von ein paar Freundschaftsspielen, mit denen wir für unseren Aufstieg in die Premier League werben wollen, ist es Zeit für eine wohlverdiente Auszeit in der Welt des Fußballs. Ich kann es kaum erwarten.

„Großartiges Spiel heute Abend, meine Herren", sagt Vaughn, dessen Stimme vom vielen Schreien am Spielfeldrand etwas rau klingt. „So beendet man die Saison im Tower Park!"

Das Team bricht in Jubel aus, und Tanner grinst mit einem gruseligen Blick in seinem bärtigen Gesicht zu mir herüber, was, wie ich gelernt habe, für seinesgleichen nichts Ungewöhnliches ist. Viele von Tanners Mienen ähneln dem Blick eines räuberischen Stalkers, aber das ist offensichtlich nur sein Gesicht.

Er streckt mir seine Faust mit einer Geste entgegen, die ich voller Stolz erwidere. Der Tanner Harris, den ich in der letzten Saison kennengelernt habe, ist ein ganz anderer Typ als der, den ich kennengelernt habe, als ich damals nach London gezogen bin. Ich weiß nicht, ob es daran liegt, dass er verheiratet ist und ein Kind erwartet, oder daran, dass seine Frau seine Eier ständig in ihrer Handtasche aufbewahrt. Wie auch immer, ich bin trotzdem dankbar, da ich endlich Vertrauen in meine Position im Team habe.

Plötzlich stellt Tanner sich auf seinen Stuhl, packt seine

Kronjuwelen und brüllt über den Jubel der anderen hinweg: „Lasst uns in der nächsten Saison bis zu den Eiern in der Premier League spielen, Freunde!"

Alle johlen vor Freude, stehen auf und fassen sich aus Solidarität mit ihrem Mannschaftskapitän in den Schritt. Ich schaue zu Vaughn hinüber, der von den Heldentaten seines Sohnes zwar nicht beeindruckt, aber auch nicht überrascht aussieht.

Scheiß drauf. Ich stehe auf und greife mir ebenfalls an die Eier. Von den Wänden der Umkleidekabine hallt ein eifriger Gesang wider, und ich kann nicht anders, als darüber zu lachen, was für einen Unterschied zwei Jahre machen können.

Als ich aus Südafrika hierherzog, hätte ich nie erwartet, dass unser Team so schnell in die Premier League aufsteigen würde. Vor allem, weil Tanner mich während des größten Teils meiner ersten Saison nicht ausstehen konnte. Ich dachte, es wäre unwahrscheinlicher, von ihm eine Torvorlage zu bekommen, als dass er seine heiße Arztfreundin für eine Nacht mit mir teilt. Aber nach dem heutigen Spiel habe ich meine Saison mit vierzehn Toren und sieben Vorlagen abgeschlossen und damit die erfolgreichste Saison meiner Fußballkarriere hinter mir.

Plötzlich erblicke ich den neuen PR-Vertreter des Teams, der vorbeikommt, während wir uns alle an die Eier fassen und wie Idioten aufführen. Niall Capelle ist ein aalglatter Mittvierziger, der einen teuren Anzug und eine pastellrosa Krawatte trägt. Er fährt sich mit der Hand durch sein gegeltes blondes Haar, während er alles tut, um nicht mit einem unserer verschwitzten Körper zusammenzustoßen. Er stellt sich neben Vaughn, der von der Bank steigt und die Hände hebt, um die Mannschaft zu beruhigen.

„He, hören wir uns an, was Mr. Capelle zu sagen hat, dann könnt ihr alle wieder eure Hosenschlangen packen."

Das Team lacht und verstummt widerwillig, als Mr. Capelle mit einem sanften amerikanischen Akzent zu sprechen beginnt. „Hören Sie, meine Herren, ich weiß, dass Sie mich noch nicht sehr gut kennen, da unsere PR-Firma erst vor Kurzem an Bord gekommen ist, aber Sie können sich ruhig schon mal an meinen Anblick gewöhnen. Ich werde in der Sommerpause eine Menge großartiger Werbemöglichkeiten anschieben. Der Aufstieg in die Premier League in der nächsten Saison bedeutet für uns alle, dass wir unser Spiel verbessern und der Öffentlichkeit eine saubere Fassade präsentieren müssen. Ich hoffe, dass der Bethnal Green F. C. noch viele Jahre in der Premier League bleiben wird und wir diese Organisation noch größer machen können, als sie bereits ist."

Das Team bricht in Jubel aus und einige der Jungs geben sich gegenseitig ein High Five. „Ich hoffe, einige von Ihnen heute Abend bei der Wohltätigkeitsveranstaltung im West End zu sehen, die dem Ausbau des LGBTQ+-Gemeindezentrums zugutekommt. Sie alle sollten eine E-Mail mit den Details erhalten haben. Sie findet im Café de Paris statt. Und da Sie gerade Ihr letztes Spiel der regulären Saison absolviert haben, wird Ihr Manager vielleicht keine Ausgangssperre verhängen?", fügt Mr. Capelle hinzu.

Vaughn blickt Mr. Capelle finster an und antwortet ohne Pause: „Um Mitternacht ist Sperrstunde, denn alles, was nach Mitternacht passiert, bringt nur Ärger." Vaughn lächelt über die Mischung aus Lachen und Stöhnen aus dem Team und fügt hinzu: „Viel Spaß und gute Arbeit heute Abend, meine Herren." Dann verlässt er die Umkleidekabine, Mr. Capelle dicht auf den Fersen.

„Hey, geht ihr heute Abend hin?", frage ich Tanner und Booker, die ein Stückchen weiter unten auf der Bank sitzen als ich. „Oder musst du nach Hause zu den Zwillingen, Booker?"

Der jüngste Harris-Bruder lächelt mich an. Die Geste ist so kindlich, dass ich mich daran erinnern muss, dass der Mann als unser Torwart eine Bestie ist und erst vor einem Jahr den Weltmeisterschaftstitel für England gewonnen hat.

Er räuspert sich und antwortet: „Wir gehen aus. Wir haben unserer Cousine versprochen, mit ihr eine Nacht in London zu verbringen. Sie ist erst letzte Woche von Chicago hierhergezogen, und wir dachten uns, dass der VIP-Zugang zu einem Nachtclub wahrscheinlich die beste Willkommensparty ist, die wir ihr geben können."

Mir gefriert das Blut in den Adern. „Eure", ich räuspere mich,

„eure Cousine? Nicht eine Harris-Cousine aus Chicago, die ich nicht kenne?"

Booker runzelt die Stirn über meine wahnsinnig spezifische Antwort und schüttelt den Kopf. „Nein, unsere Cousine, Allie Harris. Du kennst sie, dachte ich? Du warst ihr Date auf Tante Fionas Hochzeit."

Mein ganzer Körper versteift sich, als ich stammle: „Oh ja, ich erinnere mich an sie. Ich, ähm, wusste nur nicht, dass sie hierherzieht. Wir, ähm, sind nicht in Kontakt geblieben."

„Fang heute Abend nichts mit ihr an, klar?", blafft Tanner, der mich mit zusammengekniffenen Augen ansieht. „Das ist ihr Willkommensabend in London, und ich werde nicht zulassen, dass du sie uns wegnimmst. Mir gefällt der Gedanke nicht, meine eigene Cousine zu einem Bacon-Sandwich zu machen, aber ich werde es tun, wenn es sein muss."

Booker rümpft die Nase, als er aufsteht und sich das Shirt auszieht. „Nein, Tan. Einfach … nein."

„Was?", fragt Tanner, während er das Band aus seinem Männerdutt zieht und sein langes blondes Haar über seine Schultern fallen lässt. „Ich sage ja nicht, dass ich sie an unanständigen Stellen lecken würde."

„Stopp", sagt Booker, macht ein Gesicht, als müsste er sich übergeben und wendet sich den Duschen zu.

Tanner folgt. „Ich würde nur ihre Hand lecken oder so. Vielleicht an einem Knöchel. Oder ihren Ellbogen? An Ellenbogen ist nichts sexy."

„Du brauchst Hilfe", schnauzt Booker über seine Schulter.

„Weißt du was, ich habe es satt, dass du alles, was ich sage, so verdrehst, dass es pervers ist … Du bist derjenige, der die Bacon-Sandwich-Regel sexualisiert."

Ihre streitenden Stimmen verstummen und lassen mich nach der Bombe, die sie gerade auf mich abgeworfen haben, mit einem schweren Fall von „Was zum Teufel" zurück.

Allie Harris ist nach London gezogen?

Ich drehe mich zu meinem Schrank und halte mich mit den Händen am Rahmen fest, um das Gleichgewicht zu halten. Wenn ich ehrlich bin, habe ich seit jener Nacht mindestens zwanzigtausendmal an sie gedacht. Sie brach herein wie ein wunderschöner goldener Sturm, in dem ich mich einfach verlieren musste. Sie war nicht nur umwerfend, sondern hatte auch eine Entschlossenheit an sich, die irgendwie unvollkommen schien. Oberflächlich betrachtet, sah ich Kraft und Gelassenheit. Aber es gab Zeiten, in denen sie einen Hauch von Zerbrechlichkeit zeigte, die ich unbedingt in Ordnung bringen wollte.

Normalerweise bin ich nicht der Typ, der Frauen rettet, denn ich habe genug in meiner Familie, die auf mich angewiesen sind. Aber Allie war anders. In ihrer Schwäche steckte Stärke, und das war für mich eine tödliche Kombination. Deshalb habe ich eine Ausnahme von der Regel gemacht, dass ich keine One-Night-Stands habe. Ich konnte sie nicht aus meinem Leben gehen lassen, ohne sie wenigstens einmal gekostet zu haben.

Und verdammt noch mal, diese Verbindung übertrug sich im Schlafzimmer auf eine Weise, die ich mir nie hätte vorstellen können. Wir verbrachten Stunden mit Ficken, Lachen und Reden. Vielleicht lag es daran, dass wir beide wussten, dass es keine Erwartungen gab, die über diese eine Nacht hinausgingen. Wie auch immer, Allie Harris war der beste Sex meines Lebens, und ich habe die letzten zwei Jahre damit verbracht, jede Frau, die mir begegnet ist, mit ihr zu vergleichen.

Ich hatte die Absicht, sie nach ihrer Nummer zu fragen, aber sie schlich sich aus dem Hotelzimmer, noch bevor die Sonne aufging.

„Was ist los?", dröhnt eine Stimme hinter mir, woraufhin ich zusammenzucke.

Mit klopfendem Herzen drehe ich mich auf dem Absatz um und sehe meinen Mitbewohner und Mittelfeldspieler Maclay Logan, der an einem Spind lehnt und mich neugierig beobachtet. Seine stark tätowierten Arme sind vor der Brust verschränkt und bilden einen Kontrast zu der wilden Mähne aus kindlichem, kastanienrotem Haar auf seinem Kopf. Der Kerl ist gebaut wie ein Backsteinhaus und der größte Fußballspieler, den ich kenne, der nicht als Torwart aufgestellt ist.

Seine Augen sind auf mich gerichtet, also schüttle ich schnell meine angespannte Haltung ab und antworte entspannt: „Nichts."

„Scheiß drauf. Du bist aufgewühlt“, knurrt er mit seinem schottischen Akzent zurück.

„Ich bin nicht aufgewühlt“, sage ich abwehrend.

Macs grüne Augen funkeln herausfordernd. „DeWalt, du bist das Aufgewühlteste, das ich je gesehen habe! Jetzt rück raus damit, was deinen Arsch raufgekrochen ist.“

Ich rolle mit den Augen und verfluche den Tag, an dem ich diesen aufdringlichen Schotten in mein Leben gelassen habe. Wir wurden beide im selben Jahr für den Bethnal Green F. C. rekrutiert und tauschten uns aus, wie es Neulinge oft tun. Das bedeutete in der Regel, dass wir uns über die Familie Harris beklagten, Trainingssprints im Hyde Park absolvierten und eine obszöne Anzahl von Stunden Fortnite spielten wie ein paar lahme Teenager.

Mac wartet auf meine Antwort, also werfe ich einen flüchtigen Blick in Richtung der Duschen, um sicherzugehen, dass Tanner und Booker noch nicht zurück sind. Ich lehne mich nahe heran und sage mit leiser Stimme: „Allie Harris ist zurück.“

Macs Augenbrauen heben sich. „Fick dich.“

„Ich meine es ernst, Mann. Booker und Tanner haben es mir gerade erzählt.“

„Was macht sie hier?“

„Offenbar wohnt sie jetzt hier.“

Mac bricht in Gelächter aus und hält sich den Mund zu, als er vor lauter Vergnügen brüllt. „Scheiße, du bist verdammt.“

„Fick dich. Warum sagst du das?“, blaffe ich, verärgert darüber, dass er anscheinend etwas weiß, was ich nicht weiß.

„Weil du seit zwei verdammten Jahren nicht aufgehört hast, über das Mädchen zu reden“, dröhnt er. „Du hast praktisch schon eine Spielerfrau. Merk dir meine Worte. Sie wird bei unserem nächsten Spiel im Frauen- und Freundinnenbereich sitzen.“

„Verpiss dich, du Idiot. Ich kenne sie kaum. Wir hatten eine Nacht zusammen, das war nur ein wenig Jol … ein wenig Spaß“, erwidere ich und erkläre einen Begriff, der in Südafrika verwendet wird, wenn es um Spaß geht.

„Eine Nacht, die du unbedingt wiederholen willst, habe ich recht?"

Ich ziehe die Brauen hoch. „Ich meine, wenn ich ein Wörtchen mitzureden habe, verdammt ja."

Er lacht und schüttelt den Kopf. „Zukünftige Spielerfrau."

„Ich sagte doch, sie ist anders. Sie wollte es ohne weitere Verpflichtungen, als ich sie das letzte Mal gesehen habe. Ich habe noch nie eine Frau getroffen, die so offen zugegeben hat, nur einen zwanglosen One-Night-Stand zu wollen."

„Du bist nicht der Typ, der mit zwanglos umgehen kann", antwortet Mac wissend.

Ich verdrehe die Augen, weil es zwar irgendwie stimmt, aber nicht ganz. Ich bin nicht wie meine Teamkollegen, die sich Nacht für Nacht einfach von einem Bett ins nächste wälzen. Das ist nicht mein Stil. Ich bin der Typ, der jemanden gerne mehr als einmal mag, sobald er eine findet, die ihm zusagt. Aber nur einen Monat lang. Nach einem Monat fangen Frauen in der Regel an, sich zu binden, und Bindung schafft Drama. Ich bin eine dramafreie Zone. Aber ich habe eine sehr freudige Ausnahme gemacht und nur eine Nacht mit Allie Harris verbracht.

„Du willst sie also von einer Kostprobe zur Frau des Monats machen?", fragt Mac, während er lüstern mit den Augenbrauen wackelt.

Ich stoße einen langen Atemzug aus. „Weiß der Teufel. Es ist zwei Jahre her, seit ich die Frau gesehen habe. Vielleicht habe ich mir den Funken nur eingebildet."

„Gutes Argument", sagt Mac mit ernstem Blick. „Sie könnte inzwischen genauso gut verheiratet sein."

„Fick dich, Mann. Auf wessen Seite stehst du eigentlich?" Ich bin nicht stolz auf das frustrierte Knurren, das in meiner Brust vibriert.

Macs Augen weiten sich und er hält abwehrend die Hände hoch. „Schau dich einer an. Schon eifersüchtig."

Ein Schauer läuft mir über den Rücken. Ich drehe mich auf dem Absatz um, halte mich wieder an den Seiten meines Spinds fest und atme tief ein, um mich zu beruhigen. Das ist wie bei jeder anderen Frau auch, also warum rege ich mich so auf? Ja, ich habe vor zwei

Jahren eine Ausnahme für sie gemacht, aber das bedeutet nicht, dass sie eine besondere, seltene Blume ist, die mich verändern wird. Ich muss nur ein paar Informationen über sie herausfinden. Das ist alles.

Ich schaue über meine Schulter zu meinem besten Freund. „Wir gehen heute Abend in diesen Club, um herauszufinden, wie es um sie steht."

Mac lächelt breit und legt mir seine Hand auf die Schulter. „Ich bin für dich da, Junge."

Das Café de Paris ist ein Cabaret-Nachtclub, in dem normalerweise viele Dragqueens und Performer auftreten. Heute Abend ist es nicht anders. Es fühlt sich an, als würde man einen Zirkus betreten, während man auf einem LSD-Trip ist. Paillettenkostüme, Make-up, bunte Lichter und große Persönlichkeiten explodieren in allen Ecken und Winkeln. Ehrlich gesagt unterscheidet sich das nicht sehr von dem, womit ich in dem Tanzstudio aufgewachsen bin, in dem meine Mutter Diana arbeitet. Und da der beste Freund meiner Mutter zufällig Dragqueen ist, bekomme ich durch diese Kulisse sogar ein wenig Heimweh.

Ich war seit meinem Wechsel nicht mehr zu Hause und weiß, dass meine Mutter mich vermisst. Aber wenn ich ehrlich bin, kostet es Geld, nach Hause zu fliegen, und ich würde ihr dieses Geld lieber nach Hause schicken, damit sie Rechnungen bezahlen kann, als über die Feiertage nach Hause zu kommen.

Mac und ich folgen dem Türsteher durch den überfüllten Club, und er bringt uns zu der geteilten großen Treppe, die zum VIP-Bereich hinaufführt. Der erhöhte Bereich ist voll von tief hängenden Kristall-Kronleuchtern und bildet einen Kreis um die Tanzfläche. In diesem Bereich tummeln sich viele Londoner Prominente und Athleten aus verschiedenen Teams. Ich bin allerdings kein großer Fan der Londoner Gesellschaftsszene. Ich halte mich meist im Osten Londons und in kleinen Pubs auf, wo ich in Ruhe trinken kann und nicht am nächsten Tag ein Foto von mir auf einer Paparazzi-Seite zu sehen ist.

Wir holen uns einen Drink an der Bar und suchen uns einen Platz am Geländer mit Blick auf die Tanzfläche. Der Ort ist voll mit Leuten, die sich zu House-Musik aneinander reiben, während mein Blick durch den VIP-Bereich schweift, in der Hoffnung, den Harris-Clan zu finden. Sie sind normalerweise leicht auszumachen, da sie die lauteste Truppe im Raum sind.

„Vielleicht sind wir zu früh dran", sagt Mac so laut in mein Ohr, dass ich ihn über die Musik hinweg hören kann.

Ich nicke langsam, doch dann zieht ein unbekanntes Gefühl meinen Blick hinunter auf die Tanzfläche in der Nähe der vorderen Bühne. Eine goldene Mähne aus weichen Locken gleitet über den nackten Rücken einer Frau, die ein kurzes schwarzes Kleid trägt. Sie tanzt zur Musik, und ich bitte sie im Stillen, sich zu mir umzudrehen, damit ich meine Vermutung bestätigen kann.

Plötzlich erscheint mein Stürmer- und Teamkollege Tanner in seiner ganzen Männerdutt-Pracht neben ihr. Er ergreift die Hand der Blondine, wirbelt sie in einer unbeholfenen Bewegung herum und versperrt mir völlig die Sicht. Neben Tanner stehen Booker und seine Frau Poppy, die ich schon ein paarmal getroffen habe. Sie tanzt neben Tanners Frau Belle und unserer Teamärztin Indie, die mit Tanners Zwilling Camden verheiratet ist. Camden taucht aus dem Schatten auf und schlingt seine Arme um seine Frau, wobei er neckend ihren Bauch streichelt. Sie lacht und schubst ihn weg. Dann erhasche ich einen Blick auf den ältesten Harris-Bruder, Gareth, der seit kurzem im Ruhestand ist und in der Nähe mit seiner Frau Sloan tanzt.

Ich kann nur den Kopf über sie alle schütteln. So läuft das bei der Familie Harris. Wo einer hingeht, gehen sie alle hin. Selbst bei ihren vollen Terminkalendern für ihre jeweiligen Teams schaffen sie es, Zeit füreinander zu finden.

Ein gelber Lichtblitz erhellt die Tanzfläche, als sich die Blondine in meine Richtung dreht und mir einen Blick auf ihr Gesicht gewährt. Das erste Wort, das mir in den Sinn kommt, als mein Blick auf ihr landet, ist *Mooi*.

Wie zum Teufel hat Allie Harris es geschafft, noch schöner zu werden, als ich sie in Erinnerung habe? Ich nehme an, das dunkle, unheimliche Foto, das ich von ihr gemacht habe, als sie schlief, war nicht unbedingt ein gutes Abbild von ihr. Vor allem, wenn ich sie jetzt sehe, wie sie sich zur Musik wiegt und ihre Hüften schwenkt, die kurviger sind, als ich sie in Erinnerung habe.

Sie dreht sich um, und ich kann ihren üppigen Hintern sehen, der im Takt wippt. Verdammt, ich kann mich auch nicht daran erinnern, dass ihr Arsch so prall aussah. Nicht falsch verstehen, sie war umwerfend, als ich sie kennengelernt habe. Aber ich glaube, sie war damals dünner und ein bisschen nervöser. Jetzt sieht sie viel wohler in ihrer Haut aus.

Sie lacht Tanner an, der tanzt, als hätte er eine Biene in der Hose, und ich merke schon, dass sie etwas von der Ernsthaftigkeit verloren hat, die sie an jenem Abend unseres Kennenlernens hatte. *Es ist ein schöner Anblick.*

Was ich sehe, macht mir mit hundertprozentiger Sicherheit klar, dass ich mit Allie Harris noch nicht fertig bin. Ich hoffe wirklich, dass sie keinen verdammten Freund hat.

Allie tippt ihrem Cousin auf die Schulter und macht eine Geste in Richtung des Flurs, der zu den Toiletten führt. Sie winkt die Mädchen ab, von denen ich annehme, dass sie mit ihr gehen wollten, und ich sehe zu, wie sie sich vom Harris-Clan entfernt. Ohne ein Wort zu sagen, stelle ich meinen Drink ab und klopfe Mac auf die Schulter, der mich wegen der Brünetten, die während meiner abgelenkten Phase auf ihn zukam, weiterhin ignoriert. Ich gehe an all den anderen VIPs vorbei nach unten zu den Toiletten, denn das ist wahrscheinlich meine einzige verdammte Chance, sie heute Abend allein zu erwischen.

Es ist ein langer, dunkler Gang, der von schummrigen roten Lampen an den Wänden beleuchtet wird. Die Pause in der donnernden Clubmusik ist willkommen, als ich mich vor der Damentoilette an die Wand lehne wie ein verdammter Stalker. Scheiß drauf, es ist mir egal. Es ist zwei Jahre her, dass ich diese Frau gesehen habe, und ich werde mir die Gelegenheit nicht entgehen lassen, mit ihr zu reden.

Als sie herauskommt, ist sie damit beschäftigt, auf ihr Telefon zu tippen und läuft fast an mir vorbei. Meine Worte lassen sie innehalten. „Die berüchtigte Allie Harris kehrt nach London zurück."

Beim Klang meiner Stimme stolpert sie, woraufhin ihr das Handy aus der Hand fällt. Ich gehe zur gleichen Zeit wie sie in die Hocke und ihre Hand landet auf meiner, als ich es aufhebe. Unsere Blicke treffen sich mit nur wenigen Zentimetern Abstand zwischen uns im schattigen Raum.

Ihr Blick wandert zu meinen Lippen, und ich atme tief ein, denn sie riecht immer noch genauso wie früher. Süß und fruchtig, mit einem Hauch von Waschmittel. Ihre elektrisch blauen Augen blinzeln schnell, während eine nervöse Röte über ihre Haut kriecht.

„Ro-Roan DeWalt", stottert sie, ihre Stimme stockt ihr im Hals.

Ein wissendes Grinsen breitet sich auf meinem Gesicht aus. „Hallo, Lis."

Ihre Zunge fährt heraus und leckt über ihre rot geschminkten Lippen, während sie auf meinen Mund starrt. „Du bist … hier."

„*Du* bist hier", wiederhole ich, denn ich bin hier, seit sie mich im Hotelzimmer zurückgelassen hat.

Sie schluckt langsam, und ich spüre, wie sich ihr Griff über meiner Hand auf ihrem Telefon festigt. „Ich, ähm, bin gerade wieder hergezogen."

„Das habe ich gehört."

„Es ist neu", fügt sie zur Erklärung hinzu.

Meine Augenbrauen heben sich. „Ich mag neue Dinge."

Einen Moment lang herrscht Schweigen zwischen uns, als ihr Blick auf ihre Hand auf der meinen fällt. „Kann ich mein Telefon zurückhaben?"

Ich drehe meine Handfläche nach oben, um es ihr anzubieten. Sie schnappt es sich und tippt schnell auf den Bildschirm, als wolle sie nicht, dass ich sehe, was sie sich angesehen hat. Hat sie einem Freund eine SMS geschrieben?

Wir stehen gemeinsam auf, und mein Blick wandert an ihrem Körper hinunter, um ihn lange und anerkennend zu betrachten. „Du siehst wirklich verdammt gut aus."

Sie tritt einen Schritt zurück und fährt sich mit den Händen nervös über die Hüften. „Danke." Ihre Augen scheinen als Nächstes widerwillig meinen Körper zu mustern. „Du auch."

Ich lache, denn die Frau vor mir ist ganz anders als die, die mich vor zwei Jahren zu einem One-Night-Stand überredet hat. Diese Version von Allie wirkt auf eine Weise zurückhaltend, wie sie es vor einer Minute auf der Tanzfläche nicht war. Aus irgendeinem seltsamen Grund wirkt sie fast schuldbewusst. Aber schuldig weswegen? Weil sie mich ohne ein Wort im Hotelzimmer zurückgelassen hat? Weil sie zurückgekommen ist, ohne mir ein Wort zu sagen? Oder will sie mich vielleicht gar nicht sehen? *Ag, diese Frau fasziniert mich immer noch.*

„Und was machst du jetzt in London?", frage ich, stütze mich an der gegenüberliegenden Wand ab und schiebe meine Hände in die Hosentaschen.

Sie streicht sich eine Strähne ihres lockigen goldenen Haares hinters Ohr. „Mein Chef wurde hierher versetzt, um PR für ein Fußballteam in London zu machen. Ich habe mich in letzter Minute entschieden, mit ihm zu wechseln."

„Welcher Club?", frage ich neugierig.

Wieder dieser liebenswert schuldbewusste Blick. „Bethnal Green."

Mir fällt die Kinnlade runter. „Du machst PR für mein Team?"

Sie beißt sich auf die Lippe und nickt. „Das Team meines Onkels, ja. Aber das hat nichts mit Vetternwirtschaft zu tun oder so. Ich habe den Job selbst bekommen. Vaughn hatte keine Ahnung, bis ich hierhergezogen bin."

Ich kneife spekulativ die Augen zusammen. „Interessant … Und du dachtest nicht, dass diese Nachricht einen Anruf rechtfertigt?"

Sie fährt sich mit den Händen durch die Haare. „Nun, wie ich schon sagte, es war sozusagen ein Schritt in letzter Minute …, und … wir haben nicht gerade Nummern ausgetauscht." Ihre Wangen werden noch roter, während ich mir vorstelle, dass ihre Gedanken zu einer heißen Erinnerung flackern, in der wir beide nackt sind.

Ich lasse mein Kinn sinken und beobachte sie in dem Versuch, herauszufinden, ob sie sich für unsere gemeinsame Nacht schämt oder einfach nicht so sehr auf mich steht. „Ich glaube, du weißt, wie du mich erreichen kannst."

Sie schaut zu Boden und fummelt kurz an ihrem Telefon herum. „Ich wusste nicht, ob du dich an mich erinnern würdest."

„Mich an dich erinnern!", erwidere ich mit einem Lachen. „Wie könnte ich die Frau vergessen, die mir so rücksichtslos meine Tugend gestohlen hat?"

Der kitschige Satz entlockt ihr ein kleines Lächeln, was sich wie ein großer Sieg anfühlt. „Ich habe dir eher die Zeit gestohlen. Ich war damals so ein Wrack. Du warst so nett zu mir."

„Du warst ein amüsantes Wrack", korrigiere ich. „Und alles in allem warst du eigentlich ziemlich großartig."

Sie grinst und kaut nachdenklich auf ihrer Lippe, bevor sie mich mit ernstem Blick fixiert. „Bei meinen Recherchen über das Team habe ich festgestellt, dass letztes Jahr in einigen Zeitungen von einem Transfer für dich die Rede war."

Ich verziehe das Gesicht, als sie das Thema wechselt. Ich fasse mir in den Nacken und antworte bedauernd: „Ja, ich habe mir den Knöchel ziemlich schlimm verstaucht und war mir sicher, dass Vaughn darüber nachdachte, mich an ein anderes Team zu verkaufen, wenn sich ein Transferfenster öffnet, da Tanner und ich noch immer nicht unseren Rhythmus gefunden hatten."

„Und doch bist du hier", sagt sie und mustert mich, als wäre ich eine Katze mit neun Leben.

„Ja … Das verdanke ich allerdings alles Camdens Frau Indie", erkläre ich. „Sie hat während meiner Reha Wunder an mir vollbracht. Sie ist anders als alle anderen Teamärzte, denen ich je begegnet bin, und was immer sie getan hat, hat funktioniert, denn ich bin so gut wie neu."

Allie nickt nachdenklich. „Indie ist ziemlich genial. Tatsächlich bin ich gerade bei ihr und Camden eingezogen, bis ich eine eigene Wohnung gefunden habe."

„Oh, das ist nett", antworte ich, aber eine Frau lenkt unsere Aufmerksamkeit ab, als ihre Absätze den Marmorflur hinunterklackern. Allie lehnt sich mit dem Rücken an die gegenüberliegende Wand, um der Frau den Weg zur Damentoilette zu ermöglichen. Sobald sie durch ist, füge ich hinzu: „Das Leben mit Camden und

Indie muss interessant sein. Jedes Mal, wenn er im Trainingszentrum vorbeikommt, überfällt er seine Frau praktisch mit öffentlichen Liebesbekundungen."

„Sie sind ziemlich verliebt ineinander. Und Indie ist gerade schwanger, also denke ich, dass es jetzt noch schlimmer sein könnte", sagt sie lachend, und dann wird ihr Gesicht blass. Sie hält sich entsetzt den Mund zu und murmelt gegen ihre Handflächen: „Oh Scheiße, ich weiß nicht, ob sie dem Team schon gesagt hat, dass sie schwanger ist."

„Keine Sorge", antworte ich und winke ab. „Ihr Geheimnis ist bei mir sicher."

Allie sieht erleichtert aus. „Meine Güte, ich bin erst seit ein paar Wochen hier und verrate schon Familiengeheimnisse."

„Ein paar Wochen?", frage ich und werfe ihr einen erwartungsvollen Blick zu. „Also, wenn du dich eingelebt hast, kann ich vielleicht deine Nummer bekommen und wir können mal ausgehen."

Ihre Augen weiten sich bei meinem Vorschlag. „Ähm, ich bin mir nicht sicher, ob das eine gute Idee ist."

„Warum nicht?"

Sie wirkt verschlossen, während sie in ihrem Kopf nach einer Ausrede zu suchen scheint. „Weil … meine PR-Firma dein Team betreut. Ich glaube, die würden es nicht gutheißen, wenn ich mit Kunden knutsche."

Ein zufriedenes Lächeln breitet sich auf meinem Gesicht aus, da ihre Antwort nichts über einen Freund enthielt. Ich stoße mich von der Wand ab und bewege mich so, dass ich direkt vor ihr stehe und einen guten Blick auf die Sommersprosse unter ihrem Auge erhaschen kann, die ich so faszinierend finde. Meine Stimme ist leise, als ich antworte: „Aber es ist nicht so, als wärst du unsere direkte Vertreterin, denn ich habe bisher nur diesen Niall Capelle kennengelernt, der offenbar eine Vorliebe für pastellfarbene Krawatten hat."

„Er ist mein Chef", sagt sie zur Erklärung.

„Und?"

Sie schluckt nervös. „Und ich bin mir ziemlich sicher, dass er sagen würde, dass es unangemessen wäre, Zeit mit einem der Spieler zu verbringen."

„Also muss er es nicht wissen." Ich streiche ihr eine Haarsträhne hinters Ohr, woraufhin sie sofort ihre Wange in meine Hand drückt.

Verdammt, ja, der Funke ist immer noch da. Vielleicht sogar stärker als früher. Und mein Gott, sie sieht gut aus. Gesund und munter, auch wenn meine Anwesenheit sie ein wenig ängstlich zu machen scheint.

„Wo ist die verrückte Regelbrecherin, die sich vor zwei Jahren ihren Cousins widersetzt und mit mir im Springbrunnen getanzt hat?"

Ihr fällt die Kinnlade herunter und sie stößt ein Lachen aus. „Sie hat sich von ihrer schrecklichen Trennung vollständig erholt und verhält sich jetzt vernünftiger." Ein schuldbewusster Blick huscht über ihr Gesicht, als sie ihren Satz beendet.

„Vernünftig klingt nicht gerade nach Spaß." Ich fahre mit einem Finger an ihrer Taille entlang und spüre sofort, wie ein Schauer über ihren Körper läuft.

Sie schluckt langsam, und die Berührung meiner Hand veranlasst sie, sich mir zuzuwenden wie eine Katze, die sich in der Nachmittagssonne streckt. Mit einem zittrigen Atemzug blickt sie mir in die Augen, und ich kann sehen, wie die Hitze in ihr aufblüht. Die Wärme. Das Verlangen. *Die Erinnerungen.*

Aber sie schließt fest die Augen, als würde sie sich zwingen, diese Gedanken weit, weit weg zu vergraben. Sie hebt ihr Handy hoch und drückt es wie einen Panzerschild an ihre Brust. „Ich sollte zu meiner Familie zurückkehren. Sie haben alle einen Babysitter, damit sie heute Abend mit mir ausgehen können."

„Bist du sicher, dass du so schnell gehen musst?", frage ich und streiche mit meinem Daumen in kleinen Kreisen über ihren Hüftknochen. Ich lehne mich zu ihr und flüstere ihr ins Ohr: „Ich glaube, wir hatten ein wenig Jol, als wir sie das letzte Mal zurückgelassen haben."

Sie atmet langsam aus, reibt ihre Lippen aneinander und starrt mich mit unverhohlenem Hunger an. „Vielleicht sollte man manche Dinge besser vergessen."

„Du verletzt mich, Lis." Meine Unterlippe schiebt sich zu einem kindlichen Schmollmund vor. „Willst du mir sagen, dass du diese

Nacht, die wir zusammen verbracht haben, nicht mindestens ein Dutzend Mal in Gedanken durchgespielt hast? Denn ich habe es sicherlich getan." *Eher mehr als tausendmal, du Perverser.*

Ich beobachte genau, wie ihre Augen trüb werden, und ich weiß, dass sie sich an alles erinnert, was wir zusammen gemacht haben. An all die Stellen ihres Körpers, die meine Lippen berührten. An all die Kurven ihres Körpers, die sich an meine schmiegten. Die Enge ihres Körpers, die um meine Härte angespannt war. Es ist keine Nacht, die man leicht vergessen kann.

Mein Schwanz rührt sich in meiner Hose, wenn ich nur daran zurückdenke. Ich beuge mich vor und flüstere: „Ich erinnere dich gerne daran, Mooi."

Sie atmet aus und gibt einen kleinen Laut von sich, der wie ein Wimmern klingt. Und gerade als ich denke, dass sie ihre Lippen auf meine legen könnte, ertönt lautes Klirren von Glas auf dem Flur und reißt uns beide aus unserem besonderen Moment.

Allie schüttelt den Kopf und räuspert sich. „Ich sollte wirklich zu meiner Familie zurückkehren." Sie stößt sich von der Wand ab und hüpft von mir weg, genau wie an dem Abend, als wir uns zum ersten Mal trafen. Der einzige Unterschied ist, dass sie dieses Mal über die Schulter schaut und hinzufügt: „Wir sehen uns."

Ich lächle über ihre abschließende Bemerkung. *Ja, das werden wir, Allie Harris. Ja, das werden wir.*

KAPITEL

Allie

Ich sitze an meinem Schreibtisch vor dem Büro meines Chefs im Londoner West End und mein Finger schwebt zum fünfzigtausendsten Mal in den letzten zwei Jahren über der Löschtaste meines Telefons, seit ich festgestellt habe, dass ich versehentlich ein Sexvideo von mir und Roan DeWalt aufgenommen habe.

„Lösch es, Allie", murmle ich, während ich mich in meinem Schreibtischstuhl drehe. „Lösch es einfach und mach mit deinem Leben weiter! Jetzt, wo er wieder *in* deinem Leben ist, ist es noch wichtiger!"

Ich atme aus und führe genau das gleiche Gespräch mit mir selbst, das ich schon unzählige Male geführt habe. *Das Video war ein ehrlicher Fehler. Du warst an einem sehr verletzlichen Punkt in deinem Leben und vielleicht ein bisschen zu sehr auf einen verrückten Racheplan fixiert, weil dir gerade zwei Menschen, denen du vertraut hast, das Herz gebrochen hatten.*

Dann sagt eine andere Stimme in meinem Kopf: *Lösch es nicht! Du siehst wunderschön und stark aus! Und immer, wenn du das Gefühl hast, nicht gut genug zu sein, und all die Unsicherheiten, die Geisterpenis, Rosalie und dein Vater dir eingeimpft haben, in dir hochkommen, erinnert dich das Video daran, dass du knallhart bist!*

Mein Verstand ist ein verräterisches Miststück, das sich wirklich zusammenreißen muss.

Was sagt mein Verstand zu der Tatsache, dass ich mich jedes Mal, wenn ich das Video anschaue, selbst berühre? Welche lächerliche

Verteidigung kann ich mir in meinem verdorbenen, schrecklichen Gewissen dafür einfallen lassen?

Es ist ein heißes Video!

Halt die Klappe, Verstand! Du machst dich lächerlich.

So wie ich mich vor zwei Nächten im Club lächerlich gemacht habe, als ich Roan begegnete. Mein Körper errötet bei der Erinnerung daran, wie er sich an mich lehnte, als wolle er mich küssen. Scheiße, darauf war ich nicht vorbereitet. Ich meine, ich wusste, dass ich ihm irgendwann über den Weg laufen würde, aber ich dachte, er würde mich ignorieren, wie all die anderen Frauen, die er sicher schon gevögelt und abgewiesen hat, seit er mich das letzte Mal gesehen hat. Um ehrlich zu sein, dachte ich, dass ich mir die Chemie zwischen uns nur eingebildet oder sie in den letzten Jahren aufgebauscht hatte, nachdem ich das Video einmal zu oft abgespielt hatte.

Aber dann war er da und wartete vor der Toilette auf mich, als müsste er mich ausfindig machen. In diesem Moment wurde mir klar, dass es einen Grund gab, warum ich in dem Moment, als ich das Hotelzimmer verließ, wusste, dass ich nie etwas mit dem Video anfangen würde.

Es ist Roan.

Er ist kein gesichtsloser Niemand, auch wenn ich das Video hätte kürzen und alle anstößigen Szenen, die sein Gesicht zeigen, herausschneiden können. Im Laufe unseres glorreichen Sexmarathons, der so umwerfend war, dass ich ihn wahrscheinlich für einen Traum gehalten hätte, wenn ich nicht ein furchtbar unangemessenes und nicht einvernehmliches Sexvideo auf meinem Handy gehabt hätte, habe ich mich irgendwie in den Kerl verliebt. Und anscheinend habe ich beschlossen, das Video von ihm zu behalten, um mich an diese Tatsache zu erinnern. *Mein Gott, ich komme in die Hölle.*

„Allie, ich muss heute nach Liverpool zu einigen Meetings", dröhnt Nialls Stimme, als er aus seinem Büro schreitet.

Ich bemühe mich, das Video zu schließen und nicht wie der schuldige Sittenstrolch auszusehen, der ich bin. „Liverpool?", frage ich mit hoher, offizieller und vielleicht ein wenig piepsiger Stimme.

Er runzelt neugierig die Stirn. „Ja, und du musst etwas sehr Wichtiges für mich tun."

„Okay, sicher. Was brauchst du?", frage ich, schiebe mein Handy in die Schublade und klappe schnell das Mitarbeiterhandbuch zu, in dem ich mich über die Richtlinien für innerbetriebliche Beziehungen informiert hatte. Ärgerlicherweise gibt es keinen Abschnitt über Verabredungen mit Kunden oder den Besitz eines Sexvideos von besagten Kunden. *Schockierend.*

Ich schnappe mir ein Notizbuch und einen Stift und schaue zu Niall auf, der in seinem teuren Anzug über mir aufragt. Sein würziges Eau de Cologne dringt in meine Sinne ein, als er die Hände auf meinem Schreibtisch ausbreitet. „Ich habe heute einen Anruf von der Wohltätigkeitsorganisation Get Fit Britain erhalten, und sie hatten ein Angebot für mich, das ich nicht ablehnen konnte."

Ich nicke und schreibe sinnlos Get Fit Britain oben in mein Notizbuch, während Niall sich auf die Kante meines Schreibtischs setzt.

„Sie sind dabei, Geld für ihre gemeinnützige Organisation zu sammeln, indem sie eine *Win A Date*-Kampagne mit zwei Sportlern aus ausgewählten Premier League-Teams durchführen. Sie bitten die Zuschauer um Spenden. Im Gegenzug erhalten diese die Chance, ihr Date für ihre offizielle Wohltätigkeitsgala zu sein, welche in ein paar Monaten stattfindet."

„Oh, wie cool!", antworte ich mit großen Augen. „Ich habe einige dieser Videos im Umlauf gesehen. Die Leute sind ganz verrückt nach diesen Sportlern."

„Genau", bestätigt Niall und rollt genervt mit den Augen. „Ich weiß nicht, warum die Frauen hier so verrückt nach Sportlern sind. In Amerika beeindruckt man mit einem schönen Anzug und einem Hochhausbüro. In England sind es anscheinend schlammige Uniformen und niedrige IQs."

Ich presse meine Lippen zusammen und verkneife mir die schnippische Antwort, die mir auf der Zunge liegt. Ein Streit mit meinem Chef ist nicht das Drama, das ich jetzt in meinem Leben brauche.

Niall fummelt an seiner Uhr herum und fährt fort: „Get Fit Britain dachte sich, da Bethnal Green vor Kurzem aufgestiegen ist, sollten wir vielleicht ein paar unserer Spieler an der Promo beteiligen."

„Aber sicher!", antworte ich aufgeregt. „Das wäre tolle Werbung."

„Richtig ... Nun, ich bin froh, dass du einverstanden bist, denn ich überlasse dir die Verantwortung. Die Agentur hat Roan DeWalt und Maclay Logan als unsere Stars ausgewählt, weil sie jung und ledig sind, aber ich möchte, dass du einige Nachforschungen über ihre Hintergründe anstellst, um zu bestätigen, dass sie wirklich so blitzsauber sind, wie die Agentur glaubt."

„Blitzsauber?", frage ich neugierig und versuche, die physische Reaktion meines Körpers auf die Tatsache, dass wir über Roan sprechen, zu ignorieren.

„Richtig. Sieh dir ihre Akten an, recherchiere ein wenig." Niall lehnt sich näher an mich heran und seine Stimme wird leiser. „Diese Spieler verkaufen sich an alles, was Beine hat. Das Letzte, was wir brauchen, ist ein Spieler mit unehelichen Kindern, die über die ganze Welt verstreut sind", fügt er hinzu.

Ich verziehe das Gesicht bei seiner Antwort und Niall stößt ein Lachen aus. „Hat das deine kostbare Tugend verletzt, Allie? Wie ist es, so jung und unschuldig zu sein?"

Ich schlucke einen Kloß in meinem Hals hinunter, denn so unschuldig bin ich sicher nicht, aber das ist nichts, was ich mit meinem Chef besprechen möchte. Stattdessen räuspere ich mich und frage: „Also, wenn die beiden Spieler, die du erwähnt hast, blitzsauber sind?"

Er zieht sich zurück, die Geschäftsmaske kehrt in sein Gesicht zurück, während er seine Krawatte zurechtrückt. „Dann musst du zum Tower Park gehen, wenn sie um drei Uhr mit dem Training fertig sind, und das Skript durchgehen, das sie vor der Kamera sagen müssen."

„Du willst, dass ich direkt mit den Spielern arbeite?" Ich komme nicht umhin, diese sehr offensichtliche Frage zu stellen, denn seit ich nach London gekommen bin, habe ich nichts anderes getan, als das neue Büro zu organisieren. So viel hat Niall schon seit Tagen nicht mehr mit mir gesprochen. Und jetzt beauftragt er mich mit etwas derart Großem?

Er kneift die Augen zusammen. „Sag mir nicht, dass du auch so ein Fangirl bist, das auf Sportler abfährt."

Ich schüttle abwehrend den Kopf. „Natürlich nicht."

„Gut, denn sie haben morgen einen Styling-Termin für ihre Garderobe, bei dem ich dich auch brauche. Die Bekleidungsboutique, die wir benutzen, hat eine persönliche Verbindung zur Familie Harris, also haben sie zugestimmt, ein Eil-Styling zu machen."

„Oh, ist es die Kindred Spirits Boutique?", frage ich wissend.

Niall runzelt die Stirn. „Ja, so heißt sie. Woher kennst du sie?"

„Das ist die Boutique von Gareth Harris' Frau in East London. Sie besitzt sie zusammen mit Leslie Lincoln, der Frau des Bruders des Ehemanns der Schwester von Gareth."

Niall blinzelt mich verblüfft an. „Ich habe keine Ahnung, was du gerade gesagt hast."

Ich schlucke nervös. „Sloan macht Männermode und Leslie macht Frauenmode?"

Niall blinzelt weiter.

„Weißt du noch, dass mein Nachname Harris ist?"

Er gibt einen abfälligen Laut von sich und nickt langsam, wobei er einen ernsten Gesichtsausdruck bekommt, als die Erkenntnis einsetzt. „Ich hätte eure Verbindung fast vergessen." Er steht auf und knöpft seinen Anzug zu. „Nun, ich muss nichts von Familiendramen wissen. Ich will nur, dass diese Boutique die Sache nicht versaut. Diese beiden Athleten müssen eine Menge Geld auftreiben, was bedeutet, dass sie fickwürdig aussehen müssen, alles klar?"

Ich zucke praktisch zusammen, als die Erinnerungen an Roans Muskeln in meinem Kopf aufflackern. „Fickwürdig. Verstanden."

Niall sieht mich einen Moment lang an und nickt dann. „Ich bin am Mittwoch wieder da und helfe dir bei den Aufnahmen. Wir sehen uns dann."

Er geht ohne ein weiteres Wort aus dem Büro. Sobald die Luft rein ist, drücke ich meine Stirn auf meinen Schreibtisch. Ich habe mich soeben bereit erklärt, mehrere Tage hintereinander mit Roan DeWalt Publicity zu machen. Roan DeWalt – der Mann, von dem ich derzeit ein Sexvideo auf meinem Handy habe, das ich mir immer noch regelmäßig anschaue.

Verdammte Scheiße.

Später am Tag mache ich mich auf den Weg in den Osten Londons zum Tower Park – der Heimat des Bethnal Green F. C. Das Trainingsgelände der Mannschaft ist an den Park angeschlossen, und dort treffe ich die beiden Männer, die für meinen heutigen Besuch verantwortlich sind. Roan DeWalt und Maclay Logan.

Mein Onkel ist nun schon seit über zehn Jahren Manager des Bethnal Green F. C. Das ist nicht verwunderlich, denn mein Vater spricht immer noch von Vaughns glorreichen Tagen als *Fußballer* bei Manchester United und wie er seinen großen Bruder immer anfeuerte. Aber als Vaughns Frau krank wurde, gab er den Sport auf und alles änderte sich. Dad und Vaughn lebten sich auseinander und sprachen viel weniger miteinander. Ich habe meine Cousins nur kennengelernt, weil Vi darauf bestand, dass wir uns jedes Jahr zu meinem Geburtstag treffen.

Kurz nachdem ich mit meinem Vater nach Amerika gezogen war, hörte ich von meiner Mutter Geflüster, wie schwierig es in London für meine Cousins war. Nach dem Tod meiner Tante Vilma wollte Vaughn von niemandem Hilfe bei der Erziehung seiner fünf Kinder, egal wie sehr sie es auch versuchten.

Wenn man sich die Familie Harris heute anschaut, kann man trotz all der traurigen Zeiten nicht erahnen, was sie durchgemacht haben muss. Sie treffen sich immer noch zum wöchentlichen Abendessen, um Himmels willen. Das ist eine wesentlich engere Verbindung als die, die ich zu meinen Eltern habe. Obwohl, vielleicht isst Dad wöchentlich mit Rosalie und Geisterpenis zu Abend? Ich würde es ihm zutrauen, für ihre verdammte Hochzeit zu bezahlen.

Deshalb verblasste der Umzug nach London und die Konfrontation mit meinem peinlichen One-Night-Stand deutlich im Vergleich dazu, in Chicago zu bleiben und von meinem verkorksten früheren Leben umgeben zu sein.

Ein Sicherheitsbeamter prüft meinen Ausweis am Medieneingang des Tower Park und weist mich dann an, in einem Wartebereich zu bleiben, bis mich jemand zu den Spielern begleitet. Ich betrachte mich in einem nahegelegenen Spiegel, streiche schnell meinen schwarzen Bleistiftrock glatt und richte meine kobaltblaue Bluse. Schritte hallen von den Wänden wider, also schaue ich hinüber und sehe meinen Onkel, der den dunklen Flur entlang auf mich zugeht.

„Alice", sagt er mit einem Lächeln und öffnet seine Arme für mich.

Ich richte meine Umhängetasche und lächle verlegen. „Onkel Vaughn, du hättest nicht kommen müssen, um mich zu eskortieren. Ich weiß, dass du ein vielbeschäftigter Mann bist."

Er schnaubt. „Ich bin jetzt viel weniger beschäftigt. Nur noch ein paar Freundschaftsspiele, dann haben die Jungs endlich mal ein paar Wochen frei."

Ich nicke wissend. „Soccer ist eine wahnsinnig lange Saison."

„Fußball", korrigiert er mich, wobei er mir liebevoll ins Kinn kneift. „Ich weiß, dass du die meiste Zeit deines Lebens in Amerika verbracht hast, aber vergiss nicht, dass du als Britin geboren wurdest, Darling."

Ich lache höflich, während ich zu ihm hochstarre. Er ist meinem Vater wie aus dem Gesicht geschnitten – groß, fit, gutaussehend –, aber Vaughn hat viel mehr Falten und graue Haare. Wahrscheinlich der Unterschied zwischen der Erziehung von fünf Kindern und einem.

„Von jetzt an nenne ich es Fußball", sage ich mit einem Nicken, auch wenn ich es wahrscheinlich vergessen werde.

Er lächelt und bedeutet mir, ihm durch mehrere Gänge zu folgen. „Hast du dich mittlerweile in Camdens und Indies Haus eingerichtet?"

„Ja", antworte ich und richte meine Tasche auf der Schulter. „Sie haben ein schönes Haus. Ich habe im Grunde meine eigene Wohnung, weshalb ich das Gefühl habe, sie auszunutzen."

„Dafür ist die Familie da", sagt er entschieden. „Und bei ihren Terminen sehen sich die beiden wahrscheinlich nur beim Kommen und Gehen, da ist es gut, wenn jemand da ist, der das Haus tatsächlich nutzt."

„Ich füttere ihren Fisch hervorragend, während sie weg sind, wenn ich das sagen darf", sage ich lachend.

Vaughn runzelt die Stirn, denn er weiß nichts über die Vorgeschichte ihres kostbaren Fisches. Indie hat mir alles über die Existenz des kleinen Snowflake erzählt, als sie mir eines Abends beim Auspacken half. Als sie von ihrer Schwangerschaft erfuhr, hatte sie offenbar Angst, dass sie und Camden nicht in der Lage wären, ein Lebewesen am Leben zu erhalten, also kaufte Cam einen Betta-Fisch, um ihr das Gegenteil zu beweisen. Das arme Ding war fast tot, als ich einzog.

„Ich kann nicht glauben, dass Camden und Tanner beide Vater werden", murmelt Vaughn. „Glaubst du, die Welt ist bereit für ihren Nachwuchs?"

Ich lache, weil das eine sehr gute Frage ist. Aus all den Hintergrundinformationen, die ich über das Team lesen musste, erfuhr ich, dass der Ruf von Camden und Tanner ihnen weit vorausging. Camdens größtes Vergehen, als er noch für den Bethnal Green F. C. spielte, war es, seine Chirurgin im Operationssaal zu küssen. Tanner wurde nackt an einer Londoner Straßenecke von Paparazzi erwischt. Seitdem sie mit Indie und Belle zusammen sind, liegen diese Tage zum Glück lange hinter ihnen. Unsere PR-Firma sollte sich in nächster Zeit keine Sorgen um die Bereinigung irgendwelcher Skandale der Harris-Brüder machen müssen.

Der einzige Mannschaftskamerad, der eine erstaunlich saubere Bilanz aufwies, war Roan DeWalt. Als ich ihn am Abend der Hochzeit meiner Tante in der Bar sah, dachte ich, er sei ein Frauenheld durch und durch. Aber es scheint, als hätte er ein anständiges Leben geführt. Nur eine Handvoll Beziehungen, die einvernehmlich endeten, und selten mit Groupies fotografiert. Er lässt sogar die Hälfte seiner Gehaltsschecks automatisch an seine Mutter in Südafrika überweisen. Es ist überraschend.

Ohne Vorwarnung stößt Vaughn eine Doppeltür auf und führt mich in einen Umkleideraum voller …

Nackter. Fußballspieler.

Splitterfasernackter, nasser oder verschwitzter – ich kann es nicht genau sagen – Fußballspieler.

Ich sehe, wie ein Typ einem anderen ein Handtuch auf den nackten Hintern klatscht, also ziehe ich den Kopf ein und wende den Blick ab. Mein Gott, wenn ich dabei erwischt werde, wie ich mehrere schwingende Kronjuwelen anstarre, verliere ich meinen Job! *Bleib cool, Allie. Bleib cool. Du bist eine von den Jungs! Und du hast schon Penisse gesehen!*

Ich stolpere hinter Vaughn her, der nicht einmal zögert, während er weiterläuft, vorbei an weiteren nackten Fußballspielern, die an ihren Spinden stehen. Ernsthaft, warum sind die alle komplett nackt? *Wird ihnen nicht kalt? Ich dachte, Schrumpfen sei eine reale Sache! In diesem Raum ist nichts geschrumpft. Geschrumpfen? Wie auch immer ..., ich kann jetzt nicht grammatikalisieren, hier sind überall Schwänze!*

Er geht um eine Ecke zu einer weiteren Reihe von Spinden und sagt entschlossen: „Da wären wir."

Ich schaue gerade auf, als mein hoher Absatz an etwas unter mir hängen bleibt. Ich mache Anstalten, mich herauszuziehen, aber mein Fuß bleibt an dem Ding hängen und hält mein Bein als Geisel, während sich mein Körper weiter vorwärts neigt. Ich stoße einen Schrei aus und mache mich auf einen epischen Sturz gefasst.

Aber anstatt auf den Betonboden zu fallen, wie ich dachte, lande ich mit dem Gesicht an einer Brust. Einer sehr männlichen Brust. Einer sehr männlichen, nackten Brust, deren Muskeln sich wie zwei glatte Felsbrocken anfühlen, die sich unter meinen zuckenden Fingern anspannen, die sich gerade verzweifelt festklammern.

„Ag, vorsichtig ... die Tasche beißt", murmelt eine vertraute Stimme auf meinem Kopf, als sich zwei sehr große Hände um meine Taille legen.

Ich schaue auf und jedes Organ in meinem Körper schlägt einen Purzelbaum, als ich in die herrlich blassbraunen Augen von Roan DeWalt starre.

Der sich offenbar keine Sorgen über Schrumpfen macht.

Reflexartig werfe ich einen Blick nach unten. Gott sei Dank hat er ein weißes Handtuch um die Taille gewickelt, denn wenn mein Onkel mitansehen müsste, wie sich seine Nichte in den Armen eines sehr schönen, sehr nackten Sportlers windet, würde ich wohl tausend Tode sterben.

Mit einem koketten Lächeln stellt Roan mich wieder auf die Füße und geht in die Hocke, um den Riemen der Tasche von meinem Stiletto zu lösen. Seine Hand umklammert meinen Knöchel und jagt mir einen Schauer über den Rücken, an den ich wirklich, *wirklich* nicht denken möchte, wenn mein Onkel nur ein paar Meter entfernt steht.

Als er sich erhebt, starrt er mir schamlos in die Augen. „Alles in Ordnung?"

Ich beiße mir auf die Lippe und nicke hölzern.

„Roan DeWalt, das ist meine Nichte, Alice Harris", sagt Vaughn großspurig, sich offensichtlich nicht der Tatsache bewusst, dass Roan und ich vor zwei Jahren ein Date hatten. „Sie ist die Assistentin unseres PR-Vertreters, Mr. Capelle."

„Schön, dich kennenzulernen", sagt Roan mit einem geheimnisvollen Lächeln, während er mir die Hand schüttelt. Die Gänsehaut kehrt zurück, als sich unsere Hände berühren und unsere Blicke sich treffen. Erinnerungen an unsere gemeinsame Nacht tauchen in meinem Kopf auf, wie als ich ihn am Samstagabend im Club sah. Das ganze Blut in meinem Körper steigt mir in den Kopf.

„Das ist die Sporttasche deines Cousins", ertönt eine schottische Stimme von der Bank auf der anderen Seite des Ganges und unterbricht den Blickkontakt, den ich mit Roan habe. „Er ist so verdammt unordentlich."

Ein riesiger, tätowierter, rothaariger Mann, der immer noch seine Trainingsklamotten anhat, steht auf und überragt mich, als er die Tasche vom Boden aufhebt. Er stellt sie in ein Fach, auf das der Name T. Harris gekritzelt ist, und dreht sich zu mir um, als mein Onkel sagt: „Alice, das ist Maclay Logan, einer unserer Mittelfeldspieler. Alle nennen ihn Mac."

Mac bietet mir seine große Pranke an, und ich ziehe zögernd meine Hand von Roans weg, um Macs zu ergreifen. Er lächelt ein neckisches, jungenhaftes Lächeln, wobei er so aussieht, als wüsste er nur zu gut, was mich gerade nervös macht.

„Das sind die beiden Männer, die du heute sehen wolltest, richtig?", fragt Vaughn, wobei er die Hände hinter dem Rücken faltet.

Ich räuspere mich und antworte: „Ja, das ist richtig. Ich habe ein Skript, das ich mit euch beiden für die *Win A Date*-Kampagne durchgehen muss?" Ich spreche es wie eine Frage aus, was mich dumm klingen lässt.

Roans Lächeln wird wissend. „Das ist kein Problem. Darf ich mich zuerst anziehen?"

Mein Blick wandert zurück zu Roans nackter Brust und verweilt auf seinem Waschbrettbauch. „Ja", stottere ich, während die Hitze in meine Wangen zurückkehrt. Ich wende mich an meinen Onkel. „Gibt es einen Besprechungsraum, wo ich warten kann?" *Weit, weit weg von nackten Fußballspielern und wissendem Grinsen?*

Vaughn nickt. „Es gibt einen kleinen Konferenzraum auf der anderen Seite des Flurs. Warum macht ihr euch nicht fertig und trefft Alice in fünf Minuten dort."

Ich drehe mich auf dem Absatz um und versuche, davonzuhüpfen, nur um gegen eine weitere nackte Brust zu stoßen. Diese ist mit mehreren Tattoos übersät.

„Cousine!", dröhnt Tanners laute Stimme, als er das Handtuch um seine Taille festerzieht. Ich sehe Booker mit einem reumütigen Lächeln im Gesicht im Hintergrund stehen. „Wenn du ein paar Hosenschlangen sehen willst, empfehle ich dir, welche zu finden, mit denen du nicht blutsverwandt bist."

„Tanner!", rufe ich und meine Wangen werden vor Verlegenheit heiß.

„Oder noch besser, du legst ein Profil auf PornHub an. Das kostenlose Material, das du dort findest, ist nicht schlecht."

Vaughn seufzt schwer und kneift sich in den Nasenrücken. „Ignorier ihn, Alice." Er bedeutet mir, ihm zu folgen.

Als ich an Booker vorbeigehe, schenkt er mir ein mitfühlendes Augenrollen, was nichts an der Demütigung ändert, die sein Bruder so beiläufig vor den Augen meines One-Night-Stands verursacht hat.

KAPITEL 7

Ich habe nur ein paar Minuten Zeit, um meinen Laptop aufzuklappen und zu verschnaufen, bevor sich die Türen des Konferenzraums öffnen und der südafrikanische Fußballspieler zum Vorschein kommt, der in den letzten Tagen viel zu viele meiner Gedanken beschäftigt hat.

Roan schreitet in einer sportlichen Jogginghose und einem Bethnal Green T-Shirt herein. Der weiße Stoff des Shirts liegt eng um seinen großen Bizeps und bildet einen schönen Kontrast zu seiner gebräunten Haut. Er hat ein südländisches Aussehen, wie eine exotischere Version von Groß, Dunkel und Gutaussehend. Mein Blick fällt auf die herrliche V-Form seines athletischen Körpers. Wenn überhaupt, dann ist Roan seit unserer gemeinsam verbrachten Nacht noch heißer geworden. Eine Fußballerkarriere steht ihm sicher gut zu Gesicht.

Ich richte meine Haltung und setze ein professionelles Lächeln auf. „Roan, danke, dass du gekommen bist. Nimm Platz." Ich zeige auf den Stuhl am anderen Ende des Tisches, denn Abstand zu haben scheint eine wirklich gute Idee zu sein.

„So förmlich, Lis", sagt Roan mit einem trägen Grinsen. Er ignoriert meine Aufforderung und lässt sich auf den Sitz neben mir sinken. „Muss ich dich daran erinnern, dass ich dich schon nackt gesehen habe?" Mein Gesicht errötet, als er mir frech zuzwinkert.

„Nein, du musst mich nicht daran erinnern", antworte ich mit einem verlegenen Lachen. „Obwohl es mir lieber wäre, du würdest vergessen, dass das jemals passiert ist."

„Vergessen, dass es jemals passiert ist?", ruft er mit verletztem Blick. „Auf keinen Fall, Mooi. Es wäre unmöglich, den besten Sex zu vergessen, den ich je hatte."

Gänsehaut überzieht meinen ganzen Körper. In Erwartung eines scherzhaften Gesichtsausdrucks von ihm sehe ich auf. Stattdessen sind seine karamellfarbenen Augen todernst, als sie mich mit einer elektrisierenden Energie anstrahlen, die sich wie ein unsichtbarer Strom zwischen uns bewegt. Schnell lenke ich meine Aufmerksamkeit auf die Papiere, die um mich herum verstreut liegen, in der Hoffnung, die Reaktion meines Körpers zu verbergen. Der beste Sex, den er je hatte? Was für ein Schwätzer! Er ist Sportler, dem sich jeden Tag schöne Frauen an den Hals werfen, also kann ich auf keinen Fall der beste Sex sein, den er je hatte.

Zum Glück beschließt sein Freund Mac, seinen lauten Auftritt zu haben. „Ich bin bereit für meine Nahaufnahme!", dröhnt Mac, als er zu uns herüberkommt und mit seinen großen Pranken auf den Tisch klatscht. „Bitte, um Himmels willen, sag mir, dass es Stichwortkarten geben wird. Mein Gedächtnis ist beschissen."

„Wir können bei Bedarf Stichwortkarten verwenden", antworte ich, während Mac den freien Platz neben Roan einnimmt. „Aber wenn ihr das Skript übt, wirkt es natürlicher. Ich möchte, dass ihr vor dem Dreh am Mittwoch euer Bestes gebt, es auswendig zu lernen."

Mac nickt ernst. „Ich werde mein Bestes geben … Was haben wir genau zu sagen?"

Ich räuspere mich, blättere die Papiere durch und reiche den beiden ihre individuellen Skripte. „Die Formulierung ist ziemlich einfach. Etwa so: ‚Hi, ich bin Maclay Logan und ich habe mich mit LaFaze zusammengetan, um Geld für die Get Fit Britain Gala zu sammeln, die in ein paar Monaten stattfindet. Deine Spende für diesen Zweck gibt dir die Chance, mein Date für diesen besonderen Abend zu sein.'"

Mac stößt Roan in die Schulter. „Na so was. Die Leute zahlen tatsächlich Geld für ein Date mit uns."

Roan nickt, während er sich sein Skript ansieht. „Wie wählt ihr aus, wer gewinnt? Ist es wirklich zufällig?"

Ich nicke langsam. „Mehr oder weniger zufällig … Wir überprüfen jeden, damit wir euch nicht aus Versehen mit einem Verrückten zusammenbringen."

„Aye, aber die Verrückten können auch richtig Spaß machen!", ruft Mac.

Ich lächle über seinen Optimismus. „Wir wollen nur sicherstellen, dass ihr euch sicher und wohl fühlt."

Ein sündhafter Ausdruck tritt in Roans Augen, als er das Skript auf den Tisch legt und sagt: „Wenn ich das gut mache, gibst du mir dann deine Nummer, Mooi?"

„Nein!", erwidere ich und spanne meine Schultern an, während ich einen Blick auf Mac werfe, der von der Bemerkung seines Freundes nicht im Geringsten überrascht zu sein scheint.

„Warum nicht?", schießt Roan zurück.

„Weil wir zusammenarbeiten. Weil das unangemessen wäre." Ich werfe Roan einen spitzen Blick zu, der ihm im Grunde mitteilt, dass er die Klappe halten soll.

Roan beugt sich vor. „Ag, mach dir keine Sorgen wegen Mac hier. Der Typ ist mein bester Freund. Er hat mich zwei Jahre lang über dich jammern hören, also denke ich, wir haben einen Gratulanten an unserer Seite."

Mac nickt enthusiastisch. „Es ist wahr. Dieser Trottel hat seit zwei Jahren über keine andere Braut gesprochen."

Peinlichkeit überflutet alle meine Sinne, als ich meinen Kopf in die Hände stütze und stöhne. So habe ich mir mein Wiedersehen mit Roan nicht vorgestellt. Es war eine Sache, als er ein Fremder und eine sexy Erinnerung in einem Video war. Es ist eine andere Sache, wenn er mich mit seinen wunderschönen Augen anschaut und mich direkt vor seinem Freund Mooi nennt.

Er legt seine Hand auf meine. Seine Stimme ist tief und sanft, als er flüstert: „Ich schrecke nicht vor Herausforderungen zurück, Lis."

„Das verstehe ich", erwidere ich und bekomme von seiner Berührung eine Gänsehaut auf dem Arm.

Er lächelt, als wüsste er um seine Wirkung auf mich. „Muss ich deine Cousins nach deiner Nummer fragen?"

Ich schlage mir die Hand an die Stirn, denn ich kann mir gut vorstellen, wie schrecklich das ausgehen würde. Meine Augen treffen ein letztes Mal auf seine. „Warum bist du so hartnäckig?"

Er fixiert mich mit seinen glühenden Augen und hebt wissend die Brauen. „Weil ich weiß, dass alles, was es wert ist, zu haben, es wert ist, hart dafür zu arbeiten."

Mein Mund wird zu Watte, während ich versuche herauszufinden, wie ich auf die perfekteste Erwiderung in der Geschichte aller Erwiderungen reagieren soll.

Ich ziehe meine Hand aus Roans und greife nach seinem Skript. Mit einem Kopfschütteln schreibe ich meine Nummer auf, in dem Versuch zu entscheiden, ob das eine wahnsinnig gute oder eine wahnsinnig schlechte Idee ist. Ich schaue in Roans verruchtes, sexy Gesicht und merke, dass es beides ist. Es ist definitiv beides.

Gott steh mir bei!

Ich schiebe das Papier herüber und schaue ihm ernst in die Augen. „Lass mich das nicht bereuen."

Er hebt das Papier an und drückt es auf sein Herz. „Ich glaube nicht ans Bereuen."

Mac seufzt neben uns, ich schaue zu ihm hinüber und sehe, wie seine funkelnden Augen unseren Austausch mit großer Freude verfolgen. Er grinst frech und flüstert laut: „Es ist, als wäre ich gar nicht hier."

KAPITEL 16

Roan

Ich widerstehe dem Drang, Allie anzurufen, sobald ich wieder in meiner Wohnung angekommen bin, und es ist ein Moment der Gewissensprüfung, als mir klar wird, dass ich seit Jahren nicht mehr so erpicht darauf war, einer Frau nachzujagen. Was ist es, das ich an ihr so anziehend finde? Liegt es daran, dass es sie überhaupt nicht zu interessieren scheint, dass ich ein Sportler bin? Liegt es daran, dass sie in meiner Gegenwart so liebenswert unbeholfen ist und ihre Unbeholfenheit mich zum Lächeln bringt?

Wahrscheinlich liegt es eher daran, dass die eine Nacht, die wir zusammen hatten, so unvergesslich war, dass ich herausfinden muss, ob ich mir das alles nur eingebildet habe oder nicht. Oder vielleicht liegt es daran, dass sie in meiner Gegenwart so angespannt wirkte, dass ich es zu meiner Aufgabe machen möchte, sie zu sehen, wie sie aus sich herausgeht?

Andererseits hatte ich noch nie zuvor einen One-Night-Stand, also ist einiges davon wahrscheinlich ein persönliches Ziel für mich, um meine Erfolgsbilanz intakt zu halten. Zum Glück treffe ich sie morgen bei der Anprobe, sodass ich mein Bestes tun kann, um all meiner Neugier nachzugehen.

Ich parke mein Auto auf der Straße vor dem georgianischen Haus, das ich mit Maclay teile. Als wir beide dem Team beitraten, hatten wir beide Familien zu Hause, die auf unsere Unterstützung angewiesen waren, sodass es angesichts der Lebenshaltungskosten in London eine vernünftige Idee war, zusammenzuziehen. Die Gehälter in der Championship League sind insgesamt anständig, aber der Unterschied ist wie Tag und Nacht, wenn man mein Einkommen von hundertachtzigtausend Pfund pro Jahr mit dem vergleicht, was Gareth Harris bei Manchester United verdiente, bevor er in den Ruhestand ging.

Trotzdem ermöglicht mir das Geld, das ich pro Spiel verdiene, ein komfortables Leben hier in London und erlaubt es mir, mindestens die Hälfte meines Verdienstes an meine Mutter zu schicken, um meinen beiden jüngeren Schwestern zu helfen.

Meine und Macs Wohnung befindet sich etwas nördlich von London in Islington Green. Das ist etwas zentraler als unser Trainingsplatz in Bethnal Green, sodass die Clubs und das Nachtleben nicht allzu weit entfernt sind.

Ich schließe die marineblaue Haustür auf und laufe die knarrende Holztreppe hinauf in die Hauptebene, wo sich ein gemütliches Wohnzimmer befindet, das in die Küche übergeht. Das Haus ist definitiv eine Junggesellenbude, mit unserem schwarzen Ecksofa und einem Großbildfernseher über dem alten Kamin, den wir nie benutzen. Die Küche ist klein, mit schwarzen Schränken, Messingbeschlägen und einem winzigen, alten Tisch, den Mac am Tag nach unserem Einzug in einem Second-Hand-Laden gefunden hat. Es ist nicht viel, aber wir mögen es.

Mac hat das Hauptschlafzimmer neben der Küche genommen, da er es angeblich wegen seiner Vorliebe für Mitternachtssnacks braucht. Ich bekam das Schlafzimmer im Obergeschoss, welches das größere Bad im Flur hat.

Als wir nach London zogen, hatten wir beide jede Menge Hausgäste, aber als wir als Fußballer in der Gegend bekannt wurden, merkten wir schnell, dass das Mitbringen von Frauen es ihnen umso leichter machte, unangemeldet bei uns aufzutauchen. Jetzt sind wir beide zwei einsame Junggesellen, die in letzter Zeit wirklich nicht mehr viel erlebt haben. Wenn ich Lis morgen sehe, wird sich das hoffentlich für mich ändern.

Mein Telefon leuchtet auf und ich schaue hinüber, um MOM auf dem Display zu sehen. Ich gehe ran, während ich meine Sporttasche neben der Waschmaschine auf den Boden stelle. „Hey, Mom."

„Roan … Wie geht's dir, mein Schatz?“, säuselt sie in die Leitung mit ihrem halb britischen, halb südafrikanischen Akzent.

„Gut. Ich komme gerade vom Training zurück. Und wie geht es dir?“

„Training?“, fragt sie, und ich kann mir ihre gerunzelte Stirn mühelos vorstellen. „Ich dachte, ihr hättet letzte Woche euer letztes Spiel der Saison gehabt.“

„Das hatten wir, aber wir haben noch ein paar Freundschaftsspiele vor uns.“

„Und dann bekommst du eine Pause?“

Ich nicke. „Ja, aber ich muss trotzdem hart arbeiten, um in der Saisonpause in Form zu bleiben.“

Sie macht erneut einen abfälligen Laut. „Das Team ist zu hart mit dir.“

Ich kneife mir in den Nasenrücken. Meine Mutter hat meine Karriere immer unterstützt, aber sie war auch sehr ignorant gegenüber der Arbeit, die es braucht, um sie aufrechtzuerhalten.

„Mit dem Aufstieg in die Premier League in der nächsten Saison wird es noch schwieriger werden. Es ist eine große Sache, eine Stufe aufzusteigen, und das bedeutet mehr Spiele und mehr Training … Aber das ist alles gut, Mom. Es bedeutet auch mehr Geld.“

„Wir brauchen nicht mehr Geld, Roan.“ Ihre Stimme ist scharf und forsch. „Du gibst uns schon zu viel.“

„Wohnst du immer noch in der gleichen Wohnung über dem Tanzstudio?“, frage ich wissend.

Sie seufzt schwer. „Ja.“

„Dann brauchen wir mehr Geld.“

Am anderen Ende der Leitung herrscht Schweigen, bis sie schließlich sagt: „Hast du es so sehr gehasst, hier aufzuwachsen?“

„Nein, Mom“, erwidere ich aufgewühlt. „Aber Mia und Ava sind jetzt siebzehn. Sie brauchen ihr eigenes Bad, und du hast es verdient, eine Waschküche zu haben, in der du keine Münzen brauchst.“

„Mia und Ava geht es gut, und unserer Wäsche auch. Das Geld muss mehr für ihre Ausbildung als für unseren Komfort gespart werden. Du musst dich nicht um uns kümmern, Roan. Wir behelfen uns wie damals, als du ein Kind warst."

Bei ihren Worten spanne ich den Kiefer an, denn sich zu behelfen ist das, was meine Mutter immer getan hat. Der plötzliche Tod meines Vaters kam für alle überraschend, und wir waren zu jener Zeit finanziell nicht gut gestellt. Aber meine Mutter war zu unabhängig, um Hilfe von seiner Familie oder ihrer eigenen in England anzunehmen. Trotz ihrer Überzeugung, dass weniger mehr ist, weiß ich, dass meine Schwestern das anders sehen. Ich habe eine ihrer Unterhaltungen mitgehört, wie sie ihre Freunde davon abhalten können, zu uns zu kommen, weil sie sich für den kleinen Raum schämen. Das ist einer der Hauptgründe, warum ich mit achtzehn Jahren ausgezogen bin, als ich anfing, für mein Team in Kapstadt zu spielen. Der Auszug bedeutete, dass beide zumindest ihr eigenes Schlafzimmer haben konnten. *Und trotzdem ist es immer noch nicht genug.*

„Wie läuft es im Studio?", frage ich, um das Thema auf etwas zu lenken, bei dem ich nicht mit den Zähnen knirschen muss.

Meine Mutter plaudert zwanzig Minuten lang über einen neuen Tanzkurs, den sie für Paare anbietet, die ihr Liebesleben aufpeppen wollen. Sie wird immer lebendig, wenn sie über das Tanzen spricht, und dafür bin ich dankbar, denn sie hat wirklich Pech in der Liebe gehabt. Tanzen ist jetzt ihre Leidenschaft. Trotz meines Widerstands hat sie versucht, es auch zu meiner zu machen. Jetzt, wo ich älter bin, kann ich zurückblicken und sagen, dass der Tanz mich zu einem besseren Fußballspieler gemacht hat. Und auch im Bett hat es mir nicht geschadet.

Wir beenden unser Telefongespräch, als Mac gerade ins Haus spaziert.

„War das deine liebe Mum?", fragt er mit einem lüsternen Grinsen, das mir nicht gefällt.

„Das war es", antworte ich mit zusammengebissenen Zähnen.

„Hat sie nach mir gefragt?"

Ich atme schwer aus und schüttle den Kopf. „Nein, sie hat verdammt noch mal nicht nach dir gefragt, Mac. Würdest du bitte aufhören?"

„Womit aufhören?", fragt er, wobei seine grünen Augen groß und unschuldig sind. „Ich kann nichts dafür, dass sie mich gut findet."

Mac bezieht sich auf das eine Mal, als meine Mutter mich zwang, ihr per FaceTime das Haus zu zeigen, das ich gekauft hatte. Sie warf einen Blick auf seine roten Haare und schwärmte so sehr davon, dass der Idiot beschloss, sie müsse in ihn verliebt sein.

„Ich gehe früh ins Bett. Wir sehen uns dann morgen."

„Aye, mach du das, Junge. Du brauchst deinen Schönheitsschlaf für das ganze Liebeswerben, das du mit Blondie vorhast."

Ich sehe ihn ernst an. „Achte bloß nicht auf ihre Haare, okay?"

Er brüllt vor Lachen. „Sei nicht so besitzergreifend bei einer Braut, die noch nicht dir gehört. Du hast ihre Telefonnummer, Junge. Du musst sie noch für dich gewinnen."

Ich mache mich auf den Weg nach oben und hoffe, dass genau das morgen passieren wird. Meine Überlegungen von vorhin, sie nicht sofort anzurufen, sind vergessen, als ich mich auf mein Bett fallen lasse und ihre Nummer auf meinem Handy aufrufe.

Ich: Drinks nach der Anprobe morgen?

Allie: Wer das?

Ich lache über ihre humorvolle Antwort und erinnere mich an ihre strahlend blauen Augen, als wir vor zwei Jahren zusammen im Bett lagen. Sie begann jene Nacht als eine Frau mit einer Mission, die angespannt, nervös und völlig auf ihr Ziel konzentriert war. Aber nachdem wir Sex hatten, war da eine Leichtigkeit in ihren Augen, die ich unbedingt wieder sehen möchte.

Ich: Hier ist der beste Sex, den du je hattest …, natürlich.

Allie: Jake! Ich habe schon ewig nichts mehr von dir gehört!

Ich: Ich weiß nicht, wer Jake ist, aber ich bin sicher, mein Schwanz ist größer als seiner.

Nach einer Minute Verzögerung antwortet sie.

Allie: Nur Drinks?

Ich seufze schwer, denn sie wird es mir nicht leicht machen.

Ich: Für den Moment, ja. Denn ich muss dich offensichtlich daran erinnern, wie viel Spaß wir zusammen haben können.

Allie: Ich erinnere mich an eine Kleinigkeit in dieser Richtung.

Ich: Ich erinnere mich an alles, Mooi. Lass mich dich daran erinnern.

Okay. Wir sehen uns dann …, Jake.

Und da ist er – ein Hauch des Sarkasmus, an den ich mich so gerne erinnere.

Nach dem Training am nächsten Tag fahren Mac und ich zur Kindred Spirits Boutique, um uns für unser morgiges *Win A Date*-Shooting stylen zu lassen. Meine Muskeln sind angespannt, als ich hinter Macs Jeep die enge Redchurch Street hinunterfahre, und das hat nichts mit der schmalen Straße zu tun. Es liegt daran, dass ich mich mit Allie treffe und sie von ihrer *Nur Drinks*-Mentalität abbringen muss.

Ich parke hinter Mac auf einem Parkplatz vor der Bekleidungsboutique an der Ecke. Es ist ein rot gestrichenes Backsteingebäude mit einem großen Graffiti-Logo im Schaufenster.

Mac lächelt breit, als ich aus meinem Fahrzeug steige und mich ihm annähere. „Bist du bereit, dein Mädchen zu umwerben?"

Ich rolle mit den Augen. „Ich umwerbe nicht."

„Was machst du dann?", fragt er aufrichtig neugierig.

Ich fixiere ihn mit ernstem Blick. „Ich beeindrucke."

Er lacht, während er die Tür aufreißt und mir mit einer Geste bedeutet, zuerst reinzugehen.

Kindred Spirits ist von innen so bunt wie von außen. Als ich durch die Tür trete, wird mein Blick von einer Vielzahl von Kleidern,

Accessoires, Schmuck und Kunstwerken angezogen, die kunstvoll in jeder Ecke platziert sind.

Eine Frau in einem gelben Kleid im Stil der fünfziger Jahre und mit kastanienbraunem Haar tritt hinter der Rezeption hervor, als sie das Klingeln an der Tür hört. „Sie müssen die Fußballer sein", sagt sie mit einem strahlenden Lächeln.

„Wie kommen Sie darauf?", fragt Mac vorwurfsvoll.

Sie schnuppert an der Luft vor ihm und antwortet in ihrem amerikanischen Akzent: „Wir können uns gern duzen. Der Geruch von Schweiß und Muskelsalbe verrät euch."

Macs Gesicht fällt und er hebt einen Arm, um an seiner Achselhöhle zu riechen. „Ich habe nach dem Training geduscht."

Die Frau lacht. „Entspann dich, ich will dich nur veräppeln. Mein Name ist Leslie. Ich bin eine der Besitzerinnen." Sie schüttelt uns beiden die Hand. „Ihr werdet heute mit meiner Kollegin Sloan zusammenarbeiten. Sie ist für das Styling unserer gesamten Herrenmode zuständig. Und unsere Näherin, Freya …"

„Ist hier, um euch beide ordentlich zu piksen!", kichert eine Stimme von oben.

Mac und ich werfen einen Blick auf die offene erste Etage und sehen, wie eine andere Rothaarige ihre Arbeit beendet. Ihr Haar ist feuerroter als das von Mac. Sie blickt zu uns hinunter, und ich kann sogar von meinem Standpunkt aus rote Sommersprossen auf ihrem runden Gesicht erkennen.

„Bitte entschuldigt Freya", sagt Leslie mit einem liebevollen Lächeln. „Sie sieht sich seit drei Wochen die amerikanische Version von *Shameless* an, und ich fürchte, sie ist in letzter Zeit etwas unangemessener als sonst."

„In welcher Staffel bist du?", fragt Mac.

„Fünf", antwortet Freya. „Fiona hat gerade herausgefunden, dass ihr Verlobter wieder Drogen nimmt."

„Um Himmels willen, Frau! Versuchst du, mein Leben zu ruinieren?", brüllt Mac und hält sich die Ohren zu. „Ich bin erst in der vierten Staffel!"

„Du hast nicht gesagt, ich solle keine Spoiler preisgeben!", schreit Freya herunter, die Hände empört in die runden Hüften gestemmt.

„Das ist eine unausgesprochene Regel! Der allgemeine Anstand in der Welt des Fernsehens." Mac schüttelt den Kopf. „Aber verdammt, ich konnte diesen Sean sowieso nie leiden. Er ist zu alt für sie!"

„Genau! Mir wäre es lieber, sie wäre bei Steven – dem Kriminellen – als bei diesem alten Knacker."

„Ich bin ganz deiner Meinung! Allerdings muss ich sagen, dass das amerikanische *Shameless* im Vergleich zur britischen Version verblasst."

„Genau das denke ich auch", sagt Freya mit großen Augen. „Ich habe es mir nur angesehen, um sie zu vergleichen, und ich habe das Gefühl, mein Heimatland zu betrügen."

Die beiden lächeln sich ein paar unbeholfene Sekunden lang an, aber der Moment wird unterbrochen, als sich Schritte aus dem hinteren Teil des Ladens nähern.

„Hallo, ich bin Sloan Harris. Ich werde euch heute stylen." Eine auffällige Frau mit braunen Haaren kommt auf uns zu, sie hat bereits mehrere Kleidungsstücke über ihren Arm gehängt. Sie reicht uns die Hand und sagt dann: „Wenn ihr mir bitte folgen würdet, zeige ich euch die Umkleidekabinen, damit ihr die Sachen anprobieren könnt."

Sie dreht sich auf dem Absatz um und bringt ein Baby zum Vorschein, das sie in einer Stofftrage auf dem Rücken trägt. Sofort breitet sich ein Lächeln auf meinem Gesicht aus, als ich das dunkle Haar sehe, das ihm über die Stirn fällt.

„Du hast ein Baby auf dem Rücken!", sagt Mac, der mit einem Finger anklagend auf den süßen kleinen Knirps zeigt.

Sloan bleibt stehen und schlägt sich eine Hand an die Stirn. „Ich habe mich schon gefragt, wo ich ihn gelassen habe!" Sie zwinkert Mac zu. „Das ist mein Sohn, Milo."

„Hi, Milo", sage ich und strecke die Hand aus, um seinen Finger zu halten. Er starrt mich an, völlig unbeeindruckt. „Er sieht aus wie sein Vater."

Sloan nickt wissend. „Die Harris-Gene sind stark, aber das ist okay. Meine Tochter ist mein Mini-Ich, also ist es schön, Gareth etwas zu geben, das seinen Narzissmus ebenfalls anfacht. Ich meine, seien wir mal ehrlich, das ist doch alles, was Fortpflanzung wirklich ist, oder?"

Ich lache über ihre sehr offene Antwort. „Ich weiß es ehrlich gesagt nicht."

Sie zuckt mit den Schultern und übergibt mir und Mac zwei verschiedene Outfits. „Zieht eines davon an und kommt raus, wenn ihr fertig seid, damit wir euch anschauen können."

Sie zeigt auf die vier Umkleidekabinen, die sich hinter lila Vorhängen verbergen, und dreht sich dann mit Milo um, um zurück in den Laden zu gehen. Mac schnappt sich den ersten Raum und ich gehe in den dritten. Als ich den Vorhang zurückziehe und den kleinen Raum betrete, stoße ich direkt mit …

„Roan!", ruft Allie mit großen, erschrockenen Augen.

„Lis", antworte ich mit einem überraschten Lächeln und werfe einen Blick auf ihren Körper, der derzeit nur mit einem schwarzen BH und einem Slip bekleidet ist. Mein Schwanz macht sich in meiner Jeans sehr bemerkbar, während ich die üppigen Kurven ihres Körpers betrachte, der besser denn je aussieht. Ich schüttle den Kopf und starre ungeniert auf ihre Brüste, während ich sage: „Ich dachte, ich müsste dir erst einen Drink spendieren, bevor ich dich so wiedersehen kann."

„Raus!", schreit sie und greift nach einem Kleid, das an einem Haken hängt, um es vor sich zu halten.

Ich hebe die Hände und lache. „Tut mir leid, schon gut! Mir wurde gesagt, ich solle die anprobieren." Ich mache Anstalten zu gehen, schaue aber noch einmal über meine Schulter. „Was probierst du denn an?"

Sie rollt mit den Augen und bläst sich eine Haarsträhne aus dem Gesicht. „Ein Kleid für die Gala, wenn du es wissen musst."

Ich werfe einen Blick auf das Kleid, das sie an ihren Körper drückt. „Ich glaube nicht, dass es besser ist als das, was du gerade anhast."

Sie kann ihr zufriedenes Lächeln nicht verbergen, was meinen Schwanz nur noch härter werden lässt. Dann, als wäre sie wütend auf sich selbst für ihre Reaktion, blafft sie: „Raus."

Lachend gehe ich und murmle laut genug, dass sie es hören kann: „Immer noch heiß wie eh und je, Mooi."

Minuten später verlasse ich die Umkleidekabine in einer taillierten Tweedhose und einem schmalen schwarzen Hemd. Der Stoff fühlt sich teuer an und ist viel schöner als die Kleidung, die ich für mich selbst kaufe. Mein Blick fällt auf Leslie und Freya, die an einem dreiseitigen Spiegel stehen und sich um jemanden kümmern, der auf dem Podium steht. Ich gehe etwas näher heran und sehe, dass es Allie ist, die ein bronzefarbenes, metallisches Abendkleid trägt.

„Es ist zu eng", jammert sie und zerrt an der Brust, wobei ihre Brüste aus dem tiefen Ausschnitt hervorquellen.

„Es soll eng sein", sagt Freya mit einer Nadel im Mund, während sie eine weitere Nadel von dem Polster an ihrem Handgelenk nimmt und eine Stelle an Allies Taille fixiert. „Das ist ein Korsettmieder."

„Ich soll heute arbeiten, keine Kleider anprobieren", argumentiert Allie.

„Oh, pfft", schimpft Leslie, tritt einen Schritt zurück und bewundert Allie wie ein Kunstwerk. „Ich befolge die Anweisungen von Vi, die gesagt hat, dass du ein Kleid für die Gala brauchst. Hast du noch nicht gelernt, dass man sich Befehlen der Familie Harris nicht widersetzen kann?"

„Ich bin eine Harris", erwidert Allie entrüstet. „Warum hörst du nicht auf mich, wenn ich sage, dass dieses Kleid zu teuer ist?"

Leslie schüttelt den Kopf. „Es ist alles geregelt, Allie! Du bekommst den Familienrabatt! Und selbst wenn du ihn nicht hättest, würde ich dir das Kleid sowieso schenken." Sie streicht anerkennend mit der Hand über die Taille und fügt hinzu: „Es ist, als hätte ich es für dich gemacht!"

Allie stößt einen verzweifelten Atemzug aus und sieht sich dann im Spiegel an, als wäre es das erste Mal, dass sie es sich wirklich erlaubt. In diesem Moment entdeckt sie mich in ihrem Spiegelbild, der sie anstarrt, als hätte ich gerade die Queen gesehen. Ich nicke anerkennend, mein Blick saugt jede üppige Kurve ihres Körpers auf, die das Kleid umspielt. Allies langes blondes Haar ist oben auf dem Kopf zu einem Dutt zusammengebunden und gibt den Blick auf ihre schönen Schulterblätter frei, die ich mit meiner Zunge berührt habe. Ich möchte sie jetzt sofort wieder mit meiner Zunge berühren.

„Verdammt, ich sehe heiß aus!", dröhnt Mac und reißt mich von der Augenweide weg, die ich schamlos angestarrt habe.

Ich drehe mich um und sehe ihn in einer Weste, einem grünen Hemd und einer braunen Hose. Für einen tätowierten Schotten mit fragwürdigen Tischmanieren sieht der Typ gar nicht so schlecht aus.

„Du bist fertig", sagt Freya, lässt Allie am Podium stehen und eilt zu Mac hinüber, der stolz lächelt und die Arme ausbreitet, als erwarte er eine Runde Beifall.

„Sag mir, dass ich gut aussehe, Frau", sagt Mac und lächelt zu Freya hinunter, die gerade mal halb so groß ist wie er.

„Ich glaube nicht, dass dein Ego meine Hilfe braucht", antwortet sie scharf und beginnt, am Saum zu zupfen. „Steig auf das Podium, damit ich die Hose verlängern kann."

„Dein Wunsch sei mir Befehl." Mac zwinkert Freya flirtend zu, und sie scheint von seiner Aufmerksamkeit verwirrt zu sein.

Allie und Sloan machen sich auf den Weg zu mir. Die beiden gehen um mich herum, packen und ziehen an den Klamotten an meinem Körper. Es ist mir nicht einmal peinlich, dass ich halbsteif bin, nachdem ich Allie in ihrem sexy Kleid angestarrt habe.

„Habe ich die Inspektion bestanden?", frage ich, als ich auf Allie herunterblicke.

Es ist Sloan, die antwortet. „Nicht ganz. Ich will das andere Ensemble sehen. Das hier reicht mir nicht. Dir?"

Allie schüttelt den Kopf, während ihr Blick ein wenig zu lange auf meinem Schritt verweilt. „Er braucht etwas, das seine Augen zum Strahlen bringt."

Sloan kichert und flüstert, kaum laut genug, dass ich es hören kann: „Seine Augen sind da oben, Allie."

Allies Blick schießt zu meinem Gesicht hoch. Sie errötet vor Verlegenheit und ruft: „Versuchen wir es als Nächstes mit dem blauen Hemd."

Sloan kichert wieder und dreht sich um, um wegzugehen.

Ich mache einen Schritt auf Allie zu. „Hilfst du mir beim Umziehen?"

Sie tritt einen Schritt zurück. „Nein. Ich werde ohnehin schon Mühe haben, aus diesem Kleid herauszukommen."

Ich komme noch näher heran. „Da kann ich dir bestimmt helfen."

Sie drückt mir ihre Hände auf die Brust, um mir einen sanften Schubs zu geben, und hüpft an mir vorbei, um sich hinter dem Vorhang zu verstecken.

Du kannst weglaufen, aber du kannst dich nicht verstecken, Mooi.

Allie

Vier Outfitwechsel später haben wir einen fickwürdigen Look für Roan gefunden. Um ehrlich zu sein, ist er so fickwürdig, dass ich anfange, mir Gedanken darüber zu machen, wer sein Date für die Gala und wie schmerzhaft es für mich sein wird, der Gewinnerin dabei zuzusehen, wie sie ihn den ganzen Abend vollsabbert. Ich bin mir sicher, dass sie Sex mit ihm haben wollen wird. Mein Gott, der Mann ist charmant, auch wenn er nicht aufgebrezelt ist.

Die Art und Weise, wie Sloan und Freya mit ihm gelacht haben, hat mich nervös und heiß gemacht. Sie kicherten sogar darüber, dass sie den Schritt seiner Hose herauslassen müssten, um Platz für sein „Ding" zu schaffen.

Ein Ding, an das ich mich sehr genau erinnern kann.

Und wenn er mich mit seinen strahlenden Augen ansieht, macht er es mir wirklich leicht, zu vergessen, welch schrecklicher Mensch ich bin, da ich ein nicht einvernehmliches Sexvideo von ihm auf meinem Telefon habe.

Roan, Mac und ich verabschieden uns von den Damen von Kindred Spirits. Dann geht Mac schnell zu seinem Auto, wobei er bei seinem bizarren Versuch, Roan und mir etwas Freiraum zu lassen, fast über sich selbst stolpert.

„In dieser Richtung gibt es einen anständigen Pub namens The Owl and Pussycat", sagt Roan, geht rückwärts und gibt mir ein Zeichen, ihm um die Ecke zu folgen.

Ich schürze die Lippen und nicke nervös.

Du hast der Sache zugestimmt, Allie. Du hast Ja gesagt, obwohl du weißt, dass das eine schlechte Idee ist! Also komm einfach darüber hinweg und hoffe, dass er sich schnell dem nächsten Mädchen zuwendet, das sich ihm höchstwahrscheinlich an den Hals werfen wird.

Wir gehen Seite an Seite in angenehmer Stille zum Pub. Als wir ankommen, ist er überfüllt mit Gästen, die nach einem langen Arbeitstag ein Bier trinken. Roan drückt seine Hand auf meinen Rücken, während wir uns durch die Menge zum Biergarten im hinteren Teil des Lokals bewegen. Wir ergattern einen freien Tisch in der Ecke, bevor Roan fragt, was ich trinken möchte und sich auf den Weg zur Bar macht.

In meinem Bauch kribbelt es, denn hier sind wir wieder, auf einen Drink. Wir gehen zwar nicht auf eine Hochzeit, aber irgendetwas sagt mir, wenn ich heute Nacht mit Roan schlafen wollte, könnte ich das tun. Aber ich sollte nicht mit ihm schlafen wollen. Mit ihm schlafen zu wollen, würde bedeuten, dass er mehr als ein One-Night-Stand ist und ich ihm von dem Video erzählen sollte.

Er kehrt zurück, stellt meinen Rotwein vor mir ab und beobachtet mich neugierig, während ich einen Schluck nehme, um mich zu stärken.

„Warum siehst du plötzlich so aus, als laste das Gewicht der Welt auf deinen Schultern?", fragt er, legt den Kopf schief und mustert mich nachdenklich. „Du erinnerst mich an den Abend unseres Kennenlernens, aber du schienst leichter und entspannter zu sein, als ich dich mit deinen Cousins im Café de Paris gesehen habe."

Ich schlucke nervös. „Ich, ähm …, ich bin mir nur nicht sicher, ob wir beide eine gute Idee sind."

„Nicht schon wieder", stöhnt er, stützt seine muskulösen Unterarme auf den kleinen Tisch und lehnt sich näher zu mir, sodass ich seinen frisch geduschten Duft riechen kann. „Ich dachte, wenn du mir deine Nummer gibst, bedeutet das, dass gute Dinge auf uns zukommen."

„Was für gute Dinge?", frage ich spitz. *Bitte sag nicht Sex. Bitte sag nicht Sex!*

Er zuckt mit den Schultern. „Die Art, bei der du und ich zusammen abhängen, schätze ich."

Ich lache schnaubend. „Du kennst mich kaum. Woher weißt du, dass du mit mir abhängen willst?"

Er senkt das Kinn, der Ausdruck in seinen Augen ist hart. „Soll ich dich an alles erinnern, was ich in unserer ersten gemeinsamen Nacht über dich gelernt habe?"

„Anscheinend!", erwidere ich lachend, da ich denke, dass er sich unmöglich an etwas anderes erinnern kann als an die multiplen Orgasmen.

Er räuspert sich und schiebt die Ärmel an seinen Armen hoch, bevor er seine Liste an den Fingern abzählt. „Erstens, du prustest gelegentlich, wenn du lachst, aber du verwandelst es in ein Husten, weil du denkst, das verdeckt es. Das tut es aber nicht." Er zwinkert mir zu und ich muss ein Prusten unterdrücken.

„Zweitens, du bekommst eine Falte zwischen den Augenbrauen, wenn du an etwas anderes denkst und nicht im Moment lebst … Etwas, das ich jetzt wirklich gerne beenden würde."

Ich entspanne meine Stirn und tue mein Bestes, ihm meine ungeteilte Aufmerksamkeit zu schenken.

„Drittens, du hast keine Ahnung, wie schön du bist, wahrscheinlich weil du bei einem Vater aufgewachsen bist, der Schönheit nicht so sehr schätzte wie Intelligenz. Nicht das Schlimmste, was er je getan hat, wenn ich ehrlich bin."

„Und viertens …" Er hält inne und verliert jeglichen Humor in seinem Gesicht, bevor er weiterspricht. „Du hast am Abend unseres Kennenlernens versucht, deinen Liebeskummer vor mir zu verbergen, aber ich konnte ihn sehen, als du dachtest, ich schaue nicht hin. Und was mich an jenem Abend zu dir hingezogen hat, war nicht deine oberflächliche Schönheit, auch wenn du in diesen Strapsen verdammt heiß warst. Es war die Tatsache, dass die meisten Frauen geweint und

Pralinen gegessen hätten, aber du warst mutig genug, ein Paar High Heels anzuziehen und dich vom Leben nicht unterkriegen zu lassen."

Mir stockt der Atem und ich schlucke den Kloß herunter, den ich aufsteigen spüre. „Ist das alles?", flüstere ich, immer noch fassungslos über das, was er gerade gesagt hat.

Ein sündhaftes Funkeln tritt in seine Augen. „Das und ich weiß, wie dein Gesicht aussieht, wenn du kommst. Das sollte schon etwas wert sein."

Angesichts der überwältigenden Wirkung seiner Worte entsteht ein Kribbeln zwischen meinen Oberschenkeln. Währenddessen lehnt er sich in seinem Stuhl zurück, als hätte er gerade beiläufig über das Wetter gesprochen.

Ich berühre mit den Fingerrücken meine heißen Wangen und antworte: „Ich komme mir wie ein Arschloch vor, weil ich so wenig über dich weiß."

Roan zuckt mit den Schultern. „Was willst du wissen? Ich werde dir alles sagen."

Er nimmt einen Schluck von seinem Bier, und ich nutze die Gelegenheit, das Gleiche zu tun, bevor ich ihm die erste Frage stelle, die mir in den Sinn kommt.

„Wie ist deine Familie so?"

Ein Lächeln breitet sich auf seinem Gesicht aus. „Willst du meine Mutter kennenlernen, Mooi?"

Ich schüttle nervös den Kopf. „Nein, das habe ich nicht gemeint. Das ist eine ganz schlechte Idee. Ich bin seit zwei Jahren mit niemandem mehr ausgegangen …"

Roan lehnt sich über den Tisch und unterbricht mich. „Ich wurde von einer starken, schönen, alleinerziehenden Mutter großgezogen, nachdem mein Vater gestorben war, als ich drei war. Meine Mutter fand einen neuen Mann, als ich etwa acht Jahre alt war, mit dem sie meine Zwillingsschwestern bekam. Er war ein anständiger Kerl, wenn er nüchtern war, aber er entpuppte sich ihr gegenüber als gemeiner Säufer. Das war ätzend. Aber nach Jahren der emotionalen Misshandlung ließ sie sich schließlich von ihm scheiden, nur um sich wieder in ihre wahre Leidenschaft zu verlieben … das Tanzen. Gesellschaftstanz, um genau zu sein.“

Ich blinzle ihn an, überrascht von seiner offenen Antwort. „Ich erinnere mich, dass du die Sache mit dem Tanzen bei der Hochzeit erwähnt hast.“

Er nickt, während er trinkt. „Wir wohnten in einer Wohnung über dem Tanzstudio, in dem sie arbeitet, also war ich immer in der Nähe.“

Das Bild einer jüngeren Version von Roan, der mit seiner Mutter in einem Studio tanzt, zaubert ein kleines Lächeln auf mein Gesicht. Es vergeht mir jedoch, als ich daran denke, dass er ohne Vater aufgewachsen ist. „Es tut mir leid, das von deinem Vater zu hören. Kannst du dich überhaupt noch an ihn erinnern?“

Seine Miene wird angespannt. „Nicht wirklich. Er war Südafrikaner und lernte meine Mutter kennen, als er in England Medizin studieren wollte. Er war offensichtlich ein brillanter Mann, denn es war damals nicht einfach, aus Südafrika herauszukommen, um eine Ausbildung zu machen. Nach dem Ende der Apartheid beschlossen sie, nach Kapstadt zu ziehen und eine medizinische Klinik zu eröffnen. Kaum hatte er die Klinik eröffnet, erlitt er einen Herzinfarkt.“

„Es tut mir so leid, Roan“, sage ich leise, starre auf mein Weinglas und fühle mich schuldiger denn je, weil ich bei unserem ersten Treffen nicht erkannt habe, welch ein einzigartiger Mensch Roan ist.

„So ist das Leben manchmal“, antwortet er und trommelt mit den Fingern auf den Tisch. „Und was ist mit dir?“, fragt er, womit er meinen Blick von meinem Getränk auf ihn lenkt.

„Was ist mit mir?“, erwidere ich.

„Ich habe geteilt. Jetzt bist du dran. Ich weiß, dass du mit den Harris-Brüdern verwandt bist, aber wie sieht deine Familie in Amerika aus?“

Bei seiner Frage verziehe ich das Gesicht.

„So schlimm?“, fragt er.

Ich zucke mit den Schultern. „Sagen wir einfach, ich fühle mich bei den London-Harrisen mehr zu Hause als bei den Chicago-Harrisen.“

Seine Augen werden weicher, als ich noch einen Schluck nehme. „Es ist also so schlimm.“

Ich nicke bestätigend in mein Glas und fühle mich schrecklich unsensibel, weil ich mich über meine eigene Familie beschwere, obwohl sein Vater nicht einmal mehr hier ist. „Es ist in Ordnung."

Er beobachtet mich einen Moment lang und achtet auf meine Körpersprache. „Ist das nichts, worüber du mit mir reden willst?"

„Nicht wirklich."

„Na gut", antwortet er und schlägt mit der Hand auf den Tisch. „Lass uns stattdessen rummachen."

„Rummachen?" Ich stoße ein unerwartetes Lachen über den plötzlichen Themenwechsel aus. Er fixiert mich mit heißem Blick, als ich frage: „Wie alt sind wir, sechzehn?"

„Ich bin siebenundzwanzig", antwortet er mit hochgezogenen Augenbrauen. „Wie alt bist du?"

Ich kneife die Augen zusammen. „Sechsundzwanzig."

„Sieh nur, wie viel wir bereits übereinander lernen." Er beugt sich vor und legt seine große, warme Hand auf eine intime Art und Weise auf meine, die ich an mehreren noch intimeren Stellen meines Körpers spüre.

Ich schlucke nervös und fühle mich schlecht, da ich so wenig erzählt habe, nachdem er sich so leicht geöffnet hat. Ich stähle mich, bevor ich sage: „Mein Vater ist ein gefühlloser Workaholic, der dreimal geschieden wurde und mich seit meinem Umzug nach London noch kein einziges Mal angerufen hat."

„Autsch", antwortet er, die Stirn in Falten gelegt. „Und deine Mutter?"

Ich zucke mit den Schultern. „Sie ist ganz nett, aber sie macht gerade eine Rucksackreise durch Europa, deshalb ist ihr Handyempfang sehr schlecht."

Er atmet schwer aus. „Meine Mutter ruft mich zu oft an. Sie macht sich Sorgen um mich hier in London, aber ich mache mir mehr Sorgen um sie in Kapstadt."

Ich nicke und denke nicht über die Worte nach, die als Nächstes aus meinem Mund kommen. „Schickst du ihr deshalb jeden Monat einen Teil deines Gehalts nach Hause?"

Roan lässt meine Hand los und setzt sich zurück. „Woher zum Teufel weißt du das?"

Ich setze mich auf und breite meine Hände auf dem Tisch aus. „Es ist, ähm, in deiner Akte."

„Welcher Akte?", blafft er, beunruhigt durch mein Wissen.

„Die Akte, die wir über alle Spieler im Verein haben. Es ist eine Art Vorstrafenregister, sodass wir wissen, wer das Potenzial hat, den meisten Ärger zu verursachen."

„Mein Gott", antwortet er mürrisch und schüttelt den Kopf. „Ich hatte keine Ahnung, dass PR-Firmen so einen Scheiß wissen."

Ich zucke mit den Schultern. „Es ist unser Job, das zu wissen. Du und Mac seid zwei der saubersten Spieler im Team. Deshalb haben sie euch beide für die *Win A Date*-Kampagne ausgewählt."

Roan rollt mit den Augen, offensichtlich nicht erfreut darüber, dass ich diese Informationen habe. Er wirft mir einen harten Blick zu. „Welche anderen Informationen hast du über mich, von denen ich nichts weiß?"

Meine Güte, ist das eine Fangfrage. „Nichts", gebe ich unschuldig zurück. „Von jetzt an ist es nur noch das, was du mit mir teilen willst."

Meine Antwort scheint ihn zu beruhigen, denn er beugt sich vor und streichelt wieder meine Hände. „Glaubst du, deine Cousins bringen mich um, wenn wir mehr Zeit miteinander verbringen?"

„Zeit?", krächze ich, da mir die Stimme im Hals steckenbleibt. „In welchem Umfang?"

„In dem Umfang, dass ich Getränke oder Essen kaufe und du die Getränke trinkst oder das Essen isst ... Dann küssen wir uns an deiner Haustür."

„Das klingt nach einer Beziehung."

Er grinst mich an. „Du überspringst ein paar Schritte, Lis, aber du bist schon seit unserem Kennenlernen schnell, also bin ich dabei."

Habe ich schon erwähnt, wie sehr ich es liebe, wenn er mich Lis nennt?

Ich schaue auf sein Getränk hinunter. „Du hast ein Bier mit mir getrunken und willst dich schon für die Zukunft festlegen?"

„Du vergisst, dass ich fast zwölf Stunden mit dir nackt in einem

Hotelzimmer verbracht habe. Unser Beziehungsstatus basiert auf mehr als nur dem heutigen Abend. Der heutige Abend war genau die Bestätigung, die ich brauchte, um sicherzugehen, dass all meine Fantasien über dich auf einem Anflug von Realität beruhen." Er zwinkert und kippt sich den Rest seines Bieres in einem Zug hinter die Binde, wobei sich sein Hals auf wirklich attraktive Weise zusammenzieht. Er wischt sich über die Oberlippe und fügt laut hinzu: „Das, und ich habe dich nackt gesehen."

Ich greife über den Tisch und lege meine Hand auf seinen Mund. „Würdest du bitte aufhören, dem ganzen Pub zu erzählen, dass du mich nackt gesehen hast?"

Das Lächeln in seinen Augen bringt meine Unterwäsche zum Schmelzen. Als ich mir sicher bin, dass er mich nicht mehr demütigen will, lasse ich seinen Mund los und schüttle den Kopf über ihn. „Die meisten Fußballer würden einen One-Night-Stand nehmen und nie wieder zurückblicken."

Er zieht die Augenbrauen hoch und zuckt mit den Schultern. „Ich bin nicht wie die meisten Fußballer."

Roan und ich genehmigen uns noch ein paar Drinks und verlieren das Zeitgefühl, während wir über alberne Dinge wie unsere Lieblingsspeisen und Hobbys plaudern, denen wir beide nachgehen. Meines ist Fake-Reiseplanung. Ich hatte schon immer das Gefühl, dass ich eine gute Reiseberaterin geworden wäre. Ich habe Urlaubsideen im Kopf und recherchiere Flüge, Hotels, Airbnb-Unterkünfte, Sehenswürdigkeiten und so weiter. Roan ist neugierig, ob ich jemals eine Reise nach Südafrika geplant habe, und ich muss leider Nein sagen. Trotzdem weiß ich, dass ich Kapstadt googeln werde, sobald ich nach Hause komme.

Roans Hobbys sind etwas weniger exzentrisch. Er spielt Videospiele mit Mac und liebt Fußball. Er sagte, dass er sich vorstellen kann, nach seiner Zeit als Profispieler wieder mit dem Tanzen anzufangen, weil es ihm immer Spaß gemacht hat, mit seiner Mutter zu lernen.

Die ganze Zeit, in der wir reden und lachen, merke ich, dass die Verbindung, die ich in der ersten Nacht mit Roan gespürt habe, immer noch da ist, als wäre sie nie weg gewesen. Und wenn ich an jene Nacht zurückdenke, bin ich überrascht, an wie viel ich mich erinnern kann, denn ich glaube, ich litt an einer posttraumatischen Belastungsstörung. Das ist die einzige Erklärung, die mir einfällt, warum ich getan habe, was ich getan habe. Alles an dieser Nacht war so völlig untypisch für mich. Ich habe in meinem ganzen Leben nur mit insgesamt fünf Männern geschlafen, also ist die Aufnahme eines Sexvideos mit einem One-Night-Stand in Bezug auf meine sexuellen Erfahrungen sicherlich das Überspringen einiger Schritte.

Für den Moment lasse ich diese verrückte Nacht voller Jetlag hinter mir und konzentriere mich auf Roan in der Gegenwart. Es ist interessant, mehr über seine Erfahrungen als Fußballer zu erfahren, denn bei meinen Cousins sieht es so einfach aus. Seine Karriere war alles andere als einfach. Er hat hart gearbeitet, um dorthin zu kommen, wo er jetzt ist, und an der Art und Weise, wie er über den Bethnal Green F. C. spricht, merke ich, dass er ihn als seine Eintrittskarte in die große Welt betrachtet. Und vielleicht wird er das auch sein. Mit dem Aufstieg in die Premier League wird er viel mehr Aufmerksamkeit bekommen, sodass es vielleicht nur eine Frage der Zeit ist, bis ein größerer, besserer Fußballverein auf ihn aufmerksam wird.

Es ist dunkel, als wir den Pub verlassen, und Roan bietet mir an, mich nach Hause zu fahren, da ich eigentlich die U-Bahn nehmen wollte. Während der Fahrt nach Notting Hill staune ich darüber, dass er meine Hand auf seinem Schoß hält, als wäre es für ihn das Natürlichste der Welt.

Roan parkt vor Camdens und Indies malerischem, weißem Stadthaus mit der charmanten roten Eingangstür. Er stellt seinen Wagen ab und dreht sich zu mir um. „Kann ich dich zur Tür begleiten, oder glaubst du, Camden kommt raus und tritt mir in die Eier?"

Ich kichere, denn ich habe das Gefühl, dass das der Wahrheit gefährlich nahe kommt. „Ich denke, es ist das Beste, wenn du sicher in deinem Auto bleibst."

Er nickt langsam und mustert meine Lippen. „Irgendwann werden sie von uns erfahren müssen."

„Was ist mit diesem *uns*, von dem du ständig sprichst?", frage ich mit einem verärgerten Kopfschütteln. „Wir waren nur eine Nacht zusammen und du sagst schon *uns*? Bist du bei allen Frauen, mit denen du zusammen warst, so rangegangen?"

„Nur bei denen, die ich mir durch die Finger habe gleiten lassen, und das sind …" Er hält inne und hebt die Hand, um an den Fingern zu zählen, wobei er alle mit Ausnahme des Zeigefingers einen nach dem anderen beugt. „Eine."

Ich rolle mit den Augen. „Du trägst ganz schön dick auf, DeWalt."

In seiner Brust vibriert ein leises Lachen. „Warum hältst du nicht die Klappe und küsst mich endlich, Lis? Du starrst schon den ganzen Abend auf meine Lippen, und es wird langsam lächerlich."

„Ich habe nicht …", rufe ich, aber meine Stimme wird von seinen wunderbaren Lippen unterbrochen. *Okay, vielleicht habe ich sie den ganzen Abend angestarrt.*

Eine Flut von Bildern unseres ersten Kusses überkommt mich aus dem Nichts, als er mit den Fingern durch mein Haar fährt und meinen Hinterkopf umfasst, um unsere Münder miteinander zu verschmelzen. Unser erster Kuss war in gewisser Weise aggressiv und strafend. Er geschah in der Hitze des Gefechts als Antwort auf eine offensichtliche Bitte.

Dieser Kuss ist jedoch anders. Er ist immer noch fest und befehlend wie zuvor, aber mit einem süßeren, wertschätzenden Unterton, auf den mein Körper sehr stark reagiert.

Ich umklammere seinen Bizeps und halte mich fest, während er meine Lippen öffnet und seine Zunge sanft in meinen Mund gleiten lässt. Als er mein leises Stöhnen vernimmt, wird sein Griff in meinem Haar fester und der Kuss leidenschaftlicher.

Das schwarze Leder macht ein lautes Geräusch, als ich mich gedankenlos über die Konsole bewege. Ich sitze keineswegs auf seinem

Schoß, aber ich biete ihm mehr Zugang zu dem, was er sich von mir nehmen will.

Denn Küsse wie dieser von Roan sind eindeutig dazu bestimmt, freiwillig und ohne Zögern genommen zu werden.

In meinem Unterleib beginnt es zu kribbeln, während wir mehrere herrliche Minuten lang rummachen. Das ist ein Gefühl in meinem Körper, das ich seit Ewigkeiten nicht mehr gespürt habe, also erlaube ich mir, es zu genießen. Nach Roan habe ich versucht, noch mehr Lückenbüßer-Sex zu haben. Zwei Jahre lang bin ich mit meinen Kollegen ausgegangen und habe versucht, in Bars mit Männern zu flirten, nur um dann nach Hause zu gehen und mir dieses blöde Video auf meinem Handy anzusehen. Mir wurde schnell klar, dass ich nie wieder so großartigen Sex haben würde.

Vielleicht ist das der Grund, warum ich das Video nie gelöscht habe. Verdammt, vielleicht bin ich deshalb nach London zurückgekehrt. Vielleicht dachte ein Teil meines Gehirns, wenn ich hierher zurückkehre, könnte ich zurückbekommen, was ich zurückgelassen habe.

Roans große, warme Hand löst sich aus meinem Haar, gleitet meinen Hals hinunter und über mein Schlüsselbein, während seine Lippen mich weiter verschlingen. Mit kräftigem Griff packt er meine Brust über der Bluse und drückt sie so fest zusammen, dass ich meinen Mund von ihm losreiße und vor lusterfülltem Schmerz aufschreie.

„Oh mein Gott", krächze ich. Meine Stimme ist heiser und erfüllt das Auto mit Verlangen.

Mein Blick fällt auf Roans Schoß, und ich sehe die sehr großen Umrisse seiner Erektion in seiner Jeans. Sie ist größer als in der Boutique, und ich beiße mir auf die Lippe, da ich sie berühren will. Die lächerliche Festigkeit verursacht eine Erregung zwischen meinen Beinen, die ich gerne noch verstärken würde.

„Sieh nur, was du mit mir anstellst, Mooi", murmelt er und fährt mit seiner Zunge auf die köstlichste Art und Weise an meinem Puls entlang. „Bist du feucht für mich?", fragt er, während er sanft in meine Haut beißt. „Zeig es mir."

Ich stoße ein gequältes Stöhnen aus, da ich es ihm unbedingt zeigen will, verdammt noch mal. Im Geiste schimpfe ich bereits mit mir selbst, weil ich Leggings statt eines Rocks trage, denn das macht diesen Moment noch ein bisschen schwieriger.

Plötzlich reißt ein dringendes Klopfen an der Autoscheibe meine Aufmerksamkeit von der Nässe meines Slips weg. Ich reiße meinen Kopf herum und sehe Indies lockiges rotes Haar im Wind wehen.

Sie bedeutet mir mit einer eiligen Bewegung, das Fenster runterzukurbeln. Sobald ich das tue, platzt sie hervor: „Ihr solltet jetzt vielleicht mit dem aufhören, was auch immer ihr gerade tut, denn Camden kommt jeden Moment raus und ich bin mir nicht sicher, ob ihm das Bild seiner Cousine, die den Teamkollegen seines Bruders vögelt, gefallen wird."

„Wir vögeln nicht!", rufe ich abwehrend, streiche mir die Haare aus dem Gesicht und werfe einen Blick nach oben zur Haustür. „Wir vögeln nicht."

Indies Miene wirkt unbeholfen. „Klar. Ich warne dich nur. Weitermachen." Sie zwitschert das letzte Wort und macht auf dem Absatz kehrt, um zu den Stufen zu gehen, die zur Haustür führen.

Ich streiche mit den Händen über meine Oberschenkel und versuche, den lustvollen Nebel aus meinem Gehirn zu vertreiben. Ich weiß, dass wir nicht gevögelt haben, aber, heilige Scheiße, waren wir gerade auf dem Weg dahin? Was zur Hölle denke ich mir nur?

Ich schaue verlegen zu Roan und atme bedauernd aus. „Du gehst jetzt besser."

Er streichelt mein Gesicht, bevor er fragt: „Willst du mit mir nach Hause kommen?"

Ich schlucke. Ich schlucke sehr viel. Meine Gefühle, meine Nerven, meine Hormone. Ich muss sie alle in den tiefen, dunklen Strudel meines Körpers hinunterschlucken, weil ich weiß, wie es ist, mit Roan zusammen zu sein. Ich habe es schon einmal erlebt, und das lässt es mir leicht erscheinen, es wieder zu tun. Aber nach dem, was ich getan habe, ist es eine *wirklich* schlechte Idee, Roan nahe zu kommen. „Ich denke, ich gehe besser rein."

Seine Augen werden schmal. „Wegen Camden? Ich habe keine Angst vor deinem Cousin, Lis. Ich werde mit ihm reden und sagen, dass wir Zeit miteinander verbringen."

Er will aussteigen, aber ich lege ihm eine Hand auf den Arm, um ihn aufzuhalten. „Bitte nicht.“

Er sieht mich stirnrunzelnd an, eindeutig verwirrt von meinem plötzlichen Richtungswechsel. Natürlich ist er verwirrt. Ich habe gerade seinen Penis gestreichelt und bin praktisch auf seinen Schoß gekrochen. Jetzt benehme ich mich wie eine totale Spinnerin.

„Ich rufe dich später an?“, frage ich als eine Art Friedensangebot.

Er nickt widerstrebend. „In Ordnung.“

Er beugt sich vor und küsst mich sanft auf die Wange, bevor ich aus dem Auto gleite und ihn wegfahren sehe.

Indie verzieht an ihrem Platz auf der Treppe das Gesicht. „Tut mir leid.“

Ich atme schwer aus. „Ich bin diejenige, der es leidtun sollte.“

Sie rückt ihre Brille zurecht, verblüfft über meine Antwort, aber Camden nutzt den Moment, um aus dem Haus zu schreiten.

„Snowflake ist gefüttert. Er ist am Leben. Die Welt ist in Ordnung. Lass uns für dich und unser Baby ein Eis holen, Brillchen.“ Er wendet den Blick von Indie ab, als er mich an der Bordsteinkante stehen sieht. „Allie! Du siehst rot aus. Willst du auch ein Eis essen gehen?“

„Sicher“, antworte ich mit einem höflichen Lächeln. „Ich könnte etwas Abkühlung gebrauchen.“

KAPITEL 11

Roan

Die Beleuchtung der Frisierkommode leuchtet hell auf mein Gesicht, als ich im Haar- und Make-up-Bereich des Studios in East London sitze, in dem wir den Werbespot drehen. Mac sitzt auf dem Stuhl neben mir und blickt nervös auf seinen Visagisten, einen gutaussehenden Mann mit blauem Eyeliner auf den Unterlidern.

„Willst du mir etwa Eyeliner auftragen?", fragt Mac mit misstrauischem Blick.

Der Typ zwinkert Mac zu. „Nur wenn du es willst, Süßer."

„Ich passe", antwortet Mac.

Sloan und Freya stürmen ein paar Minuten später in den Raum. Freya deutet anklagend auf Macs Hemd. „Sieh dir nur seinen Zustand an!"

Sloans braune Augen weiten sich. „Er hat das Hemd gerade mal seit zwei Minuten an!"

„Ich weiß! Er ist ein absolutes Schwein!", sagt Freya und eilt dann zu dem Kleiderständer an der Wand. „Sag mir einfach, welches davon du als Ersatz haben willst, und ich werde es ihm im Handumdrehen anziehen."

„Was zum Teufel hast du getan?", frage ich, als Mac mich mit großen Hundeaugen anschaut.

„Ich habe vielleicht einen der Gelee-Donuts, die sie beim Reinkommen draußen hatten, mitgehen lassen. Ich wollte nur einen kleinen Bissen nehmen. Unsere Saison ist vorbei, also dachte ich, es könnte nicht schaden."

Er dreht sich um und zeigt mir den riesigen roten Fleck auf seiner Brust.

„Mein Gott!" Ich lache schockiert. „Sieht aus, als hätte man auf dich geschossen!"

Freya kommt mit einem Hemd in der Hand zurück. „Und ich werde die Schützin sein, wenn du nicht aufstehst und mich dir dieses Hemd anziehen lässt."

Sie packt Mac am Arm und reißt ihn vom Haar- und Make-up-Team weg. Er fummelt eilig an den obersten Knöpfen seines Hemdes herum und zieht es sich über den Kopf.

Das scheint Freya noch mehr zu verärgern, denn sie murmelt leise: „Kann nicht einmal ein Hemd richtig ausziehen."

Mac lächelt sie nur an, von ihrer Verärgerung nicht im Geringsten beirrt.

„Soll ich mit dir den Text durchgehen?" Eine vertraute Stimme ertönt hinter mir, und ich blicke auf, um Allie im Spiegel zu sehen.

Ich atme tief durch, denn es ist das erste Mal seit meiner Ankunft am Set, dass ich sie sehe, und, verdammt noch mal, sie ist immer so schön. Es ist außerdem eine mühelose Schönheit. Sie ist die Art von Schönheit, die nicht einmal das Make-up braucht, das sie aufträgt.

Ich schenke ihr ein lüsternes Grinsen. „Bekomme ich keinen Begrüßungskuss?"

„Was?", blafft sie mit einem gezwungenen Lachen, während sie zu Mac und Freya neben ihr schaut. „Warum solltest du einen Begrüßungskuss bekommen?"

„Weil wir jetzt zusammen sind", antworte ich achselzuckend, nur um sie zu provozieren.

„Wir sind nicht zusammen", erwidert sie mit hoher Stimme und übermäßig defensiv, während sie die klare, professionelle Fassade, mit der sie sich mir zu nähern versuchte, völlig verliert. Sie blickt wieder zu Sloan, die mit der Kleidung beschäftigt ist und so tut, als würde sie nicht zuhören. Dann wiederholt sie: „Wir sind nicht zusammen."

„Ich werde dich mürbe machen, Lis", antworte ich lässig, während der Visagist den Pinsel auf meine Nase tupft und versucht, nicht zu lächeln. „Vielleicht biete ich unter deinem Namen einen Haufen Geld für diese *Win A Date*-Kampagne."

Sie verschränkt die Arme vor der Brust. „So funktioniert das nicht."

„Das denkt sie", sage ich zu dem Mann, der gerade mit Wimperntusche auf mich zukommt.

Allie gibt ein frustriertes Quietschen von sich und macht auf dem Absatz kehrt, um wegzugehen. Ihre offensichtliche Frustration entspricht nicht meiner Absicht, also springe ich von meinem Sitz auf, bevor der Mann mir diese schreckliche Schminke ins Gesicht schmieren kann. Mit einem Ruck reiße ich mir den Umhang vom Hals, werfe ihn auf den Stuhl und eile ihr hinterher, um das Unrecht, das ich gerade begangen habe, wiedergutzumachen.

„Allie, das war ein Scherz!", behaupte ich und jogge, um sie einzuholen, während sie durch den Flur schreitet, so schnell wie ihr dünner schwarzer Rock es zulässt.

„Das ist nicht lustig. Das ist mein Job", erwidert sie, wobei die Falte auf ihrer Stirn entsteht, die ich so sehr hasse.

„Es tut mir leid. Lass es mich wiedergutmachen." Ich könnte mich selbst treten, dass ich zu schnell, zu hart vorgegangen bin. „Wo läufst du denn jetzt hin? Du bist erschreckend schnell in diesem winzigen Rock."

„Ich werde mich bei meinem Chef melden", schnauzt sie und sieht mich kurz an, wobei sich ihr Blick auf meine Lippen fokussiert.

„Warum hast du es so eilig?"

„Warum bist du so … du?", gibt sie zurück, und ich kann nicht anders, als über ihr liebenswertes Temperament zu grinsen.

Ich schiebe meine Hände lässig in die Hosentaschen. „Was war das gestern Abend?"

„Was war was?", fragt sie, biegt rechts ab und geht in Richtung Studioeingang.

Ich senke meine Stimme. „Deine Kussflucht-Show." Es ist mir nur ein wenig peinlich, wie sehr ich mir wünsche, sie wäre mit mir nach Hause gekommen. Wir hätten nicht einmal Sex haben müssen. Ich wäre glücklich gewesen, mit ihr einen Film anzuschauen. Verdammt, ich habe gestern Abend irgendwie angefangen, sie zu vermissen.

Sie bleibt auf halbem Weg stehen und dreht sich um, um mich mit einem warnenden Blick zu fixieren, ihre blauen Augen sind scharf. „Gestern Abend war ein Fehler. Ich habe es zu weit kommen lassen, und es tut mir leid, dass ich", sie deutet auf meinen Schwanz, „dich an der Nase herumgeführt habe."

Sie macht Anstalten zu gehen, aber ich drücke meine Hand gegen die Wand, um ihr den Weg zu versperren. Meine Schultern spannen sich an, als ich mich zu ihr lehne und sie mit aufrichtigem Blick ansehe. „Du hast mich nicht an der Nase herumgeführt, Lis. Ich bin nicht sauer, dass es nicht weiterging. Mein Gott, für was für einen Mann hältst du mich?"

Ihr harter Gesichtsausdruck wird weicher. „So habe ich das nicht gemeint."

„Gut", sage ich und meine Schultern entspannen sich. „Ich würde es hassen, wenn du denkst, dass Sex der einzige Grund ist, warum ich dich gerade durch den Flur jage."

Sie leckt sich über die Lippen, ihr Blick wandert von meinen Augen zu meinem Mund. „Warum jagst du mich dann durch den Flur?"

Meine Mundwinkel verziehen sich zu einem Grinsen. „Weil du diese unheimliche Fähigkeit hast, mir immer Lust auf mehr zu machen."

Meine Antwort verwirrt sie offensichtlich, denn sie hebt eine Hand und reibt sich die Stirn. „Du musst aufhören, so etwas zu sagen, denn ich glaube nicht, dass wir eine gute Idee sind. Meine Cousins würden ausflippen, wenn sie wüssten, dass ich mit ihrem Mannschaftskameraden ausgehe. Und du und Tanner spielt endlich gut zusammen. Wenn wir miteinander ausgehen, könnte das total schiefgehen."

„Ich mache mir keine Sorgen um die Harris-Familie. Vor ein paar Jahren, ja. Aber jetzt lieben sie mich. Ich gehöre praktisch zur Familie." Ich nehme meine Hand von der Wand und berühre ihre

Wange. Ihre Haut ist wie Seide, als ich mit dem Daumen an ihrem Wangenknochen entlangfahre. „Ich habe keine Angst vor ihnen, Lis."

„Ich aber schon!", ruft sie mit großen Augen, beißt sich auf die Lippe und neigt ihr Gesicht in meine Handfläche. „Sie sind die einzige anständige Familie, die ich noch habe. Wenn es ihnen wehtut, dass ich mit dir zusammen bin, dann sollten wir nicht weitermachen."

Ihre Worte und alles, was sie sagt, sind ein Dolch in meinem Herzen, aber noch schlimmer ist, dass ihre Körpersprache etwas ganz anderes aussagt. Sie lehnt sich in meine Berührung, und ich spüre, wie sie sich mir nähert, während sie meine Lippen mit einem Durst in ihren Augen anstarrt, den ich unbedingt stillen möchte.

„Bist du dir da sicher, Mooi?", frage ich, fahre mit den Fingern durch ihr Haar und weiß tief in mir, dass alles, was aus ihrem Mund kommt, eine Lüge sein wird.

Sie räuspert sich, nickt und zieht sich aus meiner Umarmung zurück. „Ich, ähm, muss ins Studio gehen. Ich denke, du solltest zurück zu Haaren und Make-up gehen, damit sie dich fertig vorbereiten können."

Niedergeschlagen trete ich einen Schritt zurück und hebe die Hände. „Du bist der Boss."

Sie scannt noch einmal meinen ganzen Körper und Bedauern zeichnet sich auf ihren atemberaubenden Zügen ab, bevor sie sich umdreht und weggeht, so wie sie es jedes verdammte Mal tut.

Als ich in den Umkleideraum zurückkehre, vibriere ich praktisch vor Frustration. Ich lasse mich auf meinen Stuhl fallen und drehe mich um, sodass ich Mac zugewandt bin.

„Was ist los mit dir?", fragt Mac, während Freya am Stoff seines Hemdes zieht und es im Rücken feststeckt.

Ich werfe die Hände hoch. „Ich werde aus Allie nicht schlau."

Mac runzelt nachdenklich die Stirn. „Was meinst du?"

Ich streiche mit den Handflächen über meine Hose und antworte: „Sie ist mal so, mal so. Ihr Körper und ihre Augen sagen das eine, aber ihr Mund sagt etwas anderes. Es ist wirklich verwirrend. Ich wünschte nur, ich wüsste, warum sie so sehr darum kämpft, mich auf Abstand zu halten. Verdammt, vielleicht ist sie noch nicht über ihren Ex hinweg."

„Wie lange ist es her, dass sie sich von dem Kerl getrennt hat?", fragt Mac, die Augenbrauen fest zusammengezogen, als müsste er eine Matheaufgabe lösen.

Ich schnaube spöttisch. „Zwei Jahre, glaube ich."

„Das kann es also nicht sein", meint Mac.

„Ich weiß", antworte ich mit einem Stöhnen. „Es ergibt keinen Sinn. Ich habe das Gefühl, dass sie sich vor mir zurückhält, aber ich weiß nicht, warum."

Freya gibt einen seltsamen Laut von sich, der sowohl meinen als auch Macs Blick auf sie lenkt.

Mac sieht ihr zu, wie sie am Revers seines Hemdes zupft, und seine Augen leuchten plötzlich auf. „Hey! Du bist ein Mädchen!"

„Oh, vielen Dank, dass du das geklärt hast!", faucht Freya abwehrend um eine Nadel in ihrem Mund herum. „Mir war nicht bewusst, dass das infrage steht."

„Natürlich bist du ein Mädchen", lacht Mac und deutet mit seinen Händen auf Freyas üppige Brüste. „Du kannst nicht so eine Brust haben und in dieser Hinsicht Zweifel offen lassen. Habe ich recht, Kumpel?"

Mac wartet erwartungsvoll darauf, dass ich seine Einschätzung bestätige, während ich mein Bestes gebe, unsichtbar zu wirken.

„Was?", fragt er und lenkt seine Aufmerksamkeit von mir auf Freya, die finster zu ihm hochschaut. „Das ist ein Kompliment. Ich meinte nur, da du eine Frau bist, könntest du einen Rat haben!"

Freya zieht langsam die Nadel aus ihrem Mund. „Ich halte hier Nadel und Faden, Maclay." Sie kneift die Augen zusammen. „Und ich bin eine sehr geschickte Näherin, also bin ich mir ziemlich sicher, dass ich dich kunstvoll an einer Stelle nähen kann, an der du nie genäht werden möchtest, wenn du dich entschließt, noch einmal so über meine Brüste zu reden."

Macs Gesicht verzieht sich vor Angst. „Zur Kenntnis genommen. Tut mir leid."

Sie atmet aus und richtet ihren Fokus auf mich. „Hör zu, ich kenne Allie nicht so gut, und dich auch nicht, aber zwei Jahre sind eine Menge Zeit, um über eine Trennung hinwegzukommen. Selbst über die schlimmste Trennung aller Zeiten."

„Das heißt also, dass es etwas gibt, was sie dazu bringt, die Dynamik zwischen uns zu stoppen", antworte ich verärgert. „Denn es ist klar, dass sie mich mag. Jedes Mal, wenn ich in ihrer Nähe bin, sieht sie aus, als wolle sie mein Gesicht verschlingen, was mich nicht stören würde."

Mac schenkt mir einen solidarischen lüsternen Blick, während Freya die Nase rümpft. Sie räuspert sich und antwortet: „Ich weiß nicht, was sie mit deinem Gesicht anstellen will, aber wenn du wissen willst, was das wirkliche Problem ist, dann frag sie, wenn sie entspannt ist. Vielleicht bei einem Glas Wein. Die Wahrheit kommt immer aus mir heraus, wenn ein kleines bisschen Alkohol im Spiel ist, egal ob er in einem Kätzchen-Kaffeebecher serviert wird oder nicht."

Sie beginnt wieder, an Macs Hemd herumzufummeln, dreht sich dann aber um und zeigt mit dem Finger auf mich. „Nutze sie nur nicht aus, wenn sie trinkt. Damit wärst du ein noch größeres Schwein als dieser armselige Kerl, und ich verspreche dir, dass ich etwas viel Größeres als Nadel und Faden in die Finger kriege, um dich dafür bezahlen zu lassen."

Kapitulierend hebe ich die Hände und drehe mich auf meinem Stuhl, um über ihren überraschenden Rat nachzudenken. Um in Allies Nähe zu sein, wenn sie trinkt, müssten wir uns in einem sozialen Umfeld befinden, in dem sie sich wohlfühlt. Wahrscheinlich bei ihrer Familie. Und die Chancen stehen nicht gut, dass ich in nächster Zeit zu irgendwelchen Harris-Familientreffen eingeladen werde. Ich atme schwer aus. Allie Harris zu verstehen, scheint noch schwerer zu sein, als es bei ihrem Cousin Tanner war.

KAPITEL

Roan

Die Gelegenheit bietet sich ein paar Tage später, als ich mich an einem herrlich sonnigen Samstagnachmittag auf dem Rasen des Tower Park für unser Freundschaftsspiel gegen Norwich City aufwärme. Tanner steht einen Meter von mir entfernt, während wir uns gegenseitig kurze Pässe zum Aufwärmen zuspielen. Er stoppt den Ball unter seinem Schuh und fängt an, an dem Schweißband, das er um die Stirn trägt, herumzufummeln.

Während er dies tut, sagt er: „DeWalt! Nach dem Spiel heute Abend gehen wir mit den Ladys aus und wir brauchen noch einen Mann."

„Wozu?", frage ich und verziehe das Gesicht angesichts seiner seltsamen Frage. Tanner lässt mich normalerweise nicht in die Nähe seiner Frau, nachdem er uns beide vor ein paar Jahren beim Flirten in einer Kneipe erwischt hat, bevor sie zusammenkamen. Diese unglückliche Geschichte mag auch ein Grund dafür sein, dass wir so lange gebraucht haben, um miteinander auszukommen.

Tanner kickt mir den Ball zu. „So eine Art Date-Night-Sache, die meine Schwester für uns alle organisiert hat. Sie sagt, nur weil unsere Bräute schwanger sind, sollten wir nicht aufhören, sie zu umwerben oder so einen Quatsch."

Ich rolle den Ball unter meinem Schuh und schaue verwirrt zurück. „Also, wofür genau brauchst du mich?"

Ich passe ihn zu ihm zurück, und er hält den Ball an, um ihn ein paar Sekunden lang zwischen seinen Füßen zu jonglieren. „Um Allies Date zu sein, natürlich. Das arme Mädchen kennt immer noch niemanden in London, also hat Vi mir gesagt, dass ich dich fragen soll, weil ihr euch von der Hochzeit her kennt."

Tanner gibt den Ball an mich zurück und er rollt genau zwischen meine Füße. Noch nie in meinem Leben wollte ich einen Harris-Bruder so sehr küssen.

Mit einem Kopfschütteln jogge ich dem Ball hinterher, erstaunt darüber, wie einfach die Sache gerade geworden ist. Sekunden später komme ich zurück. „Ja, ich denke, das kann ich machen. Was muss ich anziehen?", antworte ich beiläufig.

Tanners Gesicht verzieht sich, als er den Ball mit dem Fuß abfängt. „Klamotten, wenn es nicht zu viel Mühe macht." Er dreht sich um und gibt den Ball an Mac weiter, der sich mit einem anderen Mittelfeldspieler neben uns aufwärmt. „Du musst auch mitkommen, Schotte."

„Wohin mitkommen?", fragt Mac und beugt sich vor, um seine Schienbeinschoner zu richten.

„Zu dieser Pärchensache, zu der meine Schwester uns alle zwingt. Wir werden eine große Gruppe sein."

„Wer ist mein Date?", fragt Mac mit leuchtenden Augen und viel zu aufgeregt.

„Die Freundin von Gareths Frau, Freya. Sie sagte, ihr beide kennt euch."

Mac sackt ein wenig in sich zusammen. „Das tun wir, aber ich glaube, sie mag mich nicht."

Ich verdrehe die Augen und gebe ihm einen Schubs. „Vielleicht solltest du aufhören, über ihre Brüste zu reden. Das könnte dich wieder in ihre Gunst bringen."

Mac nickt zustimmend, fasziniert von der Aussicht auf eine zweite Chance. Ich bin auch von der meinen fasziniert. Heute Abend könnte der Abend sein, an dem ich Freyas Rat befolge und ein für alle Mal herausfinde, was mit Allie los ist.

Allie

Es ist ein Samstagnachmittag im Tower Park Stadion, und alle sind in heller Aufregung. Ich folge Vi die Betonstufen hinunter zu unseren Plätzen in der ersten Reihe, wo Hayden mit Belle und Poppy steht. Sie sind alle in den grün-weißen Klamotten des Bethnal Green F. C. gekleidet, und ich fühle mich wie eine Idiotin in meiner gelben Bluse, weil das offenbar die Farbe der anderen Mannschaft ist.

Aber ich mache mir keinen Stress, denn ich bin zu sehr damit beschäftigt, die Pracht des Tower Park an einem Spieltag zu genießen. Die Menschenmenge, die Lichter, die Gerüche, der Rasen. Alles vibriert förmlich vor Begeisterung, obwohl es sich um ein eher lockeres Freundschaftsspiel handelt. Ich kann mir nicht vorstellen, was für ein Erlebnis es gewesen wäre, alle Brüder letztes Jahr in Russland bei der Weltmeisterschaft zusammen spielen zu sehen.

Hayden, Belle und Poppy grüßen alle, wenden sich aber schnell wieder dem Spielfeld zu. Ich werfe einen Blick auf die drei leeren Sitze neben mir.

„Camden hat eine Teambesprechung und wird später zu uns stoßen, aber Gareth, Sloan und Freya sollten jeden Moment hier sein", sagt Vi, die sich über meine Schulter lehnt. „Ich habe Sloan gesagt, sie soll im Laden anhalten und dir etwas Anständiges zum Anziehen besorgen."

Ich blicke verlegen an meinem bananengelben Oberteil herunter. „Tut mir leid, ich hatte keine Ahnung, welche Farben die andere Mannschaft hat."

Sie schüttelt den Kopf. „Ist schon gut. Sie holen Sophia sowieso ein neues Shirt, weil sie sich sehr geärgert hat, dass sie nicht zu diesem Spiel kommen konnte, weil heute ein Abend nur für Erwachsene ist."

„Wohin gehen wir?", frage ich neugierig. Vi war ziemlich kryptisch am Telefon, als sie mir sagte, ich solle ein sexy Kleid einpacken, um mich nach dem Spiel umzuziehen.

„Das ist eine Überraschung!", antwortet Vi, und ihre blauen Augen funkeln mit einer Bösartigkeit, die im Widerspruch zu der Unschuld ihrer blonden Züge steht. „Aber wir haben alle Babysitter für die Nacht, also mach dich auf etwas Spaß gefasst!"

Ich schaue hinüber und sehe, wie Belle und Poppy unter sich kichern, und plötzlich habe ich das Gefühl, einen Witz zu verpassen.

„Wir sind da!", sagt eine Stimme hinter mir.

Ich lasse meinen Blick zu Sloan schweifen, die sich in der Reihe auf den freien Platz neben mir setzt. Freya schlurft hinter ihr her und Gareth bildet das Schlusslicht.

„Hi, Allie-Cat", sagt Gareth winkend. „Hast du bei Camden und Indie gut überlebt?"

Ich nicke. „Mir geht es großartig, danke! Schön, euch alle wiederzusehen, Leute. Hi, Sloan. Hi, Freya."

„Hi, hi!" Freya strahlt, voller Freude darüber, in einem Fußballstadion zu sein. „Das ist mein erstes Fußballspiel überhaupt!"

Meine Augen leuchten. „Aufregend! Ich war auch noch nicht bei vielen, also können wir zusammen schwärmen."

Sloan lächelt uns beiden zu, bevor er mir eine Einkaufstüte von Bethnal Green reicht. „Zieh das über deine Bluse." Sie lächelt und wackelt mit den Augenbrauen.

„Danke, dass du mir das besorgt hast. Was bin ich dir schuldig?", frage ich, während ich ein weißes, offiziell aussehendes Trikot aus der Tüte ziehe.

„Spar dir die Mühe. Ich habe schon versucht, für meins zu bezahlen und wurde abgewiesen", sagt Freya mit einem Augenrollen.

Sloan hilft mir, das Trikot über mein Haar zu ziehen, und ich streiche den sich teuer anfühlenden Stoff über meine Hüften. Gareth betrachtet neugierig den Rücken.

„Habe ich es dreckig gemacht?", frage ich und greife um mich, aber meine Aufmerksamkeit wird völlig abgelenkt, als laute Musik aus den Stadionlautsprechern dröhnt.

Die Mannschaft des Bethnal Green F. C. marschiert auf das

Spielfeld, und der Erste, den ich sehe, ist Onkel Vaughn. Es erfüllt mich mit Stolz, wenn ich ihn dort unten sehe, wie er in seinem zugeknöpften Poloshirt ernst dreinschaut und neben dem Trainer geht. Seitlich von ihnen steht Indie, die mit ihrer neongrünen Brille und den roten Locken auf dem Kopf nicht zu übersehen ist. Sie lächelt, winkt unserer Gruppe zu und wir winken alle zurück.

Mein Blick schweift über die Spieler, die sich auf dem Spielfeld zum letzten Aufwärmen vor dem Spiel verteilen. Ich bekomme ein schlechtes Gewissen, als ich merke, dass ich nicht meine Cousins suche.

Ich bin auf der Suche nach Roan.

Schließlich finde ich ihn. Seine bronzefarbene Haut hebt sich wunderbar von seiner strahlend weißen Uniform ab, als er zu etwas nickt, was Mac sagt. Seine Muskeln sind angespannt und kommen unter dem eng anliegenden Trikot voll zur Geltung. Ich kann sogar seine enormen Oberschenkel sehen, die unter seinen Shorts hervorlugen.

Ich dachte, er hätte neulich für das Shooting fickwürdig ausgesehen, aber ich habe mich geirrt. In dieser Uniform, mit einem intensiven Ausdruck in den Augen und seiner Konzentration auf das Spiel, auf das er sich vorbereitet … Das ist Roans fickwürdiger Look.

Er macht einen Aufwärmpass, und ich kann nicht umhin zu bemerken, wie kraftvoll er da draußen aussieht, als wäre er bereit, es mit der Welt aufzunehmen. Als spürte er, dass ich ihn anstarre, schweift sein Blick durch die Menge und landet direkt auf mir. Er winkt nicht und gibt mir auch nicht das geringste Zeichen, dass er mich bemerkt hat. Er starrt mich einfach mit einem Blick an, der sagt: „Ich sehe dich, Mooi."

Ich tue mein Bestes, um die Röte, die ich am ganzen Körper spüre, vor meiner Familie zu verbergen. Allerdings mache ich mir keine Sorgen, dass die Mädchen es bemerken. Es ist Gareth, der mich sehr genau zu beobachten scheint.

Die Spieler stellen sich auf ihren Plätzen auf, um das Spiel zu beginnen, und in diesem Moment schreit Vi über all den lauten Jubel hinweg: „Oh, Allie, habe ich es dir gesagt?"

„Mir was gesagt?", frage ich, eine Hand an mein Ohr gelegt, um sie besser hören zu können.

„Ich habe dir ein Date für heute Abend besorgt."

Meine Miene entgleist und ich schaue sie verwirrt an. „Mit wem?"

Sie lächelt Sloan an, bevor sie ihre Aufmerksamkeit auf mich richtet. „Mit Roan."

„Roan?", blafft Gareth gleichzeitig mit mir. Aber all unsere Aufmerksamkeit ist abgelenkt, denn soeben hat der Anstoß stattgefunden und Tanner stürmt in rasantem Tempo über das Feld.

Ich tue mein Bestes, um mein Herz zu beruhigen, das bei der Vorstellung, wieder in Roans Nähe zu sein, wie ein Presslufthammer loslegt. Ich hatte gerade das Gefühl, dass ich zum ersten Mal seit dem Abend, an dem wir etwas trinken gegangen sind, wieder atmen kann. Jetzt wird er kommen und mich auf den Kopf stellen.

Das ist ein Problem, denn je mehr Zeit ich mit Roan verbringe, desto mehr Zeit *möchte* ich mit Roan verbringen. Er ist witzig, sexy und charmant, und zwar auf eine Art und Weise, die absolut glaubwürdig ist. Und er ist zehnmal scharfsinniger, als ich es am Abend unseres Kennenlernens je für möglich gehalten hätte. Ehrlich gesagt ist es frustrierend, weil ich weiß, dass wir eine schlechte Idee sind. Ich weiß, dass es nach der schrecklichen Sache, die ich getan habe, nicht klug ist, mich ihm zu nähern. Jede Beziehung, die mit einer Lüge beginnt, wie der, die ich verstecke, ist zum Scheitern verurteilt. Aber er und meine Familie scheinen fest entschlossen zu sein, uns bei jeder sich bietenden Gelegenheit zusammenzuschieben, was es mir wirklich schwer macht, ihm zu widerstehen.

Ich dränge Roan in den Hintergrund, um mich auf das Spiel zu konzentrieren, das eine echte Zitterpartie ist, und das nicht nur wegen der Ereignisse auf dem Spielfeld.

Das interessanteste Spektakel ist das, was auf den Tribünen passiert.

Gareth, Sloan, Vi, Hayden, Belle und Poppy verwandeln sich von normalen, in der Gesellschaft funktionierenden Menschen in tollwütige Bestien, die mit einem Stück blutigem Frischfleisch gereizt werden. Sogar Freya scheint zusammen mit ihnen den Verstand zu verlieren. Ich frage mich, ob das eine britische Sache ist, eine Harris-Sache, oder ob ich irgendwie eine Art grünes Elixier des unglaublichen Hulk verpasst habe, das sich alle vor dem Spiel gespritzt haben. Was auch immer es ist, es hat sie alle von liebevollen, hilfsbereiten Menschen in bösartige *Ich mache dich fertig*-Terroristen verwandelt.

Ich habe solche Angst, dass man mir die Hand abbeißt, dass ich das ganze Spiel über stumm bleibe, während sie den Schiedsrichter mit Obszönitäten anschreien und die Spielernamen rufen, denen man einen Pass geben soll. Irgendwann steht Vi auf ihrem Stuhl und schreit ihren Vater an, dass der Trainer Lionel ins Spiel bringen soll. Ich weiß nicht, wer Lionel ist, aber laut Vi ist er der beste Innenverteidiger, den sie haben, und Booker wird da draußen festgenagelt.

In der zweiten Halbzeit stimmt Vi einen Sprechgesang an, in den das ganze Stadion einstimmt. Das ist ein so beeindruckender Anblick, dass ich Tränen in den Augen habe. Es ist umso fantastischer, weil das alles von dieser kleinen blonden Elfe von Frau ausgeht, die mit *solcher* Leidenschaft bei der Fußballkarriere ihrer Brüder dabei ist.

Wenige Minuten vor Ende des Spiels bekommt Roan ein böses Tackling am Bein ab. Zum Glück steht er sofort wieder auf und scheint unverletzt zu sein, aber Indie ist nicht erfreut. Sie fuchtelt vor dem Schiedsrichter herum wie ein liebenswerter kleiner Psychopath, und ich mache mir langsam Sorgen um ihren Blutdruck.

Das Spiel endet schließlich zu Gunsten von Bethnal Green, dank Roans erfolgreichem Strafstoß am Ende. Als ich sehe, wie er seinen Siegtreffer mit Tanner und dem Rest seiner Mannschaftskameraden feiert, bekomme ich die intensivste Gänsehaut meines Lebens.

Nach dem Spiel führt Vi uns alle durch eine Tür, die von Sicherheitspersonal bewacht wird. „Lasst uns den Jungs gratulieren und dann gibt es einen Ort, an dem wir uns alle umziehen können", sagt sie, während wir den Sicherheitsbeamten unsere Taschen abnehmen und uns auf den Weg durch die Gänge machen.

Es riecht stark nach Schweiß, als wir frontal auf die andere Mannschaft treffen, die sich in ihre Umkleidekabine schleicht. Einer der Spieler hält Gareth an, um ihm Hallo zu sagen, aber ich folge weiter den anderen, die die Jungs gefunden haben, welche mit der Presse sprechen.

„Booker!", quiekt Poppy, als sie ihn erblickt. Sie rennt mit aller Kraft auf ihn zu, und er löst sich von der Videokamera, um sie in seine Arme zu schließen. Er hebt sie hoch und drückt ihr einen Kuss auf die Lippen.

Tanners Schuhe klackern auf dem Beton, als er sich Belle nähert. Bevor er sie umarmt, beugt er sich hinunter und streichelt ihren rundlichen Bauch. „Was hat mein Baby von dem Spiel gehalten?"

„Dein Baby denkt, du hast ein großartiges Tor geschossen", antwortet Belle mit einem sexy Lächeln. Er schaut auf und grinst sie an, dann packt er ihr Gesicht und zieht sie zu einem für die Öffentlichkeit äußerst unangemessenen Kuss heran.

Vi unterbricht das Wiedersehen von Tanner und Booker, indem sie sich in Details über das Spiel vertieft und ihnen immer wieder gratuliert. Ich versuche, ihr zu folgen, aber Fußballgeplauder gehört nicht zu meinen Stärken.

Plötzlich läuft mir ein kalter Schauer über den Rücken, als würde ich beobachtet werden. Als ich mich umdrehe und Roan sehe, der groß, breit und verschwitzt dasteht, kehren die Schmetterlinge, die ich bei unserer ersten Begegnung hatte, mit aller Macht zurück.

Sein Mund verzieht sich zu einem sündhaften Lächeln, während er mich von Kopf bis Fuß mustert und seine Augen auf meinem Shirt verweilen, während er sagt: „Schön, dich wiederzusehen, Lis."

Ich schlucke den nervösen Kloß in meinem Hals hinunter und tue mein Bestes, um nicht auf den Schweißtropfen zu starren, der seinen dicken Hals hinunterrinnt und den ich aus irgendeinem seltsamen Grund auflecken will. „Ich freue mich auch, dich zu sehen", krächze ich, wobei meine Stimme unangenehm heiser klingt.

Mein Gott, gibt er mehr Pheromone ab, wenn er so verschwitzt ist? Ich spüre eine wirklich peinliche Menge an Feuchtigkeit zwischen meinen Beinen, die eben noch nicht da war.

„Wie hat dir das Spiel gefallen?", fragt er mit einem wissenden Lächeln, das den Anschein erweckt, als könne er genau sehen, was gerade in meinem Höschen vor sich geht.

Ich streiche mir eine Haarsträhne zurück und versuche, unbekümmert zu wirken. „Es war ein tolles Erlebnis, so viel steht fest."

Er neigt den Kopf zur Seite. „Was meinst du damit?"

„Oh!", rufe ich mit dem Gedanken, dass ich unbeeindruckt klingen muss. „Das Spiel war fantastisch. Das Stadion ist so lebendig, wie ich es noch nie erlebt habe. Aber es war wirklich interessant zu erleben, wie sich diese Gruppe während eines Spiels verhält." Ich deute hinter mich in Richtung meiner Familie.

„Was soll das denn heißen?" Gareths Stimme dröhnt aus dem Nichts, als er hinter Roan auftaucht und ihm einen Arm über die Schulter legt. „Netter Strafstoß, DeWalt. Du und Tanner seht verdammt gut aus da draußen."

„Danke, Gareth", sagt Roan mit einem leichten Lächeln. „Es hat eine Weile gedauert, aber wir haben unseren Rhythmus gefunden."

Gareth nickt langsam. „Ich hoffe nur, dass du vor deinem großen Wechsel in die Premier League nichts anstellst, was es vermasseln könnte."

Roan verliert jeden Sinn für Humor in seinem Gesicht und schaut Gareth ernst an. Die beiden scheinen ein paar Sekunden lang stumme Worte zu wechseln, bevor Tanner brüllt: „Keine Chance, Gareth! Roan und ich haben eine Bromance, die nicht gebrochen werden kann."

Belles Augen werden groß. „Wehe, Camden hört das von dir. Sonst wird er peinlich berührt und fängt an, dir Pralinen zu schicken."

„Zum Glück liebt meine Frau Schokolade, sodass alle davon profitieren." Camden legt einen Arm um Belle und küsst ihre Schläfe.

„Also, was hat deine Bemerkung zu bedeuten, Allie-Cat?", fragt Gareth, der mich mit seinen haselnussbraunen Augen fixiert. „Was war so interessant daran, wie wir uns das Spiel angesehen haben?"

Ich erröte und schüttle den Kopf. „Ich habe es nicht böse gemeint. Ihr seid einfach voll auf das Spiel fixiert."

Vi sieht mich mit gerunzelter Stirn an. „Wie meinst du das?"

Ich schaue mich um, wie mich alle anstarren, als würde ich in einer fremden Sprache sprechen. „Ihr müsst doch wissen, was für verrückte Fans ihr seid, oder?"

„In England sind alle verrückt nach Fußball", gibt Vi zurück.

Ich lache und schaue zu Roan hinüber, der die Arme verschränkt hat und sich über das Bild zu amüsieren scheint, wie ich mich unter Beobachtung der Familie Harris winde. „Das ist mir klar. Aber ihr müsst doch eine besondere Marke sein, oder?"

Sie alle blinzeln mich verwirrt an, also schaue ich zu Hayden, Belle, Poppy oder Sloan, damit sie meine Einschätzung bestätigen, denn sie sind bis zu einem gewissen Grad Außenseiter wie ich. Aber anscheinend gehören sie schon zu lange zu diesem Haufen. Ihre Meinungen sind kompromittiert worden.

Schließlich verdrehe ich die Augen und sage: „Ist doch egal. Alles war ganz normal wie jeder andere Samstagnachmittag auch."

Sie scheinen mit dieser Antwort zufrieden zu sein, weshalb ich schnell aus der Mitte der Gruppe trete, damit sie ihr Gespräch nach dem Spiel fortsetzen können.

Roan folgt meinem Rückzug und stützt sich an der Wand ab, während er den Kopf über mich schüttelt. „Du kannst die Harris-Leute nicht als verrückt bezeichnen. Die werden nur noch verrückter."

Ich weise seine Bemerkung mit einem Achselzucken zurück. „Ich kann sie nennen, wie ich will. Ich bin auch eine Harris."

Seine Schultern beben vor Lachen. „Ich gebe dir noch drei Monate in London mit ihnen. Du wirst genauso verrückt sein und es auch nicht merken. Dies ist eine Vorschau auf deine Zukunft."

Bei der Vorstellung, wirklich eine von ihnen zu sein, breitet sich ein Lächeln auf meinem Gesicht aus, denn ich mag die Vorstellung, ganz und gar in dieser Familie verwurzelt zu sein. Es ist eine schöne Abwechslung zu dem, was ich in Chicago hatte. Auch wenn ich sie für Spinner halte, schätze ich sie sehr.

Vi deutet auf die Tür am Ende des Flurs. „Wir Mädchen werden uns in Dads Büro umziehen. Ihr müsst jetzt duschen gehen!"

Ich schaue über meine Schulter zu Roan und wünsche mir irgendwie, er würde nicht duschen, denn ich glaube, sein Schweißgeruch könnte in ein Eau de Cologne abgefüllt werden.

Ich räuspere mich und sage: „Ich habe gehört, du bist wieder mein Date."

Er zieht siegessicher die Brauen hoch. „Das habe ich auch gehört

… Es ist komisch, denn es scheint, dass sogar deine Familie will, dass wir zusammen sind.“

Ich rolle mit den Augen. „Das ist kein Date. Es ist ein abgekartetes Spiel.“

Er beißt sich auf die Lippe und schaut auf mein Trikot hinunter. „Wie du meinst, DeWalt.“

Ich runzle die Stirn über seine seltsame Antwort, und dann packt Sloan mich am Arm, um mich durch den Flur zu ziehen.

Als ich gehe, ruft Roan mir zu: „Mein Name steht dir gut, Mooi.“

Er winkt mir mit einem Zwinkern und ich drehe mich mit verwirrter Miene um. „Wovon redet er?“

Sloan sieht Vi und die anderen Mädchen an, die alle in Gelächter ausbrechen. „Auf der Rückseite deines Trikots steht DEWALT.“

„Was?“, rufe ich, bevor ich wie eine Verrückte danach greife.

Die ganze Zeit habe ich mir Sorgen gemacht, dass sich die Harris-Brüder einmischen, obwohl ich in Wirklichkeit ein Auge auf die Harris-Damen haben sollte.

KAPITEL 13

Mein Schwanz zuckt, sobald ich Allie in die Augen schaue, als sie zur Limousine auf dem Spielerparkplatz schreitet. Offensichtlich ist für das, was wir heute Abend vorhaben, der Transport in einer Limousine erforderlich, was mir ein wenig protzig vorkommt. Aber wenn man das Vermögen dieser Sportlerfamilie bedenkt, ist das wahrscheinlich nur ein Tropfen auf den heißen Stein.

Ich genieße Allies Aussehen, angefangen bei ihren sexy schwarzen High Heels. Ich muss mir ein Lachen verkneifen, da sie ein wenig staksend geht, während sie alles in ihrer Macht Stehende tut, um nicht zu hüpfen. Das ist wahrscheinlich die süßeste, liebenswerteste Macke, die ich je bei einer Frau gesehen habe. Ein fließender, blassrosa Rock mit schwarzer Spitze am unteren Rand weht in der leichten Brise. Darüber trägt sie ein winziges schwarzes Crop Top, das ein paar Zentimeter ihrer Taille und mehr Dekolleté preisgibt, als der Schwanz in meiner Hose aushalten kann. Gott sei Dank sind die meisten hier mit ihr verwandt, denn ich wäre verdammt eifersüchtig, wenn ich sie so in der Nähe einer Gruppe alleinstehender Männer herumhüpfen sähe. Vor allem alleinstehender Fußballspieler.

Auch die anderen Frauen sind bemerkenswert gekleidet. Ich bin plötzlich dankbar, dass ich ein Hemd in meinem Kleidersack hatte, sonst würde ich mich jetzt wirklich underdressed fühlen. Wir alle machen den Damen Komplimente, bevor wir uns in die Limousine setzen, um zu unserem Ziel zu fahren, das noch immer ein Geheimnis ist. Es scheint, als wüssten nur die Frauen, wohin wir fahren, aber Allie und Freya sind genauso ahnungslos wie ich und Mac. Allie rutscht ans Ende der Limousine, um sich neben mich zu setzen, und ich muss mir auf die Zunge beißen, als ihr asymmetrischer Rock eine ganze Menge Oberschenkel enthüllt. In einem nahegelegenen Kühler steht Champagner, also biete ich jedem im Fahrzeug ein Getränk an, in dem Versuch, meinen Blick auf etwas anderes zu richten als auf die umwerfende Frau neben mir.

Freya sitzt in einem schwarzen Spitzenkleid neben Allie. Mac lächelt sie freundlich an, aber sie sieht ihn mit zusammengekniffenen Augen an, während sie mit Lis anstößt.

„Hier, Allie. Trink meinen Champagner und beschreibe ihn mir ganz genau", sagt Belle, während sie ihr das volle Glas reicht.

Allie lacht, während sie zwei Drinks in die Hand nimmt. „Ist das dein Ernst?"

Belles dunkle Augen werden unheilvoll. „Wie ein Herzinfarkt."

Indie reicht ihr Glas an Freya weiter. „Das Gleiche gilt für dich."

Die beiden Frauen sehen sich an und lachen, während sie die Anweisungen der Harris-Frauen ausführen, und ich beginne zu glauben, dass dies meine Chancen erhöhen könnte, Allie dazu zu bringen, sich mir heute Abend zu öffnen, wie Freya mir geraten hat.

Wir fahren etwa eine Stunde lang durch die Stadt, trinken, lachen und raten, wo wir hinfahren. Allie scheint besonders zum Kichern aufgelegt zu sein, während sie und Freya sich über eine Fernsehsendung namens *Heartland* unterhalten. Ich sehe sogar, wie sie ihre Nummern austauschen, damit sie sich auch außerhalb arbeitsbezogener Meetings treffen können.

Wir landen in SoHo bei einem Gebäude, in dem ein Tanzclub untergebracht ist. Ich nehme an, dass wir dorthin gehen, aber Vi führt uns zur Tür direkt daneben und wir gehen eine wackelige Treppe hinauf. Erst als ich die vertrauten Holzdielen und Spiegel sehe, wird mir klar, dass wir uns in einem Tanzstudio befinden.

Eine Frau mit kurzen, weißblonden Haaren, die mich an meine Mutter erinnert, kommt heraus, um uns zusammen mit einem Mann zu begrüßen, der ein lila Seidenhemd, eine schwarze Anzughose und Tanzschuhe anhat.

„Hallo an alle. Ich bin Francesca De La Rosa, und mein Mann hier ist Ricardo De La Rosa. Wir werden heute Abend eure Tanzlehrer sein.“

Ich schaue zu Allie hinüber, die einen fassungslosen Gesichtsausdruck hat, und zu Mac, der aussieht, als müsste er sich übergeben.

„Heute Abend werden wir euch die Grundlagen des Wiener Walzers beibringen!“ Belle lässt einen doppelten Jubelschrei los und Francesca lächelt über ihre gemeinsame Begeisterung. „Ich weiß, dass ihr alle Anfänger seid, also macht euch bitte keine Sorgen über eure Fähigkeiten. Wir sind hier, um Spaß zu haben und euch zu helfen, eine Verbindung zu euren Partnern herzustellen.“

In diesem Moment schaue ich Allie in die Augen, die ihren Kopf vor Angst schüttelt? Oder ist es Aufregung? Ich kann es nicht genau sagen. Aber ich weiß, dass dies der perfekte Ort ist, um sie zu beeindrucken.

„Es gibt Champagner für diejenigen, die ein wenig Mut brauchen“, sagt Ricardo mit starkem spanischem Akzent. „Bitte, nehmt euch einen Drink und macht es euch bequem. Wir werden in fünf Minuten beginnen.“

Wir gehen hinüber zu dem Tisch, auf dem Champagnerflöten stehen, und mir fällt auf, dass Allie ihren in großen Schlucken trinkt.

Ich trete neben sie und flüstere ihr ins Ohr: „Nervös?“

„Ähm, ja!“, erwidert sie, bevor sie einen weiteren großen Schluck nimmt.

„Warum?“

Sie lacht, schüttelt den Kopf und verweigert die Antwort.

Ich runzle die Stirn. „Was? Was verschweigst du mir?“

Belle erscheint neben uns und reicht Allie ein Glas. „Noch einmal, bitte.“

Allie rollt mit den Augen. „Willst du mich betrunken machen?“

Belle legt ihre Hände auf ihren geschwollenen Bauch. „Willst du mich der einfachen Freuden des Lebens berauben?“

Allies Gesicht wird weicher. „Nein, natürlich nicht. Aber warum kann Tanner dir nicht helfen?“

„Er hasst Champagner“, antwortet Belle mit einer Handbewegung. „Und wenn es sich nicht gerade um etwas Perverses handelt, lässt seine Beschreibungsgabe sehr zu wünschen übrig. Komm schon, nur noch ein Glas.“

Allie atmet geschlagen aus und nimmt einen Schluck von Belles Champagner. Ich rümpfe die Nase, als sie die sprudelnden Bläschen und den trockenen Abgang beschreibt, denn Champagner ist definitiv auch nicht mein Lieblingsgetränk. Nachdem sie fertig ist und Belle weggeht, setze ich meine Befragung fort.

„Sag mir, warum du nervös bist“, wiederhole ich, lege meine Hand auf ihren unteren Rücken und lasse meine Finger über ihre entblößte Haut streichen.

Ich sehe, wie sie aufgrund meiner Berührung erzittert, als sie noch einen Schluck nimmt und antwortet: „Weil du fantastisch sein wirst.“

Ich lache über ihre Antwort. „Bist du so ehrgeizig?“

Sie leckt einen Tropfen Champagner von ihrem dunklen, merlotfarbenen Lippenstift. „Nein.“

„Worüber machst du dir dann Sorgen?“

Sie sieht mich mit großen, stark getuschten Augen an. „Weil ich mich daran erinnere, was nach dem letzten Mal passiert ist, als wir beide zusammen getanzt haben!“ Sie hält sich den Mund zu und schaut mich schuldbewusst an, als hätte sie das, was sie gerade gesagt hat, gar nicht beabsichtigt.

Ich will etwas erwidern, aber wir werden unterbrochen, als Francesca die Frauen auffordert, sich ihr anzuschließen. Ricardo dirigiert die Jungs auf seine Seite des Studios und ich lächle breit über Allies Abschiedsworte, während ich Mac folge. Mit einem kleinen Satz hat sie mir Hoffnung gegeben.

Ricardo geht die Schritte des Wiener Walzers mit schmerzhaft langsamen Anweisungen durch. Ich behaupte nicht, passionierter Turniertänzer zu sein, aber ich weiß genug über das Zählen, dass es mir nicht schwerfällt, die Choreografie zu verstehen. Leider können Tanner und Mac, sosehr sie sich auch bemühen, den rechten nicht von ihrem linken Fuß unterscheiden.

Nach einigen Minuten, in denen Mac es vermasselt, bin ich so frustriert, dass ich ihn an den Armen packe, seine Hände um meine Taille lege und den Part der Frau tanze, damit ich ihn dazu bringen kann, die richtigen Schritte zu machen. Es ist möglicherweise etwas aggressiver, als es Ricardo gefällt, denn er übernimmt, wobei er meine Technik verwendet, wenn auch mit sanfterem Ansatz.

Als er das Gleiche mit Tanner macht, kann ich nur denken: *Mein Gott, diese Jungs sind Profisportler. Wie schwer ist es, einen einfachen Drei-Viertel-Schritt zu lernen?*

Je länger sie Schwierigkeiten haben, desto weniger Zeit habe ich mit Allie. Und nachdem ich gesehen habe, wie sie den Champagner getrunken hat, möchte ich unbedingt in ihre Nähe kommen, um mit ihr zu sprechen, wenn sie nicht mehr so verkrampft ist.

Sobald alle genug von der Choreografie verstanden haben, können wir uns wieder den Frauen anschließen.

Allies Wangen sind gerötet, als ich sie in meine Arme nehme und meine Finger langsam ihren Rücken hinaufgleiten lasse. Ich lege eine Hand auf ihr Schulterblatt, während die andere Hand ihre auf Höhe unserer Schultern umklammert. Es ist nicht die Stelle, an der ich meine Hände auf ihrem Körper haben möchte, aber ich habe Pläne für diesen Abend und muss mich konzentrieren.

Allie blickt auf unsere Füße hinunter und kaut nervös auf ihrer Lippe. „Ich hoffe, du trägst Schuhe mit Stahlkappen."

„Das wird nicht nötig sein."

Die Jungs schauen unbeholfen drein, während Francesca und Ricardo von Paar zu Paar gehen, um ihren Griff an den Frauen zu korrigieren. Es wird viel gelacht, aber mein Gesicht ist völlig ernst, während ich Allie anstarre und versuche, sie zu verstehen.

Wir gehen die Schritte manuell mit den Lehrern durch, gewöhnen uns daran, unsere Partner stark zu halten und im Takt zu den Klängen von Ricardo zu schreiten, der in ein Mikrofon zählt.

Schließlich kündigt Francesca an, dass sie die zur Choreografie passende Musik spielen wird. „Tanzt so viele Schritte, wie ihr euch merken könnt. Wenn ihr sie vergessen habt, tanzt einfach weiter. Das ist kein Test!"

Eine Minute später füllt sich das Studio mit dem Lied „At Last" von Etta James. Ohne Mühe beginne ich, uns durch eine Reihe von vier natürlichen Drehungen und vier Seitschritten zu tanzen. Der Wiener

Walzer ist ein schneller Tanz, aber er ist sanft und die Schritte sind einfach. Wenn man sie einmal gelernt hat, muss man sie nur noch ständig wiederholen.

Allie starrt auf ihre Füße, während sie sich mit den Schritten quält.

„Sieh mir einfach zu", sage ich sanft in ihr goldenes Haar, das nach Blumen duftet. Sie zwingt sich, aufzublicken, als ich hinzufüge: „Ich verspreche, dass ich dich nicht falsch führen werde."

Sie nickt und beißt sich auf die Lippe, und ich wünschte, es wären meine Zähne, die sich in dieses köstliche Stück Fleisch bohren. Sie fühlt sich gut an in meinen Armen, empfänglich und verführerisch. Unsere Körper bewegen sich fließend zusammen, auch wenn sie nicht weiß, was sie tut. Als sich unsere Herzfrequenz mit der Aktion erhöht, möchte ich mich noch fester an sie drücken, damit sie alles spürt, was sie mit mir anstellt.

Um mich von der Intensität ihrer Augen auf meinen zu erholen, drehe ich sie unter einen Arm.

Als sie zu mir zurück wirbelt, schaut sie schockiert drein. „Wir haben keine Drehung gelernt", sagt sie, beeindruckt davon, wie leicht sie durch die Bewegung fließt.

„Ich brauchte etwas Abstand", sage ich achselzuckend. „Du hast mir den Atem geraubt."

Ihr Blick senkt sich auf meine Lippen. „Du kannst wirklich charmant sein, wenn du willst, DeWalt."

„Du kannst wirklich sexy sein, ohne es überhaupt zu versuchen, Lis", antworte ich. Meine Gedanken nehmen eine dunkle Wendung, als ich auf ihren Rock hinunterblicke, der um ihre Beine weht, und daran denke, wie leicht es wäre, sie hochzuheben, um sie stattdessen um mich zu wickeln. Ich schüttle das Bild ab und füge hinzu: „Und du kannst auch verwirrend und frustrierend sein."

„Verwirrend und frustrierend?", fragt sie, die Augenbrauen zusammengezogen.

„Du tust so, als wäre deine Familie ein Hindernis, aber sie hat uns jetzt schon zweimal zusammengestoßen."

Sie schaut sich in der Gruppe um, die alle kaum tanzen, weil keiner von ihnen weiß, was zum Teufel sie da eigentlich tun. Ricardo hat einige der Jungs für eine weitere Mini-Lektion zur Seite gezogen, und ich verziehe das Gesicht, als ich sehe, wie Mac auf Freyas Fuß herumtrampelt. Sie heult vor Schmerz auf, und er geht auf die Knie, um den Schmerz wegzureiben. Sie gibt ihm einen Klaps auf den Kopf und reißt ihn hoch, um weiterzutanzen.

In der Ecke nippen Vi und Sloan am Champagner und beobachten uns mit großen Augen, während ich uns weiter durch den Raum führe.

Allie seufzt und drückt ihren Kopf an meine Brust. „Du wirst merken, dass ich oft das Falsche sage und tue.“

„Bin ich etwas Falsches, das du getan hast?“, frage ich mit finsterem Blick, während sich mein Magen bei dem Gedanken zusammenzieht, dass sie mich so sieht. „Versuchst du deshalb, dich von mir fernzuhalten? Weil du die Nacht, die wir zusammen verbracht haben, bereust und nicht willst, dass ich dich ständig daran erinnere?“

„Nein!“, ruft sie und hebt den Kopf, um mich anzusehen. „Ich meine, es ist wahr, dass diese Nacht nichts war, was ich normalerweise mache, aber ich bereue es nicht. Ich kann gar nicht aufhören, daran zu denken.“

„Gut“, erwidere ich, als mich eine Welle der Erleichterung durchströmt. Ich nehme sie wieder unter den Arm und ziehe sie in meine Umarmung zurück, da mein Selbstvertrauen wiederhergestellt ist. „Dann hör auf, deine Familie und deinen Job als Ausrede zu benutzen. Keinen von ihnen interessiert es, dass wir zusammen sind.“

Gerade als die Worte meinen Mund verlassen, erhasche ich einen Blick auf Gareth, der Sloan auf die Tanzfläche zieht. Anstatt sich auf sie zu konzentrieren, beobachtet er Allie und mich. Ich neige amüsiert den Kopf, als Sloan sein Kinn ergreift und seine Aufmerksamkeit auf sie richtet.

Allie atmet lange aus, offenbar ahnungslos gegenüber Gareths Reaktion. „Ich habe nur Angst, dass du nicht genug über mich weißt, um zu wissen, dass du wirklich mit mir zusammen sein willst.“

„Ich möchte dich etwas fragen“, sage ich und schaue sie an, um ihre Reaktion abzuschätzen. „Bist du über deinen Ex hinweg?“

Sie sieht mich verwirrt an. „Was?“

„Bist du über den Kerl hinweg, der dich vor zwei Jahren in meine Arme getrieben hat?"

Sie bewegt energisch den Kopf, als sie schreit: „Gott, ja, ich bin über ihn hinweg! Ich habe keine Ahnung, warum ich überhaupt so lange bei ihm geblieben bin."

Ihre Antwort freut mich. Sie freut mich sehr. „Vielleicht war das alles, um dich zu mir zu führen, Mooi." Mit einem tiefen Atemzug befreie ich sie aus meinem Griff und lege meine Hände um ihre Taille, um sie in die Luft zu heben, wie meine Mutter es mich einmal mit allen Frauen in ihrer Klasse machen ließ. Als ich sie langsam wieder nach unten lasse, sind unsere Körper aneinandergepresst. Sobald sie wieder auf den Füßen steht, flüstere ich ihr ins Ohr: „Gib endlich nach. Du weißt, dass du es willst."

Sie zieht sich mit einem verträumten Lächeln im Gesicht zurück. Ich kann nicht anders, als meiner Mutter ein stummes „Danke" dafür zu sagen, dass sie mir das Tanzen beigebracht hat. Als sich das Lied dem Ende zuneigt, wirble ich sie noch einmal herum und beende die Bewegung mit einer Neigung nach hinten, bei der ihre langen Haare zu Boden hängen. Als ich mich über sie beuge und unsere Münder nur ein paar Zentimeter voneinander entfernt sind, füge ich hinzu: „Wer weiß, vielleicht könnte dies unser Hochzeitslied sein."

Allie

Mein Gott, es gibt nicht genug Alkohol auf der Welt, um die Anziehungskraft zu ertränken, die Roan DeWalt auf mich ausübt. Nach unserer Paartanzstunde gehen wir nach unten in den Tanzclub, wo die Tanzlehrer uns ermutigt haben, unsere Fähigkeiten zu testen. Zuerst sind es nur wir Mädels, die auf der Tanzfläche herumfuchteln, aber die Jungs machen schließlich mit. Und als ich den erhitzten Ausdruck in Roans Augen sehe, ziehe ich mich an die Sicherheit der Bar zurück, wo auch Freya gerade geparkt ist.

Ich lächle sie an, während ich an meinem Getränk nippe. „Es ist heiß da draußen!"

Sie nickt und trinkt von ihrem Fruchtcocktail. „Heißer als die Hochzeitsnacht in *Outlander*."

Ich kichere über ihre Antwort. „Oh mein Gott, Jamie Fraser ist so sexy in der ersten Staffel!"

„Er ist in allen sexy, aber du hast recht. Die erste Staffel war seine beste. Und diese Folge hatte das beste Vorspiel in der Geschichte des Kinos."

Ich presse die Schenkel zusammen. „So wahr. Was hat es mit Belohnungsaufschub auf sich, dass ihn so …"

„Verdammt heiß macht?", beendet Freya den Satz. „Es muss etwas Besonderes sein, denn ich habe meine Belohnung achtundzwanzig Jahre lang hinausgezögert."

„Achtundzwanzig Jahre?", stöhne ich und breite meine Hände auf der klebrigen Theke aus. „Fuck!"

„Fuck ist richtig!", sagt sie, während sie sich das Gesicht fächelt.

„Nun, du solltest wieder mit mir da rausgehen. Lass uns tanzen und das sexy Jamie-Fraser-Vorspiel fortsetzen!", sage ich solidarisch, da ich denke, dass meine neue Freundin vielleicht einen Schubs von mir braucht, so wie ich einen Schubs vom Alkohol brauche.

Sie schüttelt den Kopf. „Ich kann nicht. Meine Füße haben Blasen von diesen verdammten High Heels!"

Ich schaue auf ihre Füße hinunter und erschaudere. „Das sind aber wirklich schöne Schuhe."

Sie nickt. „Ich warte nur darauf, dass mein medizinischer Begleiter auftaucht."

„Dein was?", frage ich verwirrt.

Plötzlich taucht Mac neben uns auf.

„Bist du bereit, Mädchen?", brüllt er, während seine Augen Freyas kurvenreichen Körper abtasten, als wäre sie eine Art Patientin in einem Krankenhaus.

„Bereit", antwortet sie mit einem knappen Nicken und streckt ihm ihre Hände entgegen. „Also mach kein Theater, wenn du mich trägst.

Du bist Schotte und Fußballer, also solltest du mit meiner enormen Größe zurechtkommen."

Er rollt mit den Augen und geht in die Hocke, damit sie auf seinen Rücken springen kann. „Hat dir schon mal jemand gesagt, dass du zu viel redest?"

„Ständig!" Sie greift nach hinten, um sich zu vergewissern, dass ihr Kleid ihren Hintern bedeckt, und winkt mir dann zum Abschied zu. „Vergiss nicht, mich irgendwann mal anzurufen! Ich mache buchstäblich nichts anderes, als Netflix zu schauen und mit meiner Katze zu nähen. Es ist erbärmlich und ich würde mich über etwas Gesellschaft freuen."

Mac dreht sich um und sieht mich an. „Aye, sorg dafür, dass mein Junge sicher und gesund nach Hause kommt. Dein Bett oder seins … macht für mich keinen Unterschied." Er zwinkert mir zu und trägt seine Tanzpartnerin aus dem Club.

Ich kaue auf meiner Lippe und stelle mir vor, wie gut Roan in meinem Bett aussehen würde. In diesem Moment sehe ich ihn näherkommen, direkt hinter Camden und Indie.

Indie stellt sich neben mich und sagt über die laute Musik hinweg: „Wir gehen jetzt."

„Okay, ich bin fast fertig mit meinem Drink." Ich kippe mir den restlichen Inhalt in den Rachen und lächle über den herrlichen Rausch, den ich gerade habe.

„Nein, ich meine, Camden und ich gehen." Sie zwinkert mir zu und schaut dann zu Roan hinter mir.

Camden mischt sich ein: „Roan, kannst du Allie sicher nach Hause bringen?"

Roan richtet sich auf. „Natürlich."

„Großartig. Ich vertraue dir, Mann." Camden klopft Roan auf die Schulter und geht ohne ein weiteres Wort mit Indie unter dem Arm davon.

Roan nimmt den Platz ein, den Freya freigemacht hat, und ich spüre, wie sich seine große Präsenz wie eine köstliche Gewichtsdecke um mich legt.

Er lehnt sich zu mir und flüstert mir ins Ohr: „Sie geben uns im Grunde ihren Segen."

Eine Gänsehaut breitet sich auf meinem ganzen Körper aus. Schnell schüttle ich mein Glas, um dem Barkeeper zu signalisieren, dass ich Nachschlag möchte. Alles an diesem Abend ist mit Alkohol leichter zu ertragen.

Ich drehe mich zu Roan um, unsere Gesichter sind nur noch Zentimeter voneinander entfernt, und er sieht mich an, als hätte er mich nackt gesehen. Ich schaue ihn an, als hätte ich ihn nackt gesehen. Und plötzlich frage ich mich, warum zum Teufel wir uns nicht einfach endlich nackt sehen.

Ohne zu zögern, packe ich Roan am Hemd und sage: „Lass uns auf der Tanzfläche Jamie-Frasern."

Er lächelt und lässt sich von mir in den Menschenschwarm hinausführen. Er übernimmt die Führung und erinnert mich immer wieder daran, warum ich das blöde Video von ihm nicht gelöscht habe.

Roan

Es ist nach Mitternacht, und nach dem verschmierten Make-up unter Allies Augen zu urteilen, würde ich sagen, dass sie ordentlich betrunken ist. Wir werden an meinem Auto auf dem Parkplatz von Bethnal Green abgesetzt, und dann fahre ich Allie zurück zu Camden und Indie. Ich hatte die ganze Nacht nur einen Drink und denke, man kann mit Sicherheit sagen, dass Allie das getrunken hat, was ich nicht getrunken habe.

Auf der Autofahrt nach Notting Hill ist sie zappelig, ihre Hände wandern auf ihren Oberschenkeln auf und ab, während sie ihre Beine kreuzt und wieder löst. Die Art und Weise, wie sie sich in ihrem sexy Outfit und den zerzausten Haaren windet, macht mich wahnsinnig. Und je näher ich dem Haus von Camden und Indie komme, desto stärker wird die sexuelle Spannung zwischen uns, sodass ich kaum noch atmen kann.

Freyas Rat war genau richtig. Allie ein wenig zu entspannen hat all ihre Mauern zum Einsturz gebracht, und jetzt habe ich das Gefühl, dass sie nicht länger versucht, mich wegzustoßen. Aber als ich auf der Straße vor Camdens und Indies Stadthaus parke, weiß ich, dass heute Abend nicht der richtige Zeitpunkt ist, um wieder zueinanderzufinden.

Ich öffne Allies Autotür und reiche ihr meine Hand. Sie lächelt mich an und hat die Augenlider leicht gesenkt, während sie ihre Finger um meine schlingt. „So ein Gentleman.“

„Immer“, antworte ich, während wir die Treppe hinaufgehen. „Hast du deinen Schlüssel?“

„In der Tat.“ Sie sieht ernst zu mir auf. „Hast du deinen Schlüssel?“

Ich ziehe die Brauen hoch. „Für mein Haus? Ja, ich habe meinen Schlüssel.“

Ihre Augen werden schmal. „Willst du mein Zimmer sehen?“

Ich blinzle erstaunt zurück. „Ähm, dein Zimmer?“

„Ja, du weißt schon … mein Zimmer. Vier Wände, ein Kleiderschrank, ein Bett.“

Die Muskeln in meinen Schultern spannen sich bei dem Gedanken an, in Allies Schlafzimmer zu sein. Ich sollte nicht. Ich weiß, dass ich es nicht sollte. Sie ist betrunken und wahrscheinlich geil. *Und ich weiß, dass ich verdammt geil bin, also könnte das sehr schlecht oder sehr gut enden.*

Die Aussicht auf „sehr gut“ ist alles, was ich brauche, um zustimmend mit dem Kopf zu nicken.

Sie lächelt vergnügt und legt einen Finger auf ihre Lippen. „Wir müssen ganz leise sein und dich heimlich reinschmuggeln, damit wir nicht von Mom und Dad erwischt werden.“

Sie fummelt mit dem Schlüssel herum, während ich meine Stirn an die Hauswand drücke und mich im Stillen dafür schimpfe, dass ich so verdammt schwach bin. Als sich die Tür öffnet, greift sie nach hinten und lässt ihre Finger zwischen meine gleiten, um mich durch den Korridor und direkt auf die große Holztreppe vor uns zu führen.

Ich bin ein verdammter Gentleman. Ich kann damit umgehen.

Wir nehmen eine Stufe nach der anderen, wobei Allie jedes Mal kichert, wenn es knarzt. Allerdings knarzen fast alle Stufen, da das Haus so alt ist, was bedeutet, dass sie die ganze Zeit kichert. Meinem Schwanz macht es offensichtlich Spaß, denn ich spüre, wie er mit unserem Aufstieg in meiner Jeans immer dicker wird.

Als wir die zweite Etage erreichen, umrundet sie das Geländer und springt an einer kleinen Küche und einem Badezimmer vorbei. Sie öffnet die Tür am Ende des Flurs, die ihr Schlafzimmer offenbart. Es ist ein großer, weißer Raum mit einem riesigen Himmelbett, das mit einer rosa geblümten Bettdecke bedeckt ist. Am Fenster steht ein grüner Sessel, auf dem ein Buch liegt, aber ansonsten ist der Raum ziemlich leer. Nicht einmal eine verirrte Socke ist zu finden.

„Dein Zimmer gefällt mir", sage ich pflichtbewusst, neugierig darauf, warum sie es mir unbedingt zeigen wollte, wo es doch noch nichts Persönliches von Wert enthält. Ich gehe zu dem großen Fenster und ziehe die bestickten Vorhänge zurück, um den Blick auf die Straße zu sehen. „Es ist gemütlich."

„Ich warte immer noch darauf, dass meine Sachen aus Chicago ankommen, aber mir gefällt es hier", sagt sie, während sie ihre Schuhe abstreift und die Tür schließt, sich mit dem Rücken dagegen drückt und mich mit spitzem Blick ansieht. „Ich möchte nie wieder weg."

„Aus deinem Schlafzimmer?", frage ich nervös, weil sie mich gerade an die Frau erinnert, die ich vor zwei Jahren kennengelernt habe. Eine Frau, die genau weiß, was sie will, und ich weiß, dass es schwer ist, dieser Frau etwas abzuschlagen.

Sie nickt. „Und mein Bett. Fühl es."

Sie geht auf Zehenspitzen zu ihrem Bett und lässt sich darauf fallen, wobei sie ihre Beine weit spreizt, sodass ihr Rock hochrutscht. Sie tätschelt den Platz neben sich, und ich weiß, dass es eine schlechte Idee ist. Eine wirklich schlechte Idee.

Ich schließe mich ihr an, da es mir offensichtlich Spaß macht, mich zu quälen. Aber ich bin so klug, mich einen guten halben Meter von ihr wegzulegen, also habe ich noch ein wenig Kampfgeist in mir.

„Ist das nicht bequem?", stöhnt sie, was meinen Schwanz erneut zucken lässt.

Ich schlucke. „Es ist bequem."

Sie dreht sich auf die Seite und stützt ihren Kopf auf eine Hand, um mich anzustarren. „Du siehst gut aus in meinem Bett."

Ich lächle und drehe den Kopf, um sie anzuschauen, wobei ich mein Bestes gebe, um nicht auf die Linie des Dekolletés zu starren, die dieser Winkel erzeugt. „Warum?"

Sie zuckt mit den Schultern. „Deine dunkle Haut im Kontrast zu den blassen Farben. So wie du heute in deiner Uniform während des Spiels ausgesehen hast."

Ich ziehe die Brauen hoch. „Hat es dir gefallen, wie ich in meiner Uniform aussah?"

Sie bedeckt ihre Augen und lässt ihr Gesicht in die Bettdecke sinken, da es ihr offensichtlich peinlich ist, diese Tatsache zuzugeben. „Vielleicht", murmelt sie gegen den Stoff.

Ich presse meine Hände auf meinen Bauch, als ich lache. „Kein Grund, schüchtern zu sein."

Ich drehe mich auf die Seite und beobachte sie, wie sie den Kopf dreht und auf ihre abgeflachten Hände stützt. Sie starrt mich eine Minute lang mit einem verführerischen Blick an und setzt sich dann plötzlich auf ihre Knie. Mit einem schüchternen Biss in die Lippen kriecht sie auf mich zu.

Ich lege mich auf den Rücken, die Hände abwehrend ausgestreckt. „Was machst du da?"

Sie wirft ein Bein über meine Taille und beginnt, mein Hemd aufzuknöpfen. „Wonach sieht es denn aus?"

Ich greife nach unten und stoppe ihre Bewegungen. „Du bist betrunken, Allie."

Sie runzelt die Stirn. „Ich bin nicht betrunken!"

Ich hebe den Kopf und erwidere: „Du bist definitiv nicht nüchtern."

Sie schnaubt und pustet sich eine verirrte Haarsträhne aus den Augen. „Das ist etwas anderes als betrunken, okay? Ich weiß, was ich tue."

Ich schüttle wieder den Kopf. „Lass uns einfach reden."

„Reden?", blafft sie. „Wir haben die ganze Nacht geredet. Und wir haben die ganze Nacht getanzt. Jetzt ist es Zeit für uns, die ganze Nacht zu ficken."

Sie kichert und drückt ihren erhitzten Schritt so auf meinen Schwanz, dass sich meine halbe Erektion in eine volle verwandelt. Ich werfe die Arme über meine Augen, um mich vor dem sehr sexy Bild ihres Körpers zu schützen, der sich an mir reibt.

Ich knurre vor lauter sexueller Frustration. „Du machst es mir gerade wirklich schwer, brav zu sein."

„Vielleicht will ich ja nicht, dass du brav bist", sagt sie und senkt ihr Gesicht zu meinem Ohr, als sie hinzufügt: „Vielleicht will ich, dass du böse bist."

Als sie ihre Zunge an meinen Hals presst, schwöre ich, dass ich jeden Muskel in meinem Körper bremsen muss, um sie nicht an der Taille zu packen, uns beide umzudrehen und ihr das Gehirn rauszuvögeln.

Mein geschwollener Schwanz gleitet an ihrer Klitoris entlang, während sie ihre Hüften mit rasendem Verlangen bewegt. „Oh mein Gott, du fühlst dich gut an", stöhnt sie, und ich möchte mich umbringen.

„Allie, bitte", flehe ich. Meine Stimme ist kaum noch ein Flüstern, während ich sie anstarre und versuche festzustellen, wie betrunken sie ist.

„Roan, ich bin nicht betrunken." Sie setzt sich auf und starrt mich mit großer Aufmerksamkeit an. „Siehst du? Würdest du jetzt bitte die Klappe halten und mich küssen?"

Sie greift nach unten und zieht ihr Oberteil aus, wodurch ihre nackten Brüste zum Vorschein kommen. Ich gebe zu, ich hatte das Gefühl, dass sie keinen BH trägt, denn ich konnte die ganze Nacht ihre Brustwarzen durch ihr Oberteil spüren. Aber der Anblick ihrer nackten, blassrosa Nippel, die nur wenige Zentimeter von meinem Mund entfernt sind, lässt alles in meinem Körper zum Leben erwachen.

Ihre Hände sind wieder an meinen Knöpfen und öffnen jeden einzelnen, während ich unhörbar flüstere: „Nackte Omas, Entenbabys, die ermordet werden, Chewbacca im Urlaub, Bulldoggen, die Haferflocken fressen."

„Was machst du da?", fragt sie, zieht mein Hemd auf und lässt ihre Fingerspitzen über meine Bauchmuskeln gleiten.

Ich stütze mich auf die Ellbogen. „Ich versuche, meinen Schwanz unter Kontrolle zu bekommen."

„Warum?", fragt sie völlig unschuldig.

„Weil ich dich gerade ficken will, aber ich habe Freya versprochen, dich nicht auszunutzen, wenn du betrunken bist. Sie mag eine kleine Frau sein, aber ich bezweifle nicht, dass sie mich mit wenig Aufwand verstümmeln könnte."

Allie stemmt die Hände in die Hüften und verliert jeglichen Humor in ihren Augen. „Roan, das bin ich, oben ohne, und ich gebe dir meine volle Zustimmung. Ernsthaft, warum willst du mich nicht ficken?"

Ich neige den Kopf und schaue ihr mit einer Ernsthaftigkeit, die vorher nicht da war, in die Augen. „Glaub mir, ich will dich ficken, Lis."

Eilig packe ich mit einer Hand ihre Hüfte und lege meinen anderen Arm um ihre Taille, während ich uns so drehe, dass sie jetzt unter mir liegt. Ihre Augen sind groß und erregt, als sie nach unten greift und am Bund meiner Jeans herumfummelt. Mit einem leisen, frustrierten Knurren schlinge ich meine Finger um ihre Handgelenke und halte sie über ihrem Kopf fest.

„Was tust du da?", fragt sie, ihre Stimme klingt atemlos und bedürftig, während sie sich zu mir hochdrückt und ihre Beine weit spreizt, um mich in sich einzuladen.

Ich starre auf ihren schönen Körper hinunter, bevor ich meine Lippen auf ihre Brust senke und warme Luft über ihre entblößte Haut blase. Ich halte an ihren Nippeln inne, meine Zunge brennt darauf, die harte Knospe zu kosten und sie so tief in meinen Mund zu saugen, dass sie schreit.

Mit großer Anstrengung antworte ich: „Immer mit Geduld." Ich schaue ihr tief in die Augen, die ihrem Blick während eines Orgasmus gefährlich ähnlich sind.

Sie stöhnt und schlingt ihre Beine um mich, wobei sie ihre Knöchel an meinem unteren Rücken überkreuzt. „Reiz mich nicht, DeWalt."

Mein Körper bebt vor Lachen. „Du weißt aus Erfahrung, dass es sich lohnen wird." Ich löse mich von ihrem Körper und bewundere den Anblick, wie sie halbnackt ausgebreitet daliegt und große, sexuell geladene und extrem frustrierte Atemzüge ausstößt. Ist es abartig, dass es mir gefällt, sie so zu sehen? Macht mich das zu einem Sadisten?

Sie beginnt, das zarte Gewebe ihrer Brüste zu kneten, während sie ihre Schenkel aneinander reibt. Als ihre Hand ihren Nippel zwickt, gebe ich fast nach. Fast.

Mein Gott, ich bin kein Sadist. Ich bin ein verdammter Masochist.

Ich reiße meinen Blick von ihr los, ziehe mein Hemd und meine Jeans aus.

Sie setzt sich im Bett auf, lässt ihre Brüste los und starrt mich an, während ich meinen Steifen in meiner schwarzen Boxershorts zurechtrücke. „Was machst du da?", fragt sie, während sie mich aufgeregt mustert, als würde ich mich darauf vorbereiten, ein verdammtes Geschenk für sie auszupacken.

Ich gehe auf die andere Seite des Bettes und ziehe die Decke zurück. „Ich gehe ins Bett", antworte ich und gleite zwischen ihre rosafarbenen Laken, auch wenn ich lieber in ihre rosafarbene Muschi gleiten würde.

„Hier?", fragt sie und blickt zur Tür, als würden ihre Cousins jeden Moment hereinspazieren und uns anschreien, weil wir die Frechheit besitzen, tatsächlich zu schlafen.

„Ganz genau", antworte ich und ziehe die Decke zurück, damit sie sich als Nächstes hinlegen kann. „Und schau nicht so zur Tür. Wenn du bereit warst, mich zu ficken, obwohl sie unter demselben Dach sind, solltest du auch mit mir schlafen können."

„Willst … du wirklich nur schlafen?" Ihre Augenbrauen sind zusammengezogen, als sie die Situation endlich akzeptiert.

Ich nicke und tätschle das Bett. „Je eher wir schlafen, desto eher kann ich dich ficken."

Sie schnaubt verärgert und stapft zu ihrem Kleiderschrank. Sie holt ein blaues T-Shirt der Chicago Cubs heraus und zieht es sich über den Kopf, bevor sie ihren Rock von den Hüften schiebt. Meine Augen fixieren sich auf ihre samtweichen Beine und ich starre auf ihren Hintern, als sie hinübergeht, um das Licht auszumachen.

Neugierig lege ich den Kopf schief. „Ich hatte vergessen, wie sexy dein Arsch ist."

Sie dreht sich um und sieht mich mit dunkelrotem Gesicht an. „Was?"

Ich zeige auf ihre Pobacke. „Ich erinnere mich, dass ich dir vor zwei Jahren einen Klaps auf den Hintern gegeben habe, und wenn ich ihn mir jetzt ansehe, weiß ich nicht, warum ich dich nicht an das Bett gekettet habe, damit ich dich für immer behalten kann."

Sie schaltet das Licht aus und kommt auf Zehenspitzen zu mir zurück. „Bist du sicher, dass du dich nicht an einen anderen One-Night-Stand erinnerst?" Sie hüpft ins Bett und dreht sich mit einer einzigen fließenden Bewegung von mir weg.

Ich drücke mich hinter sie und lege meine Hand auf ihre Hüfte, während ich ihr ins Ohr flüstere: „Ich habe keine One-Night-Stands." Ich küsse ihre Schulter und füge hinzu: „Du warst meine Ausnahme."

Sie rollt sich auf den Rücken und starrt zu mir hoch, ihr Gesicht wird vom schwachen Schein der Straßenlaternen vor dem Fenster beleuchtet. „Warum war *ich* deine Ausnahme?"

Sie betont das „Ich" besonders, als könne sie nicht glauben, dass sie etwas Besonderes ist. Ich hasse diesen Scheiß. Ich hasse, dass sie nicht sieht, was ich sehe. Es löst in mir den Wunsch aus, ihrem Ex einen Schlag in die Eier zu verpassen, weil er vermutlich derjenige ist, der ihr diese Zweifel in den Kopf gesetzt hat.

Ich streichle ihr Gesicht und lasse meinen Daumen über ihre Lippen gleiten, die sich nach einem Kuss sehnen. „Weil ich es mag, wie du das verfolgst, was du willst, Lis. Als ich dich kennenlernte, hattest du ein Ziel und wolltest nicht aufhören, bis du dieses Ziel erreicht hast. Diese Art von Entschlossenheit ist sexy, selbst wenn du keine Strapse getragen hättest."

Sie lächelt und rollt mit den Augen, wobei sich eine Falte zwischen ihren Augenbrauen bildet, als sie über meine Antwort nachdenkt. „Ich glaube, du stellst mich auf ein Podest, das ich nicht verdiene." Sie reibt sich mit den Händen über das Gesicht, und ich kann die Unruhe in ihrem Körper spüren, als läge noch eine dritte Person mit uns im Bett.

Ich ziehe ihre Hände nach unten und fahre mit dem Finger über die Furche in ihrer Stirn. „Was kann ich tun, um dieses Stirnrunzeln verschwinden zu lassen?"

Sie seufzt und sieht zu mir auf, als wolle sie etwas sagen. Aber was auch immer es ist, es kann warten, denn ich muss sie wieder kosten, mehr als ich hören muss, was sie sagen will. Ich senke mein Gesicht und presse meine Lippen auf ihre. Sie öffnet sich sofort für mich, als meine Zunge über ihre gleitet. Ich schmecke den schwachen Geschmack von Alkohol und Minze, als sich ihre Hände um meinen Nacken legen und sie mich an sich drückt, wodurch der Kuss inniger und intensiver wird, als ich ursprünglich geplant hatte.

Das ist es, was ich so verdammt sehr an dieser Frau mag. Sie nimmt sich, was sie will, und alles andere ist ihr egal. Ich bin damit aufgewachsen, wie meine Mutter sich um den Vater meiner Schwestern kümmerte und sich für Dinge entschuldigte, für die sie sich nicht zu entschuldigen brauchte. Das war ein Reflex von ihr, der ihr schon in jungen Jahren in die Wiege gelegt wurde. Allie ist jedoch anders. Sie ist eine Kämpferin.

Allie schlingt ihr Bein um meine Hüfte und ich ziehe mich lachend zurück, obwohl sich ihre Haut auf meiner wie ein Stück Himmel anfühlt. „Du bist unerbittlich."

„Du bist gemein", erwidert sie, die Stirn immer noch vor Frustration gerunzelt.

Ich küsse die Falte auf ihrer Stirn und lege mich dann wieder auf mein Kopfkissen. „Erst schlafen, dann Sex."

Mit einem weiteren Schnauben dreht sie sich von mir weg. Ihr Körper ist angespannt, als ich meine Arme um sie schlinge und meinen Schwanz zwischen ihre schönen Pobacken schiebe.

„Das hast du dir selbst zuzuschreiben", murmelt sie in Bezug auf meine Erektion, bevor sie kräftig gähnt.

Ich gebe ihr einen Kuss aufs Haar. „Ich weiß, Mooi. Ich weiß."

Das Lächeln auf meinem Gesicht fühlt sich dauerhaft an, als wir beide dem Schlaf erlauben, die Zeitreise für uns zu machen.

KAPITEL

Roan

AM MORGEN WERDE ICH VON ETWAS HEISSEM UND NASSEM AN meinem Schwanz geweckt, und das überraschende Gefühl lässt mich zum Kopfende des Bettes fliegen.

„Was?", ruft Allie atemlos und wirft die Decke zurück, um zu offenbaren, dass sie am Fußende des Bettes auf den Knien hockt und aussieht, als hätte sie gerade meinen Schwanz im Mund gehabt, denn das hatte sie verdammt noch mal auch.

„Mein Gott! Du musst einen Mann warnen", sage ich und schaue auf meinen feuchten Schwanz, der aus meiner Boxershorts ragt. Er sieht geädert aus und stinksauer auf mich, weil ich aufgewacht bin und den ganzen Spaß verdorben habe.

Sie setzt sich auf. In ihrem Cubs-T-Shirt und mit den zerzausten Haaren sieht sie bezaubernd aus. „Hätte ich es dir zuerst gesagt, würdest du mir wahrscheinlich vorwerfen, dass ich noch betrunken bin."

Ihr freches Mundwerk zaubert ein Grinsen auf mein Gesicht, als ich mich über das Bett auf sie stürze. Sie schreit auf und versucht, sich aus meinem Griff zu befreien, aber ich überwältige sie und winde meine Arme um ihre Taille. Ich drehe uns und breite sie auf dem Bett aus, sodass ich auf ihr liege, genau zwischen ihren weichen Beinen.

„Ich kann mich nicht daran erinnern, dass du so eine Göre warst, als wir uns kennengelernt haben", schnaufe ich, schlinge meine Hände um ihre Handgelenke und drücke sie auf das Bett.

Sie wehrt sich erfolglos gegen meinen Griff und versucht, das sexy Lächeln auf ihrem Gesicht zu verbergen, als sie antwortet: „Ich kann mich nicht erinnern, dass du so prüde warst!"

Ich knurre und neige meinen Kopf, um durch ihr Shirt in ihren Nippel zu beißen. Sie protestiert, aber ihre Beine finden ihren Weg um meine Hüften und sie zieht mich an ihre Wärme.

Ich lasse ihre Brust los und drücke meinen Schwanz gegen ihre Muschi. „Kannst du lange genug aufhören zu schmollen, damit ich dich ficken kann?"

„Ich weiß nicht", erwidert sie, die Augenbrauen herausfordernd hochgezogen. „Kannst du aufhören, dir lächerliche Ausreden auszudenken, warum du mich nicht ficken kannst?"

„Dein Mund muss auch gefickt werden, denke ich."

„Immer nur Versprechen." Sie kichert, sobald die Worte aus ihrem Mund kommen. Es ist so niedlich, dass ich glaube, ich will sie heiraten.

Mit einem breiten Lächeln neige ich meinen Kopf zu ihr hinunter und presse unsere Lippen aufeinander, um die süßen Klänge zu kosten, die aus ihrem Mund kommen. Der Kuss wird schnell heiß, also lasse ich ihre Handgelenke los, um ihren Körper zu berühren. Ich bewege meine Hände an den Außenseiten ihrer Oberschenkel hinauf, die sich um mich herum reiben. Sie gleitet mit ihren Händen über meinen Rücken und hält inne, um meinen Hintern zu packen und mich eng an sich zu ziehen.

Gott, sie fühlt sich gut an. Und ich war noch nicht einmal in ihr.

Meine Hand gleitet zwischen unsere Leisten und unter ihr Höschen. Als meine Fingerspitzen über ihre Falten streichen, finde ich genau das, was ich zu finden hoffte.

„Verdammt feucht, Mooi. Ist das von letzter Nacht oder von heute Morgen?"

Sie stöhnt gegen meine Lippen. „Wahrscheinlich beides."

„Verdammt richtig", antworte ich und küsse sie heftig, während ich meinen Mittelfinger tief in sie gleiten lasse.

Mein Gott. So nass. So bereit. So fest und weich und, verdammt, ich muss in ihr sein. Mein Schwanz ist ein steifer Stein aus Granit, der er gegen meine Boxershorts drückt und wie ein läufiges Tier nach ihrem Loch giert.

Ich unterbreche unseren Kuss und murmle gegen ihre Lippen:

„Wenn du mir das nächste Mal einen blasen willst, sorg dafür, dass ich wach bin, damit ich zuschauen kann."

Allie bewegt ihre Hände hinunter zu meinem Schwanz, um ihn fest mit ihrer Faust zu umschließen. „Bitte sag mir, dass du ein Kondom hast."

Ich beiße mir auf die Lippe und bedaure den Gedanken, ihren weichen Körper zu verlassen, um ein Kondom zu holen. Aber ich bin erwachsen und muss es tun. Ich stoße mich vom Bett ab, gehe zu meiner Jeans und suche in meiner Brieftasche nach dem Kondom. Als ich mich umdrehe, muss ich lächeln, denn Allie hat sich ihres Shirts und ihres Slips entledigt und liegt nackt auf dem Bett wie ein verdammt schmutziges Magazinmodel.

„Was? Kein Striptease wie beim letzten Mal?", frage ich und verziehe meinen Mund zu einem halben Lächeln, während ich ihre üppigen Kurven bewundere. „Ich habe mir bei der Vorstellung, wie du aus diesem nassen Kleid schlüpfst, monatelang einen runtergeholt, Mooi."

Ein merkwürdiger Ausdruck huscht über ihr Gesicht, aber sie schüttelt ihn ab und antwortet: „Ich habe gestern Abend versucht, dir einen Striptease zu geben, aber du warst zu sehr damit beschäftigt, mich zurückzuweisen."

Ich lache über ihre schwachsinnige Antwort. Aber anstatt mit ihr zu streiten, greife ich in den Bund meiner Boxershorts und ziehe sie aus. Mein Schwanz springt heraus, lang, dick und stolz. Ich ziehe das Kondom über die Eichel und bemerke den hungrigen Blick in Allies Augen, als sie den ganzen Vorgang fasziniert beobachtet.

Ich krieche über sie auf die Matratze, wobei ich mich ein Stück über ihrem Gesicht halte. „Nüchterne Einwilligung vorzuziehen bedeutet nicht, dass ich dich zurückweise. Und vertrau mir, wenn ich dir sage, dass ich die verlorene Zeit auf der Stelle nachholen werde."

Ich senke den Kopf, beiße wie ein Wilder in ihren Nippel und knurre gegen ihre Haut. Sie schnappt nach Luft, ein unglaublich heißer Laut, durch den sich das Kondom verdammt eng anfühlt. Ich bewege mich hinüber, um mich ausgiebig um die andere harte Knospe zu kümmern, und sie hebt ihr Becken an, um meinen umhüllten Schwanz an ihrer empfindlichen Stelle zu spüren.

Als meine Spitze an ihrer Klitoris entlanggleitet, halten wir beide inne und sehen einander in die Augen.

„Bist du bereit, mich zu spüren, Mooi?", frage ich, bevor ich ihr einen sanften Kuss auf die Lippen drücke.

„Ja", haucht sie und spannt ihre Beine an meinen Hüften an.

„Das ist kein weiterer One-Night-Stand", warne ich, schaue ihr tief in die Augen und drücke meinen Schwanz tiefer in ihre Schamlippen.

Eine Ernsthaftigkeit überschattet ihren lustvollen Blick, als sie stumm nickt. Dann greift sie nach unten, hält mich genau dort, wo ich sein muss und fleht mich an, in sie einzudringen.

Also tue ich es.

Ich gleite in ihr feuchtes, weiches Fleisch hinein und bewege mich so langsam, dass wir beide den Atem anhalten müssen. Uns steht der Mund offen, während wir uns gegenseitig anstarren und ihr Körper sich an meine Größe anpasst. Als ich spüre, wie ihre Muskeln um meine Dicke pulsieren, ihr Kanal, der so verdammt eng ist, dass es unangenehm ist, möchte ich vor köstlicher Qual brüllen.

Zum Glück ist Allie feucht genug, dass ich herausgleiten kann. Als ich wieder eindringe, gehe ich noch weiter und sie nickt heftig, die Augenbrauen zusammengezogen, als sie mich ermutigt, mich weiter zu bewegen.

Während ich in ihr pulsiere, wird sie zu einer Welle der Bewegung unter mir, schaukelt und wippt mit jedem meiner Stöße. Es ist verdammt sexy. Bald werden ihre Atemzüge zu Schnappatmung, ihre Schnappatmung wird zu Stöhnen. All ihre Laute treiben meinen Körper fieberhaft an, sich immer schneller in ihr zu bewegen.

Als ihr Stöhnen zu laut wird, küsse ich sie und stoße meine Zunge hart und schnell in ihren Mund, während sie sich an mich klammert. Das Aneinanderprallen unserer Körper, die sich bei jedem Stoß treffen, hallt durch den Raum wie das Klatschen zweier Hände in einem leeren Stadion. Ihre Atemzüge werden hektisch, als sich ihr Körper um mich herum anspannt.

Diese Frau ist zu einfach. Es sind kaum fünf verdammte Minuten vergangen und ich kann bereits ihren Orgasmus kommen spüren. Es ist wie ein Hochgeschwindigkeitszug, der unaufhaltbar durch eine kleine Stadt rast. Und genau jetzt will ich diesen verdammten Zug zur Ziellinie bringen.

Ich stoße kräftig zu und merke, dass ich ihren G-Punkt gefunden habe, da sie ihre Fingernägel in meinen Rücken gräbt und einen erstickten Schrei ausstößt. Ich ziehe mich zurück, um sie zu beobachten und sehe, wie ihre Augen in den Hinterkopf rollen, bevor sie sich schließen. Als ihre Kinnlade herunterfällt und sie einen leisen Schrei von irgendwo tief in ihrem Inneren ausstößt, spüre ich es.

Ihre Nässe.

Sie ergießt sich über meinen Schwanz und alles in ihrem Kanal zieht sich um mich herum zusammen, lässt mich mitten im Stoß erstarren und macht es mir unmöglich, mich zu bewegen. Ohne Vorwarnung bricht mein eigener Höhepunkt aus, offensichtlich habe ich mich nicht an den schraubstockartigen Griff gewöhnt, den ihre Muschi erzeugt. Ich lasse meinen Kopf an ihren Hals sinken und verkrampfe mich für einige Sekunden, als ich in das Kondom explodiere und ihr Herz unter meiner Brust rasen spüre.

Als ich wieder zu mir komme, spüre ich nur noch die klebrige Nässe unserer Körper.

Es ist verdammt heiß.

Was ich mit ihr mache – wie sie auf mich reagiert – besser geht es nicht. Entweder ist der Körper dieser Frau für meinen Schwanz gemacht, oder sie könnte einen Haufen Geld mit Pornos verdienen.

Allie

Roan und ich duschen zusammen.

Ich wiederhole.

Roan und ich duschen zusammen!

Soll heißen, ich darf seinen muskulösen Körper mit Seife einreiben. Nach der Hälfte der Dusche kann ich nicht anders, als auf die Knie zu sinken und seinen schönen Schwanz in den Mund zu nehmen.

Er ist hart und lang und sieht so mächtig aus, dass ich ihn auf meiner Zunge spüren möchte. Noch nie zuvor habe ich einen solchen Drang verspürt, den Schwanz eines Mannes zu lutschen, aber Roans anerkennender Gesichtsausdruck, als ich schlucke, ist es absolut wert.

Als er mich vom Fliesenboden hochzieht und mich unter dem heißen Strahl der Dusche küsst, kneife ich mich, um mich zu vergewissern, dass das alles wirklich wahr ist. Wer zieht schon nach London und geht mit einem sexy Sportler aus, der Muskeln an Stellen hat, von denen ich nicht einmal wusste, dass sie dort existieren können?

Offenbar ich – Alice Harris.

Dieser Schritt ist entweder das epischste Comeback der Geschichte, oder die nächste Hiobsbotschaft kommt jeden Moment und all die guten Dinge, die in meinem Leben passieren, werden aufhören zu existieren.

Sobald wir sauber sind, wickeln Roan und ich uns in weiße, flauschige Handtücher und machen uns auf den Weg zurück in mein Schlafzimmer. Ich durchsuche meinen Schrank und finde saubere Laken, mit denen ich definitiv mein Bett frisch beziehen muss.

Roan grinst mich an, als sei er der König der Welt, während er mir hilft, das Spannbetttuch auf das Bett zu legen. „Es ist schön zu wissen, dass sich manche Dinge nie ändern."

Ich spüre, wie meine Wangen rot werden, als ich an der elastischen Ecke ziehe und die Oberseite glattstreiche. Ich stehe auf und fahre mir mit der Hand durch die nassen Haare, während ich stammle: „Ich, ähm, dachte das letzte Mal, als ich …" Mein Gesicht brennt vor Verlegenheit, denn ich fühle mich ziemlich beschämt, obwohl Roan mir gesagt hat, dass er es sexy fand, als wir unter der Dusche waren.

„… gesquirtet habe", beendet Roan den Satz, sein Gesicht ist völlig entspannt.

Verärgert stemmte ich die Hände in die Hüften. „Warum fällt es dir so leicht, das zu sagen?"

Er zuckt mit einer nackten, muskulösen Schulter. „Ich schaue eine Menge Pornos."

Ich lache über seine Antwort und kneife dann neugierig die

Augen zusammen, während ich das oberste Laken ausbreite. „Bringst du alle Mädchen zum …“

„Squirten?“, sagt er mit großen Augen. „Verdammt nein! Mein Schwanz ist verdammt magisch, aber er war immer nur besonders magisch mit dir, Mooi.“

Wir richten unsere Aufmerksamkeit wieder auf das Bett und klemmen den Stoff unter die Matratze. Er richtet sich auf und starrt mich einen Moment lang an. „Hast du je mit anderen Männern gesquirtet?“

„Nein!“, rufe ich aus, hasse das Wort und wünschte, es gäbe einen anderen Begriff. „Können wir bitte aufhören, es so zu nennen? Ich hasse dieses Wort wirklich. Nennen wir es … Zitronen.“

„Zitronen?“, gibt er zurück.

„Ja“, antworte ich mit einem düsteren Nicken. „Sie sind frisch und schön und sie machen mich glücklich.“

„Okaaay.“ Er starrt mich an, als wäre ich eine Spinnerin.

„Und die Antwort ist nein. Ich habe mit keinem anderen Mann zitroniert.“

Roan zieht die Bettdecke von der Bank am Ende meines Bettes. „Nicht einmal mit deinem Ex?“ Er achtet sorgfältig auf meine Miene, welche nur eine schreckliche Grimasse ist.

„Nein … Gott, nein! Ich habe ihn nach unserer Trennung Geisterpenis genannt, weil es sich so angefühlt hat, wenn wir zusammen waren … Als wüsste man, dass er da ist, aber man kann ihn nicht spüren.“

„Autsch“, sagt Roan, der mich mit großer Faszination beobachtet. „Aber du warst doch lange mit ihm zusammen, oder?“

„Fünf dumme Jahre“, antworte ich, lasse mich auf die Bettdecke fallen und lege den Arm über die Stirn. „Ich kann es nur darauf schieben, dass ich jung und naiv war. Ich wusste nicht, dass ich mehr in meinem Leben wollen könnte, weißt du?“

Er legt sich neben mich auf die Seite und stützt seinen Kopf auf die Hand, während er mich ansieht. „Welche Art von mehr?“

Seine Frage löst einen Wirbelsturm von Gedanken aus, denn

diese Erkenntnis des „mehr" ist relativ neu und hat sich erst gebildet, als ich mich entschloss, nach London zu ziehen.

„Seit ich mit meinem Vater in die USA gezogen bin, habe ich immer nur das akzeptiert, was mir gegeben wurde, bis hin zu der Familie, die er gründete, als er wieder heiratete. Meine Stiefschwester war meine beste Freundin, aber ich weiß jetzt, dass ich mir das nicht ausgesucht habe. Es war aus Bequemlichkeit.

„Und als es um Geisterpenis ging, war er zufällig der Typ, der mich auf dem College gefragt hat, ob ich mit ihm ausgehen will, und ich habe Ja gesagt. Der Gedanke, mit ihm Schluss zu machen, weil ich nicht wahnsinnig verliebt war, erschien mir zu dramatisch.

„Aber seit ich hier bin, beobachte ich, wie meine Cousins mit ihren Ehepartnern und untereinander umgehen, und es ist immer wieder verrückt. Wenn sie alle zusammen sind, ist es der totale Wahnsinn. Sie diskutieren ständig, reden übereinander hinweg und streiten sich über so dumme Dinge wie die Frage, wessen Kuchenstück größer ist. Sogar Indie und Belle, die beste Freundinnen sind, ziehen sich gegenseitig gnadenlos auf." Sie hält mit einem liebevollen Lächeln inne, als sie an ihre Harris-Familie denkt. An ihrem warmen Gesichtsausdruck kann ich erkennen, dass sie sie wirklich liebt.

„Sie alle haben diese Hassliebe, die so wunderbar aufrichtig ist, dass es erfrischend wirkt. Sie mögen manchmal voneinander genervt sein, aber diese Offenheit, die sie haben, macht es möglich, dass sie sich trotz ihrer vermeintlichen Fehler lieben und respektieren. Mir wurde klar, dass ich mir *mehr* davon in meinem Leben wünsche. Mehr Ziele, mehr Verbindung, mehr Sex, mehr Lachen … mehr Verrücktheit!" Ich schaue Roan an, um seine Reaktion abzuschätzen. „Klinge ich verrückt?"

„Das ist es, was du willst, also stimme ich mit Ja", antwortet er lachend.

Ich stoße ihn gegen die Brust und er ergreift meine Hand. Wir sehen einen Moment lang zu, wie unsere Finger ineinander gleiten, bevor er sagt: „Ich denke, du verdienst alles *mehr*, was du im Leben finden kannst."

Ich spüre einen wärmenden Trost in seinen Worten, die mir ein zufriedenes Lächeln ins Gesicht zaubern. „Also, was willst du vom Leben?"

Er schürzt die Lippen und antwortet, während er mit meiner Hand spielt: „Ich möchte zufrieden sein, denke ich. Ich möchte, dass meine Mutter aufhört, sich um Geld zu sorgen. Ich möchte, dass meine Schwestern aufhören, sich um ihr Äußeres zu sorgen. Und ich will aufhören, mir Sorgen um meine Karriere zu machen."

„Machst du dir viele Sorgen um deine Karriere?"

Er nickt. „Das muss ich. Die Verletzung an meinem Knöchel war beängstigend, und ich bin ohnehin schon so ein Bubble-Spieler. Ich bin kein Jungspund mehr. Wenn ich es im Fußball schaffen will, ist jetzt der Zeitpunkt dafür." Er lässt sich auf den Rücken fallen und starrt nachdenklich an die Decke.

„Nun, der Wechsel der Mannschaft in die Premier League hilft, oder?"

„Ja", bestätigt er, wobei seine Kiefermuskeln zusammen mit seinen Gedanken arbeiten. „Und ich werde mich in der nächsten Saison beweisen. Ich werde härter trainieren und einen klaren Kopf bewahren. Der nächste Schritt für mich ist ein Werbedeal. Das ist schon seit langem mein Ziel."

„Siehst du deshalb auf dem Papier so gut aus?", frage ich wissend. Ich arbeite in PR und weiß daher besser als die meisten anderen, dass der beste Weg, eine große, bekannte Marke als Sponsor zu gewinnen, darin besteht, keine Leichen im Keller zu haben. Und die Tatsache, dass das, was ich ihm angetan habe, für seine Karriere absolut schädlich sein könnte, ist mir nicht entgangen.

Er nickt. „Ich versaue mein Leben nicht, weil ich es mir nicht leisten kann, es zu versauen. Die Leute verlassen sich auf mich. Deshalb treibe ich mich nicht in Clubs herum und nehme keine beliebigen Frauen mit nach Hause. Ich halte mich aus den Klatschspalten so weit wie möglich raus. Ich sage nicht, dass ich ein Heiliger bin. Ich habe schließlich auch Bedürfnisse. Aber wenn ich eine Frau mit in mein Bett nehme, habe ich sie in der Regel gut genug kennengelernt, um zu wissen, dass sie für ein paar Wiederholungen bleiben wird. Und wenn sich unsere Wege nach ein paar Wochen trennen, gibt es kein Drama."

Seine Worte durchdringen mich, denn er hat sein ganzes Leben lang hart daran gearbeitet, sich nicht in gesellschaftlich gefährliche Situationen zu begeben, und eine Nacht, in der er mir vertraut hat, könnte so viel für ihn ruinieren. Er schützt sich selbst, indem er ein Serien-Dater mit Enddatum ist. Nach dem zu urteilen, was ich in seiner Akte gelesen habe, weiß ich, dass das wahr ist. Er ist mit ein paar schönen Models und sogar einer Sportreporterin ausgegangen. Hochkarätige Leute, die sicherlich nach einer langfristigen Beziehung aussehen würden. Aber bei jeder einzelnen trennten sich die Wege nach nur einem Monat. Immer freundschaftlich. Kein Drama. Genau wie er sagte.

Warum sollte ich also anders sein? Die Erleichterung über diese Erkenntnis tröstet mich ein wenig. Wenn es tatsächlich nur vorübergehend ist, was würde es dann bringen, ihm von dem Sexvideo zu erzählen? Sicherlich kann ein kleines Geheimnis unserer kurzfristigen Beziehung nicht so sehr schaden.

KAPITEL 15

ES IST JETZT FÜNF TAGE HER, DASS ICH ROAN HEIMLICH AUS DEM Stadthaus geschmuggelt habe. Seitdem hat er sich jede Nacht heimlich zurück ins Haus geschlichen, ohne dass Camden und Indie etwas davon mitbekommen haben. Zugegeben, sie sind mit ihrem eigenen Leben beschäftigt, und es ist leicht für mich, sie ein paar Tage nicht zu sehen, aber ich mag das berauschende Gefühl, alles zu verbergen. Ich habe das Gefühl, diese Woche ein Doppelleben zu führen.

Ich gehe zur Arbeit und nehme wie immer Befehle von Niall entgegen. Ich komme nach Hause, dusche und mache mir etwas zu essen, bevor Roan anruft und mich bittet, zu ihm zu kommen. Manche würden das, was er tut, als Booty Call bezeichnen, aber ich bin hundertprozentig damit einverstanden, denn die Orgasmen, die ich habe, sind jede krasse Bezeichnung wert, die man für unsere Situation in Betracht ziehen könnte. Und Camden und Indie zu sagen, was los ist, klingt nach einer schrecklichen Idee, also mache ich weiter mit den Booty Calls!

Heute jedoch, als ich bei der Arbeit war, schrieb Roan eine SMS und sagte, er wolle heute Abend für mich kochen. Und da das Kochen bei mir zu Hause Verdacht erregen könnte, hat er mich zu sich nach Hause eingeladen. Mein Bauch ist voller Schmetterlinge, als ich meine Arbeitskleidung ablege und ein geblümtes blaues Sommerkleid anziehe. Der Juni steht vor der Tür, und genau wie meine Halbbeziehung zu Roan heizt sich auch London auf. Die Luftfeuchtigkeit hier erinnert mich an Chicago, aber ich wundere mich darüber, dass ich seit meiner Ankunft vor ein paar Wochen noch nicht das geringste Heimweh verspürt habe.

Ich frische mein Make-up auf und ziehe mir einen sexy blauen Spitzenslip an, bevor ich nach unten gehe, um ein Taxi zu rufen. Camden kommt gerade vom Laufen durch die Haustür, als ich die letzten Stufen hinabsteige.

„Allie!", sagt er fröhlich, während er sein Handy abnimmt, das an seinem Bizeps befestigt ist. Er nimmt die Ohrstöpsel heraus und zieht den unteren Teil seines weißen T-Shirts hoch, um sich den Schweiß von der Stirn zu wischen. „Ich habe dich die ganze Woche nicht gesehen! Wo willst du denn hin?"

Mein Gesicht errötet vor Schuldgefühlen, weil ich Cam und Indie absichtlich aus dem Weg gegangen bin, aus Angst, dass sie nach Samstagabend Fragen über Roan stellen könnten. Da wir uns diese Woche so oft gesehen haben, war ich mir nicht sicher, ob ich ein gutes Pokerface hätte.

„Ich, ähm, wollte nur mit ein paar Freunden abhängen", stammle ich.

„Freunde?", wiederholt Camden, der mir bedeutet, ihm durch das Wohnzimmer zu folgen. Er hält an dem Beistelltisch neben dem Kamin inne und klopft an die Scheibe des Aquariums, in dem Snowflake lebt. „Hallo, Kumpel. Wurdest du heute schon gefüttert?"

„Ja, ich habe ihn vorhin gefüttert", antworte ich, zögere im Foyer und wünsche mir verzweifelt, ich könnte seine Bitte um ein Gespräch ignorieren und aus der Tür stürmen.

Aber ich erinnere mich daran, dass ich ein Gast in seinem Haus bin. Ein Gast, der hier mietfrei wohnt, selbst nachdem ich darum gebettelt und gefleht habe, dass sie mir etwas berechnen. Wie die reife Erwachsene, die ich bin, klappere ich also mit meinen Keilsandalen über den wunderschön restaurierten Holzboden und folge Camden in die riesige Gourmetküche.

Er öffnet den Kühlschrank, holt eine Wasserflasche heraus und bietet mir eine an, bevor er sich auf die weiße Marmorinsel stützt. „Brillchen ist mit Belle unterwegs, um Babysachen einzukaufen", erklärt er, bevor er einen Schluck nimmt. „Ich glaube nicht, dass sie schon so weit ist, Kindersachen zu kaufen, aber Belle ist anscheinend in ihrer … Oh, wie hat Tanner es genannt?" Er hält inne und kratzt sich am Kopf, während er versucht, sich zu erinnern, und schnippt dann mit den Fingern. „Nestbauphase!"

Ich nicke, lächle und stelle mich auf die andere Seite der Insel. „Ich weiß nicht viel über Babys, aber ich habe davon gehört. Glucken wollen ihr Haus für das Baby, das unterwegs ist, fertig machen."

„Apropos Vögelchen", sagt er mit seiner besten väterlichen Stimme und schenkt mir ein warmes Lächeln. „Wer sind diese Freunde, mit denen du dich triffst, und wann wirst du wieder zu Hause sein? Da du derzeit mein Mündel bist, ist es meine Aufgabe, dich genau im Auge zu behalten."

Ich lache über sein ernstes Gesicht und antworte spöttisch: „Bist du jetzt mein neuer Daddy?"

Er lacht und zuckt mit den Schultern. „Vielleicht ist es eine gute Übung für mich, da ich bald einer sein werde."

Wir lachen beide, aber dann wird es still im Raum und ich merke, dass Camden immer noch auf eine Antwort wartet. „Es sind nur ein paar Leute von der Arbeit." *Ich arbeite für das Team, also ist es keine komplette Lüge.*

Er nickt und mustert mich neugierig. „Wie ist es dir neulich mit DeWalt ergangen? War er ein Gentleman, als er dich nach Hause gebracht hat?"

Ich blinzle kurz, denn allein die Erwähnung seines Namens in Camdens Gegenwart löst eine körperliche Reaktion in mir aus. „Ja", antworte ich angespannt. „Ein echter Gentleman." *Nur in den letzten Nächten war er kein wirklicher Gentleman.*

Er nickt nachdenklich. „Gut. Gareth hat sich in den Kopf gesetzt, dass du auf DeWalt stehst. Ich habe ihm gesagt, dass er verrückt ist. Du hast mehr Verstand."

Ich runzle die Stirn über seine neugierige Antwort. „Was genau stimmt mit Roan nicht?"

Camden lacht laut auf. „Nichts Besonderes. Er ist ein ganz anständiger Kerl, nehme ich an. Aber du machst PR für das Team, und das macht die Dinge kompliziert. Ich kann dir aus erster Hand sagen, wie schwer es ist, mit jemandem auszugehen, mit dem man zusammenarbeitet. Indie und ich haben uns in einer Arzt-Patienten-Situation kennengelernt, und was ganz harmlos begann, hat sich für uns beide bald in einen Shitstorm verwandelt, als echte Gefühle ins Spiel kamen." Er wirft mir einen ernsten Blick zu und fügt hinzu: „Glaub mir, wenn ich dir sage, dass Professionalität keine Rolle spielt, wenn die wahre Liebe ins Spiel kommt."

„Liebe!", pruste ich. „Camden, ich weiß deinen Rat zu schätzen, aber ich kann dir versichern, dass zwischen mir und Roan DeWalt nichts dergleichen passiert."

Er wirft mir einen skeptischen Blick zu. „Gut. Ich würde sagen, du hast genug Fußballer in deinem Leben." Er zwinkert mir zu, springt von der Theke und trinkt den Rest seines Wassers in einem Zug aus, bevor er die Flasche in die Mülltonne wirft.

Er macht Anstalten, aus der Küche zu gehen, hält aber inne, als er mich einen Moment lang anstarrt. „Kommst du diese Woche zum Sonntagsessen?"

Ich nicke. „Ja, ganz sicher. Tut mir leid, dass ich das letzte verpasst habe. Ich war einfach übermüdet, schätze ich."

Sein Mund verzieht sich zu einem halben Lächeln. „In Ordnung. Hab dich lieb, Allie." Er zerzaust mein Haar, bevor er geht, und ich atme erleichtert aus, als er weg ist.

Ich weiß den brüderlichen Rat zu schätzen, aber Camden liegt hier völlig daneben. Roan und ich sind definitiv nicht auf dem Weg zur Liebe. Wir haben nur ein bisschen Spaß. Mehr nicht.

Roans Haus ist bezaubernd. Andererseits finde ich, dass in London alles bezaubernd ist. Der Charme und Charakter der älteren Häuser hier ist so anders als in Chicago.

Ich gehe auf die marineblaue Haustür zu und habe nicht einmal die Chance zu klopfen, bevor sie aufgerissen wird. Roan steht auf der Schwelle, seine hellbraunen Augen sind groß und aufgeregt.

Meine Augen saugen seine sexy Erscheinung in sich auf, sodass sich mein Inneres zusammenzieht. In den letzten paar Nächten kam er in Jogginghose und T-Shirt vorbei. Nicht, dass ich mich beschweren würde. Der Mann könnte einen Overall tragen und würde trotzdem fantastisch aussehen.

Aber heute Abend sieht er aus, als hätte er sich Mühe gegeben, was ich definitiv zu schätzen weiß. Sein dunkles Haar sieht frisch geschnitten aus, und er trägt ein graues Henley mit hochgeschobenen Ärmeln, die seine gebräunten, muskulösen Unterarme zeigen. Seine dunkle Jeans sitzt eng an den Oberschenkeln und offenbart die Konturen seiner Muskeln, was ich nicht hasse.

„Mein Gott, Lis", sagt er mit seinem köstlichen südafrikanischen Akzent, während sich sein Blick auf meine Brust fokussiert. Er sieht sich auf der Straße nach ein paar Leuten um, die vorbeigehen, und zieht mich an der Hand in die Tür. „Scheiß auf das Grillen. Ich esse dich zum Abendessen."

Er schließt mich in seine Arme und presst seine Lippen auf die meinen, während seine Hände von meiner Taille zu meinem Hintern wandern. Er drückt jede meiner Pobacken doppelt und zieht mich gegen seinen Unterleib, während seine Zunge tief in meinen Mund eindringt. Es ist ein schneller, bedürftiger Kuss, voller Leidenschaft und Kraft, und mir wird klar, dass ich mich deshalb unmöglich von Roan DeWalt fernhalten kann. Die Art und Weise, wie er genau in den Momenten *nimmt*, in denen ich geben will, ist der Inbegriff von sexy.

Und es ist wirklich eine gastfreundliche Sache, etwas zurückzugeben. Ich lege meine Hände in seinen Nacken, lasse meine Zunge mit seiner ringen und atme den frischen Duft seines Körpers ein, der mir schnell ans Herz wächst. Ich habe ihn erst letzte Nacht gesehen, aber in weniger als vierundzwanzig Stunden habe ich es irgendwie geschafft, ihn zu vermissen. Ist das verkorkst oder was? Dieses verzweifelte, hektische Bedürfnis, unsere Körper täglich zu vereinen, ist doch nicht normal, oder?

Als der Kuss heißer wird, überlege ich, ob ich meine Beine um ihn schlingen und ihn anflehen soll, mich vor dem Abendessen noch für einen Quickie in sein Schlafzimmer zu bringen. Zum Glück bricht die Realität mit einem lauten Räuspern herein.

Wir lösen unsere Münder voneinander und schauen die Treppe hinauf, um Mac zu sehen, der unbeholfen auf dem Treppenabsatz steht. Er kratzt sich mit einem verlegenen Gesichtsausdruck im Nacken. „Ich gebe mir wirklich Mühe, euch etwas Privatsphäre zu geben, aber ihr blockiert irgendwie die Tür."

Roans Körper bebt vor leisem Lachen, als er meinen Hintern loslässt und mich ins Foyer zieht. „Raus hier, du großer Trottel", sagt er scherzhaft.

Mac stapft grinsend die Treppe hinunter und schnappt sich seine Schlüssel vom Haken neben der Tür. Er zwinkert mir zu. „Schön, dich wiederzusehen, Allie."

„Ich freue mich auch, dich zu sehen, Mac", antworte ich und wische mir über die Lippen, da ich mir sicher bin, dass mein Gloss über mein ganzes Gesicht verschmiert ist. „Wo willst du hin?"

Ein zufriedenes Lächeln umspielt seine Lippen. „Ich schaue mir mit Freya einen Film an."

„Wie bei einem Date?", frage ich aufgeregt, mit dem Gedanken, dass die beiden zusammen ein unerwartetes, aber in vielerlei Hinsicht perfektes Paar sind.

„Nein, wir sind nur Freunde. Ich glaube, sie hasst mich immer noch, aber wir haben einen ähnlichen Film- und Fernsehgeschmack, also scheint sie mich aus irgendeinem Grund zu tolerieren."

Ich nicke und lächle wissend. „Na dann, viel Spaß."

„Euch auch." Er wackelt mit den Augenbrauen, geht dann und schließt die Tür hinter sich.

„Wo waren wir?", fragt Roan, der Anstalten macht, wieder meinen Mund zu attackieren.

„Zeig mir erst mal dein Haus", sage ich und drücke meine Hände auf seine Brust, um etwas Abstand zu gewinnen. „Oder wolltest du mich die ganze Nacht im Foyer festhalten?"

Er schürzt die Lippen und sieht sich um. „Ich glaube, ich könnte dich mühelos gegen diese Wand ficken."

Ich verdrehe die Augen, als er lächelt, meine Hand ergreift und mich die Treppe hinaufführt. „Wohnzimmer, Esszimmer, Küche." Er zeigt auf eine Tür direkt neben der Küche. „Macs Zimmer." Er biegt um eine Ecke und zeigt eine weitere Treppe hinauf. „Mein Zimmer. Sehen wir es uns näher an, ja?"

Ich lache und ziehe ihn zurück in die Küche. „Du solltest für mich kochen."

„Das habe ich, bis du in diesem sexy Kleid aufgetaucht bist, in dem deine Nippel für die ganze Welt sichtbar sind. Trägst du jemals einen BH, wenn du ausgehst, Mooi?"

Ich runzle die Stirn und bedecke meine Brüste. „Ich trage BHs … manchmal."

Er zeigt anklagend auf meine Brust. „Du hast bei unseren beiden Dates keinen BH getragen und deine Brüste für alle sichtbar zur Schau gestellt."

Meine Schultern verkrampfen sich bei seiner Bemerkung. „Nun, es kommt einfach auf das Outfit an, und das hier ist zufällig ein Kleid, das keinen BH erfordert."

Er nickt und lehnt sich mit verschränkten Armen gegen den Tresen, die Adern auf seiner Haut sind deutlich zu sehen. „Glaub mir, ich beschwere mich nicht. Genauso wenig wie dein Taxifahrer oder die Leute, denen du auf dem Bürgersteig entgegenkommst. Verdammter Mac." Er deutet auf die Tür.

„Bist du *eifersüchtig*?", frage ich und versteife meine Haltung, während ich mich an den gegenüberliegenden Tresen lehne, als würde ich mich auf eine Konfrontation vorbereiten.

„Eifersüchtig darauf, dass die Leute deine Nippel sehen?", fragt er und zieht die Augenbrauen hoch, als wäre das, was ich gesagt habe, witzig. „Scheiße ja, ich bin eifersüchtig."

Auslöser. Sofortiger, leuchtend roter und sehr wütender Auslöser.

Ich verschränke abwehrend die Arme vor der Brust und erwidere: „Dann sollten wir das Ganze vielleicht jetzt beenden."

Er stößt sich von der Theke ab, richtet sich auf und reibt sich erschrocken den Nacken. „Was meinst du damit? Beenden?"

Ich stütze meine Hände in die Hüften. „Ich suche nicht nach jemandem, der überfürsorglich ist. Oder besitzergreifend. Oder eifersüchtig. Ich hatte fünf Jahre lang jemanden, der so war, und das hat mich unglücklich gemacht. Und es war totaler Blödsinn, weil für mich nicht dieselben Regeln galten."

„Welche Regeln?", schnauzt er und lässt die Hände an die Seiten fallen.

Ich muss lachen, als mir die Erinnerungen an den ganzen verkorksten Scheiß in meiner Beziehung durch den Kopf schießen. „Mein Ex ist durchgedreht, wenn ich auch nur einen Mann ansah. Er lud mich sogar nicht mehr zu Betriebsfeiern ein, weil er nicht wollte, dass andere Männer mich bemerken. Aber anscheinend konnte er reden oder flirten, mit wem er wollte, und er ging sogar so weit, meine Stiefschwester zu vögeln. Es tut mir also leid, aber wenn du der eifersüchtige Typ bist, dann sind du und ich eine schlechte Idee, denn ich werde mich nicht noch einmal in so eine einseitige Situation begeben. Ich weigere mich."

„Das ist nicht einseitig", erwidert Roan und schiebt die Ärmel seines Hemdes hoch, um sich auf eine Diskussion vorzubereiten. „Wenn wir beide zusammen sind, kannst du mir ruhig sagen, wenn dich etwas stört, was ich tue. Verdammt, du kannst mir sogar sagen, was ich tun soll, wenn du das möchtest!"

„Wovon redest du?", frage ich mit zittriger Stimme.

Er zuckt mit den Schultern. „Wenn du nicht willst, dass ich mit Frauen rede, werde ich es nicht tun."

„Das ist dumm", antworte ich mit einem Augenrollen.

„Es ist nicht dumm", sagt er und macht einen Schritt auf mich zu. „Du wurdest verletzt, also bin ich bereit, alles Nötige zu tun, damit du dich bei mir wohlfühlst, Mooi."

Ich öffne den Mund, um zu antworten, aber es kommen keine Worte heraus. Er hat mir gerade klar gemacht, wie schrecklich ich mich fühlen würde, wenn ich ihn nach den letzten Tagen, die wir zusammen verbracht haben, mit einer anderen Frau sähe.

„Wenn du also möchtest, dass ich nicht mit anderen Frauen rede, um Vertrauen zwischen uns aufzubauen, werde ich das für dich tun. Mit Vergnügen. Ich kann mir nicht vorstellen, wie kaputt dein Kopf nach dieser Art von Verrat ist, also akzeptiere, was ich dir anbiete." Er tritt noch einen Schritt näher. „Aber wenn du glaubst, dass ich nicht eifersüchtig werde auf Leute, die deine schönen Nippel zu sehen bekommen, dann liegst du völlig falsch. Ich bin ein Mann und habe das Recht, auf Leute eifersüchtig zu sein, die zweifelsohne sexuelle Gedanken über dich hegen."

Er blickt nach unten und mustert meine Brüste mit einer Gier, die mich dazu bringt, einen Schritt von der Arbeitsplatte wegzugehen, um mich aufrecht hinzustellen und seiner Kraft direkt zu begegnen. Ich recke mein Kinn vor und öffne den Mund, um mit einer Art Gegenargument zu antworten, das in mir lebendig sein sollte, aber unsere unmittelbare Nähe scheint all meinen gesunden Menschenverstand ausgelöscht zu haben.

Mit sündhaftem Blick streckt er seine Hand aus und fährt mit der Fingerspitze über meine Brust. Sein Finger wirbelt in einer kreisförmigen Bewegung um meinen Nippel, welcher sich unter dem engen Stoff noch mehr verhärtet. Ich atme zittrig ein und hasse es, wie mein Körper auf seine Berührung reagiert, obwohl ich noch vor zwanzig Sekunden versucht habe, mich zu wehren.

Seine Stimme ist tief und heiser, als er fortfährt: „Allerdings habe ich nicht das Recht, dir vorzuschreiben, was du anziehen sollst, oder dich vor der Welt zu verstecken, Mooi. Das sollte niemand tun. Aber ich habe das Recht, dir auf ruhige Weise zu sagen, was ich davon halte. Wenn ich das nicht tue, verfehlt das den ganzen Zweck." Sein Finger gleitet über meine andere Brust, neckt die Haut und entlockt meinen verräterischen Hormonen eine weitere Reaktion.

„Welchen Zweck?", frage ich, wobei meine Stimme vor Erregung bricht.

„Den Zweck, dich zu erregen." Langsam streicht er mit seiner Handfläche über meine Brust und knetet mich so, dass sich mein Körper seiner Berührung entgegenwölbt. Mein Becken bettelt förmlich darum, dass seine Finger tiefer gehen. Er beugt sich vor und flüstert an meinen Lippen: „Eifersucht ist ein tolles Vorspiel, wenn man sie richtig einsetzt. Denn wenn ich dir sage, dass ich jeden Mann umbringen will, der dich ansieht, weil du mir gehörst, dann kannst du mir nicht erzählen, dass das deinen Slip nicht feucht werden lässt."

Er zieht den Träger meines Kleides herunter und drückt mir einen Kuss auf die entblößte Schulter. Gänsehaut macht sich breit und mein Inneres verkrampft sich bei seinen schmutzigen Worten.

„Ich kann deine Erregung von hier aus riechen, Mooi", sagt er, lässt seine Hand an meinem Körper hinuntergleiten und greift unter den Saum meines Kleides. Langsam wandert er mit seinen Fingern an der Innenseite meines Oberschenkels hinauf. Seine nackte Haut auf meiner nackten Haut lässt meinen ganzen Körper in Flammen aufgehen. „Eifersucht kann verdammt sexy sein, wenn sie mit Vertrauen verbunden ist."

Seine Berührung erreicht den Scheitelpunkt meiner Schenkel, und ich stöhne leise auf, als er seine Finger auf meinem Slip über meinen Schritt schiebt.

Er lächelt zu mir herunter. „Feucht, genau wie ich vermutet habe."

Mit einem tiefen Knurren der Begierde drückt er seine andere Hand auf meinen Bauch und schiebt mich nach hinten, bis ich an der Küchentheke stehe.

„Was machst du da?", frage ich atemlos und stockend.

„Ich zeige dir, dass es okay ist, das hier zu mögen."

Er neigt den Kopf und presst seine Lippen auf meine, wobei er seine Zunge tief in meinen Mund schiebt. Gleichzeitig greift er in den Schritt meines Slips und schiebt seine Finger an der Barriere vorbei, um meine nackte Klitoris zu berühren. In dem Moment, in dem seine Haut auf meine trifft, muss ich mir einen Lustschrei verkneifen, da ich ihn genau dort haben will. Ich will ihn dort und überall. Ich will seinen Schwanz in mir, und ich will kommen, wie ich diese Woche jeden Tag gekommen bin.

„Mein Gott, du bist so feucht für mich", murmelt er gegen meine Lippen und stößt seine Finger so tief in mich hinein, wie er kann. Ich reibe mich vor verzweifeltem Verlangen an seiner Handfläche, bevor er sich aus mir herauszieht und beginnt, meinen Slip von meinen Hüften zu ziehen. Dann hebt er mich auf den Tresen und spreizt meine Beine weit.

Ich öffne die Augen, als ich mich erinnere, wo ich bin und was wir eigentlich tun sollten. „Ich dachte, du würdest mir Abendessen machen“, sage ich nervös. Mein Körper fühlt sich an wie eine tickende Zeitbombe, bereit zu explodieren. Es ist nicht normal, jemanden so sehr zu brauchen.

Er sieht mir direkt in die Augen und antwortet: „Ich nehme dich als ersten Gang, wenn es dir nichts ausmacht.“

Er sinkt auf die Knie und schiebt mit seinen großen, männlichen Händen mein Kleid hoch. Mit einem scharfen Einatmen ist sein Mund auf mir, zwischen meinen Beinen und auf meiner empfindlichen Stelle, die vor Verlangen fast schluchzt.

Er leckt, saugt und bearbeitet meine Klitoris bis zum Umfallen. Seine Zunge wirbelt und drückt, und gelegentlich bringt er seine Finger ins Spiel, um mich so perfekt zu ficken, dass ich nicht stillsitzen kann. Meine Keilsandalen stoßen an seine Schultern, meine Hände greifen verzweifelt nach allem, was sich in meiner Nähe befindet, nur um sicher zu gehen, dass dieser ganze Akt mich nicht in ein Nichts auflöst.

Meine Reaktion scheint ihm zu gefallen, denn ich spüre sein zustimmendes Grollen zwischen meinen Schenkeln. Er packt meine Hüften und zieht mich fester an sein Gesicht, seine Finger graben sich in meine Haut, als wolle er mich für immer als sein Eigentum kennzeichnen.

Vielleicht *kann* Eifersucht heiß sein.

Bei meinem Ex war es nie heiß. Es war hässlich, und es ließ ihn unsicher und schwach aussehen. Roan ist nichts von alledem. Er ist stark und selbstbewusst, und er beansprucht sein Revier mit seinem Mund.

Als er meine Klitoris mit einem harten, strafenden Saugen fest umklammert, durchfährt mich der Höhepunkt. Meine Schreie sind so laut, dass ich sicher bin, die Nachbarn können alles hören. Aber ich kann es nicht aufhalten. Die Reaktion meines Körpers auf seine Berührung ist unwillkürlich und entzieht sich völlig meiner Kontrolle.

Roan tut nichts, um mich zu beruhigen, und setzt seinen Angriff zwischen meinen Beinen fort, bis die Spasmen meines Orgasmus abgeschlossen sind. Er zieht sich von meiner sehnsüchtigen Muschi zurück und steht auf, um mich mit seinem dunklen, lusterfüllten Blick anzusehen. Ohne Vorwarnung küsst er mich und wirbelt seine Zunge tief in meinen Mund, sodass ich den Salzgeschmack meiner Erlösung schmecken kann.

Seine Stimme ist heiser, als er sich zurückzieht und sagt: „So schmeckt meine Eifersucht."

„Verstanden", sage ich, während sich mein Kopf in meinem postorgastischen Zustand dreht. „Tor eins geht an DeWalt."

Lachend beugt er sich vor und hebt meinen Slip auf. „Da ich unseren ersten offiziellen Streit gewonnen habe, darf ich den hier behalten." Er verstaut die Unterwäsche in seiner Tasche.

Als er weggehen will, greife ich nach seinem Hemd, ziehe ihn zurück und küsse ihn voller Verlangen. Ich streiche mit meiner Hand über seine angespannte Erektion.

„Soll ich ein zweites Tor schießen?" Er lächelt ein schmutziges Lächeln an meinen Lippen.

„Ähm, ja", antworte ich, während ich mich schnell an seiner Jeans zu schaffen mache.

Ohne ein weiteres Wort zieht er sein Hemd aus und streift die Träger meines winzigen Kleides ab, während ich meine Finger in seine schöne, muskulöse Brust grabe. Die Spitze seines Schwanzes drückt gegen meinen nackten Körper, als er sich plötzlich zurückzieht und aggressiv den Kopf schüttelt. „Scheiße, ich muss nach oben und ein Kondom holen."

Meine Atemzüge kommen schwer und schnell, mein Orgasmus schwirrt immer noch durch meine Adern. Alles, was ich will, ist, weiter auf der Welle zu reiten. „Wann wurdest du das letzte Mal untersucht?", keuche ich, meine Stimme rau vor Verlangen. „Ich musste mich untersuchen lassen, bevor ich hierhergezogen bin, also weiß ich, dass alles in Ordnung ist."

Er blinzelt mich an, seine Zunge fährt heraus, um seine Lippen zu befeuchten, während er sich den Kopf zerbricht. „Ich wurde vor ein paar Monaten untersucht, aber ich habe noch nie kein Kondom benutzt."

„Okay", sage ich mit einem eifrigen Nicken.

„Okay was?"

„Ich vertraue dir, Roan. Du bist der vertrauenswürdigste Spieler im gesamten Team von Bethnal Green. Ich denke, das ist in Ordnung."

Er hält einen Moment inne und denkt darüber nach, was ich gerade gesagt habe, als wäre er vielleicht nicht wirklich damit einverstanden.

„Oder hol ein Kondom, wenn das zu deinen Regeln gehört!", rufe ich, wobei ich keineswegs wütend klinge. Nur ungeduldig.

„Es ist eine meiner Regeln …" Seine Stimme bricht ab, als er meine Brüste mit feurigem Blick mustert, der mich bei lebendigem Leib verbrennen könnte. „Scheiß drauf, ich will dich", knurrt er und ist wieder zwischen meinen Beinen, zieht mich an den Rand der Theke und stößt hart, schnell und tief in mich hinein.

Er verharrt in mir, sein Kopf sinkt auf meine Schulter, und er stöhnt mit dem erotischsten Laut, den ich je von einem Mann gehört habe. „Mein Gott, Mooi. Du wirst mich noch ruinieren." Er zieht sich zurück und stößt wieder zu, gibt weitere Laute von sich und seine Muskeln verwandeln sich unter meinen Händen in Granitstein. „Du fühlst dich so verdammt gut an."

„Du auch", keuche ich, schlinge die Beine fester um seine Hüften und drücke ihn an mich, während ich mich an seine Größe anpasse und es genieße, wie perfekt er mich dehnt. „So verdammt gut."

„So verdammt gut", wiederholt er.

Was auch immer danach gesagt wird, ist vergessen, da das meiste unverständlich wird, während wir ficken, wie wir noch nie zuvor gefickt haben. Wütendes, leidenschaftliches, gefühlsbetontes, übereifriges, feuchtes, hektisches Ficken, sodass ich Sterne sehe, bevor ein weiterer Orgasmus mich durchfährt.

Roan hat definitiv recht. Eifersucht kann eine großartige Sache sein … wenn sie von ihm kommt.

Wir machen uns sauber und gehen schließlich nach draußen in den kleinen Garten hinter Roans Haus. Er ist eine niedliche kleine grüne Oase mit schummrigem Licht, die richtig romantisch wird, sobald die Sonne untergeht. Roan sieht sexy aus, während er den Grill bedient und das Hühnchen mit Marinade einpinselt, wobei er über die verschiedenen Lebensmittel spricht, die in Südafrika hergestellt werden.

Ich spreche über Pizza nach Chicagoer Art und wie die Soße darauf kommt, und er sagt, dass er hofft, eines Tages nach Chicago zu kommen, um sie zu probieren. Es ist gut. Es ist einfach. Es ist beeindruckend, wie wir uns gestritten haben, als ich ankam, und jetzt sind wir wieder auf derselben Wellenlänge und lernen uns weiter kennen.

Nachdem das Essen aufgetischt ist, setzen wir uns an den kleinen Terrassentisch und Roan schenkt mir ein Glas Weißwein ein. „Und wann werden wir deiner Familie von uns erzählen?", fragt er.

Ich lache und schüttle den Kopf. „Ich wähle nie."

„Morgen also?", fragt er, zwinkert mir zu und isst einen Bissen von seinem Salat.

„Nein. Meine Güte, was ist los mit dir?", frage ich mit großen Augen. „Hier läuft doch alles prima. Warum bist du so ein Alles-oder-Nichts-Typ?"

Er grinst, nicht im Geringsten beunruhigt über meine Ablehnung. „Ich mache keine halben Sachen, Lis."

Ich schlucke meinen Bissen Huhn hinunter und nehme einen Schluck Wein. „Aber du weißt nicht, worauf du dich einlässt, wenn du die Familie Harris in unsere Sache einlädst. Sie werden es dir nicht leicht machen."

„Ich glaube allerdings, die Damen sind auf meiner Seite", sagt Roan und lehnt sich mit einem zufriedenen Gesichtsausdruck in seinem Stuhl zurück. „Sagtest du nicht, dass es Sloan war, die dir das Trikot mit meinem Namen besorgt hat?"

Ich schüttle den Kopf, immer noch beschämt darüber, dass ich Roans Namen auf meinem Rücken getragen habe, ohne es zu wissen. „Ich habe das Gefühl, dass Vi die wahre Anführerin war. Sie ist wie eine liebenswerte, kleine, dämonische Puppenspielerin, die heimlich hinter dem Vorhang die Fäden zieht."

Roan gluckst. „Ich glaube, sie will uns zusammen haben. Sie hat uns jetzt schon zweimal verkuppelt."

Ich zucke mit den Schultern, aber ich spüre, dass Roan mich beobachtet. „Was?", frage ich und werfe ihm einen verärgerten Blick zu.

„Gehst du diese Woche zum Sonntagsessen bei Vaughn?", fragt er demonstrativ.

Ich rolle mit den Augen. „Ähm, ja."

Er nickt knapp. „Dann können wir es ihnen dort sagen."

„Was?"

„Bring mich als deinen Gast mit und wir werden es ihnen dort sagen."

„Das ist eine furchtbare Idee."

„Nein, ist es nicht. Sie werden alle da sein, also können wir es allen gleichzeitig sagen."

„Warst du schon einmal bei einem solchen Abendessen?", frage ich, lehne mich in meinem Stuhl zurück und ignoriere mein Essen.

„Nein, aber ich bin nicht eingeschüchtert."

„Das solltest du aber sein, denn es ist der absolute Wahnsinn. Verrückt, laut, überfüllt und mit viel zu viel Energie auf kleinem Raum. Es ist eine sehr schlechte Idee, ihnen beim Sonntagsessen von uns zu erzählen."

„Das ist in Ordnung", sagt er mir nickend, meine Antwort scheinbar akzeptierend. Er wirft seine Serviette auf den Teller und fügt hinzu: „Wir werden einfach keinen Sex haben, bis wir es ihnen gesagt haben."

Meine Augen werden groß. „Was?"

Er zuckt mit den Schultern. „Ich werde keinen Sex mit dir haben, bis du einen Zeitpunkt gefunden hast, an dem wir ihnen sagen können, dass wir zusammen sind."

„Warum tust du dir das an?", frage ich und verziehe das Gesicht vor Verwirrung. „Ich denke, was wir gerade in der Küche gemacht haben, hat uns auf eine neue Ebene gebracht, die es wert ist, erforscht zu werden."

„Nenn mich altmodisch", sagt er sachlich, „aber ich möchte nicht hinter dem Rücken meines Managers oder meiner Teamkameraden mit einem Familienmitglied von ihnen ausgehen. Das ist eine Sache des Respekts."

„Du hast recht. Es ist definitiv respektvoller, wenn wir beim Sonntagsessen verkünden, dass wir es miteinander treiben."

Roan rollt mit den Augen und lacht über meine Formulierung. „Ich glaube nicht, dass wir genau diese Worte benutzen sollten."

Ich schiebe meinen Teller weg. „Du bist verrückt. Du würdest mir keinen Sex vorenthalten. Du bist ein Mann. Du lebst von Sex."

„Ich glaube, du lebst vom Sex mit mir", sagt er mit einem schmutzigen Grinsen. „Mehr als du denkst."

Ich öffne meinen Mund, um zu widersprechen, schließe ihn aber sofort wieder und wende mich lachend ab. „Ich kann auch ohne Sex mit dir auskommen."

„Also gut. Wir machen offiziell eine Pause."

„Gut", fauche ich. „Was für eine fantastische Nacht. Unser erster Streit, unser erster Versöhnungssex und unsere erste Trennung!"

Er lacht über meinen kleinen Ausbruch, was mich unglaublich ärgert. Ich stehe auf, schnappe mir unsere beiden Teller und zische mit zusammengebissenen Zähnen: „Dann räumen wir besser auf, denn zum Nachtisch wird es wohl keinen Sex geben!"

Ich spüre, wie er mir dicht auf den Fersen ist, als ich die Teller ins Haus bringe. Ich stelle das Geschirr in die Spüle und spüre plötzlich seine Wärme auf meinem Rücken, als er nach dem Spülmittel greift.

„Sorry. Ich brauche nur ein bisschen Spülmittel", sagt er an meinem Hals, und ich bekomme eine Gänsehaut, als er seinen Unterleib in einer unausstehlichen Art und Weise an mich drückt, die dem Abwasch überhaupt nicht zuträglich ist.

Er dreht den Wasserhahn auf und spritzt etwas Spülmittel in das warme Wasser, bevor seine Hände auf meinen landen, die gerade auf dem Rand des Spülbeckens ausgebreitet sind.

„Würdest du mir helfen?", fragt er, nimmt meine Hände und taucht sie in das heiße Seifenwasser.

In meinem Bauch sammelt sich das Verlangen, als er meine Hände benutzt, um den ersten Teller abzuwaschen, wobei seine Finger mit sexy, glitschigen Bewegungen zwischen meine gleiten. Als er nach dem nächsten Teller greift, spüre ich seinen dicken Schwanz, der gegen meinen Hintern drückt.

Ich lege meinen Kopf nach hinten auf seine Brust. „Siehst du?", flüstere ich und schaue über meine Schulter auf seine Erektion hinunter. „Du kämpfst jetzt schon."

„So wie du, Mooi", sagt er grinsend, während er sich an mir reibt. „Und vergiss nicht, dass ich deinen Slip habe, also wirst du bald spüren, wie die Nässe an deinen Beinen herunterläuft."

„Ach, wirklich?"

Er nickt und drückt seine Lippen auf meine Schulter. „Es könnte sogar ein bisschen von mir sein."

Dieser Gedanke jagt mir einen Schauer über den Rücken und das Bedürfnis in mir wächst.

Sein Atem kitzelt meine Haut, als er mir ins Ohr flüstert: „Ich *könnte* dir bei dem Gefühl helfen, das sich in dir regt. Aber stattdessen musst du es heute Abend den ganzen Weg nach Hause durchleiden."

„Ich gehe nach Hause?", frage ich und drehe mich auf dem Absatz um, um ihn anzusehen.

Er bleibt dicht an meinem Körper, seine Hände halten mich fest. „Ich meine, du kannst gerne hier schlafen, aber du bekommst meinen Schwanz nicht wieder aus dieser Hose raus."

Sein Dirty Talk lässt meinen Blick auf seine Leistengegend wandern, die sich buchstäblich unter seiner Jeans abzeichnet. Ich räuspere mich und erwidere: „Das ist gut, denn du wirst diese Brüste nicht mehr aus diesem Kleid herausbekommen."

Er beißt sich auf die Lippe und blickt auf meine Brust. „Diese Schlacht wirst du nicht gewinnen, Lis. Ich bin Sportler. Wir sind aus härterem Holz geschnitzt als die meisten."

Ich verdrehe genervt die Augen, weil er mich genau da hat, wo er mich haben will. Ich recke mein Kinn vor, drücke meinen Finger auf seine Brust und sage: „Tja, ich bin eine Harris. Du willst gar nicht wissen, woraus wir geschnitzt sind."

KAPITEL 16

Roan

„Das ist alles deine Schuld", zischt Allie und packt meine Hand so fest, dass es wehtun könnte, wenn ich nicht so ein männlicher Mann wäre.

„Du hast dem zugestimmt", antworte ich lachend, als wir vor dem Haus von Vaughn Harris in Chigwell stehen, wo die berüchtigten Harris-Brüder aufgewachsen sind.

Allie schaut mich mit ihren verrückten Augen an, während die Sonne durch ihr blondes Haar scheint und sie wie eine Art gestörter Engel in einem hübschen rosa Kleid aussehen lässt. „Nun, ich *wollte* dem nicht zustimmen! Aber eine Harris zu sein, bedeutet anscheinend, dass ich eine schwache, sexbesessene Irre bin, die nur einmal einen guten Orgasmus erlebt und danach ohne eine tägliche Dosis davon nicht in der Gesellschaft funktionieren kann."

Ich strahle sie fröhlich an und sage: „Das wird ja lustig."

„Das wird ein Albtraum!", ruft sie mit zusammengebissenen Zähnen.

Gott steh mir bei, ihr liebenswerter manischer Zustand lässt meinen Schwanz zucken, als ich sie den Kiesweg hinauf zu dem braunen Backsteinhaus mit der leuchtend gelben Doppeltür ziehe. Es sieht gar nicht so unheimlich aus. Es sieht sogar irgendwie fröhlich aus.

Ich klopfe, und ein paar Sekunden später erscheint Tanner, der Marmelade aus etwas schlürft, das wie ein zusammengerollter Pfannkuchen aussieht. Er mustert mich von oben bis unten und konzentriert sich dann auf meine Hand, die die von Allie hält. „Du bist so was von im Arsch, DeWalt", sagt er mit fester Stimme, bevor er auf dem Absatz kehrtmacht, um wieder reinzugehen.

Mit einem unheilvollen Gefühl folgen wir Tanner durch einen langen Flur mit Marmorfliesen und biegen links durch eine Doppeltür ab, die in eine riesige Gourmetküche führt.

Allie runzelt die Stirn und schaut auf die Arbeitsplatte mit den leeren Barhockern. „Wo sind denn alle?"

„Aufwärmen", antwortet Tanner und bedeutet uns mit einem Nicken, ihm zur Hintertür hinter dem großen Küchentisch zu folgen.

„Aufwärmen?", frage ich neugierig und werfe einen Blick durch die Fensterfront, die einen Garten überblickt.

Tanner stößt ein irres Lachen aus und tritt zurück, damit wir zuerst nach draußen gehen können. Ich bin mir nicht sicher, ob mir gefällt, was ich sehe.

Zunächst einmal sind die Gartenstühle von den Terrassentischen weggezogen und säumen den großen, flachen, grasbewachsenen Garten. Auf diesen Stühlen sitzen Vaughn, Vi, Sloan, Poppy, Indie und Belle. Sie haben sich alle mit Getränken und Snacks hingehockt, als würden sie sich auf eine Theateraufführung vorbereiten. Ich würde vermuten, dass die Kinder eine Aufführung geben, aber Vis Tochter Rocky ist damit beschäftigt, auf der Terrasse mit Kreide zu malen, und Poppy wiegt ihre Zwillinge auf dem Schoß. Der Blick auf sie ist nicht das Schlimme. Es ist der Blick auf das, dem ihre Stühle zugewandt sind, der mir den Mund trocken werden lässt.

In der Mitte des Gartens stehen Gareth, Camden, Booker und Hayden in voller Fußballtrainingsmontur. Sie stehen vor einem Tornetz in Freizeitgröße und scheinen mit Hayden an seiner Schusstechnik zu arbeiten. Tanner joggt an mir vorbei, um sich zu ihnen zu gesellen.

„Was ist hier los?", fragt Allie mit vorsichtiger Stimme, während ihr Griff um meine Hand fester wird.

„Oh mein Gott, sie sind da!", kreischt Poppy und erhebt sich mit ihren beiden Zwillingsjungen von ihrem Stuhl. In ihren Armen sehen sie so groß aus, dass sie sie umkippen könnten. „Es ist so weit!", trällert sie, während die anderen Frauen mit großen, aufgeregten Augen zu uns aufschauen.

„Was ist los?", frage ich, und es ist mir verdammt peinlich, dass meine Stimme zittert. Es ist nicht so sehr der Anblick der Fußballklamotten, der mich nervös macht. Es ist die Tatsache, dass dies offensichtlich eine Lektion sein wird, wie ich ihre Cousine behandeln soll, sonst …

Die Jungs richten ihre eisigen Blicke auf mich und starren mich an, als hätte ich ein Kriegsverbrechen begangen.

Plötzlich ist Vi vor meinem Gesicht. „Alles wird gut", sagt sie beruhigend und streichelt meine Arme auf eine seltsame, mütterliche Art. „So zeigen sie einfach ihre Liebe."

Sie beginnen, auf mich zuzugehen, und ich schwöre, es ist eine lächerliche Bewegung in Zeitlupe, wie man sie in Filmen sieht. Tanner starrt ins Leere, also gibt Camden ihm einen Schubs, damit er sich mit allen zusammen bewegt.

„Tragen sie Schienbeinschoner?", frage ich, schaue nach unten und sehe, dass sie nicht nur Schützer, sondern auch ihre Spikes tragen.

„Was meinst du mit: *so zeigen sie ihre Liebe?*", fragt Allie, deren Stimme erschrocken klingt, während sie ihrer Cousine in die Augen schaut.

Vi kichert nervös und blickt über ihre Schulter. „Nun, das nennt man dann wohl einen Harris Shakedown."

„Einen was?", frage ich verwirrt.

„Einen Harris Shakedown", wiederholt Vi mit einem spielerischen Schlag auf meine Schulter. „Du schaffst das schon. Zeig ihnen nur keine Schwäche. Sie sind wie Haie. Wenn sie Blut riechen, greifen sie an."

„Vi!", wimmert Allie, ihre Stimme hat eine schrille, hohe Tonlage. „Du hast gesagt, du weißt, wie du mit ihnen umgehen musst!"

„Das tue ich!", erwidert sie und schaut wieder über ihre Schulter. „Ich bin mit ihnen umgegangen. Ich habe sie dazu gebracht, es wie beim Fußball zu machen, was viel besser ist als die Alternative."

„Was wäre die Alternative gewesen?" Ich habe fast Angst, zu fragen.

„Nun, ich bin mir nicht sicher. Der letzte Fall, an den ich mich erinnere, beinhaltete Stalking und eine Art Straßenkampfdrohung. Aber das hier ist viel besser, weil es beim Fußball Regeln gibt. Sie können dir nicht einfach in die Magengrube schlagen, wenn ihr Fußball spielt."

„Mein Gott", murmle ich.

Bevor ich mich versehe, zieht Vi Allie von mir weg, um Platz für ihre Brüder zu machen.

Von links nach rechts sind es Tanner, Booker, Gareth und Camden. Sie alle kneifen die Augen zu Schlitzen zusammen und nicken mir einschüchternd zu.

Mein Blick schweift nach links und meine Augen landen auf Hayden, der fröhlich die Hand hebt. „Hallo!", sagt er, woraufhin Tanner sich dreht, um ihm in den Magen zu schlagen. Hayden zuckt zusammen, erholt sich dann aber wieder und gibt sein Bestes, um mir den gleichen bedrohlichen Blick zuzuwerfen wie die anderen Jungs.

Gareth tritt vor, sodass wir Nase an Nase sind. „DeWalt." Er sagt meinen Namen so ausdruckslos, als bekäme er davon einen schlechten Geschmack im Mund.

Meine Augen flackern kurz hin und her, bevor ich ihn anlächle. „Hallo, Gareth. Wie geht es deiner Frau und den Kindern?", frage ich locker.

Er legt den Kopf schief. „Ich habe gehört, was du meiner Cousine angetan hast."

„Was ich ihr angetan habe?", erwidere ich und verschlucke mich an einem Lachen. *Wenn er nur wirklich wüsste, was ich ihr angetan habe.*

„Er hat mir nichts angetan!", sagt Allie, reißt sich von Vi los und stellt sich zwischen uns. „Wir sind nur zusammen! Das ist alles. Es wurden keine Verbrechen begangen. Ich wollte nicht einmal, dass ihr von uns wisst, aber er hat mir quasi mit Sex gedroht, damit ich es euch sage."

Gareth, Tanner, Camden und Booker haben alle einen mörderischen Gesichtsausdruck … und sie sind auf mich gerichtet. Hayden sieht immer noch überwiegend zwiespältig aus.

„Das ist nicht so, wie es klingt", sage ich, die Hände unschuldig erhoben.

„Nein! Ich meine … er wollte mir keinen Sex geben, bevor wir es euch erzählt haben!", stammelt Allie, die versucht, ihr Unrecht wiedergutzumachen, aber es hilft nicht wirklich.

Ich verziehe das Gesicht und lege meine Hände sanft auf ihre Schultern. „Danke für die Hilfe, Lis, aber vielleicht gehst du einfach wieder zu Vi rüber."

Sie nickt, zieht ihre Lippe in den Mund und kaut nervös darauf herum, als würde sie alles, was sie gerade gesagt hat, sofort bereuen. Sie zieht sich in Vis Arme zurück, und diese streicht ihr beruhigend über die Haare.

Gareth wirft mir einen warnenden Blick zu. „Ich weiß nicht, was eine Drohung mit Sex ist, DeWalt, aber es geht um meine Cousine, und das bedeutet, dass es mir nicht gefällt."

Ich rolle mit den Augen. „Ich würde auch hoffen, dass es dir nicht gefällt. Sie ist deine Cousine."

„Findest du das witzig?", blafft Gareth. Seine Augen sind eisig.

Ich schnaube verärgert. „Würdest du bitte aufhören, so zu tun, als wären wir gerade mitten in einer gottverdammten Mafiaszene? Wir sind Sportler, keine Kriminellen. Ich gehe mit deiner Cousine aus. Was soll's?"

„Was es soll?", mischt Camden sich ein und tritt einen Schritt vor, um sich neben Gareth zu stellen. „Du musst dich beweisen, wenn du mit ihr ausgehen willst."

„Wie?", erwidere ich spöttisch.

„Auf die einzige Art, die wir kennen", antwortet Camden. „Auf dem Rasen."

Ich betrachte ihre Kleidung. „Ich habe meine Ausrüstung nicht dabei."

„Wir haben Ausrüstung für dich", sagt Tanner, der sich über den Bart streicht, als wäre er ein Schurke.

Ich schüttle den Kopf, genervt davon, wie schnell sich die Dinge zwischen mir und meinem Stürmerkollegen geändert haben. Ich zucke mit den Schultern. „Na gut. Dann lasst uns anfangen."

Die Damen jubeln siegreich, aber Allies Stimme erhebt sich über sie. „Onkel Vaughn, willst du das wirklich zulassen? Was ist, wenn jemand verletzt wird?"

Vaughn hält das Baby in seinen Armen, das, wie ich feststelle, das kleine Kind von Gareth und Sloan ist, das ich letzte Woche in der Boutique kennengelernt habe. „Ich fürchte, ich bin nur in der Rolle des Großvaters hier. Coaching gibt es nicht. Zum Glück haben wir Ärztinnen in der Familie."

Belle und Indie stoßen mit ihren Limonadengläsern an, während sie die Szene weiter beobachten und sich Snacks in den Mund schieben.

Ich richte meine Aufmerksamkeit wieder auf die Brüder. „Also, was steht auf dem Spiel?"

„Das ist nur ein Freundschaftsspiel", antwortet Gareth mit tiefer, unheilvoller Stimme. „Ein kleines Drei-gegen-Drei."

„In Ordnung", antworte ich wissend. „Wer ist in meinem Team?"

Hayden macht einen Schritt nach vorn und verzieht das Gesicht, als er seine Hand hebt. „Tut mir leid, Kumpel. Ich spiele nicht wirklich Fußball, also fürchte ich, dass sie dich verlieren sehen wollen."

„Großartig", murmle ich und rolle meine Schultern, um die Anspannung zu lösen, die sich gebildet hat.

Booker tritt als Nächster vor. „Ich mag zwar Torwart sein, aber im Gegensatz zu dir weiß ich, wie man richtig Tore schießt."

„Doppelt!", ruft Poppy hinter uns und hebt zum Beweis die Zwillinge in ihren Armen.

Booker lächelt sie mit einem jungenhaften Lächeln an, das in mir den Wunsch auslöst, ihm eine zu verpassen.

Hayden klopft mir auf die Schulter. „Kopf hoch, Kumpel. Wenn ich einen Harris Shakedown überleben konnte, dann kannst du das auch."

Einige Minuten später schreite ich in meinen geliehenen Fußballklamotten aus dem Haus und gehe in die Mitte des Rasens, wo die Jungs im Kreis stehen. Ich räuspere mich, und sie lösen sich, um ein kleines brünettes Mädchen zu offenbaren, das noch nicht einmal zwölf Jahre alt sein kann.

„Und wer genau bist du?", frage ich mit Blick auf ihr Schiedsrichterhemd mit Kragen.

„Ich bin Sophia", sagt sie mit zusammengekniffenen Augen, während sie sich eine silberne Pfeife in den Mund steckt. Sie zeigt auf

Gareth und fügt um das Metall zwischen ihren Zähnen herum hinzu: „Das ist mein Vater."

„Wie alt bist du?"

Sie lässt die Pfeife aus ihrem Mund fallen. „Alt genug, um dir eine rote Karte zu geben."

An der Seitenlinie bricht Gelächter aus, während ich das kleine Mädchen stirnrunzelnd ansehe. „Na gut."

„Wir werden heute ein sauberes Spiel spielen, meine Herren", sagt Sophia und schaut mit ernsten Augen zu uns allen auf. „Kein Foul und kein Abseits. Wir mögen in der Saisonpause sein, aber eure Körper sind eure Tempel. Vergesst das nicht."

„Und zieht eure Hemden aus!", ruft eine Stimme vom Spielfeldrand. Ich schaue hinüber und sehe Belle, die mit Indie hysterisch lacht.

Vi sieht zu ihr hinüber, die Nase gerümpft. „Das geht zu weit."

„Was?", fragt Belle achselzuckend. „Sie sind nicht *meine* Brüder. Und übrigens, ich bin hormonell!"

„Ihr habt meine Frau gehört", sagt Tanner grinsend. „Lasst uns unseren Damen eine Show bieten!"

Tanner zieht sein Shirt aus, und zu meiner Überraschung schließen sich die anderen Brüder ihm an. Sie sehen alle lächerlich aus, aber offensichtlich gehört es sich für die Harris-Brüder, dass es ihnen scheißegal ist. Also mache ich es ihnen nach und ziehe meins aus. Mein Blick trifft auf Allie, die ihr Bestes tut, um ihre Belustigung zu verbergen, während ihre Augen meinen ganzen Körper in sich aufsaugen.

Ich gehe hinüber, um meinen Platz am Spielfeldrand in ihrer Nähe einzunehmen. Ich zeige direkt auf sie und sage: „Du hast Glück, dass du es wert bist."

Das lässt ihr Lächeln breiter werden, und ich kann nicht anders, als zu denken, dass ich dies und noch viel mehr tun würde, um diesen Ausdruck in ihrem Gesicht zu sehen.

Sophia pfeift an und los geht's.

Hayden stößt den Ball an und spielt einen Pass in Richtung Booker, als könnte er den Ball nicht schnell genug loswerden. Gareth fliegt aus dem Nichts heran und nimmt Booker den Ball ohne große Mühe ab. Er dreht sich um, um den Ball zurück ins Netz zu spielen und wechselt, um mit Tanner die Verteidigung zu übernehmen, dessen Bewegungen ich durch unsere bisherigen Spiele voraussehen kann.

Unerwartet ist für mich jedoch, wie leicht Camden Tanner das gibt, was er braucht. Die beiden sind immer zur richtigen Zeit am richtigen Ort. Als Cam zum Schuss ansetzt, der von Booker geblockt wird, schnappt sich Tan den Abpraller und schießt ihn mit größter Leichtigkeit ins Netz.

Die Zwillinge führen einen Siegestanz auf, bei dem Tanner den Roboter zum Besten gibt. Er tippt Camden auf den Kopf, der daraufhin wie ein geölter Blechmann ebenfalls seine besten Roboter-Moves zur Schau stellt. Ihre Mätzchen gehen sogar auf Mr. Immer-ernst-Gareth über, der Sophia antippt, damit sie auch mitmacht.

„Na gut", stöhne ich und zeige auf Sophia, die kichert und wie ein Roboter tanzt. „Das ist klare Bevorzugung."

Sie schüttelt den Kopf. „Schieß ein Tor und vielleicht mache ich auch mit dir einen Siegestanz." Sie zwinkert und geht zurück in die Mitte des Rasens.

„Hayden!", schreit Vi von der Seitenlinie, als wir uns wieder in Position bringen. „Du musst etwas tun, Schatz. Du kannst nicht einfach nur ziellos herumlaufen!"

„Ich versuche es ja!", brüllt er aufgeregt zurück. „Ich kann nicht einmal mit ihnen mithalten!"

„Na, dann lauf schneller!"

„Das sind verdammte Profifußballer!"

Vis Augen werden groß und sie presst ihre Hände auf Rockys Ohren. „Sprache!"

Hayden hört auf zu joggen und stemmt die Hände in die Hüften. „Häschen, ich liebe dich, aber du kannst mich jetzt nicht von der Seitenlinie aus coachen, sonst komme ich rüber und versohle dir den Hintern."

Vi zieht die Lippen in den Mund, um eine amüsierte Reaktion zu verbergen, die ziemlich merkwürdig ist. Vaughn scheint ebenso beunruhigt zu sein, und ich hoffe, dass er nicht wie ich über die Art ihrer Schlafzimmeraktivitäten nachdenkt.

Apropos, ich habe Allie auch schon eine Weile nicht mehr den

Hintern versohlt. Jetzt, wo mir das durch den Kopf geht, fällt es mir schwer, mich auf die anstehende Aufgabe zu konzentrieren.

Ich schüttle den Kopf, um meine abwegigen Gedanken zu vertreiben, als wir unser Spiel fortsetzen. Diesmal gehört der Ball mir, und Gareth verteidigt gegen mich, als wären wir bei der Fußballweltmeisterschaft und nicht in einem Garten in Chigwell.

Booker tut sein Bestes, um mir zu helfen, aber Camden und Tanner haben sich zu zweit auf ihn gestürzt und lassen Hayden völlig zurück, da sie die Hoffnung aufgegeben haben, dass er etwas wert ist.

Als ich schließlich nicht mehr an Gareth vorbeikomme, gebe ich den Ball an Hayden weiter, der anderthalb Meter vor dem Tor steht. Er stoppt den Pass, seine Augen sind triumphierend weit aufgerissen. Doch sein Gesichtsausdruck verwandelt sich in Entsetzen, als Gareth, Camden und Tanner auf ihn zustürmen.

„Schieß, Hayden!", rufe ich und höre Booker das Gleiche rufen. „Schieß ihn ins Netz!"

Hayden zögert, da er offensichtlich er sein begrenztes Fußballwissen sortiert, um einen klaren Schuss abgeben zu können.

„Kick das verdammte Ding einfach!", schreit Vi.

Hayden wird aus seinen Gedanken gerissen und schießt den Ball, bevor er von seinen Schwagern zertrampelt wird. Der Ball schlägt hinten im Netz ein, und wir brechen in Jubel aus und rennen direkt auf Hayden zu, der geschockt auf dem Rücken liegt, während Booker und ich auf Knien zu ihm rutschen. Wir legen beide unsere Hände auf seine Brust und machen dramatische Bewegungen, um sein Herz zu schocken. Sein Körper zuckt zweimal, bevor er im Feiermodus wieder zu sich kommt.

Die Frauen und Vaughn lachen am Rande. Allie legt sich nur die Hände an die Schläfen und schüttelt den Kopf, völlig überrascht darüber, wie lustig die Sache eigentlich ist.

Leider endet das Match mit einer fünf zu drei Niederlage für mich, Hayden und Booker. Wir sind alle schweißgebadet und ich lasse mich auf den Rasen fallen. Ich starre in den Himmel und frage mich, wie zum Teufel es einfacher sein kann, mit einer Profifußballmannschaft zu trainieren, als gegen die Harris-Brüder anzutreten.

Plötzlich fallen Schatten über mich. Ich schaue auf und sehe, wie die vier über mir aufragen, während sie vor Schweiß tropfen.

„Ich habe verloren", sage ich wissend.

„Wissen wir", antwortet Tanner lachend und spritzt sich einen Schluck Wasser in den Mund.

„Ich gehe trotzdem mit ihr aus", antworte ich. Was könnten sie mir jetzt noch antun?

„Wissen wir", sagt Gareth, während er mir eine Hand entgegenstreckt. Er zerrt mich auf die Beine und klopft mir auf den Rücken. „Aber es hat sich trotzdem gut angefühlt, dir heute in den Arsch zu treten."

„Du hast es noch drauf, Bruder", sagt Tanner mit großen Hundeaugen.

Gareth lächelt stolz und tätschelt mit einer Hand seinen Bauch. „Der Ruhestand hat mich noch nicht weich gemacht."

Ich schaue mich in der Gruppe um und frage: „Was jetzt?"

Tanner legt einen Arm um meine Schultern. „Jetzt essen wir."

Allie

Es ist völlig unmöglich, Roan nicht anzustarren, als wäre er eine Art komplexes Gemälde in einem Museum, das ich entschlüsseln muss, während ich ihm am Küchentisch meines Onkels gegenübersitze.

Er hat gerade für mich gegen meine verrückte Familie Fußball gespielt! Geisterpenis' größte Geste, um mir seine Zuneigung zu beweisen, war das Schicken von Blumen an meinem Geburtstag. Selbst dann bin ich mir ziemlich sicher, dass es die Sekretärin seines Vaters war, die sie hat schicken lassen, weil der Tag in ihrem Kalender stand.

Roan und ich gehen nur miteinander aus, aber er war bereit, so weit zu gehen. Was bedeutet das? Wir sollten zwanglos sein, um Himmels willen!

Ich beobachte, wie er schwedische Pfannkuchen mit Preiselbeermarmelade bestreicht, während er über etwas lacht, das

Sophia ihm ins Ohr sagt. Er unterhält sich mit meiner kleinen Cousine, als wäre es ein ganz normaler Sonntag. Und ab und zu zwinkert er mir zu, als wolle er mir sagen, dass er die ganze Zeit gewusst habe, dass das passieren würde und ich mir umsonst Sorgen gemacht habe. Aber habe ich mir umsonst Sorgen gemacht? Bedeutet die Tatsache, dass meine Familie ihn akzeptiert hat, dass alles aus der Vergangenheit vergessen ist?

Zweifelhaft.

Wenn er wüsste, was ich vor zwei Jahren getan habe, wäre er schon zur Tür hinaus und würde wahrscheinlich einen Anwalt beauftragen, mich wegen unsittlicher Entblößung oder so zu verklagen.

Je länger ich meine Familie beobachte, wie sie mit ihm interagiert, desto mehr Angst macht sich in mir breit. Dass er hier ist, sich mit meinen Cousins zusammentut und ihre Kinder zum Kichern bringt, macht ihn menschlicher als je zuvor. Viel menschlicher als am Abend unseres Kennenlernens und ich dachte, er wäre der perfekte gesichtslose Mann für meinen Racheplan. *Mann, habe ich mich geirrt.*

Aber mal ehrlich, was habe ich mir damals dabei gedacht? Wie konnte ich denken, ich könnte so etwas aufnehmen und es Geisterpenis und Rosalie zeigen? So bin ich nicht! Ich bin nicht diese Art von Mensch. Ich bin *diese* Art von Mensch. Die Art, die sich in einen Typen verliebt, nachdem sie ihn ihrer Familie vorgestellt hat.

Ich spüre, wie meine Gefühle außer Kontrolle geraten, also entschuldige ich mich, um ins Bad zu gehen. Doch statt die Toilette im Flur aufzusuchen, gehe ich zur Haustür, da ich denke, dass ein wenig frische Luft mich beruhigen könnte.

Ich lasse mich auf die vordere Stufe fallen, schlinge die Arme um meine Knie und atme die frische Luft wie einen Rettungsanker ein. Ich fange gerade an, mich zu beruhigen, als ich höre, wie sich die Tür hinter mir öffnet. Ich drehe mich um, in der Erwartung, dass Roan oder vielleicht Vi nach mir sieht, aber ich bin schockiert, als ich sehe, dass es tatsächlich Onkel Vaughn ist, der dort in seiner ganzen großen, einschüchternden Gestalt steht.

Er sieht anders aus ohne ein Enkelkind auf dem Arm, ein seltener Anblick, der mir aufgefallen ist, seit ich bei ihm zu Hause bin.

Großvater zu sein steht ihm gut zu Gesicht, und ich kann nicht anders, als mich zu fragen, wie mein eigener Vater als Großvater wäre.

Vaughn atmet tief durch und deutet mit dem Daumen zurück zum Haus. „Ich bin sicher, diese Versammlung ist viel lauter als das, womit du in Amerika aufgewachsen bist." Er geht die vordere Treppe hinunter und lässt sich neben mir auf die Stufe sinken. „Und wenn man bedenkt, dass wir uns diesen Wahnsinn jeden verdammten Sonntag antun."

Er bekommt einen müden Gesichtsausdruck, der mich zum Lächeln bringt.

„Tu nicht so, als würdest du nicht jede Sekunde davon lieben."

„Da hast du mich erwischt", antwortet er, wobei sich seine Mundwinkel zu einem stolzen Ausdruck verziehen. „So unausstehlich mein Haufen auch ist, ich würde es trotzdem vorziehen, wenn sie alle für immer hier unter meinem Dach leben würden. Es ist ein großartiges Gefühl der Zufriedenheit, wenn man alle Spieler seines Teams beisammen hat."

Ein Stich des Bedauerns trifft mich im Magen, denn ich kann mir nicht vorstellen, dass mein Vater mich als Teil seines Teams betrachtet. Als Kind dachte ich immer, seine Kälte käme daher, dass er Brite ist und sie ihre Gefühle anders ausdrücken. Aber wenn ich sehe, wie Vaughn Harris – ein berühmter ehemaliger Fußballspieler und jetzt erfolgreicher Teammanager – Babys auf den Schultern trägt und von seinen Kindern schwärmt, wird mir klar, wie unterschiedlich die beiden wirklich sind.

„Warum das traurige Gesicht?", fragt Vaughn und zieht die Augenbrauen zusammen, während er mich nachdenklich beobachtet.

Ich schüttle abweisend den Kopf. „Nichts … Heute Abend ist mir nur klar geworden, dass ich nicht die gleiche Art von Beziehung zu meinem Vater habe." Ich fahre mir mit der Hand durch die Haare und füge hinzu: „Ich bin nicht im besten Einvernehmen mit ihm gegangen. Dinge aus meiner Vergangenheit scheinen meine Gegenwart in mehr als einer Hinsicht zu beeinflussen."

Vaughn atmet scharf ein, denn das Thema meines Vaters ist eindeutig etwas, das auch ihn negativ beeinflusst. „Willst du darüber reden?"

Ich zucke mit den Schultern. „Ich fürchte, das ist ein bisschen zu viel Information für einen Onkel, um sie ertragen zu müssen."

Ich muss fast laut lachen, wenn ich daran denke, wie ich es ausplaudere: *„Hey, Onkel Vaughn, ich habe meine Stiefschwester und ihren Freund beim Ficken auf meinem Bett erwischt, was mich in einen emotionalen Strudel versetzt hat, in dem ich versehentlich ein Sexvideo von einem vermeintlich Fremden aufgenommen habe, mit dem ich eigentlich zusammen bin. Und jetzt heiraten die beiden und mein Vater findet es völlig in Ordnung, sie zum Altar zu führen!"*

„Kennst du meinen Sohn Tanner?", sagt Vaughn trocken. „Dank ihm ist zu viel Information in unserer Familie kein Konzept mehr."

Wir lachen über seine Bemerkung, während unsere Blicke einem verrückten Eichhörnchen folgen, das auf einem Baum auf und ab hüpft.

„Ich wünschte nur, mein Vater wäre mehr wie du. Vielleicht hätte ich dann jemanden, an den ich mich anlehnen kann, anstatt dumme Fehler zu machen, die nicht mehr rückgängig zu machen sind."

Aus dem Augenwinkel merke ich, wie Vaughn sich sichtlich anspannt. Als ich hinüberschaue, sehe ich, dass er jeglichen Humor verloren hat.

„Weißt du, Allie … ich bin auch kein perfekter Vater. Ich bin mir nicht sicher, ob es so etwas überhaupt gibt. Aber du solltest wissen, dass es eine lange Zeit gab, als die Kinder klein waren, in der ich nicht wirklich präsent war. Eigentlich war ich nur der Geist eines Mannes." Er hält inne, und ich sehe, wie sich sein Körper nach vorne beugt, während sich seine Stimmung verdüstert. „Das war nach Vilmas Tod, und es ist keine Zeit in meinem Leben, auf die ich stolz bin. Das war auch der Zeitpunkt, an dem dein Vater und ich einen heftigen Streit hatten." Er sackt zusammen und lässt den Kopf hängen. „Er wollte, dass ich ein Kindermädchen einstelle und wieder in den Fußball einsteige, um meine Familie zu unterstützen. Den Kummer abschüttle. Ich war damals so niedergeschlagen, dass er ein falsches Wort gesagt hat und ich ihm dafür eine verpasst habe, mitten ins Gesicht."

„Ich hatte keine Ahnung", sage ich mit großen Augen. „Ich wusste, dass ihr euch gestritten habt, aber ich wusste nicht, worum es ging."

Vaughn nickt traurig. „Im Nachhinein betrachtet hatte er

wahrscheinlich recht. Ich war nicht in der Lage, für fünf kleine Kinder zu sorgen. Aber ich habe seiner Meinung nicht getraut, denn dein Vater kannte die Liebe nicht so, wie ich sie bei Vilma erlebt habe. Er liebt auf eine andere Art. Eher pragmatisch."

„Das ist so wahr", sage ich leise und fühle mich fast betrogen, weil ich nicht damit aufgewachsen bin, dass mein Vater eine Frau so geliebt hat wie Vaughn Vilma.

„Aber, wie ich schon sagte, war mein Weg nicht besser als seiner. Ich habe mich viele Jahre lang nicht um meine Kinder gekümmert. Zum Glück haben sie sich gegenseitig geholfen, als ich nicht in der Lage war, das zu tun. Und das Schöne und der Fluch der Familie ist, dass sie durch das Blut an einen gebunden ist, was bedeutet, dass ich alles tue, was ich kann, um die verlorene Zeit wieder aufzuholen."

Ich starre ihn verwundert an und kann mir nur schwer vorstellen, dass er ein anderer als der liebevolle, hingebungsvolle Vater ist, den ich heute sehe. „Deine Kinder scheinen trotz allem unbeschadet zu sein."

Auf mein Kompliment hin huscht ein Ausdruck von Stolz über sein Gesicht. „Meine Kinder konnten sich aneinander anlehnen. Vi war eine Mini-Mama und Gareth … Er war mehr der Mann im Haus, als ich es je war. Ich verdanke ihnen alles und erinnere mich jeden Tag daran."

Vaughns Augen werden rot und in meinem Hals bildet sich ein Kloß, weil ich sehe, wie ein so starker Mann vor meinen Augen so verletzlich wird. Ich wusste, dass die Dinge nach Vilmas Tod schwierig waren, weil wir sie seither nicht mehr so oft gesehen haben. Aber der ernste Ausdruck in Vaughns Augen macht mir klar, dass ich wahrscheinlich keine Ahnung hatte, wie es für diese Familie nach dem Verlust ihrer Frau und Mutter wirklich war. Meine Mutter mag eine flatterhafte, emotional instabile Mutter sein, aber wenigstens lebt sie noch.

„Aber du hattest diesen Sinn für Familie nicht, Alice. Du warst mit deinem Vater in einem neuen Land, ohne Geschwister oder eine Mutter, an die du dich anlehnen konntest. Ich habe ein schlechtes Gewissen, dass wir den Kontakt zu euch verloren haben, denn ich bin sicher, dass dein Vater ein paar brüderliche Ratschläge hätte gebrauchen können, und du hättest ein paar aufdringliche Cousins gebrauchen können, selbst aus der Ferne." Er legt seinen Arm um mich, zieht mich an sich und drückt mir einen Kuss auf den Kopf. „Ich bin froh, dass wir mit dir eine zweite Chance bekommen."

Ich lächle und kämpfe gegen die Tränen an, die mir in die Augen steigen. „Ich bin auch froh."

Er lässt mich los und fixiert mich mit väterlichem Blick. „Ich denke, du musst gütig zu dir selbst sein und alles, was du in der Vergangenheit getan hast, vergessen sein lassen. Dies ist ein neuer Anfang hier, und ich kann es kaum erwarten, zu sehen, wie wunderbar du dich machst."

Seine Worte treffen mich direkt in den Magen. Ist es so einfach? Kann ich die Vergangenheit in der Vergangenheit lassen und vergessen, was ich getan habe?

„Aber ich habe einige Dinge getan, für die ich mich schäme. Dinge, von denen ich weiß, dass ich sie gestehen sollte, aber ich will aus Egoismus nicht zerstören, was ich jetzt habe. Seit ich in London bin, ist alles so gut. Ich fühle mich so glücklich wie schon lange nicht mehr."

„Dann lass diese Dinge los", sagt Vaughn wissend. „Meiner Erfahrung nach ist der richtige Zeitpunkt für ein Geständnis, wenn die Dinge schlecht stehen und nicht mehr schlimmer werden können. Wenn das Leben gut ist, ist mein Rat als dein Onkel, keinen Staub aufzuwirbeln." Er klopft mir auf die Schulter, steht auf und hält über mir inne. „Und sei nicht so streng mit dir, Liebes. Meine Kinder sind nicht perfekt. Sie sind in vielen Dingen aufeinander angewiesen, vor allem, wenn sie Mist bauen, was sie alle schon hundertmal getan haben. Wenn du nicht perfekt bist, befindest du dich jetzt in bester Gesellschaft."

Mit einem Zwinkern und einem Lächeln geht er zurück ins Haus und lässt mich mit den Erinnerungen an meine Vergangenheit allein. Ehrlich gesagt war das, was ich getan habe, so untypisch für mich. Wenn ich in eine Zeitmaschine springen und es zurücknehmen könnte, würde ich es tun. *Nun, vielleicht nicht die multiplen Orgasmen. Diese Erinnerungen sind ziemlich fantastisch.*

Aber ich würde den Teil mit dem Video zurücknehmen. Ich würde ihn verschwinden lassen. Und vielleicht ist die Tatsache, dass ich es noch nicht gelöscht habe, der Grund, warum ich es nicht loslassen kann. Wenn ich einfach auf LÖSCHEN tippte, dann hätte ich nur noch die Erinnerungen und müsste mir keine Sorgen mehr machen, dass ich Roan verletzen könnte.

Bevor ich mich auf den Weg nach drinnen mache, ziehe ich mein Handy aus der Tasche und suche das Video in meiner Galerie. Ich drücke auf das Mülleimer-Symbol und halte inne, bevor ich auf JA tippe. Das Video war einst eine Krücke, mit der ich mich ermächtigt fühlte, aber ich brauche sie nicht mehr. Ich bin nicht mehr die Person, die ich in Chicago zurückgelassen habe, die sich allein und verraten fühlte und für alle zukünftigen Beziehungen ruiniert war.

Ich bin eine starke Frau in London. Ich habe eine Familie, einen Job, ein Liebesleben. Es geht aufwärts. Es ist an der Zeit, mich auf meine Zukunft zu konzentrieren, nicht auf meine Vergangenheit. Wenn dieses Video in die falschen Hände geriete – wenn eine böse Person es in die Hände bekäme – könnte es nicht nur Roans Leben ruinieren, sondern auch mein Leben sowie meine neu gefundene Familie hier in London. Das Video darf nicht mehr existieren. Es muss vollständig aus meinem Leben gelöscht werden.

Ich bestätige die Aufforderung zum Löschen und fühle, wie mir eine enorme Last von den Schultern fällt, als es verschwunden ist. Mit einem Lächeln stehe ich auf und gehe zurück nach drinnen zu Roan und zu meiner Familie, die alle meine Zukunft verdammt rosig aussehen lassen.

KAPITEL 17

Allie

Es ist ein wunderschöner sonniger Tag in London, als Roan sein Auto am Victoria Park Boating Lake mit einem neugierigen Gesichtsausdruck parkt.

„Fahren wir mit dem Ruderboot?"

„Das tun wir!", rufe ich, schnappe mir den Picknickkorb, den ich zusammengestellt habe, und springe aus dem Auto. Ich eile zu Roan hinüber und ziehe ihn zur Anlegestelle beim Bootsverleih. „Dieser Ort ist eine meiner lebhaftesten Erinnerungen an London, bevor ich weggezogen bin, und ich wollte unbedingt wiederkommen."

„Du hüpfst schon wieder", sagt Roan und lächelt mich auf diese besondere Art an, mit der er mich in letzter Zeit immer anlächelt. Es ist fast so, als hätte er ein Geheimnis, das er mir nicht verrät, aber es ist die gute Art von Geheimnis. Nicht die „Ich habe ein Sexvideo von dir" Art von Geheimnis.

Ich habe zu viel Angst, ihn nach der Bedeutung seines Lächelns zu fragen, also genieße ich einfach seine strahlenden Augen, denn was auch immer sie zum Funkeln bringt, löst in mir den Wunsch aus, ihn zu bespringen.

Ich zucke mit den Schultern. „Find dich damit ab. Das ist mein Ding."

Drei Wochen sind seit dem berüchtigten Harris Shakedown vergangen. Danach habe ich so gut wie aufgehört, mein fröhliches Hüpfen zu verbergen. Die Dinge zwischen Roan und mir sind wunderbar gelaufen. Ob es nun daran liegt, dass ich den zusätzlichen Ballast losgelassen habe, den ich mit mir herumtrug, oder daran, dass wir mehr

Zeit miteinander verbracht haben – ich bin ganz vernarrt in diesen Mann.

Mac zieht uns gnadenlos auf, wann immer er in der Nähe ist. Er sagt, wir seien wie zwei rollige, streunende Katzen. Egal, wie sehr wir versuchen, uns voneinander fernzuhalten, am Ende treffen wir aufeinander.

Der Mann hat nicht unrecht.

Und da Roan sein letztes Spiel in dieser Saison absolviert hat, ist sein Terminkalender frei. So frei, dass er damit gedroht hat, an meinem Arbeitsplatz aufzutauchen, um mich zum Mittagessen einzuladen. Ich habe ihm gesagt, dass er das nicht tun kann, bis ich mit meinem Chef über uns gesprochen habe. Da wir immer noch vermeintlich nur zwanglos miteinander ausgehen, sehe ich keine Notwendigkeit, Niall in unsere Angelegenheiten einzubeziehen.

Wir sehen uns ein Boot an und beladen es, ausgestattet mit wirklich sexy Schwimmwesten. Die von Roan sieht eigentlich ganz gut aus, wenn man bedenkt, dass er ein weißes T-Shirt und Jeans trägt. Ich habe nicht wirklich an die leuchtend orangefarbene Schwimmweste gedacht, als ich heute Morgen mein marineblaues Kleid angezogen habe. Wenigstens sind meine Beine nicht bedeckt.

Roan rudert uns auf den ruhigen See hinaus, während ich seine Armmuskeln bewundere, die sich bei jeder Bewegung anspannen und zusammenziehen. Seine karamellfarbene Haut wird mit zunehmender Sommerhitze immer brauner, was seine atemberaubenden blassbraunen Augen noch mehr zur Geltung bringt.

Er ertappt mich dabei, wie ich ihn mit offenem Mund anstarre und fragt: „Gefällt dir die Aussicht?"

Ich lehne mich in meinem Sitz zurück und hebe mein Kinn wie eine stolze Prinzessin. „Es würde mir besser gefallen, wenn du dein Shirt ausziehst."

Er lacht laut auf. „Du hast dich zu viel mit den Harris-Frauen herumgetrieben."

„Nicht so viel!", erwidere ich, dann verzieht sich mein Gesicht, was die Lüge auf meinen Lippen verrät.

Seit dem Harris Shakedown bin ich ein paarmal mit den Mädchen ausgegangen. Und jedes Mal, wenn wir zusammen sind, habe ich das Gefühl, dass sie mir im Schnellverfahren beibringen wollen, wie man mit einem Sportler umgeht.

Ich lecke mir verführerisch über die Lippen und beuge mich zu Roan vor, um das Dekolleté zu zeigen, das ich so zur Schau zu stellen versucht habe, bevor diese schreckliche Schwimmweste in mein Leben trat. „Aber ich habe viel Zeit mit dir verbracht."

„Nicht genug Zeit." Ein sündhafter Ausdruck tritt in seine Augen, als er auf meine Brust und meine entblößten Beine hinunterschaut, die durch den Schlitz des Kleides zur Schau gestellt werden. „Vielleicht solltest du *dein* Shirt ausziehen. Es ist schon ein paar Stunden her, seit ich deine Brüste gesehen habe, und ich wette, sie vermissen mich."

Ich verdrehe die Augen, als wäre ich beleidigt, aber das zufriedene Lächeln, das sich auf meinem Gesicht ausbreitet, zeigt das Gegenteil. Ich wende mich ab und schaue mir all die Menschen an, die auf den Rasenflächen rund um das Wasser die Sonne genießen. Es macht so viel Spaß, in einer so großen Stadt wie London zu leben und doch dieses Stückchen Oase zu haben, das einem das Gefühl gibt, weit weg von allem zu sein.

„Ich war sieben Jahre alt, als ich mit den Harris-Geschwistern hierherkam", erkläre ich, sehe mich um und stelle fest, dass sich nicht viel verändert hat. „Gareth hatte gerade seinen Führerschein gemacht, und er und Vi dachten, es wäre lustig, mich mit Camden, Tanner und Booker zu meinem Geburtstag hierherzubringen."

Roan zieht die Brauen hoch. „Keine Aufsicht durch Erwachsene?"

Ich schüttele den Kopf. „Nein. Ich nehme an, sie waren damals noch Kinder, aber sie waren im Rudel unterwegs, also hatten sie nie Angst vor irgendetwas."

Ich denke daran, wie nahe sie sich schon damals standen. Sie beendeten die Sätze voneinander und wussten genau, was der jeweils andere in einem Restaurant bestellen wollte. In der einen Minute haben sie sich körperlich angegriffen und in der nächsten umarmt, ohne dass ein Erwachsener eingegriffen hätte. Jetzt, wo ich darüber nachdenke, hat sich nicht viel geändert, auch wenn wir erwachsen geworden sind.

„Sie kamen mir immer so reif und erwachsen vor. Na ja, bis auf die Zwillinge, was die Reife angeht", sage ich und zeige auf eine künstliche Fontäne, die aus der Mitte des Sees schießt. „Da hat Tanner sein Boot gekippt."

Roan gluckst. „Warum bin ich nicht überrascht?"

„Weil es Tanner ist", antworte ich mit einem liebevollen Lächeln. „Er und Camden standen in ihrem Ruderboot, als Vi ihnen zurief, sie sollten mit Booker aus ihrem Boot steigen. Gareth ruderte mit mir, und ich erinnere mich, dass er mir im tiefsten, ruhigsten Ton sagte, dass sie umkippen würden. Und tatsächlich, sie stürzten in den See!"

Roan lacht herzhaft, und ich schließe mich ihm an, denn ich kann mir immer noch vorstellen, wie die beiden Verrückten versuchen, das Boot zu kippen.

„Ich bin überrascht, dass Gareth nicht auf sie losgegangen ist", sagt Roan und steuert das Boot auf einen kleinen Kanal zu. „Er kann verdammt unheimlich sein, wenn er will."

Ich nicke und lächle. „Das kann er wirklich sein. Aber er hat auch eine gewisse Gelassenheit, selbst im Chaos. Er hat immer gesagt, dass es für Tanner und Camden zum Leben dazugehöre, Probleme zu finden, und dass es einfacher sei, ihnen bei der Beseitigung ihrer Probleme zu helfen, als sie von der Verursachung abzuhalten."

Roan legt den Kopf schief und denkt einen Moment lang über diese Bemerkung nach. „Das ist wahrscheinlich sehr wahr. Meine Schwestern streiten wie verrückt. Bösartig, mit ausgefahrenen Krallen, an den Haaren ziehend, eine fiese Angelegenheit. Ich habe mich immer eingemischt, aber das hat sie nie aufgehalten. Ich habe sie buchstäblich voneinander weggehalten, und sie haben so lange nach mir geschlagen, bis ich losgelassen habe. Ich hätte mich an Gareths Theorie halten und mich einfach um die Folgen kümmern sollen."

Die Vorstellung, dass sich Geschwister streiten, erfüllt mich mit einer bizarren Aura der Traurigkeit, da ich eigentlich neidisch auf die Leute bin, die das erleben durften. Rosalie und ich haben uns nie gestritten. Vielleicht war das das erste Anzeichen dafür, dass das, was wir hatten, keine echte schwesterliche Beziehung war.

„Ich hätte gerne Geschwister gehabt", sage ich, beuge mich vor und fahre mit den Fingerspitzen durch das ruhige Wasser. „Ein Einzelkind in einem neuen Land zu sein, war echt ätzend."

Roan hört auf zu rudern und lässt uns eine Weile treiben, sein Blick ist ernst auf mich gerichtet. „Was ist mit deiner Stiefschwester? Ich weiß, dass sie sich am Ende als verdammte Fotze herausgestellt hat, aber war es jemals gut zwischen euch?"

Ich stoße einen langen, nachdenklichen Seufzer aus. Vor ein paar Wochen habe ich Roan die schmutzigen Details meiner Trennung von Geisterpenis und Rosalie offenbart. Überraschenderweise drohte er ihnen nicht mit körperlicher Gewalt, wie es Tanner und Booker taten, als sie es herausfanden. Er zog mich einfach in seine Arme und küsste den Schmerz weg.

„Ich glaube, ich war blind, wenn es um Rosalie ging", erkläre ich und hebe eine Hand, um meine Augen vor der Sonne zu schützen, während ich Roan ansehe. „Ich war in einem so unbeholfenen Alter und sehnte mich so sehr nach einem Gefühl von Familie, dass ich mich einfach an sie klammerte und sie meine Schwester und beste Freundin nannte. Aber seit ich mehr Zeit mit den Harris-Mädchen hier verbracht habe, ist mir klar geworden, dass unsere Beziehung nicht mit dem zu vergleichen ist, was ich zwischen Indie und Belle oder Vi und den Jungs sehe. Ich glaube, Rosalie und ich haben mein ganzes Leben lang miteinander konkurriert, aber das war mir bis jetzt nicht einmal bewusst."

Roan legt die Stirn in Falten. „Und dein Ex? Warst du blind, wenn es um ihn ging?"

„Gott, ja", erwidere ich mit einem verzweifelten Lachen. „Ich glaube, ich habe die Vorstellung der Liebe mehr geliebt, als ich ihn tatsächlich geliebt habe. Ich habe unsere Beziehung in meinem Kopf aufgeblasen, damit sie besser aussieht als die Realität. Das habe ich bei ihm *und* Rosalie gemacht. Ich konnte nicht sehen, was echt war und was nicht."

„Was ist mit uns?", fragt er zaghaft, und ich beobachte, wie sich sein Körper in Erwartung meiner Antwort anspannt.

Ich bin von der Tragweite seiner Frage überrascht. „Was meinst du?"

„Glaubst du, dass wir echt sind?"

Es scheint eine dumme Frage zu sein, aber sein Gesichtsausdruck hat nichts Komisches an sich.

„Ich hoffe, wir sind es", antworte ich, spiele mit meinem Kleid und versuche, ihm nicht in die Augen zu sehen, als ich ihm eine meiner größten Ängste erzähle. „Ich glaube, ich weiß nicht, wie ich mir selbst wieder vertrauen kann."

Roan schaut hinunter ins Boot und kaut einen Moment auf der Innenseite seiner Wange. „Dann möchte ich, dass du mir vertraust."

„Dass ich dir wobei vertraue?" Ich gebe nach und sehe ihn fragend an.

„Ich werde dir sagen, was zwischen uns echt und was unecht ist." Seine Augen treffen mich mit einer Intensität, die mir den Atem raubt. Er lässt die Ruder los und stützt sich mit den Händen auf den Knien ab, sodass sich unsere Gesichter näherkommen, als er hinzufügt: „Denn wenn ich dich frage, ob du meine Freundin sein willst und nicht nur jemand, mit dem du nur zwanglos zusammen bist, dann möchte ich, dass du nicht zögerst, dass wir echt sind."

Mir fällt die Kinnlade runter. „Du … fragst du mich, ob ich deine Freundin sein will?"

„Nein", erwidert er und der Hauch eines Lächelns erhellt sein Gesicht auf eine Weise, die so bezaubernd ist, dass ich Schmetterlinge im Bauch bekomme. „Diese sehr romantische Bootsfahrt wäre der schlechteste Ort für mich, um dich zu fragen, ob du meine Freundin sein willst. Offensichtlich." Er rollt komisch mit den Augen und ich beiße mir auf die Lippe, um die aufsteigende Angst in meinem Bauch zu verbergen.

Die Angst ist nervig, weil ich Roan mag. Ich mag ihn zehnmal mehr als Geisterpenis, den ich angeblich geliebt habe. Und ich werde nicht lügen und sagen, dass ich den Moment nicht bemerkt habe, als wir seine übliche Ein-Monats-Marke überschritten haben, ab der er mit Frauen Schluss macht. Ich habe es bemerkt und versucht, mir einzureden, dass es keine Rolle spiele. Dass es im Grunde genommen immer noch zwanglos sei.

Aber die Art und Weise, wie er mich ansieht – und wie ich mich fühle, wenn er mich ansieht – *fühlt* sich nicht zwanglos an. Es fühlt sich bedeutsam an.

Plötzlich durchflutet mich Verzweiflung und übertönt all meine Nervosität und Unsicherheiten. Vieles von dem, was Roan und ich haben, kommt daher, dass er sich näher drängt, wenn ich mich zurückziehe. Es ist erschöpfend. Ausnahmsweise möchte ich diejenige sein, die drängt. Ich möchte im Moment sein und ihm zeigen, dass ich manchmal weiß, was echt und was unecht ist.

Ich beiße mir auf die Lippe und halte mich an den Seiten des Bootes fest, um mich zu stabilisieren, bevor ich aufstehe.

„Was machst du da?", fragt Roan und schaut nervös nach unten, während wir hin und her wippen. „Setz dich hin, Lis. Du wirst uns noch umkippen."

„Ich werde uns nicht umkippen", antworte ich und mache einen Schritt nach vorne. Das Boot kippt nach rechts, und ich verlagere schnell mein Gewicht, um es zu stoppen. „Heilige Scheiße, ich hätte uns fast umgekippt."

Er lacht und schüttelt den Kopf. „Setz dich hin, du verrücktes Weib!"

„Das versuche ich ja gerade!" Ich schnaufe und lege ganz vorsichtig meine Hände auf seine Schultern. Mit ihm als Stütze steige ich über seine Beine und lasse mich rittlings auf seinen Schoß sinken.

„So", sage ich mit einem stolzen Lächeln und schaue auf meinen Rock, der in der Mitte geteilt ist. „Ich habe mich hingesetzt."

Seine Augenbrauen heben sich, als er einen Blick nach unten wirft und mein rosa Slip unter dem Kleid hervorschaut. Er schlingt seine Arme um meine Taille und drückt meinen mit einer Schwimmweste versehenen Körper eng an sich. „Dein Rock ermöglicht uns leichten Zugang, wenn du ein bisschen romantischer werden willst."

Ich lächle schelmisch, denn ich hatte bereits denselben Gedanken. „Nur deshalb bin ich rübergekommen."

Ich presse meine Lippen auf seinen vollen, perfekten Mund. Er fühlt sich weich und warm und einladend an … und echter als jeder Kuss, den ich je hatte. Unsere Zungen tanzen, und ich denke daran, wie sehr ich mich seit dem Löschen dieses blöden Videos verändert habe. Vorher war ich vorsichtig und habe mein Herz verteidigt, weil ich ihm mein Geheimnis hätte verraten müssen, wenn ich es ihm geöffnet hätte. Aber das Löschen des Videos hat mich in mehr als einer Hinsicht befreit. Ich brauche die Erinnerung an Roan und mich in diesem Video nicht, um mich im Leben stark und fähig zu fühlen. Ich brauche nur den echten Mann, der sich gerade an meinen Körper schmiegt.

Er unterbricht unseren Kuss, sein Brustkorb hebt sich mit großen, schweren Atemzügen.

Ich drücke meine Stirn an seine. „Das fühlt sich ziemlich echt an, oder?"

„Verdammt, ja, das tut es, Mooi." Seine Stimme ist rau und heiser, während wir den Duft voneinander einatmen, unsere Körper in einem köstlich perfekten Moment der Wertschätzung vereint.

Unsere Blicke treffen sich und ich schwöre, ich sehe, wie die Nervosität über sein Gesicht flackert, ein seltener Anblick für meinen selbstbewussten, aufdringlichen Sportler.

„Was ist denn los?", frage ich, ziehe mich zurück und nehme seinen Kopf in meine Hände. „Ist das zu viel?"

„Es ist nicht zu viel." Er schluckt langsam. „Es ist nicht genug. Ich will … *mehr*. Ich möchte, dass wir offiziell zusammen sind."

Meine Mundwinkel verziehen sich zu einem Lächeln. „Ich dachte, dieses romantische Boot wäre nicht der richtige Ort?"

„Ich kann nicht anders", antwortet er und schaut mir tief in die Augen. „Die Dinge sind für mich gerade sehr echt geworden."

KAPITEL

Ich liege mit Mac auf dem Sofa, bei Stunde drei eines epischen Fortnite-Marathons. Ich bin mir ziemlich sicher, dass mein Hintern mittlerweile schon taub ist.

„Aye, ich habe dir gesagt, du sollst den Kerl nicht erschießen!", brüllt Mac und wirft seinen Controller auf den Boden. „Ich habe ihn gebraucht, um eine meiner Aufgaben zu erfüllen!"

„Tut mir leid, du sahst da drüben in die Enge getrieben aus!", erwidere ich abwehrend, setze meinen Controller ab und strecke meine Hände aus. „Wir müssen sowieso eine Pause machen. Wir spielen schon so lange, dass es peinlich ist."

Mac knurrt, steht auf und murmelt Schimpfwörter vor sich hin, während er in die Küche geht, um uns ein paar Bier zu holen. Er kommt zurück und reicht mir eine bernsteinfarbene Flasche, bevor er sich mit einem schweren Seufzer auf das Sofa zurückfallen lässt.

„Erzähl mal, wie läuft's mit der Kleinen?", fragt er, reißt den Deckel von seiner Flasche und reicht mir den Öffner.

Ich nehme den Deckel von meiner ebenfalls ab und trinke einen kühlen Schluck. „Es läuft gut."

Mac stößt ein Lachen aus. „Mehr als gut, würde ich sagen. Ihr verbringt kaum eine Nacht getrennt."

Meine Schultern heben sich. „Wenn es gut ist, ist es gut."

Er mustert mich spekulativ. „Es muss mehr als gut sein, denn du hast deine Vier-Wochen-Grenze überschritten, nicht wahr?"

Ich zucke mit den Schultern und nehme noch einen Schluck von meinem Bier.

„Und was bedeutet das?", fragt Mac, weil er ein neugieriger Mistkerl ist.

Ich verdrehe die Augen und schaue ihn mit starrem Blick an. „Wenn du fragst, ob wir eine Beziehung haben, lautet die Antwort Ja. Wir haben es letzte Woche offiziell gemacht."

„Du hast dir echt eine Spielerfrau angelacht?" Mac johlt mit einem breiten Grinsen. Er klopft mir auf ein Bein. „Ich hab's gesagt, Kumpel! Ich habe es verdammt noch mal gesagt. Mein Kleiner hat sich endlich eine Spielerfrau geangelt."

Er legt seinen Arm um mich und zieht mich in eine übermäßig aggressive Umarmung, aus der ich mich losreiße. „Würdest du endlich die Klappe halten?"

„Nein! Das ist ein Grund zum Feiern. Bestellen wir eine Pizza und lassen die Kirchenglocken läuten." Er dreht sich um, als würde er nach den Speisekarten suchen, aber ich weiß, dass er mich nur ärgern will.

„Das ist der Grund, warum ich mit dir nicht über jeden Scheiß rede."

Er bekommt einen verletzten Gesichtsausdruck. „Was verbirgst du vor mir? Weißt du nicht, dass durch meine Adern regelmäßig pure, brillante Begeisterung fließt? Meine Mama hat immer gesagt, das sei meine beste Eigenschaft!"

„Deine Mama ist eine Lügnerin", antworte ich lachend und halte inne, als mir ein Gedanke kommt. Ich stelle mein Bier auf dem Couchtisch ab und drehe mich zu ihm um. „Sag mir, ob meine Idee verrückt klingt", sage ich und gestikuliere mit meinen Händen, damit er weiß, dass ich es ernst meine. „Ich habe darüber nachgedacht, Allie mit einer Reise nach Kapstadt zu überraschen, um meine Mutter zu treffen."

Er hebt schockiert die Brauen. „Was meinst du mit überraschen?"

„Zum Beispiel, ihr nicht zu sagen, dass wir dorthin gehen, bis wir dort sind."

„Es ist ein elfstündiger Flug", antwortet er trocken.

Ich rolle mit den Augen. „Das ist mir bewusst."

„Du warst seit zwei Jahren nicht mehr zu Hause."

„Dessen bin ich mir auch bewusst. Aber die Flüge sind im

Moment billig, und ich denke, es wäre schön, ihr mein Zuhause zu zeigen."

Seine Augen werden groß und sein Gesicht bekommt einen seltsamen, zärtlichen Ausdruck. „Verdammt noch mal, Mann, du hast nicht nur eine Spielerfrau. Du bist verliebt."

Ich zucke abwehrend zurück. „Ich bin nicht verliebt."

„Doch, das bist du. Wie lange seid ihr schon zusammen? Fünf Wochen? Und du willst schon, dass sie deine Mutter kennenlernt?" Seine Augen werden noch größer, als er fortfährt: „Du hast noch nie ein Mädchen deiner Mutter vorgestellt. Nicht ein einziges Mal. Das hast du mir gesagt, als wir uns das erste Mal getroffen haben."

„Ich weiß, aber Allie ist einfach … anders." Ich zucke mit den Schultern und lege angesichts der erschütternden Wahrheit dieser Aussage eine Hand in meinen Nacken. „Und die nächste Saison wird der Wahnsinn, ich weiß nicht, wann ich wieder nach Hause komme, um sie zu besuchen."

Er nickt, wobei seine neckische Art leicht verblasst. „Ich kann sehen, dass Allie anders ist. Du bist auch anders in ihrer Nähe. Nicht wie bei den anderen Frauen, mit denen du ausgegangen bist. Du bist mehr du selbst und weniger Roan DeWalt, der Fußballer."

Ich runzle die Stirn über seine Bemerkung. „Ich bin ein anderer Mensch in der Nähe anderer Frauen?"

Er hält die Hände zur Verteidigung hoch. „Aye, ein kleines bisschen. Es tut mir leid, das zu sagen, aber bei mir bist du locker und schreist mich wegen schlechter Entscheidungen in Fortnite an. Wenn du versuchst, eine Braut zu beeindrucken, machst du diesen Rico-Suave-Scheiß, bei dem ich eine Gänsehaut bekomme."

„Fick dich!"

„Den Boten trifft keine Schuld", heult er. „Ich sage nur, dass ich Allie mag. Ich mag dich in Allies Nähe. Sie kann bleiben."

„Tja, danke für deine Zustimmung", schnauze ich, verärgert über die Wendung, die das Gespräch genommen hat. „Hältst du es für eine gute oder schlechte Idee, sie mit nach Hause zu nehmen?"

Mac nimmt einen großen Schluck von seinem Bier und antwortet: „Allie wird ausflippen."

Ich schlucke die Nervosität herunter, die ich spüre, seit mir die Idee gekommen ist. „Du hast recht. Sie wird total ausflippen. Deshalb wird es eine Überraschung sein. Das ist so eine Sache mit uns. Sie hat Angst und ich bin selbstbewusst. Ich mag es, sie anzutreiben."

„Ja, das tust du", lacht Mac mit einem dreckigen Zwinkern.

Es ist verstörend. Ich wusste nicht einmal, dass Augenzwinkern dreckig sein kann, aber offensichtlich kann es das sein, wenn es mit einem riesigen Schotten verbunden ist.

„Du hältst es also für eine gute Idee? Meinst du, ich sollte es tun?", frage ich nach einer letzten Bestätigung.

Mac antwortet trocken: „Nein. Ich halte es für eine schlechte Idee. Ich würde es nicht tun."

Allie

Ich sitze an meinem Schreibtisch vor Nialls Büro und gehe den Sitzplan für die Get Fit Britain Gala durch, als mich eine SMS von Roan erreicht.

> **Roan: Könntest du dir nächste Woche ein paar Tage freinehmen? Wir werden rechtzeitig für die Gala zurück sein. Ich verspreche es.**
>
> **Ich: Vielleicht … Warum?**
>
> **Roan: Ich möchte dich entführen.**
>
> **Ich: Mich wohin entführen?**
>
> **Roan: Das ist eine Überraschung, aber es würde einen längeren Flug bedeuten.**
>
> **Ich: Ist das echt oder unecht?**
>
> **Roan: Bei mir ist es immer echt, Mooi. ;)**

Seit Roan und ich letzte Woche ein Paar wurden, habe ich

mich nicht getraut, Niall von uns zu erzählen. Ich denke, wenn wir die Wahrheit sagen und unsere Karten auf den Tisch legen, wird alles einfacher und weniger geheimnisvoll. Ich habe schon genug Geheimnisse in meinem Leben. Da muss ich nicht auch noch dieses eine hinzufügen.

Ich gebe zu, dass eine ernsthaftere Beziehung zu Roan nicht mein ursprünglicher Plan war. Ich bin mir auch nicht sicher, ob es sein ursprünglicher Plan war. Aber die Dinge zwischen uns haben sich auf so natürliche und einfache Weise entwickelt, dass es unmöglich schien, nicht den nächsten Schritt zu tun. Und der übernächste Schritt ist, es meinem Chef zu sagen.

Ich stehe von meinem Schreibtisch auf und gehe zu Nialls Büro. Meine Nerven liegen blank, als ich an die Glasscheibe klopfe und seinen Kopf hinter dem Computer auftauchen sehe.

Er winkt mich herein. „Allie, ich bin froh, dass du hier bist. Ich habe die beiden Gewinner für die *Win A Date*-Kampagne ausgewählt und möchte, dass du sie überprüfst." Er holt zwei Papiere aus dem Drucker hinter ihm und reicht sie mir.

„Kein Problem", antworte ich und halte die Seiten fest in der Hand, während ich vor seinem Schreibtisch verweile.

Er sieht mich mit gerunzelter Stirn an. „Brauchst du sonst noch etwas?"

Ich nicke und schlucke. „Ja."

Er hält inne und mustert mich einen Moment lang, offensichtlich fasziniert von dem, was mich so angespannt und unbehaglich macht. „Setz dich."

Ich setze mich und atme tief durch, bevor ich sage: „Ich wollte mit dir über eine Beziehung sprechen, die sich zwischen mir und einem Spieler von Bethnal Green entwickelt hat." Ich schaue nervös auf und sehe, dass Niall es nicht schafft, ein wissendes Grinsen zu verbergen.

„Fahr fort", sagt er knapp.

Ich rutsche zur Kante meines Stuhls. „Als ich nach London kam, hatte ich eine Vorgeschichte mit Roan DeWalt. Er war ein Freund der Familie Harris, und wir kannten uns schon von vor ein paar Jahren

… Man könnte sagen, wir haben uns mittlerweile wieder vertraut gemacht.“

„Verstehe“, sagt Niall, stützt sich mit den Ellbogen auf dem Schreibtisch ab und reibt seine Hände aneinander, während er über diese Information nachdenkt.

„Ich habe im Mitarbeiterhandbuch nachgeschaut und konnte nichts über Beziehungen mit Kunden finden, also dachte ich mir, ich sage es dir einfach, wenn es sich zu etwas mehr entwickelt.“

„Und es hat sich anscheinend zu etwas mehr entwickelt?“ Nialls Gesicht wird ernster, was es mir schwer macht, Blickkontakt mit ihm aufzunehmen.

Ich ziehe meine Lippen in den Mund und nicke.

Er breitet seine Hände auf dem Schreibtisch aus und lacht. „Allie, glaubst du wirklich, dass du mir neue Informationen erzählst?“

Ich hebe den Blick. „Was meinst du?“

„Ich weiß schon seit Wochen von dir und DeWalt.“

„Wochen?“, frage ich mit heruntergefallener Kinnlade.

„Natürlich“, sagt er und streckt die Hand aus, als wäre das ein albernes Konzept. „Ich arbeite in PR. Es ist mein Job, das zu wissen. Das, und Vaughn Harris hat mich angerufen und mir alles erzählt.“

„Er hat was?“, rufe ich, während sich meine Muskeln anspannen.

Niall lacht leise. „Er sagte, dass du Zeit mit DeWalt verbringst und dass er damit einverstanden sei, aber sichergehen wolle, dass es sich nicht negativ auf deine Position in der Firma auswirkt.“

Meine Kehle schnürt sich zu, als mich die Emotionen überkommen. Mein Onkel hat angerufen und das alles gesagt? Zu meinem Chef? Ich glaube nicht, dass mein eigener Vater mich so beschützt hätte.

„Ich habe ihm gesagt, dass es für mich in Ordnung ist, solange ihr zwei keine Medienskandale verursacht.“

„Ooo-kay“, stottere ich und blinzle meinen Schock weg. „Es ist also alles in Ordnung?“

Niall nickt und stützt sich dann mit den Ellbogen auf seinem Schreibtisch ab. „Es ist mehr als in Ordnung. Ich habe gerade einen

Anruf von Adidas erhalten, sie sind daran interessiert, Roan für die Fußballkampagne der nächsten Saison einzusetzen."

„Was?", schreie ich und lasse fast die Papiere in meiner Hand fallen. „Ist das dein Ernst?"

„Mein voller Ernst", antwortet Niall mit einem selbstgefälligen Heben der Augenbrauen. „Es ist eine Art *Dream Big*-Kampagne. Sie wollen seine rasante Karriere von seinem League-One-Team in Kapstadt über Bethnal Green in der Championship League bis hin zur nächsten Saison als Premier-League-Starter aufzeigen. Das wird eine große Sache, und es gibt nicht viele Sportler mit einem solchen Karriereverlauf, also denke ich, dass die Konkurrenz gering ist."

„Das sind wunderbare Neuigkeiten", sage ich, immer noch mit ehrfürchtig geöffnetem Mund. „Ich weiß, dass ein Werbevertrag wie dieser alles ist, was Roan sich gewünscht hat."

Niall lächelt stolz. „Dessen bin ich mir bewusst, und ich tue alles, was ich kann, um diesen Deal für deinen Freund zu ermöglichen. Deshalb ist es extrem wichtig, dass ihr beide auf der Straße absolut perfekt seid. Keine öffentlichen Streitereien, keine Betrugsskandale. Nicht einmal Fotos mit Menschen des anderen Geschlechts. Ihr beide müsst das Vorzeigepaar sein. Ich bin sicher, du weißt, dass nicht nur Roan auf diesen Deal setzt, sondern auch seine Familie in Kapstadt."

Gewissensbisse treffen mich mitten im Bauch und ich schließe die Augen, als ich ein leises Danke ausstoße, endlich das Video gelöscht zu haben. Wenn das jetzt herauskäme und ich all die harte Arbeit, die er für seine Familie geleistet hat, zunichtemachte, würde ich mir das nie verzeihen.

Ich schlucke den Kloß in meinem Hals hinunter und antworte: „Das ist mir durchaus bewusst."

„Gut", sagt er und schlägt mit einer gewissen Endgültigkeit mit der Faust leicht auf den Schreibtisch. „Ich bin froh, dass wir dieses Gespräch hatten. Wenn man bedenkt, dass du in der PR-Branche arbeitest, sollte das alles nicht so schwer sein, also werde ich dir keine weiteren Vorträge zu diesem Thema halten. Ich hoffe, dass du jetzt, da die Dinge ans Licht gekommen sind, nicht mehr so viel Angst vor mir hast."

„Ich habe keine Angst vor dir", erwidere ich, überrascht von seinem Richtungswechsel. „Ich habe mir Sorgen gemacht, es dir zu sagen, aber nur, weil du nicht sehr erfreut über meine Verbindung zur Familie Harris warst, als ich hier anfing. Ich dachte, das könnte dir vielleicht den Rest geben."

Er schürzt die Lippen und lehnt sich in seinem Stuhl zurück. „Das liegt daran, dass ich zu Beginn meiner Arbeit für das Team von der ganzen Politik, die Dinge auf eine bestimmte Art und Weise zu tun, erschöpft war. Beim Bethnal Green F. C. geht es wirklich nur auf die Harris-Art oder gar nicht. Aber inzwischen habe ich gelernt, dass sie gar nicht so schlecht sind und es besser ist, mit ihnen als gegen sie zu arbeiten."

Ich nicke zustimmend, denn ich weiß nur zu gut, wie der Harris-Clan tickt. „Das ist definitiv wahr."

„Also ist es in Ordnung, dass du und DeWalt zusammen seid", fügt er hinzu und klatscht mit der Hand auf den Schreibtisch. „Ist das alles, worüber du mit mir reden wolltest?"

Ich ziehe meine Lippe in den Mund und traue mich nicht, meine nächste Bitte auszusprechen, denn es ist wirklich eine weitere Harris-Bitte. „Ich habe mich gefragt, ob ich nächste Woche ein paar Tage frei haben kann?"

Niall zieht eine Augenbraue hoch. „Hast du den Sitzplan für die Gala fertig?"

„Ich war gerade dabei, ihn zu beenden."

„Und hast du die letzte Anprobe von Roans und Macs Kleidung für diesen Abend gemacht?"

„Ja", antworte ich. „Ich habe sie letzte Woche in die Boutique gebracht, und Freya macht jetzt die letzten Änderungen."

„Gut", sagt Niall und wendet seine Aufmerksamkeit wieder seinem Computerbildschirm zu. „Dann reich die Tage ein, die du freinehmen musst, und ich werde sie genehmigen."

„Danke, Niall", rufe ich mit einem breiten Lächeln im Gesicht.

Er schüttelt den Kopf und seufzt. „Ihr Harrise regiert die Welt. Ich lebe nur darin."

Ich lache und drehe mich, um sein Büro zu verlassen, wobei

Erleichterung, Aufregung und Vorfreude durch meine Adern schießen. Ich kann nicht glauben, dass mein Onkel tatsächlich angerufen und meinem Chef gesagt hat, was er gesagt hat. Es fühlt sich ein bisschen so an, als wäre eine Grenze überschritten worden, aber ich habe schnell gelernt, dass das in meiner Familie die Norm ist, und ich glaube, dass es mir am Ende geholfen hat.

Ich hole gerade mein Handy heraus, um Roan eine SMS zu schicken, als eine unbekannte Nummer auf dem Display aufleuchtet.

Ich wische über den Bildschirm und antworte: „Hallo, hier ist Allie."

„Allie, ich bin's … Bitte leg nicht auf."

Mein Körper versteift sich, als ich eine vertraute Stimme am anderen Ende der Leitung höre.

„Rosalie?", frage ich mit zittrigem Atem, obwohl ich weiß, dass sie es ist.

„Ja. Hör mir einfach zu, und dann kannst du wieder dazu übergehen, nie wieder mit mir zu sprechen."

Ich versuche, meine plötzlich trockenen Lippen zu befeuchten, während mir der Angstschweiß auf der Haut ausbricht. Ich habe ihre Stimme seit Ewigkeiten nicht mehr gehört. Jeder Kontakt, den wir vor meinem Wegzug aus Chicago hatten, lief über verletzende SMS, deshalb ist ihre heutige Kontaktaufnahme nervenaufreibend.

„Dir bei was zuhören?", frage ich, wobei ich meine Stimme kontrolliere, damit sie fest und nicht zittrig klingt.

„Daddy will, dass du zur Hochzeit kommst."

Mein Kiefer verkrampft sich bei ihren Worten, und ich sage mit zusammengebissenen Zähnen: „Er ist nicht dein Vater, Rosalie. Unsere Eltern sind nicht mehr verheiratet."

„Er ist der einzige, den ich habe, Allie", erwidert sie hochmütig. „Und in unserer Kindheit hattest du nie etwas dagegen, dass ich ihn Daddy nannte."

„Ich kann mich nicht daran erinnern, dass du in unserer Kindheit eine verräterische Hure warst, aber ich habe gelernt, dass mein Urteilsvermögen damals falsch gewesen sein könnte." Meine Stimme ist lauter als beabsichtigt, also schaue ich schnell über meine Schulter, um sicherzugehen, dass Niall es nicht gehört hat.

Ich atme tief ein und dann langsam wieder aus. Warum lasse ich sie nur so an mich heran? Ich brauche sie nicht. Ich brauche nicht einmal meinen Vater. Ich muss mich einfach auf mein neues Leben in London konzentrieren und sie beide hinter mir lassen.

„Hör zu, ich habe dir in meinem Brief gesagt, dass wir uns lieben und dass es sich schon seit einiger Zeit angebahnt hat."

Ich schüttle den Kopf über diesen Witz von Brief. „Liebe kann auf unzählige Arten beginnen, Rose. Nackt auf meinem Bett, während ich noch in einer Beziehung mit ihm bin, sollte keine davon sein. Um ehrlich zu sein, habe ich viel darüber nachgedacht. Wenn ihr beide einfach zu mir gekommen wärt und mir gesagt hättet, dass ihr Gefühle füreinander habt, wäre ich zwar verletzt gewesen, aber es wäre kein irreparabler Schaden entstanden. Was ihr beide getan habt und die Art und Weise, wie ihr es getan habt, ist unverzeihlich."

„Komm drüber weg, Allie! Es ist zwei Jahre her! Ich hätte gedacht, du wärst inzwischen weitergezogen."

„Ich bin weitergezogen", brülle ich zurück in die Leitung. „Glaub mir, Rosalie. Ich bin verdammt noch mal weitergezogen und jetzt zehnmal glücklicher. Aber bei all dem Weiterziehen ist mir klar geworden, welch schreckliche Menschen ich in Chicago in mein Leben gelassen habe, und ich werde nicht dorthin zurückkehren und diese Fehler noch einmal begehen. Warum willst du mich überhaupt dort haben? Es ist klar, dass ich dir scheißegal bin."

„Ich will dich *nicht* dabei haben, aber Daddy sagt, dass er mich nicht zum Altar führen wird, wenn du nicht dabei bist."

„Was?", kreische ich und verziehe verwirrt das Gesicht. Das klingt überhaupt nicht nach meinem Vater.

Rosalie schnaubt spöttisch. „Er hat wohl einen Anruf von seinem Bruder bekommen und ist jetzt ganz komisch wegen der Hochzeit. Er sagt, er wird nicht kommen, wenn du nicht da bist und damit einverstanden bist."

„Warte … Hat mein Onkel Vaughn angerufen?", frage ich, da ich denke, ich habe sie nicht richtig verstanden.

„Genau der", schnauzt sie. „Ich kenne den Kerl nicht einmal, aber er tut alles, um mein ganzes Leben aus der Ferne zu ruinieren."

Meine Gedanken drehen sich durch die Tatsache, dass Vaughn offenbar viele Anrufe in meinem Namen getätigt hat. Meinen Chef anzurufen war eine Sache, aber ich dachte, mein Vater und Vaughn sprächen nicht mehr miteinander. Und jetzt ruft Vaughn ihn an und setzt sich für mich ein?

„Ich, ähm, weiß nicht, was ich sagen soll", sage ich, weil es einfach die Wahrheit ist.

Rosalie stößt ein genervtes Geräusch aus. „Sag, dass du zur Hochzeit kommst und zusiehst, wie Daddy mich zum Altar führt."

Ich schüttle den Kopf, mein Körper sackt in meinem Stuhl zusammen. „Nach allem, was passiert ist, warum in aller Welt sollte ich das für dich tun, Rosalie?"

Sie hält inne und atmet tief ein und aus. „Weil ich etwas gegen dich in der Hand habe, von dem du sicher nicht willst, dass es rauskommt."

„Und was genau ist das?", murmle ich und reibe mir die Schläfe, da ich nicht in der Stimmung bin, ihre leeren Drohungen zu hören.

Dann sagt sie drei kleine Worte, die ich nicht erwartet habe.

„Ein gewisses *Video*."

Mein ganzer Körper erstarrt. Sicherlich meint sie nicht *dieses* Video. Sie muss sich auf etwas anderes beziehen. Es kann nicht dasselbe sein.

„Welches Video?", frage ich, wobei meine Hand das Telefon so fest umklammert, dass ich schwöre, es knacken zu hören.

Ihre Stimme wird leise und bedrohlich, als sie antwortet: „Ein Video, von dem ich sicher bin, dass du nicht willst, dass es veröffentlicht wird, es sei denn, du planst eine Zukunft in der Pornoindustrie."

Sie lacht bedrohlich in die Leitung, und es kostet mich alles, nicht zusammenzubrechen und zu weinen.

„Ich habe es gelöscht", stoße ich hervor.

„Du bist eine Idiotin", erwidert sie. „Hast du vergessen, dass ich Zugang zu deiner Cloud habe?"

Nein. Nein, nein, nein. Das kann doch nicht wahr sein.

„Ich kannte alle deine Passwörter, als wir noch zusammen

gewohnt haben, Allie. Ich habe dieses Video jetzt seit zwei Jahren gespeichert. Ich habe es gesehen, gleich nachdem es passiert ist. Ich hätte dir fast damit gedroht, als du deinen Namen nicht aus dem Mietvertrag nehmen wolltest. Zum Glück hast du nachgegeben, sodass ich es für diesen besonderen Anlass aufheben konnte. Was wolltest du denn damit machen? Es Parker zeigen, damit er sieht, was er verpasst? Ihn eifersüchtig machen, damit er zu dir zurückkriecht?"

„Nein!", rufe ich abwehrend. „Ich wollte Parker nicht zurück."

„Oh, bitte", erwidert sie. „Du hattest einen Plan, Allie. Du machst nichts ohne Plan."

„Ich wollte es nur für mich selbst", flüstere ich, meine Stimme leise und unglaubhaft, selbst für meine eigenen Ohren.

„Lügen!", ruft sie aus. „Wolltest du überhaupt das ganze Fickfest aufnehmen? Es sah so aus, als hättest du versucht, auf Stopp zu tippen und den Knopf nicht erwischt. Nicht, dass ich mich beschweren würde. Der Typ da drin ist heiß … Wer ist er überhaupt? Ich will ihn kennenlernen."

„Hör auf, Rose", krächze ich, als mir Tränen in die Augen steigen. „Hör auf mit all dem. Das ist nicht irgendeine Person aus einem Video. Er ist mein Freund."

„Freund?" Rosalie lacht. „Wow, du hast nur zwei Jahre gebraucht, um über Parker hinwegzukommen. Wie hast du dir den geangelt?"

Ich beiße mir auf die Innenseite meiner Wange und tue alles, was ich kann, um das Zittern meiner Finger zu stoppen. „Er spielt Fußball für Onkel Vaughns Team. Ich mache PR für ihn und *weiß*, dass das Video nicht an die Öffentlichkeit gelangen darf. Es würde seine Karriere ruinieren. Bitte, Rose. Ich werde alles tun."

„Gut", faucht sie barsch zurück. „Dann komm mit einem dämlichen Lächeln im Gesicht zu meiner Hochzeit, damit ich den perfekten Tag erleben kann, von dem ich immer geträumt habe, oder ich werde dich ruinieren."

Mir schwirrt der Kopf vor lauter Traurigkeit und heißer, kochender Wut. Wie konnte ich diese Person so tief in mein Leben lassen? Wie konnte ich jemals glauben, dass sie sich für mich interessiert? Erst hat sie mir meinen Freund genommen, dann meine Wohnung und schließlich meinen Vater! Jetzt bedroht sie auch noch meine Beziehung zu Roan! Das ist keine Familie. Das ist keine Liebe. Diese Person ist ein Monster. Und ich bin eine verdammte Idiotin, weil ich nicht mal an unsere gemeinsame Cloud gedacht habe, die wir damals hatten. Ich habe ihr im Grunde alles gegeben, was sie braucht, um mein Leben von einem anderen Kontinent aus weiter zu ruinieren!

Ich dachte, der Umzug nach London würde mir den Neuanfang ermöglichen, den ich brauchte. Ich habe Vaughns Rat befolgt und die Vergangenheit hinter mir gelassen. Roan und ich sind glücklich und entwickeln echte Gefühle füreinander. Jetzt holt mich meine Vergangenheit wieder ein, und das alles nur wegen der dümmsten Sache, die ich je in meinem Leben getan habe.

Meine Stimme ist schwach, als ich sage: „Hast du dich jemals für mich interessiert?"

Es gibt eine lange Pause am anderen Ende der Leitung, bevor sie antwortet: „Du hattest alles."

„Was meinst du?"

„Einen liebevollen Vater, einen perfekten Freund, eine Karriere. Sogar die Schule ist dir leichtgefallen. Du hattest buchstäblich alles, als du aufgewachsen bist."

„Hatte ich aber nicht", schnauze ich kopfschüttelnd. „Mein Vater hat praktisch angefangen, mich zu ignorieren, als wir nach Chicago gezogen sind."

„Na und!", ruft sie mit hoher, manisch klingender Stimme. „Wenigstens war er da. Wenigstens hat er dich nicht für eine andere Familie verlassen, die er mehr geliebt hat, so wie meiner."

Ich beiße mir auf die Lippe, um nicht etwas zu sagen, dass ich später bereue. „Hast du deshalb beschlossen, mit meinem Freund zu schlafen? Weil ich nicht dankbar genug für mein eigenes verdammtes Leben war?"

„Ich habe es getan, weil ich einen Vorgeschmack auf das Perfekte haben wollte. Ich habe es getan, weil ich nicht mehr die Zweitbeste nach dir sein wollte, worum es in unserer Kindheit immer ging."

Meine Lippen werden schmal. „So habe ich es nicht in Erinnerung."

„Natürlich nicht", spottet sie. „Du warst zu sehr damit beschäftigt, beleidigt zu sein, dass Daddy mir mehr Aufmerksamkeit schenkt."

„Es war mir egal, dass er dir geholfen hat!", erwidere ich, als meine Wut hochkocht. „Du hast mir leidgetan."

„Und da ist es", schnaubt Rosalie wissend. „Das ist es, was ich die meiste Zeit meiner Teenager- und Zwanzigerjahre zu überwinden versucht habe. Ich will dein Mitleid nicht. Ich will nur einen verdammten Tag lang besser sein als du. Ich verdiene einen Tag, an dem ich die perfekte Tochter bin, mit dem perfekten Verlobten und dem perfekten Vater, der mich zum Traualtar führt. Und ich werde nicht zulassen, dass du diesen Tag für mich ruinierst."

Ich räuspere mich und bemühe mich, stärker zu klingen, als ich mich fühle. „Wenn ich also zur Hochzeit komme, wirst du das Video löschen?"

„Natürlich", sagt sie mit schriller, falscher Stimme, die ich am liebsten aus meinem Telefon herausreißen würde.

Ich atme schwer aus, denn ich weiß, dass ich keine andere Wahl habe, egal wie schmerzhaft die Hochzeit auch sein wird. Hier steht nicht nur mein Ruf auf dem Spiel. Es ist der von Roan.

„Gut", murmle ich und bedecke entsetzt meine Augen. „Ich komme zu deiner Hochzeit."

„Großartig!", antwortet sie. „Schick mir deine Adresse, und ich schicke dir eine Einladung per Post. War nett, wieder zu reden!"

Wir legen auf, und ich presse meinen Kopf auf den Schreibtisch, da ich es hasse, dass sich mein beschissener Racheplan jetzt bei mir rächt.

KAPITEL 10

„Das darfst du nicht sehen", sage ich ernst und stecke das ausgedruckte Flugticket in die Tasche meiner Sportjacke. Allie lächelt und beginnt heimlich, mit ihren Fingern über meinen Bauch und unter dem Stoff meiner Jacke hindurchzufahren. „Ich meine es ernst, Lis. Sieh es nicht an, sonst verdirbst du den Spaß."

Sie knurrt frustriert. „Willst du mir wirklich nicht sagen, wohin wir gehen? Nicht einmal jetzt? Wir sind auf dem Weg zum Flughafen!"

„Nein", antworte ich grinsend, während ich auf dem Rücksitz des Autos sitze, das ich mitsamt Fahrer gemietet habe, um uns zum Flughafen Heathrow zu bringen. „Und ich habe die hier mitgebracht." Ich ziehe meine Kopfhörer mit Geräuschunterdrückung heraus. „Du wirst auch nicht hören, wie der Pilot es ankündigt."

„Warum bist du so geheimnisvoll?", fragt sie mit zusammengekniffenen Augen. „Ich hätte das Interesse von Adidas als Sponsor geheim halten können, aber das habe ich nicht getan. Ich habe es dir gesagt. Weil das gute Freundinnen so machen."

Ich lache über ihre schwache Logik. „Niall hat mich am nächsten Tag zu einem Treffen einberufen und es mir erzählt. Zu diesem Zeitpunkt war es nicht mehr wirklich ein Geheimnis." Sie schiebt ihre Lippen zu einem Schmollmund vor und ich neige den Kopf, um sie zu küssen. „Außerdem glaube ich, dass es für dich aufregender war, mir von Adidas zu erzählen als für mich."

Ihre Kinnlade fällt beleidigt herunter. „Du hast mich in deine Arme genommen und an der Straßenecke mit mir getanzt!"

Ich zucke mit den Schultern und zwinkere ihr verschmitzt zu.

„Ich weiß. Aber nur, weil ich wusste, dass du dich darauf freust, es mir zu sagen. Ich bin ein Geber, wie er im Buche steht."

„Du bist so voller Scheiße, Roan DeWalt!" Sie stürzt sich wieder auf das Flugticket, aber ich halte sie mit den Händen auf und versuche, nicht darüber nachzudenken, dass ich sie auf dem Rücksitz dieses Autos ficken will. Sie ist süß, wenn sie temperamentvoll ist.

Ich lache und gebe nach. „Na gut, ich bin begeistert von Adidas. Aber es ist noch nichts offiziell, also versuche ich, mich zu beherrschen."

Sie hört auf, sich gegen mich zu wehren und atmet schwer aus. „Gut. Aber warum kannst du mir nicht sagen, wohin wir gehen?"

Ich werfe ihr einen Blick zu und denke mir: *Wenn du wüsstest, dass ich dich nach Südafrika mitnehme, um meine Mutter kennenzulernen, würdest du ausrasten.* Stattdessen drücke ich ihr einen sanften Kuss auf die Lippen. „Lass mich einfach verfickt romantisch sein, Mooi."

„Nun, okay. Aber nur, weil du verfickt gesagt hast." Sie kichert und schmiegt sich unter meinen Arm.

Ich drücke meine Nase an ihr Haar und atme ihren süßen Duft ein, von dem ich nie genug zu bekommen scheine. Die letzten sechs Wochen mit Allie waren anders als alles, was ich je mit einer anderen Frau erlebt habe. Mac hat recht. In ihrer Nähe bin ich anders als mit anderen. Ich bin mehr … ich. Vom ersten Tag an habe ich auf mehr mit ihr gedrängt, weil ich mich in ihrer Nähe wohlfühle. Sie fühlt sich wie zu Hause an. Und es macht süchtig, mit jemandem zusammen zu sein, bei dem man sein wahres Ich sein kann.

Allie Harris ist meine Sucht.

An dem Tag, als wir mit dem Ruderboot hinausfuhren, wusste ich, dass wir die Ein-Monats-Marke überschritten hatten. Ich wusste auch, dass es bereits zu spät war, wenn ich es ohne Drama beenden wollte. Aber mit jedem Tag, den ich mit ihr verbrachte, verliebte ich mich mehr und mehr in sie. Als sie sich mir dann draußen auf dem Wasser über das Leben als Einzelkind öffnete, wollte ich für immer mit ihr zusammen sein. Damit sie sich nie wieder einsam fühlt.

Es ist ein verrücktes Gefühl, die Verantwortung für einen anderen

Menschen so sehr zu wollen, wie ich es bei Allie tue. Mac sagt, das sei wahre Liebe, aber ich glaube nicht, dass es das wirklich ist, denn ich habe das noch nie für eine andere Frau empfunden. Und doch bin ich hier, nenne sie mein und bringe sie zu meiner Mutter. Das scheint wirklich Liebe zu sein.

„Echt oder unecht?", fragt Allie und sieht zu mir auf, wobei sie langsam blinzelt. „Du willst Mitglied im Mile High Club werden und benutzt mich, um dorthin zu gelangen."

„Wirklich verdammt echt." Ich beuge mich herunter und küsse sie auf die Nase, während ich ihre Hüfte drücke.

Sie lächelt und rückt näher. „Ich wusste es. Wir fliegen wahrscheinlich an einen wirklich langweiligen Ort wie Chicago."

„Autsch", antworte ich. „Hasst du Chicago wirklich so sehr?"

Sie schüttelt den Kopf. „Nein, eigentlich liebe ich Chicago. Ich mag nur die Leute nicht, die ich dort in ein paar Wochen sehen muss."

Ich stoße einen langen Atemzug aus. „Glaubst du wirklich, dass es klug ist, zu Rosalies Hochzeit zurückzukehren?"

Die Hochzeit ihrer Stiefschwester ist ein wunder Punkt, seit Allie mir erzählt hat, was sie vorhat. Ich habe ihr nicht offen gesagt, dass ich gegen ihre Reise dorthin bin, weil ich versuche, sie zu unterstützen. Ich bin nicht eifersüchtig auf ihren Ex, aber ich traue ihrer Stiefschwester nicht. Eine Schwester, die so etwas tun könnte, was Rosalie Allie angetan hat, kann nicht richtig im Kopf sein. Aber ich weiß, dass Allie einen Schlussstrich ziehen will, obwohl sie sich so stark verhält, also spiele ich den verständnisvollen Freund.

„Ich muss", sagt sie einfach. „Aber es wird gut sein. Es wird eine Art Abschied sein. Diesmal wirklich."

„Was meinst du damit?", frage ich und ziehe verwirrt die Augenbrauen zusammen.

Sie zieht sich unter meinem Arm heraus und wende sich auf dem Rücksitz mir zu. „Als ich abgereist bin, hatte ich es eilig und habe die Dinge mit meinem Vater in einem schlechten Zustand gelassen. Ich hoffe, die Reise kann etwas von der Distanz, die wir haben, ausgleichen."

Ich starre sie eine Minute lang an. „Und du bist sicher, dass ich nicht mit dir gehen kann? Wir sind wirklich gut auf Hochzeiten, wenn du dich erinnerst."

Mein Vorschlag ist mit sexuellen Anspielungen gespickt, aber sie geht nicht darauf ein, sondern zieht ihre Lippe in den Mund und kaut nervös darauf herum. Sie nickt hölzern und antwortet: „Danke für das Angebot, aber ich bin mir sicher."

Sie ist sehr zurückhaltend, was ihre Reise nach Chicago angeht, und noch zurückhaltender, wenn ich vorschlage, sie zu begleiten. Das macht mich misstrauisch.

„Wenn ich es nicht besser wüsste, würde ich sagen, du willst nicht, dass ich deine Familie kennenlerne."

Ihre Augen weiten sich und sie unterdrückt ein Lachen. „Da hast du recht, denn du würdest mich anders ansehen, wenn du meine verrückte Familie kennenlernen würdest, und mir gefällt die Art, wie du mich in letzter Zeit ansiehst." Sie versucht, einen Scherz zu machen, aber ich merke, dass sie nicht amüsiert ist.

„Mooi", sage ich mit fester Stimme, packe sanft ihr Kinn und blicke sie mit ernsten Augen an. „Ich würde dich nie anders ansehen. Siehst du nicht, dass ich verdammt verrückt nach dir bin?"

Ihre Augen werden vor Überraschung sofort heller. „Ich bin auch ziemlich verrückt nach dir." Ihr Blick wandert zwischen meinen Augen und meinen Lippen hin und her, während sie mit etwas kämpft, das tief in ihrem Herzen sitzt und meines schmerzen lässt. Sie löst sich aus meiner Umarmung und murmelt: „Aber das ist mein Familienschlamassel, und es ist mir wichtig, es selbst zu bereinigen."

Ich nicke zu ihrer Entschlossenheit und erinnere mich daran, dass dies eines der ersten Dinge war, die ich an ihr mochte. „Also gut. Ich bin hier, wann immer du mich brauchst."

Sie leckt sich die Lippen und lächelt. „Ich weiß. Du bist irgendwie ein guter Mensch."

Wir kommen ein paar Minuten später am Heathrow an, und ich schaffe es, sie durch den ganzen Flughafen zu bringen, ohne dass sie sieht, wohin wir fliegen. Die Größe des Flugzeugs verrät jedoch, dass wir weit fliegen werden.

„Echt oder unecht? Wir fliegen irgendwohin, wo es warm ist", sagt sie und zieht ihre Kopfhörer mit Geräuschunterdrückung zurück, um meine Antwort zu hören.

„Unecht. Es ist nicht zu warm, aber es ist auch nicht zu kalt.“

Sie nickt, offensichtlich verwirrt von meiner Antwort. „Echt oder unecht? Wir fliegen irgendwo hin, wo es Wasser gibt.“

„Echt.“

Sie zieht die Augenbrauen zusammen und überlegt, welche Möglichkeiten sie hat. „Echt oder unecht? Wir werden eine Menge Sex haben, wenn wir dort sind.“

Ich zögere mit meiner Antwort, und ihr Gesicht fällt, bevor ich antworte: „Wahrscheinlich echt.“

Das scheint sie zu verwirren. Sie lehnt sich zurück, schnallt sich an und denkt im Stillen über meine Antwort nach, während wir uns auf eine Reise begeben, die für uns entscheidend sein könnte.

Allie

Unser Flugzeug landet erst nach Stunden. Stunden über Stunden. Ich habe das Zeitgefühl verloren, aber ich bin mir ziemlich sicher, dass unser Flug so weit war wie meiner von Chicago nach London. Als wir endlich landen, schaue ich mit großen Augen aus dem Fenster.

„Wo sind wir?“, frage ich, woraufhin sich mehrere Passagiere umdrehen, um mich neugierig anzusehen, weil ich vergessen habe, dass ich immer noch Roans Kopfhörer trage.

Roan lacht und zieht sie mir von den Ohren. „Willkommen in Kapstadt, Lis.“

Mir fällt die Kinnlade herunter. Bevor ich mich versehe, steigen wir aus dem Flugzeug und rollen unsere kleinen Handgepäckstücke durch den internationalen Flughafen von Kapstadt. Wir sind in der Heimatstadt von Roan? In Südafrika? Heilige Scheiße!

Als wir nach draußen in die kühle Luft treten, winkt Roan einer großen, schlanken Frau mit heller Haut und kurzen blonden Haaren zu. Sie sieht alt genug aus, um seine Mutter zu sein.

„Mom!", schreit er, um die Aufmerksamkeit der Frau zu erregen, und ich glaube, ich sterbe tausend Tode.

Die Frau entdeckt uns in der Menge und sieht aus, als könnte sie vor Glück explodieren. Sie schnappt sich zwei jugendlich aussehende Mädchen neben sich und sie rennen alle auf uns zu.

Ich bleibe wie erstarrt stehen, während die drei Roan umarmen, als hätten sie ihn seit Jahren nicht mehr gesehen. Wenn ich so darüber nachdenke, erinnere ich mich, dass Roan sagte, er sei seit seinem Wechsel zu Bethnal Green nicht mehr zu Hause gewesen. Jetzt bin ich hier, um Zeugin ihrer Wiedervereinigung zu werden.

Mein Mund wird staubtrocken und meine Handflächen beginnen zu schwitzen, als mir klar wird, dass ich die Mutter meines Freundes treffe …, und ich hatte keine Ahnung. Ich kämme mir ängstlich mit den Fingern durch die Haare, denn ich habe stundenlang im Flugzeug gesessen und sehe wahrscheinlich aus, als wäre ich gerade aus dem Bett gekommen.

Roan wendet seine Aufmerksamkeit mir zu. „Allie, ich möchte dir meine Mutter Diana und meine beiden Schwestern Mia und Ava vorstellen."

„Ähm, es ist wirklich schön … ich wünschte, ich hätte … Reizend, Sie …" Ich stottere wie eine Idiotin und Diana lacht wissend.

Sie schlingt ihre eleganten langen Finger um meine Hände und sagt mit vornehmem britischem Akzent: „Du hattest keine Ahnung, dass du mich heute treffen würdest, oder?"

„Natürlich wusste ich es!" Ich kichere wenig überzeugend und bekomme dann einen furchtbar schuldbewussten Gesichtsausdruck. „Nein, tut mir leid. Ich weiß nicht, warum ich lüge. Ich stehe einfach nur unter Schock, schätze ich."

Diana schüttelt den Kopf und blickt mit ihren klaren blauen Augen in den blauen Himmel. „Das ist so typisch für meinen Sohn. Er macht keine halben Sachen." Sie legt ihre Arme um meine Schultern und zieht mich in eine Umarmung. „Es ist schön, dich kennenzulernen, Allie. Ich habe schon viel von dir gehört."

„Ach ja?", frage ich.

Sie lacht, als würde ich Witze machen und dreht sich um, um mit mir unter dem Arm zu gehen. „Kommt mit, ihr beiden. Ich habe euch nur für zwei Tage, also werden wir das Beste daraus machen."

Ich schaue über meine Schulter zu Roan, der so zufrieden mit sich selbst aussieht, dass ich ihn am liebsten schlagen würde.

Mia und Ava reden ununterbrochen und zeigen mir im Auto auf dem Weg zum Haus von Roans Großmutter in rasantem Tempo die Stadt Kapstadt. Es ist eine geschäftige Stadt, die in einem Tal voller Berge liegt, von denen der Tafelberg-Nationalpark der bemerkenswerteste ist. Von jeder Bergkuppe, die wir überqueren, hat man einen herrlichen Blick auf Wasser und Strände. Auch die Weingüter sind ganz in der Nähe.

Roan lächelt mich vom Vordersitz aus an, während ich zwischen seinen beiden Schwestern auf dem Rücksitz sitze. Er sieht mich an, als wäre das die normalste Sache der Welt, während sie von Thema zu Thema springen wie kleine Frösche von Seerosenblatt zu Seerosenblatt. Ich tue mein Bestes, um höflich zuzuhören, aber im Stillen flippe ich aus, weil er das alles getan hat, ohne mir etwas zu sagen. Ein Treffen mit der Familie ist eine große Sache. Eine sehr große Sache. Ich kann immer noch nicht glauben, dass ich wirklich hier bin. In Kapstadt. Bei Roans Familie. Ich bin mir nicht einmal sicher, ob das nicht nur eine Illusion des Jetlags ist.

Aber ich bin hier und schaue in die Gesichter der Familie meines Freundes, die alle sehr unterschiedlich aussehen. Ich erinnere mich, dass Roan mir erzählt hat, die Mädchen hätten einen anderen Vater als er, und das ist ganz offensichtlich. Sie sind genauso blass wie ihre Mutter, abgesehen von ihren sandbraunen Haaren. Roan hingegen hat dunklere Gesichtszüge. Es ist seine Großfamilie, die wir gerade besuchen wollen.

Wir kommen in einem Viertel namens Bo-Kaap an, in dem bunte, zweistöckige Häuser stehen, die mich an Ostereier erinnern. Sie liegen an hügeligen, kopfsteingepflasterten Straßen, die aussehen, als gehörten sie auf eine Postkarte. Wir parken vor einem kleinen, zitronengelben Haus, und als wir aus dem Auto steigen, höre ich bereits Gelächter aus dem Inneren.

„Wie viele Leute sind da drin?", frage ich Roan und spüre, wie mir eine nervöse Hitze in den Nacken steigt, als er um das Auto herumgeht und meine Hand nimmt.

Er lächelt stolz. „Wahrscheinlich ein Dutzend oder mehr."

Roans Mutter schreitet auf die weiße Eingangstür zu, während ich innehalte und mir schwindlig wird. Ich ziehe Roan vom Haus weg. „Wir müssen reden", sage ich leise, und meine Augen suchen einen Moment lang den Kontakt zu ihm.

Er runzelt die Stirn und blickt über seine Schulter zu seiner Familie. „Geht schon mal vor, Leute. Wir sind gleich hinter euch."

Roans Mutter hält den Mädchen die Tür auf und schenkt mir ein mitfühlendes halbes Lächeln.

Sobald sich die Tür schließt, lasse ich Roans Hand los und fahre mir mit den Händen durch die Haare, wobei ich mich kaum zusammenreißen kann. „Heilige Scheiße, Roan. Was machen wir denn hier?"

„Was meinst du?", fragt er, während er die Arme ausstreckt, um mich hineinzuziehen.

Ich wende mich ruckartig von ihm ab und schüttle meine Hände aus, als würde ich mich auf einen 5-km-Lauf vorbereiten, oder vielleicht eher, als hätte ich gerade einen beendet, so wie mein Herz in meiner Brust rast. „Wir sind in Kapstadt! Ich habe gerade deine Mutter und deine Schwestern kennengelernt. Und jetzt gehen wir in das Haus deiner Großmutter?"

„Ja, sie machen jede Woche ein Sonntags-Braai. Das ist wie ein Grillfest im Garten mit Familie und Nachbarn. Es ist sehr zwanglos und wirklich keine große Sache." Er tritt vor, um mein Gesicht für einen Kuss in seine Hände zu nehmen, aber ich ziehe mich wieder zurück.

„Das ist eine sehr große Sache!", rufe ich aus und ignoriere den schweren Seufzer, den er wegen meiner emotionalen Reaktion ausstößt. „Ich bin schmutzig, sehe scheiße aus, und du hältst es für eine gute Idee, mich deiner Familie vorzustellen, ohne mich vorher zu warnen? Das ist die Definition einer großen Sache."

Er legt den Kopf schief und mustert mich einen Moment lang misstrauisch, um meine Reaktion auf seine verrückte Idee abzuschätzen. „Willst du gehen?", fragt er vorsichtig.

„Nein!", erwidere ich, die Hände in die Hüften gestemmt. „Wie würde das aussehen?"

„Was willst du denn, Lis?", schnauzt er, als er die Geduld mit mir verliert.

Ich trete näher an ihn heran, wobei ich frustriert meine Fäuste zwischen uns schüttle. „Ich will, dass du mir sagst, warum du dich entschieden hast, mich damit zu überfallen."

Er atmet schwer aus, seine Augen verengen sich. „Weil ich nicht sicher war, ob du kommen würdest, wenn ich dich vorher frage."

Seine Antwort schmerzt. „Wie kommst du denn darauf?"

Er leckt sich über die Lippen und reibt sie einen Moment lang aneinander. „Weil das sozusagen unser Rhythmus ist, Lis. Ich will immer mehr und du willst immer weniger."

Mir fällt die Kinnlade herunter, und meine Augen nehmen den Schmerz in seiner Körpersprache wahr, den er offenbar schon seit geraumer Zeit vor mir verbirgt. „Warum sagst du das?"

„Du wolltest dich nicht mit mir verabreden, als wir uns das erste Mal trafen. Du wolltest deiner Familie nicht erzählen, dass du mit mir ausgehst. Und jetzt willst du nicht, dass ich mit dir nach Chicago gehe, was mich wirklich fertig macht, weil ich weiß, wie schwer diese Reise für dich sein wird. Ich würde sagen, es ist ziemlich klar, dass du weniger willst."

Seine Worte sind wie ein von Schuldgefühlen durchtränktes Messer, das direkt in mein Herz sticht. Ich will ihn nicht bei mir in Chicago haben, weil ich Angst davor habe, was Rosalie tun würde, wenn sie ihn sieht. Nicht, weil ich weniger von ihm will.

Ich greife nach seiner Jacke und ziehe ihn zu mir heran. In der ganzen Zeit, in der wir zusammen waren, wirkte er so selbstbewusst und zufrieden mit unserer Situation. Dies ist das erste Mal, dass er mir zeigt, dass er sich mit uns nicht hundertprozentig sicher fühlt.

Ich hasse es.

Als unsere Körper aneinander gepresst sind, schaue ich auf und sage: „Ich will nicht weniger."

Er schaut weg, seine Kiefermuskeln zucken vor Frustration.

Ich drehe sein Gesicht zu meinem. „Ich will nicht weniger. Es ist nur … meine Familie ist kompliziert. Dass ich nicht will, dass du mit mir nach Chicago gehst, hat mehr mit ihnen als mit dir zu tun. Das ist alles."

Er schließt die Augen und nimmt einen langen, tiefen Atemzug, den ich in seiner Brust spüre. Als er ihn langsam wieder ausstößt, öffnen sich seine Augen und sein vorsichtiger Blick wird weicher, als er auf mich herabsieht. „Meine Familie ist auch kompliziert. Wirklich kompliziert. Das ändert aber nichts an der Tatsache, dass ich möchte, dass du sie kennenlernst."

Seine Worte durchströmen mich wie eine Welle von Emotionen, die mich ganz zu verschlingen droht. Kopfschüttelnd erwidere ich: „Das hättest du auch einfach sagen können. Ich glaube, wir haben einen Punkt erreicht, an dem die Dinge anders liegen, und ich wünschte, du hättest mir genug vertraut, um einfach zu fragen."

Er reibt seine Lippen zusammen und nickt zustimmend. „Es tut mir leid. Du hast recht. Ich hätte dich zuerst fragen sollen. Du bringst mich dazu, verrückte Dinge zu tun, Allie Harris. Das hast du schon immer getan." Er lässt ein kleines Knurren hören und küsst mich auf die Stirn. „Aber im Ernst, wenn du gehen willst, können wir in eine Bar gehen und etwas trinken, nur wir beide. Meine Familie wird das verstehen."

Seine Worte sind süß und aufrichtig, aber ich merke, dass ihm diese Reise sehr viel bedeutet. Sonst hätte er sich mit der Überraschung nicht so viel Mühe gegeben.

„Hast du mich nicht gehört, dass ich nicht weniger will?"

Er lächelt ein kleines, schüchternes Lächeln, während er seine Arme um mich schlingt. „Habe ich, kein Grund zu schreien." Er senkt seinen Kopf und küsst mich sanft auf die Lippen. „Jetzt komm und lern meine Oma kennen. Sie ist die Beste."

Ich lache und lasse mich von Roan in das Haus seiner Oma ziehen. Innerhalb von Sekunden tauche ich in einen Schmelztiegel einer völlig neuen Kultur ein. Ich treffe so viele Menschen, dass ich die Namen aller sofort wieder vergesse, sobald ich sie höre. Ich werde praktisch mit Lebensmitteln gefüttert, die Tomate bredie, Bobotie, Sosaties, Chakalaka und Koeksisters heißen. Das süß schmeckende Umqombothi-Bier fließt in Strömen, was die herzliche Begrüßung durch alle noch verstärkt. Ich erfahre, was Kapstadt alles zu bieten hat, und Roans Mutter plant, uns morgen einige Sehenswürdigkeiten zu zeigen. Sie geht liebevoll mit ihrem Sohn um, und es ist bezaubernd, ihr stolzes Lächeln zu sehen, als alle seine unglaubliche Fußballsaison kommentieren.

Roans Oma, deren Hautfarbe eine Nuance dunkler ist als die von Roan, führt mich zu einer Fotowand und zeigt mir ein Bild ihres Sohnes Thando. Thando war Roans Vater. Sie erklärt, dass sie und ihr Mann, der inzwischen verstorben ist, während der Apartheid eines der wenigen gemischtrassigen Paare in Südafrika waren. Roans Großvater war Italiener, und da ihre Beziehung illegal war, mussten sie die meiste Zeit ihres Lebens getrennt verbringen und durften sich nur am Wochenende hinter verschlossenen Türen besuchen. Als Thando mit hellerer Haut als sie geboren wurde, war sie gezwungen, den Menschen außerhalb ihrer Familie zu sagen, dass er Albino sei. Erst nach dem Ende der Apartheid im Jahr 1994 konnten Roans Großeltern legal heiraten. Zu diesem Zeitpunkt war Thando bereits dabei, in England Arzt zu werden und lernte Roans Mutter Diana kennen.

Oma zeigt mir weitere Fotos des Missionsarztes, den Thando Anfang der neunziger Jahre kennenlernte. Der Arzt war von den autodidaktischen medizinischen Kenntnissen dieses einheimischen Jungen so angetan, dass er es sich zur Aufgabe machte, Thandos Ausbildung außerhalb Südafrikas zu finanzieren.

Als Nächstes sehen wir uns die Tagebücher ihres Mannes an, die über die Befreiungskampagnen für Südafrika geschrieben wurden. Sie behandeln die Arbeit, die er für die Befreiung Nelson Mandelas und den Kampf gegen die Apartheid geleistet hat.

Ich gebe beschämt zu, dass mir ein Großteil der Geschichte dieses Landes nicht bekannt war. Als mir bei einigen der herzzerreißenden

Geschichten, die seine Großmutter erzählt, Tränen in die Augen steigen, hält sie einfach meine Hand und fährt fort. Es ist ein wichtiges Gefühl, in diesem Moment von ihr berührt zu werden. Ihre Haut an meiner zu spüren, während sie von der Geschichte ihrer Familie erzählt. Und als ich zu Roan hinüberschaue und seine Reaktion darauf sehe, wie seine Großmutter mich umarmt, weiß ich genau, warum ich hier bin.

Ich bin in ihn verliebt.

Und ich bin verliebt in seine Familie. Ihre ganze Geschichte zu hören und zu sehen, wie Roans Familie väterlicherseits Roans weiße Mutter und Schwestern akzeptiert, ist ein wunderbares Zeugnis dafür, wie integrativ sie wirklich sind, und zwar bis in die Knochen. Ich habe Glück, in ihrer Gegenwart zu sein.

Als wir gehen, spüre ich Roans Augen auf mir, als seine Großmutter mich auf der Treppe ihres Hauses in eine lange Umarmung zieht. Sie tritt zurück und hält mein Gesicht in ihren Händen. Ihre hellbraunen Augen glitzern im Licht der Straßenlaternen von nicht vergossenen Tränen, während sie mit ihrem Akzent flüstert: „Ich bin froh, dass sich die Welt verändert hat, denn sie hat es mir ermöglicht, wahre Liebe in den Augen meines Enkels zu sehen."

Ich öffne meinen Mund, aber es kommen keine Worte heraus. Was soll ich einer Frau antworten, die so viel von der Welt weiß und mir gerade eine Wahrheit offenbart hat, die ich noch gar nicht kannte?

Ich atme tief ein und spüre, wie mir eine Träne über die Wange läuft, als ich zurückflüstere: „Ich hoffe, Sie sehen in meinen auch die wahre Liebe."

Sie lächelt wissend und tippt sich auf die liebenswerteste Weise, die eine Großmutter haben kann, an die Nase. Sie küsst mich auf die Stirn und sagt etwas auf Afrikaans zu Roan, während sie ihn als Nächstes umarmt. Er nickt mit ernsten Augen, als er meine Hand nimmt und mich von dem winzigen, zitronengelben Haus wegführt, das so voller Geschichte und Liebe ist, dass ich hoffe, dass es nicht mein letzter Besuch war.

Als wir wieder ins Auto steigen, fühlt sich mein Herz an, als sei es um zwei Größen gewachsen, denn das hier ist mehr. Das hier ist definitiv so viel mehr.

Roan

Es ist zehn Uhr abends, als wir in der kleinen Wohnung meiner Mutter über dem Tanzstudio, in dem sie arbeitet, ankommen. Allies Augen waren die ganze Fahrt über kaum geöffnet, deshalb weiß ich, dass sie müde ist. Es war ein langer Reisetag und ein ganzer Abend mit der Familie, auf den sie überhaupt nicht vorbereitet war.

Wir schlurfen die zwei Stockwerke hoch zur Wohnung meiner Mutter.

„Mom, bist du sicher, dass das in Ordnung ist? Wir können uns ein Hotelzimmer nehmen."

„Auf keinen Fall!", ruft sie, während sie den Riegel aufschließt. „Ich habe euch nur zwei Tage und werde keine Minute davon verlieren. Das Ausziehsofa steht schon für euch bereit."

Wir gehen mit unseren Koffern hinein, und ich lächle, denn es riecht immer noch wie zu Hause. Wie eine seltsame Mischung aus Knoblauch und Lavendel. Mia und Ava gehen durch den Flur in ihre Zimmer, wahrscheinlich wollen sie unbedingt telefonieren, und meine Mutter eilt herum, um uns Handtücher und zusätzliche Decken zu holen.

Allie geht zuerst ins Bad, duscht sich den langen Tag vom Körper und zieht sich ihre Nachtkleidung an. Als sie in einem kurzen, sexy Nachthemd herauskommt, sieht sie mich verlegen an. „Ich brauche eines deiner T-Shirts."

Meine Brust bebt vor lauter Lachen, aber ich halte wohlweislich den Mund, während ich in meinem Koffer krame und ihr eins überreiche.

Sie nimmt es mir aus der Hand. „Deshalb ist es gut, wenn du deine

Freundin vor wichtigen Reisen warnst, bei denen sexy Nachtwäsche vielleicht nicht angebracht ist."

Ich schüttle den Kopf. „Niemals. Das Bild von dir, wie du aus dem Bad kommst, wird mich monatelang warmhalten, Mooi."

Sie wirft mir mein T-Shirt zu. „Geh dich umziehen."

Mit einem zufriedenen Seufzer werfe ich ihr mein Shirt zurück und gehe ins Bad. Als ich ein paar Minuten später zurückkomme, umarmt meine Mutter Allie fest.

„Schön, dass du hier bist, Allie."

„Es ist schön, hier zu sein", antwortet Allie, zieht sich zurück und streicht sich mit einem schüchternen Lächeln die nassen Haare hinter die Ohren.

Meine Mutter streichelt ihr liebevoll übers Haar. „Du hast mich heute beeindruckt. Ich kann verstehen, warum Roan dich als erstes Mädchen mit nach Hause gebracht hat."

Mit diesen Worten macht meine Mutter auf dem Absatz kehrt und gibt mir einen Gutenachtkuss, bevor sie in ihr Schlafzimmer geht.

Allie wendet ihre plötzlich hellwachen Augen zu mir. „Erstes Mädchen?"

Ich atme schwer aus und gehe auf die andere Seite des Bettsofas. „Nicht seltsam werden", sage ich, ziehe die Decke zurück und krieche hinein.

„Seltsam?", ruft sie mit aufgeregter Stimme, als sie neben mich rutscht. „Warum sollte ich seltsam werden?"

Sie dreht sich auf die Seite und stützt ihren Kopf auf die Hand. Die schummrige Lampe beleuchtet ihre amüsierte Miene so sehr, dass ich mit den Augen rolle.

„Wir sollten jetzt schlafen." Ich schalte das Licht aus, in der Hoffnung, dass die Dunkelheit Allie hilft, schneller einzuschlafen, damit sie mich nicht mit einer Million Fragen bombardiert, warum ich nie eine Frau mit nach Hause gebracht und meiner Mutter vorgestellt habe.

Leider kann ich in dem schwachen Licht, das vom Fenster hereinscheint, immer noch Allies fröhliches Gesicht erkennen. Sie lächelt vergnügt, als sie sagt: „Ich kann wirklich nicht glauben, dass ich das erste Mädchen bin, das du mit nach Hause gebracht hast, um deine Mutter kennenzulernen."

Ich drehe mich auf die Seite und lege meinen Arm um sie. „Es ist keine große Sache."

Sie kichert über meinen trockenen Tonfall und schmiegt sich unter mein Kinn, als wäre ich ihr persönlicher Kokon. „Nur weil du sagst, dass die Dinge keine große Sache sind, heißt das nicht, dass sie es nicht sind. Tatsächlich ist alles, das laut dir keine große Sache sei, in Wahrheit eine sehr große Sache."

Ich drücke meine Nase in ihr feuchtes Haar und atme tief ein, bevor ich antworte: „Gut, das ist eine große Sache. Ich habe keine Frauen mit nach Hause gebracht, weil ich nie jemanden so sehr mochte, dass ich meine Familiengeschichte mit ihr teilen wollte. Aber du hast dich heute glänzend geschlagen. Zu sehen, wie du meiner Oma zugehört und all diese verständnisvollen Fragen gestellt hast … Sie hat dich mehr als nur gemocht. Sie hat sich mit dir verbunden. Es war unglaublich." Mein Herzschlag beschleunigt sich, als ich das Gewicht dieser Erkenntnis wie tausend Ziegelsteine auf meiner Brust spüre.

„Nun, ich mochte sie wirklich", sagt Allie leise, wobei ihre Stimme den Hauch von Humor verliert, den sie vorher hatte. „Sie hat ein erstaunliches Leben geführt."

„Das hat sie", antworte ich mit einem liebevollen Lächeln, während ich ins Leere starre. „Das hat meine Mutter auch. Sie haben beide in ihrem Leben viele Opfer gebracht. Als meine Mutter mit meinem Vater nach Kapstadt zog, um ihm bei der Eröffnung einer medizinischen Klinik zu helfen, war das eine große Sache, und ihre Familie hat sie nicht gerade unterstützt. Als mein Vater dann starb, stand sie vor einem Berg von Rechnungen, die sie nicht bezahlen konnte. Sie tat alles, was sie konnte, um unsere Köpfe über Wasser zu halten. Sie hätte zu ihrer Familie nach England zurücklaufen oder ein Almosen von meiner Oma annehmen können, aber dafür war sie zu stolz. Sie sagte mir, dass mein Vater immer meinte, dass die Überwindung von Hindernissen die Schwachen von den Starken unterscheidet, und dass sie für mich stark sein musste, da er nicht mehr da war."

Allie fährt mit ihren Fingerspitzen in langsamen, trägen Kreisen über meinen Rücken, während sie fragt: „Sehen deine Schwestern ihren Vater?"

Ich nicke und drücke meine Nase wieder an ihr Haar. „Wenn er nüchtern ist, sieht er die Mädchen. Wenn er nicht nüchtern ist, kann er es nicht."

„Bist du als Kind mit ihm gut ausgekommen?"

Es ist eine unschuldige Frage, auf die ich dankbar bin, eine gute Antwort zu haben, denn nicht alle dunkelhäutigen Kinder würden von einem weißen Mann akzeptiert werden. Südafrika hat einen langen Weg hinter sich, ist aber noch lange nicht perfekt.

„Wir haben uns gut verstanden. Er war derjenige, der mir das Fußballspielen beigebracht hat, also verdanke ich ihm gewissermaßen meine Karriere. Ich glaube, seine Zuneigung zu mir hat meine Mutter dazu gebracht, sich in ihn zu verlieben. Leider liebte er den Alkohol einfach mehr."

Allie schweigt mehrere Minuten lang. Sie ist so still, dass ich mich frage, ob sie eingeschlafen ist.

„Was hat deine Oma heute Abend zu dir gesagt, als wir gegangen sind?"

Mein Körper verkrampft sich bei ihrer Frage, denn ich bin noch nicht bereit, es ihr zu sagen. „Nichts, Mooi", murmle ich und drücke ihr einen Kuss aufs Haar. „Nur Oma-Sachen."

Allie spannt ihre Arme um meine Taille an und zieht mich zu sich heran, sodass unsere Körper ganz eng aneinander liegen. „Roan … echt oder unecht? Du hast mich hierher gebracht, um deine Familie kennenzulernen, weil du in mich verliebt bist."

Ich ziehe meinen Kopf zurück und schaue auf Allies Gesicht hinunter. Sie hebt ihr Kinn und starrt mich mit völliger, totaler Verletzlichkeit an. Keine Angst. Kein Zweifel. Kein Zögern. Nur völlige und mutige Ehrlichkeit.

Ich atme tief ein und streichle mit meiner Hand ihre Wange, während ich leise antworte: „Echt."

Ihr Blick glänzt im schummrigen Licht und ich schwöre, ich sehe Tränen in ihren Augen. Sie führt ihre Hand zu meinem Gesicht, spiegelt meine Berührung und flüstert gegen meine Lippen: „Echt oder unecht? Ich bin auch in dich verliebt."

Mein Herz klopft hart und schnell in meiner Brust, denn dies ist ein Moment, den ich noch nie zuvor mit jemandem erlebt habe, und ich möchte ihn ganz spüren. Ich möchte mich an ihr unschuldiges Gesicht und ihren offenen Ausdruck erinnern. Ich möchte mich an den Anblick meiner Oma erinnern, wie sie sie umarmt und ihr von unserem Erbe erzählt. Ich möchte mich daran erinnern, wie sich ihre Haut anfühlt und wie sie auf meiner aussieht. Wie ein Strudel von etwas Besonderem und Schönem, Magischem und Realem. Ich möchte mich an all das erinnern.

Ich lasse den Raum zwischen uns verschwinden und drücke meine Lippen mit einem innigen, berauschenden Kuss auf die ihren. Sie erwidert ihn mit Nachdruck, denn sie gehört jetzt mir, in diesem Moment, in dieser Zeit, in diesem Leben. Solange ich auf dieser Erde lebe, wird sie niemals einem anderen Mann gehören.

Sie lacht gegen meinen Mund und zieht sich zurück, wobei sie zärtlich mit ihrem Daumen über meine Lippen streicht, während sie sagt: „Eine Antwort wird diesen Kuss noch viel besser machen."

Ich lächle halb, und es fühlt sich an, als könnte mein Herz jeden Moment zerspringen. „Ich hoffe, es ist echt, Lis, denn ich weiß nicht, wie irgendetwas zwischen uns jetzt noch unecht sein könnte."

KAPITEL

ALS ICH MEIN SPIEGELBILD BETRACHTE, KANN ICH NICHT ANDERS, als meine Hüften in dem bronzefarbenen, metallischen Abendkleid zu schwingen, das Leslie für mich entworfen hat. Als das Licht den Stoff bei jeder Bewegung trifft, staune ich über Leslies Talent. Das Kleid ist dasselbe, das ich vor einigen Wochen in ihrer Boutique anprobiert habe, aber jetzt hat Freya es mir so gut auf den Leib geschneidert, dass es sich wie eine zweite Haut anfühlt. Es hat dünne Spaghettiträger und einen herzförmigen Ausschnitt, liegt an der Taille eng an und betont meine Sanduhrfigur. Meine goldenen Haare sind gelockt, meine Augen sind dunkel und dramatisch mit meinem rot-orangenen, matten Lippenstift.

Ich sehe gut aus. Ich muss aber auch gut aussehen, denn heute Abend ist die Get Fit Britain Gala und Roans Date ist eine langbeinige Brünette aus Madrid, die wie ein Supermodel aussieht. Sie ist genau der Typ, den Sportler bei Veranstaltungen mit rotem Teppich am Arm haben.

Als Niall mich bat, ihren Hintergrund zu überprüfen, bekam ich eine kleine Panikattacke, als ich auf ihre Instagram-Seite stieß. Sie scheint nie etwas anderes als einen Bikini zu tragen. Und da sie erst einundzwanzig Jahre alt ist, sieht ihr Körper die ganze Zeit wie retuschiert aus. Ich hätte viel lieber eine andere Gewinnerin für Roan ausgesucht, aber ich konnte meinem Chef nicht in der einen Minute sagen, dass ich eine Beziehung mit Roan habe, und ihm dann in der nächsten sagen, dass ich ein weniger attraktives Date für ihn aussuchen wollte. Wie unprofessionell wäre das denn gewesen?

Also setzte ich ein fröhliches Gesicht auf, als ich gestern Roans Date, das von ihrer Mutter begleitet wurde, im Hotel begrüßte. Inzwischen ist Roan mit ihr auf einer romantischen Tour durch London, bevor sie pünktlich um sieben Uhr zur Gala auf dem roten Teppich erscheinen werden.

Ich erinnere mich immer wieder daran, dass Eifersucht ein Vorspiel sein kann. Das hat mir Roan vor einiger Zeit in seiner Küche beigebracht. Hoffentlich bedeutet das, dass ich, nachdem er sich heute Abend von seinem Date verabschiedet hat, reichlich Gelegenheit haben werde, ihm zu zeigen, wie grünäugig ich mich wegen dieses Abends fühle.

Aber ganz ehrlich, ich vertraue Roan. Selbst nach dem Herzschmerz, den es mir bereitet hat, Geisterpenis und Rosalie zusammen im Bett zu finden, mache ich mir keine Sorgen, dass Roan dasselbe tun wird. Unsere Reise nach Kapstadt hat die Dinge zwischen uns verändert.

Den letzten Tag unserer Reise verbrachten wir ausschließlich mit seiner Mutter und seinen Schwestern. Wir sahen Sehenswürdigkeiten. Wir tranken Wein und probierten lokale Gerichte. Ich sah Roan beim Salsa tanzen mit seiner Mutter in der Küche zu. Mia und Ava haben mir am Strand französische Zöpfe geflochten. Es war, als gehörte ich zur Familie. Ganz anders als in meiner eigenen Familie in Chicago, und sogar anders als in meiner Großfamilie in London. Es war etwas ganz Besonderes und etwas, das mir für immer in Erinnerung bleiben wird.

Als Roans Mutter mich am Flughafen zum Abschied drückte, strich sie mir eine Haarsträhne aus dem Gesicht und sagte, sie werde besser schlafen, weil sie wisse, dass Roan jemanden wie mich hat, der sich in London um ihn kümmert. Es war unglaublich.

Ich hatte das Gefühl, zu Hause zu sein, obwohl ich nur zu Besuch war.

Als ich auf dem Rückflug an Roans Schulter schlief, fühlte ich mich zum ersten Mal seit langer Zeit zufrieden. Alles, was ich mit Roan fühle – die Liebe, die ich für ihn empfinde – ist eine wahrhaftigere, ehrlichere und aufrichtigere Liebe, als ich sie je erlebt habe. Das

Einzige, was zwischen mir und meiner Zukunft mit diesem sexy und überraschenden Südafrikaner steht, ist meine Reise nach Chicago.

Ich werde die Gala heute Abend hinter mich bringen, und nächstes Wochenende ist dann die Hochzeit von Rosalie und Geisterpenis. Ich habe vor, bei der Hochzeit so schnell rein und raus zu sein wie damals, als ich wegen Tante Fiona nach London kam. Ich werde lange genug bleiben, damit Rosalie heiraten kann. Dann wird sie hoffentlich vergessen, dass ich existiere.

Ich stecke gerade mein Telefon in die Tasche, um zu gehen, als der Name meines Vaters auf meinem Handy-Display aufleuchtet und ein Anruf eingeht. Ich runzle die Stirn, weil ich seit meinem Umzug nach London nichts mehr von ihm gehört habe, außer einer kurzen E-Mail, in der er mich fragte, ob ich mich gut eingelebt habe.

Ich wische hoch, um zu antworten. „Hallo?"

„Hallo, Alice", sagt Charles Harris knapp in die Leitung, als würde er ein geschäftliches Gespräch führen, anstatt mit seiner Tochter zu sprechen, deren Stimme er seit Wochen nicht mehr gehört hat.

„Hi, Dad", antworte ich vorsichtig. „Alles in Ordnung?"

„Alles ist in Ordnung. Ich wollte dir nur Glück für deinen großen Abend heute Abend wünschen."

Mein Kopf ruckt zurück. „Du weißt von der Gala?"

„Ja. Ich habe Facebook."

„Ich wusste nicht, dass du es tatsächlich benutzt."

Er atmet in die Leitung aus. „Ich habe nachgesehen, nachdem ich vor ein paar Wochen einen Anruf von Vaughn bekommen habe. Er scheint zu denken, dass ich mich nicht genug für dich interessiere. Siehst du das auch so?"

Ich zucke angesichts seiner Offenheit zusammen. Mein Vater war noch nie jemand, der um den heißen Brei herumredet, aber auf dieses Gespräch war ich so kurz vor dem Hinausgehen nicht vorbereitet. Das ist eher ein Thema für eine Familientherapie.

„Dad, hör mal. Es ist gut. Mir geht es gut. Mir geht es in London sogar richtig gut."

„Ja, das habe ich von Vaughn gehört. Es wäre schön gewesen, es von dir zu hören."

Ich unterdrücke ein Lachen. „Du machst Witze, oder?"

„Warum sollte ich über so etwas Witze machen?"

„Weil du nie nach meinem Leben fragst", schnauze ich, und meine Frustration über diesen lächerlichen Anruf kocht hoch.

„Das liegt daran, dass du es mir immer sagst", erwidert er schlicht. „Du bist diejenige, die immer die Kommunikation initiiert."

„Und du findest das in Ordnung?"

„Ich weiß es nicht, verdammt. Ich weiß nur, dass es zwischen uns immer so gelaufen ist. Seitdem wir nach Amerika gezogen sind, ist das unser System."

„Ein tolles System", spotte ich.

„Was soll das heißen?"

Ich schüttle den Kopf und denke mir: *Wozu die Mühe?* Warum soll ich ihm alles erzählen, wenn er es einfach abtut und in eine Schublade steckt, wie er es immer tut. Aber dann denke ich an Roans Familie und meine Cousins, an das Abendessen mit Camden und Indie an ihrem Küchentisch und daran, wie Vaughn mit einem Enkelkind auf den Schultern umhergeht. All diese Bilder sind dem grauen, sterilen Leben, das ich in Chicago führte, weit überlegen, und ich fühle mich betrogen.

„Dad, ich bin in London so glücklich wie seit Jahren nicht mehr, weil ich hier ein Gefühl von Familie habe. Ein Gefühl der Zugehörigkeit. Ich habe Menschen, die sich um mich bemühen, die mich sehen wollen. Vi ruft mich jede Woche an und schaut nach mir. Ich gehe fast jeden Sonntag zu Onkel Vaughns Haus, um mit der ganzen Familie zu essen. Meine Cousins haben gedroht, meinen neuen Freund zu verprügeln, wenn er mich nicht gut behandelt."

„Freund?"

„Ich bin noch nicht fertig", sage ich entschlossen und unterbreche ihn. „Selbst Onkel Vaughn hat mir in der kurzen Zeit, die ich hier bin, mehr Zeit und Aufmerksamkeit geschenkt als du in den letzten paar Jahren."

„Die Scheidung von Hilary war schwierig, Alice. Das weißt du doch. Ich war länger mit ihr zusammen als mit deiner Mutter."

„Rosalie mit Parker im Bett zu erwischen, war auch schwierig.

Warum verdrängen deine Probleme meine völlig? Ich bin deine Tochter. Du solltest dich um mein Wohlergehen kümmern", zische ich mit zusammengebissenen Zähnen.

„Das tue ich."

„Warum zum Teufel zwingst du mich dann, zu Rosalies Hochzeit zurückzukommen und zuzusehen, wie du sie zum Altar führst?"

„Rosalie sagte, sie hätte mit dir darüber gesprochen und es ginge dir gut."

„Rosalie ist eine Lügnerin und eine Soziopathin. Wie kannst du nur denken, dass ich zur Hochzeit meines Ex und meiner Ex-Stiefschwester gehen will, die erst zusammenkamen, als ich sie im Bett erwischt habe? Bist du wirklich so blöd, Dad?"

Er räuspert sich. Ich kann fast sehen, wie er in seinem Büro auf und ab geht und bereut, diesen Anruf überhaupt getätigt zu haben, weil er dadurch gezwungen ist, Gefühle zu erleben, die er seit Jahren nicht mehr erlebt hat.

Aber ich habe ihn schon viel zu lange vom Haken gelassen.

Er fängt an, in die Leitung zu stammeln – etwas, das ich ihn noch nie habe tun hören. „Ich wusste es nicht. Rosalie hat den Anschein erweckt … Es ist so schwer, mit ihr zu reden … Sie hat immer mehr von mir gebraucht als du", sagt er, als er schließlich seine Worte findet. „Sie ist so anders als du, Alice. Du warst einfach. Ich musste mir nie Sorgen um dich machen. Ich mache mir Sorgen um Rose, obwohl ihre Mutter und ich geschieden sind."

Ich schlucke den Kloß in meiner Kehle hinunter. „Ich weiß, Dad. Und ich hasse dich nicht dafür. Ich … vermisse dich nur."

Stille breitet sich aus und ich schwöre, ich höre ein leises Schniefen, das er zu verbergen versucht. „Ich vermisse dich auch, Alice. Und ich bin stolz auf dich, dass du dich in London so gut machst. Vielleicht kann ich dich besuchen kommen, wenn mein Terminkalender später im Sommer wieder frei ist?"

Das Lächeln auf meinem Gesicht ist echt. „Das würde mir wirklich gefallen."

„Gut." Er hält inne und fügt dann leise hinzu: „Es wird alles gut zwischen uns, nicht wahr, Liebling?"

Ich nicke, auch wenn er es nicht sehen kann. „Es wird alles gut zwischen uns."

Roan

Catalina richtet ihr Handy erneut auf mein Gesicht und winkt mir zu, damit ich zurückwinke. Das tue ich. Zum siebenundvierzigsten Mal heute Abend. Ihre Instagram-Story ist so voll mit Fotos und Videos von uns während unserer einstündigen Tour durch London, dass die Linie am oberen Rand ihres Telefons aus winzigen Punkten statt aus Strichen besteht.

Sie ist ein süßes Mädchen, aber sie ist mehr auf ihr Telefon als auf mich konzentriert, was mir ganz recht ist, denn mein Blick wandert immer wieder zu meiner umwerfenden, goldenen Göttin von Freundin hinüber.

Als Catalina und ich bei der Gala ankamen, waren Allie und Niall schon voll im Geschäftsmodus, denn sie organisierten Interviews für mich und Mac an den samtenen Seilen, die den roten Teppich von den Medien trennen. Es scheint, dass die gesamte Londoner Presse zu dieser Veranstaltung gekommen ist, denn die Fotografen stehen dicht gedrängt, um Fotos von den A-Promi-Sportlern mit ihren Dates zu machen.

Die *Win A Date*-Kampagne hat dazu beigetragen, mehr als hunderttausend Pfund für den guten Zweck zu sammeln, und es ist ein unglaubliches Gefühl, über den roten Teppich zu gehen und von der Presse erkannt zu werden. Ich jage nicht nach Ruhm. Ganz im Gegenteil. Aber ich jage dem Erfolg hinterher. Und wenn diese Leute meinen Namen kennen, habe ich in meiner Karriere etwas richtig gemacht.

Vaughn Harris, die Harris-Brüder und Vi sind vor uns, gekleidet in Anzügen und ihre Damen in wunderschönen Kleidern. Es ist keine Überraschung, dass sie alle gekommen sind, um diese Sache zu unterstützen. Ich glaube, sie würden für Allie so ziemlich alles tun.

Ich sehe, wie Tanner zu Allie hinübergeht, die neben Niall im Rampenlicht steht. Er packt sie an den Schultern und zieht sie zu ihrer Gruppe hinüber. Er verkündet der Presse, dass sie ihre Cousine ist und auf die Familienfotos gehört. Die Presse dreht durch und knipst wie wild Fotos. Die ganze Szene bringt mich zum Lächeln. Ich weiß, wie sehr Allie es genießt, Teil einer richtigen Familie zu sein, und die Harris-Familie hat sie von der Sekunde an, als sie nach London zurückkam, wie eine Schwester behandelt.

Macs laute Stimme unterbricht meine Konzentration, als er sich lautstark über etwas beschwert, das sein Date gesagt hat. Die Person, die heute Abend die Gesellschaft von Mac gewonnen hat, ist ein Typ namens Michael aus Boston, der den ganzen Abend an Mac hängt, während sie für Fotos posieren und lächeln. Es ist ein komischer Anblick, wie Mac dem Jungen brüderlich das Haar zerzaust, nur damit der Junge ausflippt und zu einem nahe gelegenen Spiegel eilt, um es zu richten.

Catalina und ich bahnen uns langsam unseren Weg durch die Stufen und wiederholen die Interviews mit verschiedenen Zeitungen und Zeitschriften. Die meisten fragen Catalina nach ihrer Reise nach London und ob ich ihr eine schöne Zeit beschere. Viele fragen nach dem Aufstieg von Bethnal Green in die Premier League und wie ich die nächste Saison einschätze.

Ich bin gerade mit einem Interview fertig, als ich eine zarte Hand auf meinem Rücken spüre. Ich drehe mich um und sehe Allie direkt neben mir stehen. Sie riecht einfach göttlich und ist aus der Nähe noch umwerfender. Ihre Haut leuchtet, als wäre sie in Gold getaucht worden, und ihre blauen Augen strahlen im Kontrast zu ihren stark getuschten Augen. Ich werfe einen Blick auf ihre roten Lippen und muss mich beherrschen, sie nicht bis zur Besinnungslosigkeit zu küssen.

Ihr Blick wandert anerkennend an meinem Körper hinunter, bevor er mit einem höflichen Lächeln zu Catalina hochschnellt. „Wie war deine Tour durch London, Catalina?"

„Super gut!", zwitschert Catalina und hält ihr Handy hoch, um ein Selfie von uns dreien zu machen.

Allie runzelt kurz die Stirn, strafft dann aber ihre Gesichtszüge, um professionell zu wirken. „Seid ihr bereit, zu eurem Tisch geführt zu werden?"

Catalina nickt und beginnt, ein Video von den Paparazzi aufzunehmen, die nach uns rufen und weitere Fragen stellen. Allie dreht sich um, um uns den Weg zu zeigen, aber ich lege meine Hand um ihre Taille und ziehe sie an mich.

Ich presse meine Lippen an ihr Ohr und flüstere: „So sexy wie du in diesem Kleid aussiehst, kann ich nur daran denken, wie viel Spaß es machen wird, es dir später auszuziehen."

Allie schaut sich ängstlich in der Menge um, bevor sie ein Lächeln aufsetzt und eine Haarsträhne hinter ihr Ohr steckt. Ihre Bewegungen verhindern nicht, dass ihre Wangen rot werden.

Ich beuge mich wieder vor und füge hinzu: „Bist du feucht für mich, Mooi?"

Sie lacht nervös und zieht sich zurück, wobei sie bemerkt, dass Niall uns neugierig beobachtet. Sie räuspert sich und antwortet laut: „Ja, ich denke, ich kann dir diesen Wunsch erfüllen."

Meine Augen tanzen vor Belustigung. „Das ist so großzügig von dir." Meine Stimme ist leise, als ich hinzufüge: „Ich hoffe, du bist damit einverstanden, heute Abend gegen eine Wand gefickt zu werden, denn ich glaube nicht, dass wir es über die Tür hinaus schaffen werden."

Sie ist auf meine schmutzige Bemerkung vorbereitet und legt spielerisch einen Finger an ihr Kinn, als müsse sie nachdenken. „Ja, ich glaube, wir können euch einen Tisch an der Wand besorgen."

Ich schüttle mit einem breiten Lächeln den Kopf und würde sie am liebsten von diesem Ort wegtragen und ihr zeigen, wie sehr ich mich in sie verliebt habe. Stattdessen beuge ich mich ein letztes Mal vor und meine Lippen streifen ihr Ohr, als ich murmle: „Die Wahrheit ist, du bist die schönste Frau hier heute Abend und ich bin ein Glückspilz, denn ich weiß, dass das das Uninteressanteste an dir ist."

Jeglicher Humor verschwindet, als sie sich zurückzieht und mich mit großen, funkelnden Augen anstarrt. Ich erwidere ihren Blick ohne die geringste Spur eines Lächelns, damit sie weiß, dass ich es hundertprozentig ernst meine. Allie war schon immer schön. Wahrscheinlich wurde ihr das ihr ganzes Leben lang von unzähligen Männern gesagt. Aber je näher wir uns gekommen sind, desto mehr habe ich gemerkt, dass es nicht ihre Schönheit war, in die ich mich verliebt habe. Es war alles andere.

Wir schauen uns für einen langen, bedeutungsvollen Moment an, während der Rest der Welt um uns herum verschwindet und nur ich, sie und unsere Herzen übrig bleiben, die nun füreinander schlagen.

Unser zärtlicher Moment wird unterbrochen, als Niall herüberkommt und sagt: „Lasst uns reingehen, ja?"

Ich kann nicht aufhören, Allie anzustarren, als Catalina und ich ihr und Niall ins May Fair Hotel folgen. Die Frau hüpft verdammt noch mal in einem Abendkleid. Es ist dezent und fällt nicht jedem auf, aber es passiert und ich glaube, ich habe mich gerade noch mehr in sie verliebt.

Wir kommen im Ballsaal an, wo sich unser Tisch befindet. Mit uns sitzen Mac und seine Verabredung, Michael, Catalina und ich, Niall und Allie, und Vaughn und Vi Harris direkt neben mir. Der Rest der Harrise und ihre Frauen sitzen am Nachbartisch.

Das Abendessen wird serviert, und die Unterhaltung verläuft problemlos. Allie und ich tauschen einige Blicke über den Tisch hinweg aus, aber ich versuche, meiner Verabredung Aufmerksamkeit zu schenken, auch wenn sie sich hauptsächlich auf ihr Telefon konzentriert.

Als der Nachtisch serviert wird, wendet Vaughn seine Aufmerksamkeit mir zu und sagt: „Niall hat mir von dem Adidas-Vertrag erzählt."

Ich atme nervös ein. „Es ist noch nicht offiziell. Ich werde mich in ein paar Wochen mit ihnen treffen."

„Du wärst ein tolles Gesicht für sie", sagt er, greift nach seinem Kaffee und bringt ihn an seine Brust. „Du hast einen verdammt guten Job gemacht, als du hierhergezogen bist und dich nicht in der Partyszene verfangen hast, wie so viele Neulinge es tun. Es ist nicht leicht, in London konzentriert zu bleiben, vor allem bei all der zusätzlichen Aufmerksamkeit von Medien und Fans. Aber du hast mich wirklich beeindruckt, sowohl auf als auch neben dem Spielfeld."

„Danke, Sir", antworte ich und atme überrascht durch die Nase aus.

„Genug mit dem Sir-Unsinn", sagt er und winkt mich ab. „Du gehörst jetzt praktisch zur Familie. Nenn mich Vaughn."

Ich schlucke seine Aussage hinunter, denn sie bedeutet mir mehr, als er ahnt. Ich wende meinen Blick zu Allie, die über etwas, das Mac gerade gesagt hat, so sehr lacht, dass sie Tränen in den Augen hat. Sie sieht glücklich und entspannt aus. Leicht und völlig unbeschwert. Das war ich. Ich habe ihr dieses Gefühl der Zufriedenheit gegeben.

Sie blickt mich an und zeigt mir mit einer winzigen Veränderung in ihrem Gesichtsausdruck, dass sie weiß, dass ich das getan habe. Sie weiß, dass sie so glücklich ist, weil wir zusammen sind. Mein Herz klopft in meiner Brust, weil mir in diesem Moment klar wird, dass ich Allie Harris für den Rest meines Lebens lachen sehen möchte.

„Mir gefällt der Gedanke, zur Familie zu gehören", sage ich mit leiser Stimme und wende mich Vaughn zu, dessen Gesichtsausdruck von heiter zu ernst wechselt, als er meinen veränderten Tonfall bemerkt.

„Gut", antwortet er mit einem Nicken.

Ich atme tief ein und bereite mich darauf vor, eine Frage zu stellen, von der ich nie erwartet hätte, sie heute Abend zu stellen. „Heißt das, wenn ich Allie eine bestimmte Frage stellen würde, würdest du mir deinen Segen geben?"

Vaughn blinzelt mich schockiert an. „Wenn du das fragst, was ich glaube, dass du fragst, dann sprichst du mit dem falschen Harris-Bruder."

„Ich weiß", antworte ich, wobei mein Kiefer vor Entschlossenheit angespannt ist. „Aber irgendetwas sagt mir, dass Allie deinen Segen genauso sehr wollen würde wie den ihres Vaters."

Vaughn lehnt sich zurück, ein ungläubiger Blick voller Stolz steht ihm ins Gesicht geschrieben. „Es wäre mir eine Ehre, dich in der Familie zu haben."

Ich stoße ein nervöses Lachen aus, weil ich nicht fassen kann, was ich gerade getan habe. Ich habe gerade … *Verdammte Scheiße.*

Kopfschüttelnd schlucke ich den Kloß in meinem Hals hinunter und stammle: „Bitte erzähle Allie nichts von diesem Gespräch."

Vaughn lacht und setzt seinen Kaffee ab. „Dein Geheimnis ist bei mir sicher, DeWalt."

Er klopft mir auf die Schulter, als der Gastredner die Bühne betritt und seinen Vortrag hält. Ich atme aus, erleichtert darüber, dass dieser überraschend angespannte Moment vorbei ist. Ich habe keinen blassen Schimmer, was mich dazu gebracht hat, Vaughn um die Hand seiner Nichte zu bitten, aber ich glaube, das habe ich gerade getan. Der andere schockierende Gedanke ist, dass ich es nicht bereue. Es fühlte sich einfach richtig an. Allie fühlt sich richtig an.

Ich tue mein Bestes, mich auf die lange Präsentation zu konzentrieren, aber ich bemerke, dass Niall seinem Handy sehr viel Aufmerksamkeit schenkt. Ein unverschämtes Maß an Aufmerksamkeit, wenn ich ehrlich sein soll. Er zieht die Stirn in Falten, als er auf den Bildschirm tippt und ihn näher an sein Gesicht zieht. Nach ein paar Minuten tippt er Allie auf die Schulter, die bis jetzt völlig auf den Sprecher konzentriert war.

Er beugt sich vor und flüstert ihr ins Ohr. Dann holt Allie scharf Luft und hält sich mit einer zittrigen Hand den Mund zu, während sie auf sein Handy starrt. Nialls schaut sie wütend an, sauer auf das, was auch immer sie auf dem Bildschirm sehen.

Ich bemerke, wie die Handys der anderen Leute um uns herum ihre Gesichter beleuchten, und frage mich, welche Neuigkeit zum Teufel da gerade passiert ist. Gab es eine Bombe? Einen Terroranschlag? Eine Schießerei? Wer zum Teufel ist gestorben?

Plötzlich heben sich Allies Augen und treffen auf meine. Ihr Gesichtsausdruck ist so erschreckend, dass es mich alles kostet, nicht über den Tisch zu springen und sie zu fragen, was los ist.

Ich erwidere ihren Blick, und sie schüttelt den Kopf, während ihr eine Träne nach der anderen über die Wangen läuft. Ich habe Allie noch nie weinen sehen. Ich habe Tränen in ihren Augen gesehen. Ich habe gesehen, wie ihre Augen tränen. Aber das hier? Weinen? Niemals.

Gerade als ich zu ihr gehen will, sieht sie mich an und flüstert mir zu: „Es tut mir so leid, Roan."

Zur gleichen Zeit schnappt Catalina neben mir nach Luft. Ich drehe mich um und sehe, dass ihr Blick mit offenem Mund auf ihr Handy gerichtet ist. Sie sieht zu mir auf und blinzelt, ihr Blick gleitet an meinem Körper auf und ab, bevor sie sich schließlich zu mir lehnt und sagt: „Wie viel hätte ich für ein solches Date spenden müssen?"

Sie hält mir ihr Handy hin, und zunächst sieht es nur aus wie eine Reihe von sich bewegenden Schatten in einem dunklen Raum. Ich blinzle, nehme ihre Hand und ziehe den Bildschirm näher an mich heran, um zu erkennen, was auf dem Video zu sehen ist.

In diesem Moment sehe ich etwas, das ich wiedererkenne.

Strapse.

Nasses Kleid.

Nasser Anzug.

Nasse … Allie.

Ich reiße Catalina das Telefon aus der Hand und tippe mit dem Finger auf den Bildschirm. Ich spule vor, um zu sehen, was als Nächstes kommt, denn ich bin zu ungeduldig, um die vertraute Szene zu betrachten, die ich in meinem Kopf schon tausendmal abgespielt habe. Aber ich muss zugeben, dass meine Erinnerung nicht so lebhaft war.

Allies Gesicht füllt plötzlich den Bildschirm, was verdeutlicht, dass sie die Frau in Strapsen ist. Sie fummelt kurz am Telefon herum, dann läuft das Video weiter. Schließlich kommt mein eigenes Gesicht zum Vorschein. Es ist dunkel und schemenhaft, aber es ist offensichtlich ich. Und seien wir mal ehrlich, ich habe gerade eine Stunde lang mit der Presse gesprochen. Die Leute kennen jetzt mein Gesicht. Das bedeutet, dass dieser Scheiß für alle da draußen ist, um mich zu identifizieren.

Ich tippe auf die Schaltfläche ZURÜCK und sehe, dass das Video auf einer zwielichtig aussehenden Website in einer Fremdsprache gepostet ist. Die einzige Schlagzeile, die ich sehe, lautet: „Stürmer Roan DeWalt erzielt ein Tor mit einer Harris."

Das Vorschauvideo, das in einer Schleife abgespielt wird, ist erschreckend. In meiner Erinnerung war jene Nacht nur ein Aufblitzen von Leidenschaft und Lust. Lachen und Vergnügen. Es war sexy und rein. Dieses Video ist alles andere als das. Es zeigt alles. Der

Oralverkehr, die verschiedenen Stellungen, in denen wir gefickt haben, wie ich ihr den Hintern versohle, wie Allie meinen Schwanz reitet – wir beide sehen aus wie gottverdammte Pornostars.

Dieses Video nimmt all die Gefühle, die ich für Allie entwickelt habe – Gefühle, die ich schon in unserer ersten gemeinsamen Nacht hatte – und verwandelt sie in ein schäbiges, ekelhaftes, öffentliches, verdammtes Sexvideo.

Die Menge beginnt zu applaudieren, weil der Gastredner seine Präsentation beendet hat. Ich kann nichts anderes hören als das Klingeln in meinen Ohren. Zum Glück konnte ich den Ton in dem Video nicht hören, sonst hätte ich wahrscheinlich den Tisch umgeworfen.

Ich knalle Catalinas Handy auf den Tisch und stehe von meinem Stuhl auf. Allie steht mit mir auf und beobachtet mich, als wäre ich ein Löwe, der zum Angriff bereit ist.

„Roan, bitte …“, sagt sie mit einem erstickten Schluchzen.

„Nicht“, knurre ich, wobei ich die Zähne so fest aufeinanderpresse, dass sie brechen könnten.

„Was ist los?“, fragt Vaughn mit tiefer, autoritärer Stimme.

Ich ignoriere seine Frage und werfe Allie einen warnenden Blick zu, der besagt, dass sie mir verdammt noch mal nicht folgen soll, bevor ich mich umdrehe und aus dem Ballsaal gehe.

Scheiß auf dieses Date.

Scheiß auf diese Gala.

Scheiß auf die verdammte Allie Harris.

Und scheiß auf ihre ganze verdammte Familie.

Ohne nachzudenken, stürme ich aus der Vordertür des Hotels und werde sofort von Paparazzi überfallen. Blitzlichter gehen los und Stimmen schreien mir schreckliche Fragen über das achtundzwanzigminütige Sexvideo zu, das gerade von einer indischen Pornoseite namens Garish Entertainment veröffentlicht wurde.

„DeWalt! Nehmen Sie Ihre sexuellen Begegnungen immer auf?“, ruft eine Stimme.

Im Bruchteil einer Sekunde stürme ich zu den Samtseilen und packe den verdammten Fotografen an seinem Hemd.

Die Menge schnappt angesichts meines Angriffs nach Luft. Und bevor ich die Kamera des Mistkerls ergreifen und auf den Boden werfen kann, packen mich zwei große Hände an den Schultern und ziehen mich von dem schmierigen Arschloch weg, das trotz seiner Nahtoderfahrung weiter Fotos macht. Das wäre mit ihm passiert, wenn ich noch eine Sekunde länger mit ihm gehabt hätte. Ein verdammt schmerzhafter Tod.

„Beruhige dich, Junge … Das brauchst du nicht", knurrt Macs schottischer Akzent in mein Ohr.

Er zieht mich über den roten Teppich und winkt einen der Taxifahrer heran, die in der Schlange am Straßenrand geparkt haben. Der Erste hält an, und Mac schiebt mich hinein, klemmt sich hinter mich und nennt dem Fahrer unsere Adresse.

Als wir losfahren, schaue ich aus dem Fenster und sehe die vier Harris-Brüder, die uns über den roten Teppich nachjoggen. Sie sehen verdammt mörderisch aus, aber es ist eine andere Art von Mord als die, die ich von unserem Fußballspiel in Vaughns Garten kenne. Dieser Blick ist echt.

Sie schlagen auf den Kofferraum, als wir losfahren, und ich schaue zurück, um zu sehen, wie sie das nächste Taxi heranwinken.

Mac sieht mich mit großen Augen entsetzt an. „Verdammt noch mal. Was hast du getan?"

Ich beuge mich vor, fahre mir mit den Händen über die Haare und klemme den Kopf zwischen die Knie. „Was zum Teufel ist hier los?"

„Sag du es mir!", brüllt Mac. „Ich weiß nur, dass dein Date angefangen hat, Mist darüber zu erzählen, dass du in einem Sexvideo im Internet zu sehen bist, und jetzt werden wir allem Anschein nach von den Harris-Brüdern gejagt." Er blickt hinter uns und schüttelt den Kopf. „Ich glaube, ich kann es mit Booker aufnehmen, aber sie sind uns zahlenmäßig überlegen."

Ich lehne mich auf dem Sitz zurück und presse die Lippen zusammen, Wut strömt durch meine Adern. Ich hämmere wiederholt mit der Faust auf die Rückbank des Taxis.

„Hören Sie auf, oder ich setze Sie mitten auf der Straße ab", schnauzt mich der Taxifahrer an.

„Aye, tut mir leid, Mann. Wir haben gerade einen kleinen Moment. Ich gebe Ihnen ein gutes Trinkgeld, keine Sorge." Mac dreht sich zu mir um, seine Stimme ist tief und ernst. „Beruhig dich und sag mir, was hier los ist."

„Allie hat ein verdammtes Sexvideo von uns gemacht und es wurde auf einer Pornoseite veröffentlicht."

„Fick dich!", brüllt Mac ungläubig. „Woher weißt du, dass sie es war?"

„An einer Stelle sieht es so aus, als ob sie etwas auf dem Bildschirm tippen wollte, aber die Aufnahme lief weiter."

Mac fährt sich mit der Hand über den Kiefer und schüttelt den Kopf. „Wann hat sie es getan?"

„In unserer ersten gemeinsamen Nacht, vor zwei Jahren."

Mac schnaubt: „Was ist das? Eine Art perverser Fetisch, den sie hat?"

„Mac, ich schwöre bei Gott", knurre ich, balle meine Faust und halte sie ihm vors Gesicht. „Ich will jetzt unbedingt etwas schlagen, also mach weiter so und es wird dein verdammtes Gesicht sein."

Er runzelt die Stirn, lehnt sich in seinem Sitz zurück und schüttelt den Kopf. „Aber warum hat sie das getan? Das sieht ihr gar nicht ähnlich."

„Ich weiß es nicht, verdammt."

„Und bist du sicher, dass sie es getan hat?"

Ich nicke, mein Kiefermuskel zuckt wie ein Herzschlag. „Sie hat versucht, sich zu entschuldigen, bevor ich es auf Catalinas Handy gesehen habe."

„Herrgott noch mal, das ist beschissen."

Ich schüttle den Kopf und schaue aus dem Fenster, während ich mir den Kopf zerbreche, warum sie mir das antun sollte.

Wollte sie mich deshalb nicht sehen, als sie nach London zurückkam? Wollte sie mit dem Verkauf des Videos schnelles Geld machen? Warum kommt es jetzt heraus? Wie kann es sein, dass es ihr verdammt noch mal recht ist, dass sie sich so in der Öffentlichkeit zeigt? Nichts davon ergibt einen Sinn.

Der Rest der Fahrt zurück zu unserem Haus verläuft in gespenstischer Stille, und ein zweites Taxi hält direkt hinter uns an, als wir an unserem Doppelhaus ankommen. Ich steige zuerst aus und warte auf dem Bürgersteig, bereit für das, was auch immer die Harris-Brüder mir zu sagen haben.

Gareth ist der Erste, der aus dem Taxi steigt. Er schreitet geradewegs auf mich zu, die Hände an seinen Seiten zu Fäusten geballt. Ich weiß, was auf mich zukommt. Ich merke es in der Sekunde, in der ich ihn erblicke. Aber anstatt mich zu ducken oder mich zu schützen, bleibe ich stehen und sehe zu, wie er den Arm zurückzieht und mir direkt auf den Kiefer schlägt.

„Gareth!", schreit Tanner, der hinter ihm läuft, als ich rückwärts stolpere und auf ein Knie falle.

In meinem Kopf dreht sich alles, meine Sicht ist verschwommen, und alles, was ich höre, ist der gedämpfte Klang von Mac, der vor mir schreit wie ein Wachhund, der bereit ist, einer Einbrecherbande die Gesichter abzureißen.

Als meine Ohren aufhören zu klingeln, höre ich Mac sagen: „Du kennst noch nicht einmal die ganze Geschichte!"

„Was meinst du?", dröhnt Gareths Stimme.

„Es war deine …"

Ich packe Mac an der Schulter und schüttle warnend den Kopf. „Sag kein Wort."

Seine Augen werden groß, als er mich stillschweigend drängt, ihnen zu sagen, was passiert ist. Ihnen zu sagen, dass das Video nichts mit mir zu tun hatte. Dass das alles Allies Schuld war. Aber die Genugtuung gönne ich diesen Typen nicht. Und wenn ich ehrlich bin, würde es mir nichts ausmachen, wenn sie mich alle vier verprügeln würden. Der äußere körperliche Schmerz wäre viel leichter zu ertragen als die seelischen Qualen, die ich in meinem Inneren empfinde.

„Wir haben dir verdammt noch mal vertraut", knurrt Gareth, der immer noch von Tanner zurückgehalten wird, während Booker und Camden in der Nähe stehen und auf den Füßen vor und zurück wippen, als wären sie angriffsbereit. „Wie zum Teufel konntest du ihr das antun?"

Mac öffnet den Mund, um wieder etwas zu sagen, aber ich packe ihn an der Schulter und drücke ihn mit aller Kraft zum Schweigen. Er beißt sich in die Faust und sieht aus, als würde er vor Frustration explodieren, aber das ist mir scheißegal. Das ist nicht sein Kampf. Und egal, wie verletzt, wütend und verwirrt ich darüber bin, was Allie getan hat, ich werde nicht derjenige sein, der sie bei der einzigen Familie, die sie richtig zu lieben weiß, verrät.

„Du hast mir nie vertraut", sage ich mit zusammengebissenen Zähnen. „Du hast mich bestenfalls toleriert."

„Und das aus gutem Grund!", schnauzt Gareth und weicht dann so weit zurück, dass Tanner ihn loslassen kann.

Tanner dreht sich um und geht auf mich zu, sodass wir nur noch einen halben Meter voneinander entfernt sind. Er sieht ernster aus, als ich es je zuvor gesehen habe. „Ich habe dir vertraut. Du bist mein Mannschaftskamerad, Roan. Mein Stürmerkollege. Mein verdammter Partner. Warum hast du das getan?", sagt er.

Ich schüttle den Kopf. „Wenn du denkst, ich könnte das tun, dann waren wir nie Partner."

Tanner zieht verwirrt die Stirn in Falten, aber er reckt sein Kinn vor und fügt hinzu: „Und nächste Saison? Du bist bereit, für diese Sache alles wegzuwerfen?"

„Wenn es das ist, was ihr glauben müsst, dann glaubt es halt", sage ich barsch, wobei ich sie alle mit einem eisigen Blick bedenke. „Ich habe es satt, mich darum zu scheren, was ihr verdammten Harris-Brüder denkt. Ich habe eure Spielchen gespielt. Ich habe eure Prüfungen bestanden. Ich habe versucht, euch alle dazu zu bringen, mich zu akzeptieren. Herrgott, ich bin seit meiner Ankunft in London der Harris-Familie in den Arsch gekrochen. Aber damit bin ich jetzt fertig. Wenn ich für den Rest meines Lebens keinen Harris mehr sehe, ist es noch zu früh." Ich zeige mit dem Finger auf ihr Taxi. „Ich würde es zu schätzen wissen, wenn ihr euch jetzt alle von meinem Grundstück verpisst."

Tanner starrt mich an, als wäre ich Brutus, der gerade Cäsar verraten hat. Vielleicht bin ich das. Vielleicht war ich ein Idiot, weil ich mich mit der Cousine meiner Teamkameraden eingelassen habe. Vielleicht war es lächerlich, dass ich dachte, sie sei das Risiko wert.

Booker schüttelt den Kopf und reißt Tanner von mir weg. „Komm schon, Mann. Allie hat etwas Besseres verdient."

„Sie wird etwas Besseres finden", fügt Camden hinzu, verengt seine Augen und wendet sich zum Gehen.

Gareth zeigt mit dem Finger auf mich und fügt hinzu: „Du hältst dich gefälligst von ihr fern."

Die vier steigen zurück in ihr Taxi und fahren die Straße hinunter, weg aus meinem Blickfeld. Sie lieben sie blind, das muss ich ihnen lassen. Ich wünschte nur, ich wäre in der Lage, das Gleiche zu tun.

KAPITEL 24

Allie

„SAG MIR EINFACH, WO ER HINGEGANGEN IST", FLEHE ICH EIN LETZTES Mal, als ich in der Tür von Roans Haus stehe.

Mac kneift seine grünen Augen zusammen, was mir das Gefühl gibt, eine Ameise zu sein, auf der er herumtrampeln möchte. „Wie konntest du das tun, Allie? Ausgerechnet du?"

„Es ist kompliziert", stöhne ich, fahre mir mit den Händen durch die Haare und ziehe, bis es wehtut.

Was für ein verdammtes Chaos. Hätte ich gewusst, was mein Vater vorhat, nachdem er heute Abend mit mir telefoniert hatte, hätte ich ihn aufgehalten. Ich hätte ihm gesagt, er solle Rosalie zum Traualtar führen. Wenn er das nicht gewollt hätte, hätte ich einen verrückten Wissenschaftler gefunden, der einen Klon meines Vaters für Rosalie gemacht hätte, um dieses Chaos zu verhindern.

Aber Rose hat mir nicht einmal die Chance gegeben, ihn umzustimmen. Nachdem Niall mir das Video auf irgendeiner schrecklichen Website gezeigt hatte, holte ich mein Handy heraus und sah die ominöse SMS, die sie mir zwei Stunden zuvor geschickt hatte und die bestätigte, was sie getan hatte.

Rose: Daddy hat sich aus der Hochzeit zurückgezogen. Du bist ein egoistisches Miststück.

Als die Medien den Link bekamen und Niall über eine dringende SMS der Agentur informiert wurde, hatte das Video bereits zwanzigtausend Aufrufe. *Zwanzigtausend Menschen* haben alles gesehen, was Roan und ich in diesem Hotelzimmer gemacht haben.

Verdammt demütigend.

Als Nächstes stürmten meine Cousins hinter Roan her aus dem Ballsaal, während ich mit Niall und Vaughn festsaß, die beide unermüdlich daran arbeiteten, jemanden zu finden, der das Video löschen konnte. Es war auf eine ausländische Website hochgeladen worden, die nur schwer nachzuverfolgen war.

Vi musste sich an einen Freund wenden, den sie Frank and Beans nannte und der einen Hacker kennt, der in die Website eindringen konnte, um die Datei zu entfernen. Innerhalb von fünf Minuten nach dem Anruf war das Video verschwunden, aber der Schaden war bereits angerichtet.

Ich habe offiziell ein Sextape von mir mit einem Sportler, das veröffentlicht wurde, und nichts wird das jemals ändern.

Ich hatte keine Zeit, Vaughn oder Niall zu erklären, was passiert war, bevor ich Vi bat, mir die Schlüssel für ihr Auto zu geben. Ich musste Roan sehen. Ich musste sicherstellen, dass es ihm gutging, dass es uns gutging. Ich musste ihm erklären, dass das Video ein furchtbarer Fehler war, ich mich so sehr geirrt hatte und es mir leidtat.

Und jetzt bin ich hier und ernte böse Blicke vom freundlichsten Schotten der Welt.

„Mac, ich würde dir gerne sagen, warum ich es getan habe, aber ich muss erst mit Roan sprechen. Du willst mir wirklich nicht sagen, wo er hingegangen ist?"

Er schüttelt den Kopf. „Er ist einer von den Guten, Allie. Du hast es wirklich versaut."

„Ich weiß!", schreie ich, meine Emotionen kochen über, als ich mich umdrehe und weggehe, den Kopf schüttle und zum zehntausendsten Mal mein eigenes dummes Handeln verfluche. Die Tränen laufen mir über die Wangen, als ich mich auf die Haustreppe fallen lasse und weine. Ich weine nicht um mich und meine öffentliche Demütigung. Ich weine über meinen Verrat an Roan, den ich mir nie verzeihen kann.

„Ich bin so eine Idiotin, Mac. Ich war so verloren, als ich das Video gemacht habe. Ich war so verwirrt darüber, wer ich war und wie die wahre Liebe aussah. Dieser Herzschmerz hat mich in eine schreckliche Version meiner selbst verwandelt, von deren Existenz ich nicht einmal wusste. Aber dann traf ich Roan und verliebte mich in die Person, die ich wurde, als ich mit ihm zusammen war. Und ich verliebte mich in ihn. Ich wusste nicht einmal, dass ich nach allem, was passiert war, zu solchen Gefühlen fähig war.

„Und ich weiß, ich hätte das Video schon vor zwei Jahren löschen sollen. Aber jedes Mal, wenn ich es versuchte, konnte ich mich nicht dazu durchringen, weil ich wusste, dass zwischen uns etwas Besonderes war, sogar nach unserer ersten gemeinsamen Nacht. Das konnte ich nicht loslassen, bis ich merkte, dass ich das Video nicht brauchte. Ich brauchte nur ihn."

Mein Atem bleibt mir im Hals stecken, während ich schluchze wie ein Kind, das sich von einem Wutanfall zu erholen versucht. Ich fühle mich definitiv wie ein Kind. Dieser ganze Albtraum ist das Unreifste, Idiotischste und Dümmste, was ich je getan habe, und ich werde es nie wieder rückgängig machen können.

„Verdammte Scheiße", höre ich Mac knurren, als er aus dem Haus tritt und die Stufen hinuntergeht, um sich neben mich zu setzen. Er tätschelt mir unbeholfen den Rücken. „Ich kann nicht damit umgehen, wenn Frauen weinen. Das ist so eine Sache für mich."

Ich schniefe und wische mir die Tränen weg. „Ich liebe ihn so sehr, Mac. Ich werde mir nie verzeihen, dass ich alles ruiniert habe."

Mac bekommt einen schmerzhaften Ausdruck in den Augen, als er seine Hand zurückzieht und seine Arme auf den Knien verschränkt. „Alles ruiniert ist eine große Aussage, Mädchen."

„Nun, es fühlt sich an, als wäre alles ruiniert." Ich schlucke den Schmerz in meinem Hals hinunter und drehe mich, um ihm in die Augen zu sehen. „Roan wird mir vielleicht nie verzeihen, aber ich hoffe, ich kann mir deine Vergebung eines Tages verdienen, Mac. Du bist Roan ein großartiger Freund, und es tut mir leid, dass ich dich enttäuscht habe."

Seine Augen tanzen einen Moment lang über mein tränenverschmiertes Gesicht, bevor er einen schweren Seufzer ausstößt. Er kramt in seiner Tasche und holt einen Schlüsselbund hervor. Er zieht einen silbernen Schlüssel vom Ring und reicht ihn mir.

„Was ist das?", frage ich mit hohler Stimme.

Er schürzt die Lippen und antwortet: „Es ist ein Schlüssel zum Tower Park. Ich wette mit dir, dass er dort ist. Dorthin gehen die meisten von uns, wenn wir einen klaren Kopf brauchen."

Meine Augen werden groß, als ich den Schlüssel in die Hand nehme.

Er nickt mit dem Kopf in Richtung von Vis Auto. „Park am Spielereingang im Nordosten, dann geh rein und bieg links ab. Dann kommst du direkt auf das Spielfeld."

Ich umarme Mac mit aller Kraft, die ich habe. Er fühlt sich an wie ein riesiger Felsbrocken, aber ich drücke weiter zu, auch wenn es wehtut. Ich ziehe mich zurück und schenke ihm ein zittriges Lächeln. „Danke, Mac."

Er streckt die Hand aus und wischt mir eine Träne aus dem Auge. „Mach, dass du hier wegkommst, bevor ich auch noch anfange zu flennen."

Ehe ich mich versehe, steige ich in Vis Auto und fahre die Straße hinunter wie ein geölter Blitz. Minuten später fahre ich am Tower Park vor, und mein Herz rast, als ich Roans Auto auf dem Parkplatz sehe.

Mit zittrigen Beinen steige ich aus dem Wagen und richte mein Kleid, das ich nach dem Chaos, das diese Nacht hinterlassen hat, wahrscheinlich verbrennen möchte. Der Ausdruck auf Roans Gesicht, als er das Video sah, wird mich für immer verfolgen, und ich verdiene es, davon verfolgt zu werden. Es war wahrscheinlich das Schlimmste, was ich ihm hätte antun können.

Ich schließe den Spielereingang auf und betrete den Tower Park. Ich biege schnell nach links ab, wie Mac es mir aufgetragen hat, und sehe am Ende des Ganges Lichter leuchten. Als ich die große Öffnung erreiche, sehe ich das Spielfeld des Tower Parks. Nachts sieht es anders aus, das strahlend grüne Gras wirkt durch die schwachen blauen Sicherheitslichter fast türkisfarben.

Mein Blick fällt auf Roan, der auf der Bank an der Seitenlinie, etwa auf halber Strecke des Spielfelds, zusammengesackt sitzt. Sein Jackett ist über die Bank drapiert, sein weißes Hemd ist oben aufgeknöpft und seine Fliege hängt lose um seinen Hals. Er sieht so schön aus. Schön und kaputt. Ich habe ihm das angetan. Ich habe ihm diesen Schmerz zugefügt.

Meine Absätze sinken in das weiche Gras, und meine Hände zittern, als ich zum Ausziehen meiner Schuhe anhalte. Mein metallisches Kleid schleift geräuschvoll, als ich barfuß auf ihn zugehe. Roan hört mich kommen und erhebt sich sofort von seinem Sitz, als wolle er davonlaufen.

„Ich bin nicht bereit, dich zu sehen", blafft er, wobei er auf und ab geht wie ein Löwe im Käfig.

„Ich muss mit dir reden", antworte ich, und meine Stimme zittert vor Angst. „Ich muss es dir erklären."

„Was erklären?", knurrt er und dreht sich zu mir um, als ich gute drei Meter von ihm entfernt stehenbleibe. Sein Gesicht ist in diesem Licht dunkel, die rechte Seite seines Kiefers sieht rot und geschwollen aus. Hat er etwa geweint? „Erklären, dass du uns beim Ficken gefilmt hast, ohne es mir zu sagen?"

Ich ziehe meine Lippen in den Mund und wünsche mir tausendmal mehr, dass ich jene Nacht zurücknehmen könnte. „Es war ein Versehen."

„Ein Versehen?", brüllt er und fasst sich mit den Händen an den Hinterkopf, während er in den Himmel starrt. „Ein Versehen, dass du dein Handy so hingestellt hast, dass es auf das Bett zeigt? Oder ein Versehen, dass du die Aufnahmetaste gedrückt hast?"

Ich atme zittrig ein. „Ich wollte es nicht so lange laufenlassen."

„Wie lange wolltest du es denn laufenlassen?", ruft er, seine Augen weit und anklagend auf meine gerichtet. Er kommt näher, lässt seine Wut über mich hereinbrechen und verbreitet dabei seinen berauschenden Duft. Sein Gesicht sieht geradezu böse aus, als er fragt: „Lange genug, damit ich meinen Schwanz vor dir streichle? Lange genug, damit ich deine Muschi lecke? Lange genug, damit ich dir den Arsch versohle? Oder hast du nur darauf gewartet, dass ich dich zum Squirten bringe, weil du wusstest, dass es sich gut verkaufen lässt?"

„Stopp!", schreie ich und zucke von ihm zurück, weil ich mich von seinen vulgären Worten geohrfeigt fühle. Mein Kinn zittert, während ich gegen die Tränen ankämpfe. „Du weißt, dass nichts davon nach mir klingt."

„Ich dachte, ich kenne dich, aber die Frau, in die ich mich verliebt habe, hätte gar nicht erst auf die Aufnahmetaste gedrückt!", schreit er, weicht von mir zurück und sieht mich an, als wäre ich ein Stück Scheiße, das er auf dem Bürgersteig gefunden hat. „Du hast auf Aufnahme gedrückt, richtig? Oder habe ich eine geheime Zwillingsschwester gevögelt, die du auch vor mir versteckt hast?"

„Das war ich", bestätige ich, während mir die Tränen über das Gesicht laufen. „Ich … Es sollte nur nicht dein Gesicht zeigen. Es sollte nicht einmal meins zeigen. Ich habe versucht, es zu stoppen, nachdem ich mich für dich ausgezogen hatte, aber ich glaube, ich habe die Taste nicht getroffen. Ich weiß auch nicht. Ich war in dem Moment gefangen. Aber ich wollte nie zeigen, wie wir Sex haben. Das war nicht Teil meines Plans."

„Hörst du dir eigentlich selbst zu?", brüllt er, seine Hände umklammern seinen Kopf in völliger Ungläubigkeit, während er sich von mir abwendet. „Du hast auf eine Taste auf deinem Handy getippt, um uns beide beim Ficken in deinem Hotelzimmer aufzunehmen … Du hast mich benutzt, Lis! Du hast mich benutzt, als wäre ich ein Nichts. Wie konnte dein Gewissen dich nicht davon abhalten, das zu tun?"

„Ich weiß es nicht!", schreie ich und verberge mein Gesicht vor Entsetzen. Wenn ich höre, was ich getan und wie ich es getan habe, kommt es mir ekelhaft vor. Verabscheuungswürdig. Unverzeihlich. Ich *habe* ihn damals ausgenutzt und mir eingeredet, es sei in Ordnung, weil er ein Fremder war. Aber nichts von dieser Verteidigung ergibt jetzt einen Sinn für mich.

Meine Stimme ist heiser vom Weinen, als ich sage: „Ich war ein Wrack, als ich dich traf. Es war erst zwei Wochen her, dass meine ganze Welt auf den Kopf gestellt worden war. Ich dachte, wenn ich mich bei einem Striptease für einen gesichtslosen Fremden filme, würde das meinen Ex eifersüchtig machen und meiner Stiefschwester zeigen, dass sie mich nicht gebrochen hat. Es war ein dummer Plan, okay?"

„Du hast verdammt noch mal recht, es war dumm", knurrt er, kommt auf mich zu und ragt wieder über mir auf. Seine Augen füllen sich mit Kummer, als er hinzufügt: „Ich könnte aus dem Team fliegen. Meine Mutter und meine Schwestern verlassen sich auf mich. Sie sind auf meine Unterstützung angewiesen. Und ich kann mich von dem Werbevertrag verabschieden. Du hast mein Leben total versaut, Allie!"

„Es tut mir leid!", schluchze ich und greife nach ihm, doch er zuckt nur vor mir zurück, als wäre ich ein krankes Tier. Meine Stimme ist ein wirres Durcheinander, während mein Körper vor Reue heftig zittert. „Wirklich, es tut mir so leid! Aber du musst wissen, dass ich es ihnen nie zeigen wollte. Nachdem ich dich in jener Nacht kennengelernt hatte, wusste ich, dass ich es nie jemandem zeigen konnte. Du warst zu besonders."

Roan stößt ein ungläubiges Lachen aus. „Was für ein Glück, dass du mit der Veröffentlichung gewartet hast, bis ich mich in dich verliebt habe."

„Ich habe es nicht veröffentlicht." Ich schniefe und wische mir die Tränen weg, während sich mein Brustkorb vor Emotionen angestrengt hebt. „Rosalie hatte Zugang zu meiner Cloud und drohte mir mit der Veröffentlichung des Videos, wenn ich nicht zu ihrer Hochzeit käme und meinen Vater dabei unterstützte, wenn er sie zum Altar führt."

Roan erstarrt auf der Stelle, lässt die Hände an die Seiten sinken und starrt mich schweigend an, wobei er nur mit dem Schmerz kommuniziert, der von seinem ganzen Körper ausgeht. Schließlich sagt er: „Deshalb wolltest du nicht, dass ich dich zu ihrer Hochzeit begleite? Weil du Angst hattest, Rosalie würde dich verraten?"

Ich fahre mir mit den Händen durch die Haare, hasse es, dass es immer schlimmer wird, und weiß, dass meine Worte nichts davon ungeschehen machen werden.

„War irgendetwas von dem, was du zu mir gesagt hast, wahr, Allie?", fragt er mit ruhiger Stimme und endgültigem Tonfall. Ich sehe Tränen in seinen Augen und es macht mich fertig. Es macht mich fertig, dass er diesen einen Fehler alles in Misskredit bringen lässt, was wir zusammen erlebt haben.

„Ja", krächze ich und gehe auf ihn zu. Ich strecke die Hände aus, möchte ihn berühren und zu mir ziehen. Ihn trösten und ihm zeigen, dass ich immer noch ich bin und nicht das Monster, als das er mich derzeit sieht. „Ich liebe dich, Roan. Ich liebe, wer ich durch dich geworden bin. Ich liebe mein Leben hier in London mit dir. Ohne dich fühlt sich dieser Ort nicht wie ein Zuhause an.“

„Zuhause“, lacht er kopfschüttelnd. „Ich kann nicht glauben, dass ich dich mit nach Hause genommen habe. Ich kann nicht glauben, dass ich dich meiner Oma vorgestellt habe. Ich kann nicht glauben, dass ich so verdammt dumm war.“

Schmerz. Ein brennender, quälender, unerbittlicher Schmerz durchfährt mich bei seinen Worten. Meine Knie drohen nachzugeben, und als er an mir vorbeigeht, höre ich mich ihm zurufen: „Das war's dann?“

Er bleibt auf halbem Weg stehen und dreht nur den Kopf, um zu erwidern: „Ja, das war's … denn du warst es definitiv nicht wert.“

Ich falle auf die Knie und schluchze, als er weggeht und mich allein auf dem Spielfeld zurücklässt. Jeder Schritt, den er sich von mir entfernt, fühlt sich an wie ein Schraubstock, der mein Herz zusammenpresst. Ich möchte ihm nachlaufen. Ich möchte ihm hinterherlaufen, so wie er mir hinterhergelaufen ist, und ihn anflehen, mir zu verzeihen, aber ich weiß, dass es zu spät ist. Es ist alles viel zu spät. Ich schließe die Augen und lasse mich vom Schmerz über den Verlust des Mannes, den ich liebe, überwältigen.

KAPITEL 22

Roan

NORMALERWEISE FÜHLE ICH MICH BEIM BETRETEN VOM TOWER Park wie ein Mann, der ganz oben auf der Welt ist. Ich fühle mich wie jemand, der in der verdammten Lotterie gewonnen hat und dafür bezahlt wird, sein Lieblingsspiel zu spielen.

Heute fühle ich mich wie die zerrissenen Netze, die in den Müll geworfen werden.

Seit der Veröffentlichung des Videos sind fünf Tage vergangen. Fünf Tage, seit meine Welt auf den Kopf gestellt wurde. Und fünf Tage, seit ich die einzige Frau, die ich je geliebt habe, verlassen habe.

Die Presse hat unablässig versucht, mich zu einem Interview zu bewegen. Andere Pornoseiten haben angerufen und mir hohe Summen angeboten, damit sie das Video legal veröffentlichen dürfen. Es war eine Katastrophe.

Und meine Mutter … Meine Mutter ist sprachlos, was bei ihr selten vorkommt. Sie hat das Video nicht gesehen, Gott sei Dank. Meine Schwestern und meine Oma auch nicht. Aber es wurde in den Nachrichten darüber berichtet, sogar in Südafrika, und die Schande, die ich über sie alle gebracht habe, bringt mich um. *Sie bringt mich um.*

Unser Team-Anwalt Santino hat rund um die Uhr gearbeitet und jede Raubkopie des Videos, die im Internet auftaucht, abgemahnt. Es wurden bereits rechtliche Schritte eingeleitet, um den Besitzer der IP-Adresse zu verklagen, der das Video ohne Zustimmung hochgeladen hat, und das ist zufällig Allies reizende Stiefschwester.

Heute bin ich im Tower Park, um mich mit Vaughn, Niall und

Santino zu treffen und eine Erklärung für die Welt zu unterschreiben, denn je länger ich schweige, desto schlimmer sieht alles aus. Und ich bin mir zu neunzig Prozent sicher, dass heute der Tag ist, an dem ich vom Bethnal Green F. C. gefeuert werde.

Ich wünschte, ich könnte mich darum scheren. Ich wünschte, ich könnte die Kraft aufbringen, aufzustehen und verdammt noch mal für meinen Platz im Team zu kämpfen. Aber mein Herz ist zu leer, um zu kämpfen. Meine Seele ist zu einem Nichts zusammengeschrumpft und mein Antrieb hat sich in Luft aufgelöst. Im Moment will ich einfach nur nach Hause gehen, verdammt.

Vaughns Sekretärin winkt mich zu seinem Büro durch. Als ich eintrete, sagt Vaughn mit bedrohlichem Ton: „Schließ die Tür hinter dir, Junge."

Ich tue, wie mir befohlen wird, und nehme den freien Platz vor Vaughns Schreibtisch neben Santino ein, der mir mitfühlend auf die Schulter klopft. Es fühlt sich herablassend an, obwohl ich weiß, dass er es nicht so meint. Ich mag es nicht, Hilfe zu brauchen. Ich mag es nicht, jemand zu sein, der Wellen schlägt und Drama verursacht. Ich habe den größten Teil meines Lebens völlig frei von Dramen verbracht, und jetzt habe ich es geschafft, in weniger als einer Woche mein Lebensmaximum an Drama zu erreichen.

Ich vermeide den Blickkontakt mit Vaughn und schaue zu Niall hinüber, der am Tisch vor dem großen Glasfenster mit Blick auf das Spielfeld lehnt. Er trägt wieder einen seiner perfekten grauen Anzüge mit einer bananengelben Krawatte, die mich aus irgendeinem Grund nervös macht.

Schließlich zwinge ich mich, meinen Manager anzusehen – einen Mann, der mir seit meiner Ankunft in London wie ein Vater ist – und mir dreht sich der Magen um, als ich feststelle, dass er nicht einmal Augenkontakt mit mir aufnehmen kann.

Vaughn räuspert sich und starrt auf die Papiere auf seinem Schreibtisch, als er sagt: „Danke, dass du heute gekommen bist, DeWalt. Ich bin sicher, die letzten Tage waren schwierig für dich."

Ich nicke stumm, mein Kiefer zuckt vor Angst, aber ich stähle mich, um gefasst zu bleiben.

„Wir haben eine Erklärung für die Medien verfasst", sagt Niall, stößt sich vom hinteren Tisch ab und geht mit einem Stück Papier in der Hand auf mich zu. „Aber du musst sie unterschreiben, bevor wir sie herausgeben können."

Ich schaue auf das Papier in seiner Hand und atme tief ein. „Steht da, dass ich nicht mehr für den Bethnal Green F. C. spiele?"

Vaughns Blick schnellt von seinem Schreibtisch hoch. „Was?"

Ich schlucke den Kloß in meinem Hals hinunter, versuche, stark zu sein, aber ich habe das Gefühl, dass ich bei dem Gedanken, das Team zu verlassen, in Millionen Stücke zerbrechen könnte. Ich hasse sogar den Gedanken, Tanner zu verlassen, der den Boden verabscheut, auf dem ich gerade stehe, aber es ist der verdammte Boden, auf dem wir zusammen stehen.

„Ich nehme an, ihr habt mich hierhergebracht, um mich zu feuern", stelle ich klar, weil ich die Worte erst laut hören muss, bevor ich sie schwarz auf weiß sehe.

Niall stößt ein hyänenartiges Lachen aus, das mir auf die Nerven geht. „Dafür haben wir dich nicht hergeholt. Das ist eine Strategiebesprechung."

„Strategie?", frage ich und schaue zwischen Vaughn und Niall hin und her.

„Sie brauchen jemanden, der den Kopf hinhält", sagt Santino und tauscht einen missmutigen Blick mit Vaughn aus.

„Was meinst du damit?", frage ich.

Niall schnappt sich einen Stuhl an der Seite des Raums und stellt ihn direkt vor mir auf. Er knöpft sein Jackett auf und lässt sich auf den Stuhl sinken. „Hör zu, ich weiß, dass Allie Vaughns Nichte ist, aber die Wahrheit ist, dass sie keine Spielerin für das Team ist und Vaughns Loyalität in dieser Angelegenheit dir gelten muss."

„In Ordnung", antworte ich langsam, kann jedoch immer noch nicht folgen.

Niall reicht mir das Papier und fährt fort: „In dieser Erklärung steht, dass Alice Harris wissentlich ein nicht einvernehmliches Sexvideo von dir aufgenommen hat und dass Anzeige erstattet wurde."

„Was?“, rufe ich aus, setze mich nach vorne und wende meinen Blick zu Santino. „Wurde Anzeige gegen Allie erstattet?“

Santino schüttelt den Kopf und blickt Niall streng an. „Nein. Wir haben nur gegen Rosalie Dawson Anzeige erstattet, da sie diejenige ist, die das Video illegal hochgeladen und verbreitet hat.“

„Aber die Öffentlichkeit schert sich einen Dreck um Rosalie Dawson – ein Niemand aus Chicago“, sagt Niall, lehnt sich vor, stützt die Ellbogen auf die Knie und kommt mir ärgerlich nahe. „Sie brauchen jemanden, den sie kennen, der die Schuld auf sich nimmt. In dieser Erklärung heißt es, dass Alice Harris aus allen Arbeitsverhältnissen mit dem Bethnal Green F. C. sowie mit der PR-Firma, die das Team vertritt, entlassen wurde. Darin steht, dass *sie* das Video wissentlich ohne deine schriftliche Zustimmung veröffentlicht hat und dass sie alle rechtlichen Schritte, die sich daraus ergeben, akzeptieren wird.“

„Allie wurde gefeuert?“, frage ich, stehe auf und lasse das Blatt Papier auf meinen Stuhl fallen, als wäre es Gift. „Ist das schon passiert?“

Niall verengt seine Augen, offensichtlich verärgert über meine Reaktion. „Ja, Roan. Natürlich wurde sie gefeuert. Wir können nicht zulassen, dass ein PR-Albtraum in einer PR-Firma arbeitet.“ Er schnappt sich das Papier, legt es auf Vaughns Schreibtisch und tippt mit dem Zeigerfinger darauf. „Diese Erklärung ist dein Ticket nach draußen. Diese Erklärung macht Roan DeWalt zu dem Märtyrer, den alle bemitleiden wollen.“

„Ich will kein verdammter Märtyrer sein“, schnauze ich und fasse mir in den Nacken, während in meinem Kopf eine Reihe von Emotionen herumschwirren, die ich im Moment nicht ganz begreifen kann. „Und ich werde nicht zulassen, dass Allie die Schuld dafür auf sich nimmt. Auf keinen Fall.“

Niall schnaubt spöttisch und sieht Vaughn an, damit er übernimmt.

Vaughn breitet die Hände auf dem Schreibtisch aus und sieht gequält aus, als er sagt: „Allie hat die Erklärung bereitwillig unterschrieben und damit zugegeben, dass du nichts mit dem Video zu tun hast und völlig unschuldig bist. Ich weiß, dass du sie beschützen willst, aber sie hat hier viel weniger zu verlieren. Du musst an deine gesamte Karriere denken. Und an Adidas."

„Liegt Adidas noch auf dem Tisch?", frage ich und drehe meinen Kopf zu Niall.

Nialls Miene wird selbstgefällig, als wäre er mit seinen verrückten Fähigkeiten zufrieden. Am liebsten würde ich ihm eine reinhauen. „Ja. Du kannst dich nicht für die illegalen Handlungen anderer verantwortlich machen." Er rückt seine Krawatte zurecht. „Wir schieben diesen Skandal auf Allie und bezeichnen sie als das schwarze Schaf der Familie Harris. Du schiebst alles auf sie, und wir bringen dich mit Adidas wieder auf Kurs für deinen Werbevertrag."

Ich blinzle ihn an, schockiert und etwas erstaunt darüber, dass ich heute hierhergekommen bin, in der Erwartung, meinen Job und meinen Werbevertrag zu verlieren. Stattdessen wird mir gesagt, dass ich die Chance habe, beides zu retten. Aber zu welchem Preis? Verdient Allie meine Loyalität? Warum weigere ich mich so sehr, sie die Schuld auf sich nehmen zu lassen? Es ist allein ihre Schuld. Sie hat mir die ganze Zeit, in der ich mich in sie verliebt habe, dieses gewaltige Geheimnis vorenthalten. Hat sie das nicht verdient?

Niall schnappt sich einen Stift, drückt ihn mir in die Hand und streicht das Papier auf Vaughns Schreibtisch glatt. „Unterschreibe hier und hol dir deine Träume zurück, DeWalt."

Mein Blick wandert zu Vaughn, der aussieht, als wäre ihm übel. „Bist du wirklich einverstanden damit?"

Vaughn atmet schwer aus und sieht aus, als sei er in den letzten zehn Minuten um zehn Jahre gealtert. „Ich bin nicht glücklich darüber, aber Allie hat darauf bestanden, und ich unterstütze sie. Und trotz unserer familiären Verbindung ist dies mein Club, und ich trage die Verantwortung für dich."

Ich schüttle den Kopf, immer noch nicht überzeugt. „Also unterschreibe ich das und bekomme mein Leben zurück?"

„Ja", sagt Niall, dessen Augen sich vor Dringlichkeit weiten. „Worauf wartest du noch?"

Allie

„Arbeitslosigkeit passt nicht zu mir", sage ich laut, während ich mich vor Camden und Indies Fischglas hinknie und mein Kinn auf die Tischkante stütze. „Hallo, Snowflake. Wie ist das Leben in einer Schüssel?"

Der Betta bewegt sich kaum noch. Seine winzigen, flatternden Kiemen sind das einzige Anzeichen dafür, dass das Ding überhaupt lebt. Ich klopfe an die Scheibe und flehe ihn an, mir irgendeine Art von Aufmerksamkeit zu schenken, irgendetwas, damit ich mich weniger einsam fühle.

„Ich finde, es sieht ganz nett aus." Ich werfe einen Blick auf das winzige Keramikkorallenstück, das sich zwischen den roten Felsen auf dem Grund befindet. „Ich wette, da drinnen ist es ruhig. Friedlich. Du hast da drin keine soziopathischen Familienmitglieder, die versuchen, dein Leben zu ruinieren."

„Soziopathisch ist ein bisschen hart", sagt Camden, und mein Kopf schnellt zur Eingangstür, die ich gar nicht aufgehen gehört habe. „Ich würde uns als charmant gestört bezeichnen."

Ich stehe auf und meine Augen weiten sich, als ich sehe, dass es nicht nur Camden ist. Indie schlendert mit Tanner und Belle hinter sich herein. Durch die Tür kommen Booker und Poppy, jeder mit einem Zwilling auf der Hüfte. Dahinter steht Gareth mit Milo in einem Autositz und Sloan und Sophia neben ihm. Vi, Hayden und Rocky bilden das Schlusslicht.

„Ich, ähm, habe nicht euch gemeint", erkläre ich und blinzle unbeholfen, weil sie alle miteinander plaudern, als wäre es völlig normal, dass sie an einem Donnerstagabend in Camdens und Indies Haus abhängen.

Ich beobachte erstaunt, wie sich alle im Wohnzimmer versammeln. Booker und Poppy haben jeweils einen Einjährigen im

Griff, während Sloan ein Fläschchen für Milo vorbereitet. Die kleine Rocky hat sich aus den Armen ihrer Mutter losgerissen und ist gerade fleißig dabei, alle James-Patterson-Romane von Camden aus dem Bücherregal zu reißen.

Camden rümpft angesichts der schrecklichen Szene die Nase. „Ist schon gut … Es ist völlig in Ordnung. Sie sind alle nur nach meinen Lieblingswortwitzen sortiert, und ich habe nur ein ganzes Wochenende gebraucht, um sie genau so hinzubekommen, wie ich sie mag. Aber sieh mal, sie scheint sie als Tanzfläche zu benutzen, das ist also der Lichtblick an meiner Qual."

Vis Augenbrauen heben sich, und sie versucht nicht einmal, ihre Belustigung zu verbergen. „Nennen wir es die Vorbereitung auf deine eigene Kleine, ja?"

Camden antwortet: „Oh, Freude. Vielleicht wird unser Neugeborenes ein Überflieger sein und eine ganze Bibliothek durcheinanderbringen."

Die beiden fangen an zu diskutieren und ich fühle mich ein bisschen wie ein Außenseiter, der nicht eingeladen wurde. Ich gehe an Vi und Camden vorbei und mache mich auf den Weg zur Treppe.

„Wohin gehst du?", fragt Vi und hält Camden eine Hand vor die Nase, damit er aufhört, sich über die Bücher zu beschweren. „Dieses Familientreffen ist für dich, es wäre also gut, wenn du bleibst."

„Für mich?", frage ich stirnrunzelnd.

„Ja, wir müssen reden. Wo willst du hin?", fragt sie.

Ich zeige auf die Treppe. „Ich wollte gerade nach oben gehen und zu Ende packen. Mein Flug geht morgen früh."

„Du gehst immer noch zur Hochzeit deiner Stiefschwester?", fragt Vi unschuldig.

Ich schüttle den Kopf. Keiner von ihnen weiß, dass es Rosalie war, die das Video veröffentlicht hat. Vaughn weiß es, weil ich mich diese Woche ein paarmal mit ihm und seinem Anwalt getroffen habe, aber er hat geschworen, niemandem etwas zu sagen, bis ich bereit bin. Bis jetzt war ich noch nicht bereit. Bis jetzt habe ich alles getan, um nicht zusammenzubrechen.

Mein Blick schweift zu Boden. „Mein Vater hat ein paar Vorstellungsgespräche für mich arrangiert."

„Vorstellungsgespräche?", meldet sich Indie von ihrem Platz auf dem Boden aus zu Wort, wo sie mit den Zwillingen spielt. Sie hält ihre schwarze Brille von ihren neugierigen Händen fern. „Vorstellungsgespräche für was?"

Ich atme schwer aus, weil ich nicht damit gerechnet habe, ihnen alles auf einmal zu sagen. „Für einen Job."

„Du suchst einen Job in Chicago?", fragt Camden, dessen Stimme vor Schreck angespannt ist. „Was, etwa für immer?"

Ein Kloß bildet sich in meiner Kehle. „Ich denke einfach, es ist besser für mich, wenn ich nicht mit euch allen zusammen bin. Ihr könnt es nicht gebrauchen, dass mein Ruf euch runterzieht."

„Ach, hör doch auf mit dem Unsinn!", brüllt Tanner, der einen Arm um Belle legt. „Wenn wir uns einen Dreck um unseren Ruf scheren würden, hätten wir nicht zugelassen, dass Gareth Roan einen Schlag ins Gesicht verpasst."

„Warte ... Was?", frage ich und ziehe verwirrt die Stirn in Falten.

Booker meldet sich als Nächstes zu Wort. „Gareth hat Roan am Samstagabend vor dessen Haus eine verpasst. Und es war ein richtiger Schlag. DeWalt ging auf den Boden und so."

„Warum hast du Roan geschlagen?", frage ich mit offenem Mund.

Gareth sieht mich an, als hätte ich zwei Köpfe. „Wegen des Videos, das er gemacht hat, natürlich."

„Er hat das Video nicht gemacht!", rufe ich und meine Stimme erreicht eine hohe Tonlage, die wahrscheinlich nur Hunde hören können. „Das war ich!"

Allen fällt die Kinnlade herunter, während sie mich ansehen.

Ich möchte mich ohrfeigen, weil ich nicht nur in Roans Privatsphäre eingedrungen bin, sondern weil er meinetwegen geschlagen wurde. Ich fahre mir mit den Händen übers Gesicht, entsetzt, dass sie alles falsch verstanden haben. „Habt ihr das Video nicht gesehen? Es ist offensichtlich, dass ich es war."

„Nein!", schnauzen alle Jungen gemeinsam und verziehen angewidert das Gesicht.

Ich stoße einen dramatischen Seufzer aus. „Ich habe das Video nach meiner schrecklichen Trennung gemacht, als Roan so nett war, mich zur Hochzeit von Tante Fiona zu begleiten. Ich dachte, es wäre eine gute Rache an meinem Ex … ihn eifersüchtig zu machen oder so etwas Dummes. Ich hatte nie vor, wieder nach London zu ziehen, also dachte ich nicht, dass es je zu Roan zurückkehren würde. Offensichtlich habe ich mich geirrt, denn meine Stiefschwester hat es in die Finger bekommen und veröffentlicht, um mich zu ärgern."

„Welches Video?", fragt Sophia mit leuchtenden, unschuldig fragenden Augen.

„Nichts!", ruft Sloan aus und steht mit Milo im Arm auf. „Sehen wir mal nach, was Onkel Camden und Tante Indie in der Küche zu essen haben." Rocky jubelt und stürmt vor ihr in Richtung Küche, die Zwillinge sind ihr dicht auf den Fersen.

Sloan schenkt mir ein mitfühlendes Lächeln und geht gerade weg, als Camden sich einmischt. „Wenn DeWalt nichts von dem Video wusste, warum hat er es nicht gesagt?"

Meine Gedanken schwimmen vor Verwirrung. „Er hat euch nicht gesagt, dass ich es ohne seine Zustimmung aufgenommen habe?"

„Nein", blafft Tanner, steht auf und streicht sich über den Bart. „Er stand einfach nur da, während wir ihm eine ordentliche Abreibung verpasst haben."

„Warum sollte er zulassen, dass ihr ihm die Schuld gebt?", fragt Poppy und sieht Booker stirnrunzelnd an.

Es herrscht einen Moment lang Schweigen, bis Vi sagt: „Dad hat gesagt, dass Roan die Erklärung auch nicht unterschrieben hat." Sie schaut mich besorgt an und fügt hinzu: „Ich habe vor Kurzem mit Dad gesprochen. Er hat sich sehr bedeckt gehalten, aber er sagte, dass Roan sich geweigert hat, eine Erklärung zu unterschreiben, mit der die ganze Sache vom Tisch wäre."

„Oh mein Gott", sage ich, und mein ganzer Körper zittert vor dieser neuen Erkenntnis. „In dieser Erklärung steht, dass alles mein Werk war. Dass ich das Video ohne seine Zustimmung aufgenommen und ohne seine Erlaubnis veröffentlicht habe. Er muss diese Erklärung unterschreiben. Das gibt mir die ganze Schuld und wird seine Karriere retten. Wenn er nicht zustimmt, könnte er alles verlieren. Was macht er nur? Warum sagt er nicht allen, dass ich es war?"

Der Raum wird wieder still, bevor Gareth mit tiefer Stimme sagt: „Weil er dich liebt."

Ich drehe den Kopf zu meinem Cousin, dessen dunkle Augen mich mit resigniertem Blick anstarren, als hätte er sich die ganze Zeit über in Roan getäuscht.

„Er hat mich geliebt. Vergangenheitsform", korrigiere ich, denn ich kann immer noch nicht vergessen, wie verstörend mich Roan im Tower Park angesehen hat.

Gareth atmet schwer aus, steht auf und geht zu mir hinüber. Er legt seine Hände auf meine Schultern. „Allie-Cat, kein Mann gibt so etwas auf, wenn er nicht bis über beide Ohren verliebt ist."

Meine Augen füllen sich mit Tränen. Tränen, die ich nicht mehr gespürt habe, seit ich mich vom Spielfeld des Tower Park geschleppt und in Vis Auto in den Schlaf geweint habe. Die letzte Woche war ich wie betäubt. Wie betäubt, als ich die Erklärung unterschrieb. Wie betäubt, als ich meine Koffer packte und mich auf den Umzug vorbereitete. Wie betäubt von der Vorstellung, von meinen Cousins wegzuziehen, die ich inzwischen mehr liebe, als ich es mir je hätte vorstellen können. Die Vorstellung, dass Roan mich noch lieben könnte, ist eine Hoffnung, die ich mir nicht erlauben will.

Gareths Gesicht wird sanft, als er meine Tränen wahrnimmt. Er zieht mich an seine Brust und reibt mir den Hinterkopf. „Es wird alles gut, Allie-Cat", sagt er, wobei seine Brust unter meiner Wange vibriert.

Ich schüttle den Kopf und entziehe mich seinen Armen, in dem Wissen, dass ich diesen Trost nicht verdiene. „Ihr seid alle so gut zu mir gewesen, seit ich hierhergezogen bin. Ihr habt mich in eure Familie aufgenommen und mir das Gefühl gegeben, eine Freundin zu sein. Und Vi, du warst so nett, mich mit Roan zu verkuppeln, und ich … ich … ich habe alles ruiniert. Ich habe diesen schrecklichen Skandal in eure Familie gebracht, und mir ist ernsthaft übel deswegen …" Meine Stimme bricht ab, als ich anfange zu schluchzen.

Vi geht zu mir hinüber, legt einen Arm um meine Schultern und streichelt meinen Rücken auf eine mütterliche Art, die mir die Tränen noch schneller in die Augen treibt. „Du brauchst uns nichts zu erklären, Allie. Wir sind auch deine Familie. Wir stehen hinter dir, egal wie dumm du bist."

Ich stoße ein ersticktes Lachen aus und wische mir die Tränen weg. „Das ist mit Sicherheit das Dümmste, was ich je getan habe. Dagegen sieht das, was Tanner getan hat, wie ein Kinderspiel aus."

„Das ist die verdammte Wahrheit", sagt Vi mit einem kleinen Lachen.

Tanner nickt wissend. „Das muss ich dir lassen, Allie. Das ist erstklassiger Bockmist und ich bin ein wenig neidisch, dass ich den Thron des größten Harris-Bockmists verloren habe."

Vi lacht und dreht sich zu mir um, wobei sie mich mit ihren strahlend blauen Augen anschaut, als sie sagt: „Das ändert nichts daran, wie sehr wir dich lieben und wie sehr du immer noch ein Teil dieser Familie bist und sein wirst."

Ich ziehe Vi in eine Umarmung, denn ich brauche die Zuneigung und den Trost mehr, als mir bewusst war. „Danke", krächze ich und ziehe mich zurück, wobei ich laut schniefe. „Aber ganz ehrlich, mit dem Ruf, den ich jetzt habe, wird es schwer sein, in London einen Job zu finden. Ich denke, ich bin es meinem Vater schuldig, die Vorstellungsgespräche in Chicago zu führen. Vielleicht können er und ich einen Neuanfang machen, jetzt, wo das Rosalie-Drama hinter uns liegt."

Vi schaut alle an, die Idee gefällt ihr offensichtlich nicht, aber sie schweigt. „Wenn du nach Chicago zurückgehen willst, werden wir dich unterstützen. Aber wir sind immer hier, wenn du uns brauchst."

Ich nicke und atme tief aus, denn das glaube ich jetzt mehr als je zuvor. Aber es gibt noch eine sehr wichtige Sache, um die ich mich kümmern muss, bevor ich gehe.

KAPITEL 23

Bei einem lauten Klopfen an der Tür lasse ich meinen Xbox-Controller fallen und gehe die Treppe hinunter zur Haustür. Als ich sie öffne, schlägt mir eine winzig kleine Faust gegen die Brust.

„Du Idiot!", ruft Allie, die im Regen vor meiner Tür steht und mich so heftig schubst, dass ich zurück ins Foyer stolpere. Sie klatscht mir ein Stück Papier auf die Brust, ihr blondes Haar klebt ihr nass im Gesicht, während sie zu mir hochstarrt. „Wenn du das nicht sofort unterschreibst, parke ich mich auf deiner Türschwelle in diesem elenden Regen."

„Was machst du da?", frage ich, packe sie am Handgelenk und ziehe sie durch die Tür.

Ich lasse ihre Hand sofort los, da ich ein intensives Brennen durch den kurzen Kontakt meiner Haut mit ihrer spüre. Meine Augen mustern sie von Kopf bis Fuß. Es ist Tage her, seit ich sie gesehen habe, aber es kommt mir wie Jahre vor. Ihr T-Shirt und ihre Jeans sind feucht, und ihr Brustkorb hebt sich angestrengt, während sie um Atem ringt. Ein Schauer läuft mir über den Rücken, denn es tut weh, sie so nah bei mir zu haben. Ich kann ihren Blumenduft riechen und den Stress in ihren Augen sehen. Sie sieht müde und nicht wie sie selbst aus. Wäre dies letzte Woche gewesen, hätte ich sie in meine Arme gezogen, um ihren Schmerz zu lindern. Ich hätte die Furchen auf ihrer Stirn gerieben, bis sie gelächelt hätte.

Aber jetzt ist alles anders.

„Ich versuche, dich zu retten, du Idiot!", brüllt sie und zerknittert das feuchte Papier in ihrer Hand, wobei sich ihre Schultern bis zu den

Ohren heben. „Warum willst du das nicht unterschreiben, Roan? Sie sagten, es kann deinen Vertrag retten. Darauf hast du doch so lange hingearbeitet."

„Glaubst du, ich weiß das nicht?", schnauze ich mit säuerlichem Tonfall, während sich meine Hände zu Fäusten ballen, um das Muskelgedächtnis zu bekämpfen, das sie haben, sie an mich zu ziehen und ihr Gewicht in meinen Armen zu spüren.

Allies Wut verflüchtigt sich und ihre blauen Augen werden zu einem stillen Flehen. „Dann unterschreibe es. Unterschreibe es und du kannst das alles hinter dir lassen. Du kannst mich hinter dir lassen und mit deinem Leben weitermachen."

„Oh, ist das alles, was ich tun muss, um zu vergessen, was du getan hast? Ich unterschreibe das und auf magische Weise wird das Video für immer aus meinem Gedächtnis gelöscht?"

Sie lehnt sich gegen den offenen Türrahmen und ihre Augen schwimmen in Tränen, während sie in jede andere Richtung als in mein Gesicht schaut. „Es ist ein Anfang."

„Glaubst du, ich gebe einen Scheiß auf meinen Werbevertrag?", blaffe ich, fahre mir mit der Hand durch die Haare und fasse mir in den Nacken. „Im Moment versuche ich nur herauszufinden, wie ich mit dem kratergroßen Loch, das du in meinem Herzen hinterlassen hast, verdammt noch mal klarkommen soll."

Ihr Kinn bebt, sie schnieft heftig und schüttelt den Kopf, während sie gegen die Tränen ankämpft. „Ich kann dein Herz nicht reparieren und ich kann nicht ändern, was ich getan habe. Aber das … das kann ich tun."

Ich schnaube spöttisch und schüttle den Kopf darüber, dass sie es immer noch nicht verstanden hat. Sie begreift nicht, dass das, was in mir kaputt ist, nicht repariert werden kann. Meine Stimme ist hohl, als ich frage: „Sag mir eins, Allie. Warum zum Teufel hast du das getan?" Ich beuge mich vor und schaue ihr direkt in die Augen. „Denn ich habe die ganze letzte Woche damit verbracht, all unsere gemeinsame Zeit durchzugehen. Jeden Tag, jede Stunde, jede verdammte Minute, jeden Kuss und jede Liebkosung, und ich kann mir nicht erklären, wie ich das nicht kommen sehen konnte. Wie konnte ich nur so blind für diese dunkle Seite von dir sein?"

„Ich hatte eine dunkle Seite", antwortet sie, atmet schwer aus und wischt sich die schwarze Wimperntusche von den Wangen. „Aber das war nur, weil ich Schmerzen hatte, Roan. Ich hatte mehr Schmerzen, als ich glaube, dass es mir überhaupt bewusst war. Als ich Parker und Rosalie zusammen in meinem Bett fand, wurde meine ganze Welt auf den Kopf gestellt. Bis zu jenem Moment dachte ich, ich hätte ein gutes Leben. Ich wusste, dass mein Vater nicht sehr liebevoll war, aber das war mir egal. Ich dachte, Rose sei meine richtige Schwester, aber das war eine Lüge. Ich dachte, Parker liebte mich, aber es stellte sich heraus, dass er sie mehr liebte. Ich dachte wirklich, ich hätte eine Familie und ein gutes Leben, aber ein Verrat machte alles, was ich wusste, zu einer Lüge."

„Ich kenne das Gefühl", erwidere ich und kneife die Augen zusammen.

Sie fällt unter meinem Blick in sich zusammen und beißt sich nervös auf die Lippe, bevor sie hinzufügt: „Ich habe nicht einmal geweint, als ich sie zusammen im Bett fand. Ich bin einfach gegangen. Ich habe die Verbindung abgebrochen, aber ich wollte mich an ihnen rächen, anstatt meine Verluste zu betrauern. Ich wollte es der Welt heimzahlen, dass sie all diese falschen Beziehungen in mein Leben gebracht und mir gesagt hat, ich sei sicher, obwohl das eindeutig nicht der Fall war."

Sie hält inne und atmet tief ein, während sie Gefühle verarbeitet, von denen ich nicht weiß, ob sie sie jemals zuvor wirklich verarbeitet hat.

„Die Idee mit dem Striptease-Video war verdammt dumm", fügt sie hinzu und fährt mit ihrer Erklärung fort. „Ich dachte, es würde nur sie verletzen, aber am Ende hat es sich als etwas ganz anderes herausgestellt."

„Das würde ich sagen", schnauze ich, wobei mein Kiefer vor Frustration zuckt. „Es hat sich als Sexvideo herausgestellt, das die ganze verdammte Welt sehen kann."

„Das habe ich nicht gemeint", antwortet sie, während sie einen

Schritt nach vorne macht, näher zu mir. So nah, dass ich ihren Duft wieder riechen kann, was eine unwillkürliche Reaktion in meinem Körper auslöst.

„Dieses Video, Roan ... Ich konnte mich lange Zeit nicht dazu durchringen, es zu löschen, weil es mir geholfen hat. So schrecklich und dumm seine Existenz an sich schon war, ich habe es mir angesehen, nachdem ich dich verlassen hatte. Es gab mir das Gefühl, begehrenswert zu sein, und das zu einem Zeitpunkt, an dem ich eigentlich unsicher sein und an mir zweifeln sollte, weil Parker Rosalie mir vorgezogen hatte. Allein die Tatsache, dass ich das Video auf meinem Handy hatte und wusste, dass ich zu dem fähig war, was ich darin tat, machte mich stärker. Verdammt, das hat es mir ermöglicht, mich in dich zu verlieben!"

Mein Kopf ruckt zurück, unfähig, ihre Logik zu verstehen. „Es war ein Video von uns beim Ficken, Allie. Nichts weiter."

„Es *war* mehr, und das weißt du auch!", schnauzt sie und schleudert meine vulgären Worte zu Boden. „Die Art, wie du mich in jener Nacht angesehen hast ... Die Art, wie du mit mir gesprochen hast und wie mein Körper auf dich reagiert hat ... Wir hatten uns gerade erst kennengelernt und du hast mir schon das Gefühl gegeben, lebendiger zu sein als je zuvor in meinem Leben. Du hast mich besser gesehen, als irgendjemand sonst mich je gesehen hat! Und als ich nach Hause ging, gab mir das Video ein Stück von mir selbst zurück, das ich vor Jahren verloren hatte."

Sie berührt meine Hand, lässt ihre zarten Finger über meine Handfläche gleiten und hält sie fest. „Dann haben wir uns wieder getroffen und du hast mir bestätigt, dass das, was wir hatten, etwas Besonderes war. Ich konnte nicht anders, als mich in dich zu verlieben, und als das passiert war, brauchte ich das Video nicht mehr. Ich hatte das echte Ding, das mich ansah, und alles auf der Welt fühlte sich richtig an."

Ich ziehe meine Hand aus ihrem Griff, unfähig, ihre Zuneigung anzunehmen, weil es zu sehr wehtut. All das tut zu sehr weh. Wir waren so gut, ich wollte den Rest meines Lebens mit ihr verbringen. Aber können wir uns von so etwas erholen?

„Warum hast du es mir nicht einfach gesagt? Du hattest so viele Gelegenheiten", sage ich schließlich.

Sie nickt wissend und tritt zurück, um sich wieder an den Türrahmen zu lehnen. „Ich wollte es dir schon eine Million Mal sagen, aber ich hatte zu viel Angst, unsere Glücksblase zu zerstören. Ich war noch nie so glücklich wie in der Zeit mit dir. Niemals. Also habe ich mir eingeredet, dass das Löschen des Videos die Erinnerung daran auslöschen würde. Dass wir bereits so viele neue gemeinsame Erinnerungen haben, dass wir die alten nicht mehr brauchen."

Ich schließe meine Augen und ein brennender Schmerz bildet sich auf den Innenseiten meiner Augenlider. „Ich weiß einfach nicht, wie ich jemals vergessen kann, was du getan hast."

„Ich weiß", antwortet sie, wobei sich ihre Mundwinkel nach unten ziehen und ihre Stimme zittert. „Und ich kann das niemals für dich in Ordnung bringen. Aber ich kann versuchen, deine Karriere zu retten, wenn du diese verdammte Erklärung unterschreibst."

Ich verschränke die Arme vor der Brust. „Jemand anderen den Kopf hinhalten zu lassen, ist nicht meine Art, Dinge zu tun."

„Nun, Sexvideos zu drehen ist auch nicht meine Art, also denke ich, es ist an der Zeit, neue Dinge auszuprobieren." Sie ringt sich ein Lächeln ab, das mir in der Seele wehtut, während sie mir das Papier überreicht. „Unterschreibe die Erklärung, Roan", sagt sie mit einem endgültigen Tonfall in der Stimme, schürzt die Lippen und versucht, die Tränen zurückzuhalten. „Und ich hoffe, dass du es in deinem Herzen findest, mir eines Tages zu vergeben. Aber du sollst wissen, dass ich mir niemals vergeben werde."

Sie hält inne, als wolle sie mich zum Abschied umarmen, aber wisse, dass sie es nicht tun sollte. Der ganze Akt fühlt sich aus irgend-einem seltsamen Grund endgültig und distanziert an, als würde sie nicht nur nach Notting Hill zurückkehren, sondern weit, weit weg gehen. Mit einem letzten vernichtenden Blick tritt sie in den Regen hinaus, und ich sehe zu, wie sie geht.

Als ich sie nicht mehr sehen kann, schaue ich auf den Zettel in meiner Hand, auf dem ein Angebot steht. Ein Angebot, das ich wirklich nicht ablehnen sollte. Das Problem ist nur, dass das andere

Angebot nicht mehr auf dem Tisch liegt, obwohl ich dachte, ich würde den Rest meines Lebens damit verbringen.

Der Schweiß rinnt mir den Rücken hinunter, als mir der Ballautomat die letzten fünf Bälle in Fünf-Sekunden-Intervallen entgegenschleudert. Ich laufe im Zickzack durch den Trainingsraum im Tower Park und stoppe die Bälle mit dem Fuß, bevor ich sie in das ungeschützte Netz kicke. Das Geräusch des Balls, der jedes verdammte Mal im Netz einschlägt, ist Musik in meinen Ohren und eine willkommene Ablenkung von meinen brüllenden, schmerzhaften Gedanken.

Seit zwei Stunden versuche ich, den Ausdruck auf Allies Gesicht bei ihrer gestrigen Verabschiedung wegzuschwitzen. Ich versuche, die zärtliche Berührung ihrer Hand auf meiner wegzuschwitzen. Ich versuche, die Erinnerung an einen Körper wegzuschwitzen, den ich so gut kannte, dass ich ihn mit einem einzigen Lufthauch zum Leben erwecken konnte.

Mein Körper schmerzt vor Anstrengung, als ich zu meiner Sporttasche gehe und mich auf den Boden sinken lasse, um eine Wasserflasche herauszufischen. Ich trinke die Hälfte des Inhalts und höre in der Ferne eine Tür aufgehen. Ich schaue hinüber und sehe Vaughn Harris auf mich zukommen. Er hat wieder diesen geschäftlichen Blick drauf. Denselben, den er hatte, als ich mich mit ihm wegen der Aussage traf.

„DeWalt, hast du vergessen, dass gerade Saisonpause ist?", fragt er und stellt sich mit verschränkten Armen über mich.

„Das ist der einzige Ort, an dem mein Hirn zur Ruhe kommt", antworte ich zur Erklärung.

Er hebt die Brauen. „Funktioniert es?"

Ich stoße ein Lachen aus. „Nicht wirklich."

Er lächelt halb und lässt sich neben mir auf den Boden sinken. „So sind Frauen eben."

Ich drehe mich um und sehe ihn an, überrascht von seiner Offenheit. „Wird es jemals leichter?"

Er schüttelt langsam den Kopf. „Nicht, wenn du eine findest, die es wert ist."

Ich blicke ihn neugierig an. „Woher weiß man, wann jemand es wert ist?"

Er stößt einen schweren Seufzer aus. „Bei mir war es, als ich merkte, dass sie mir wichtiger war als der Fußball." Er schenkt mir ein resigniertes Lächeln. „Ich habe mit dem Fußball aufgehört, als meine Frau krank wurde, weißt du. Zu der Zeit war ich der beste Spieler bei ManU und das Leben war gut. Wirklich gut. Aber dann wurde Vilma krank und alles andere war unwichtig. Ich hatte einen Riesenstreit mit meinem Bruder wegen des Aufhörens. Das ist der Vater von Alice, Charles. Er konnte nicht glauben, dass ich einen Millionenvertrag breche, um meine Frau sterben zu sehen. Ich konnte nicht glauben, dass er nicht sah, dass das Bleiben für mich keine Option war. Damals wusste ich, dass mir keine Karriere und kein Geld der Welt wichtiger war als meine Familie."

„Hast du jemals etwas bereut?", frage ich und hänge an jedem seiner Worte.

„Ich habe es jahrelang bereut, aber nur, weil ich mich selbst verloren habe, als ich sie verlor. Ich habe das Vermächtnis meiner Frau, die in den Augen meiner Kinder lebte, nicht gewürdigt. Es war eine dunkle Zeit für meine ganze Familie."

Ich strecke meine Beine aus und denke eine Minute über seine Bemerkung nach. „Du scheinst jetzt mit allen gut auszukommen. Sonntagsessen und so weiter."

„Das liegt daran, dass alles verzeihlich ist, wenn genug Liebe da ist." Er zuckt mit den Schultern, als wäre es eine einfache Bemerkung, aber es fühlt sich nicht einfach an. „Manchmal weiß man einfach nicht, wie sehr man jemanden liebt, bis er nicht mehr da ist. Und ich spreche hier von Alice, mein Junge, nicht von meiner Frau."

Bei seiner letzten Bemerkung runzle ich die Stirn. „Was meinst du damit?"

Er atmet wissend durch die Nase aus. „Du weißt, dass sie heute nach Chicago zurückgeflogen ist, oder?"

Ich runzle verwirrt die Stirn. „Sie ist wegen Rosalies Hochzeit zurückgegangen? Warum sollte sie das tun?"

Er schüttelt den Kopf. „Nicht nur wegen der Hochzeit. So wie es sich anhört, hat sie alle ihre Sachen gepackt und ist für immer zurückgezogen. Ihr Vater hat ihr ein Vorstellungsgespräch bei einem Freund von ihm verschafft. Sie denkt, nach dem ganzen Geschehen wäre es besser für sie, London zu verlassen. Ich schätze, ich bin froh, dass ihr Vater es wenigstens versucht."

Ich springe auf, mein Herz rast bei den Worten, die aus seinem Mund kommen. „Wovon redest du? Sie kann doch nicht einfach zurück nach Chicago ziehen, ohne es sich vorher zu überlegen", brülle ich, die Schultern hochgezogen und angespannt. „Was zum Teufel denkt sie sich dabei?"

Vaughn starrt mich ungläubig an. „Warum kann sie nicht zurückziehen? Sie hat ihren Job und den Mann, den sie liebt, verloren. Es gibt eigentlich nichts, was sie hier hält."

„Ihr Zuhause ist hier!", rufe ich abwehrend. „Bei euch", füge ich eilig hinzu und gestikuliere mit den Händen wie ein Verrückter, während ich auf dem Kunstrasen hin und her laufe.

Vaughn hebt neugierig die Augenbrauen. „Ihr Zuhause ist natürlich nicht bei dir."

Ich bleibe stehen und starre den Mann an, der eigentlich mein Manager, mein Coach sein sollte. Jemand, der mich in meiner Karriere antreibt, nicht in meinem Liebesleben berät. Ich fahre mir mit den Händen durch die Haare, und meine ganze Welt fühlt sich an, als würde sie sich drehen. „Ich weiß es nicht."

Vaughn lacht und schüttelt den Kopf wie ein wissender Vater. „Das solltest du besser herausfinden, mein Junge, denn sie fliegt gerade einen Ozean weit weg von dir."

KAPITEL

„Schatz, bist du sicher, dass du das tun willst?", fragt mein Vater, als ich mich in einem roten, bodenlangen Ballkleid aus Satin drehe, das mir wie angegossen passt.

„Ich bin mir sicher", sage ich und werfe einen letzten Blick in den Badezimmerspiegel.

Mein Haar fällt mir in lockeren Wellen den Rücken hinunter, und meine dramatischen Smokey Eyes und himmelhohen Fick-mich-Absätze bringen eine Erinnerung zurück, die ich nie vergessen möchte. Als ich vor weniger als vierundzwanzig Stunden in Chicago ankam, hätte ich nie gedacht, dass dies passieren würde.

Der Tag fing großartig an, denn ich war mit meinem Vater brunchen und wir haben geredet. Zum ersten Mal seit gefühlten Jahren haben wir uns *wirklich* unterhalten. Er fragte mich nach meinem Job in London und ich erzählte ihm von den Harris-Geschwistern und ihren wachsenden kleinen Familien. Nachdem er um den heißen Brei herumgeredet hatte, kam er schließlich auf das Video zu sprechen. Nein, mein Vater hat das Video nicht gesehen. *Gott sei Dank.* Aber Rosalie hat ihm den Link in der Nacht, in der es online ging, geschickt, bevor ich überhaupt die Gelegenheit hatte, ihn anzurufen und es ihm zu erklären. Offenbar hatte sie gehofft, dass seine Scham mir gegenüber ihn überzeugen würde, doch zu ihrer Hochzeit zu gehen, aber das hat nur den letzten Nagel in den Sarg geschlagen, was seine Beziehung zu ihr angeht.

Als wir mit dem Essen fertig waren, befanden wir uns mitten in einem Rosalie-Geläster und erinnerten uns an all die Arten, wie sie uns manipulierte, damit wir ihr gaben, was sie wollte. Es war höchst therapeutisch.

Schließlich fragte er mich nach dem Mann in dem Video, und da brach ich in Tränen aus. Mein Vater starrte mich unbeholfen von der anderen Seite des Tisches an, als ich ihm erzählte, wie ich das Beste, was mir je passiert ist, vermasselt habe. Ich war mir nicht einmal sicher, ob er mir überhaupt zuhörte, bis er hinzufügte, dass ich nie so aufgebracht war, als Parker und ich uns trennten.

Er hat recht. Ich war fünf Jahre lang mit Parker zusammen und nur ein paar Monate mit Roan, aber der Schmerz über den Verlust von Roan wird mich für immer begleiten. Wie ein Geschwür in meinem Magen, das niemals wirklich heilen wird.

Schließlich riss ich mich zusammen, weil ich meinen Vater verlassen musste, um zu meinem Treffen in einem Café in der Michigan Avenue zu gehen. Ich wurde von Freunden meines Vaters interviewt, und ich konnte nicht zulassen, dass sie mich als völliges Wrack sehen.

Das Paar, das mich interviewt hat, waren Mann und Frau, die eine Whisky-Brennerei besitzen, und sie waren auf der Suche nach ungewöhnlichen Ideen für die Werbung. Sie brachten die Sache mit dem Sextape gleich als Erstes zur Sprache. Ich fühlte mich gedemütigt und spürte, wie ich meine Ausreden stammelte, aber die Frau namens Marjorie brachte mich zum Schweigen. Sie sagte, dass meine Erfahrung mit dem ganzen Skandal eine Bereicherung für ihr Geschäft wäre, keine Belastung.

Sie waren ein lustiges Paar und ich konnte sofort feststellen, dass sie eine sehr interessante Unternehmenskultur haben. Wahrscheinlich ist es eine Art Partyszene, aber es wäre schön, für eine Branche zu arbeiten, die nicht darauf bedacht ist, die ganze Zeit eine blitzsaubere Bilanz vorzuweisen. Das Leben ist nicht immer sauber. Manchmal ist es chaotisch. Und gute PR hilft, das Durcheinander in ein schönes Chaos zu verwandeln.

Nach dem Vorstellungsgespräch war ich wie berauscht und hatte das Gefühl, dass meine Karriere in der PR-Branche noch nicht ganz vorbei ist, sodass ich es im Vorbeigehen fast übersehen hätte.

Das Kleid.

Ich war nicht einmal auf der Suche nach einem Kleid, aber ich schwöre, es hat mich aus einem bestimmten Grund gefunden. Es war in einem leuchtenden Rotton gehalten, hatte einen tiefen Ausschnitt und winzige Träger. Der Rock war voll und würde sich wahrscheinlich wie ein Traum auf der Tanzfläche drehen. Das heißt, wenn ich noch einen Freund hätte, der tanzen kann.

Bevor ich wusste, was ich tat, ging ich in den Laden, probierte es an und kaufte das Kleid. Als ich zur Wohnung meines Vaters zurückging, entwickelte sich mein Plan, es Rosalie heimzuzahlen, weil sie das Video veröffentlicht hatte.

Ich würde Rosalies und Parkers Hochzeit stürmen, und ich würde dabei verdammt gut aussehen.

Nun, genau genommen stürme ich die Hochzeit nicht, denn ich bin eingeladen. Aber ich bin mir sicher, dass Rosalie nicht erwartet, dass ich mein Gesicht in einer Menschenmenge zeige, nachdem sie das Video für die ganze Welt veröffentlicht hat.

Ultimative Rache. Und definitiv ein besserer Plan als mein letzter.

Mein Vater stützt sich mit besorgter Miene in der offenen Badezimmertür ab.

„Ich werde nicht lange bleiben, Dad", sage ich beschwichtigend, während ich den Deckel auf meinen roten Lippenstift schiebe und ihn in meine Schminktasche lege. „Und ich werde kein Aufsehen erregen. Ich werde einfach in meinem scharlachroten *A*-Kleid zur Hochzeitsfeier gehen und Rosalie zeigen, dass sie mich nicht brechen kann, egal wie sehr sie es versucht."

Dad seufzt schwer. „*Der scharlachrote Buchstabe* handelt von einem Ehebrecher, Alice. Wenn jemand ein scharlachrotes *A* tragen sollte, dann ist es Rosalie."

Ich lache laut über seinen kleinen Versuch, witzig zu sein. „Nicht schlecht, Dad!"

Er verschränkt die Arme vor der Brust und versucht, sein Lächeln zu verbergen, bevor er ernst sagt: „Ich wünschte, ich könnte das alles für dich verschwinden lassen, Liebling. Ich weiß, dass das Video nicht mehr online ist, aber ich hasse die Vorstellung, dass sie dir das angetan hat. Ich fühle mich verantwortlich. Wenn ich mich einfach an den ursprünglichen Plan gehalten hätte, wäre das alles nicht passiert."

„Lass es", antworte ich und drehe mich zu ihm um. „Du hast mir ausnahmsweise wirklich zugehört, und das weiß ich wirklich zu schätzen."

Er lächelt traurig. „Ich wünschte, ich hätte schon vor langer Zeit zugehört. Mein Bruder hat mich ordentlich runtergeputzt. Er hat dich wirklich unter seine Fittiche genommen, nicht wahr?"

Ich halte inne und beobachte seine Reaktion sorgfältig auf Anzeichen von Eifersucht oder Missgunst. Glücklicherweise sehe ich nichts davon. Ich sehe nur Dankbarkeit. „Die gesamte Harris-Familie war fantastisch. Ganz ehrlich. Ich werde es vermissen, nicht mehr in ihrer Nähe zu wohnen."

Er nickt nachdenklich. „Ich bin sicher, dass sie dir nie das angetan hätten, was Rosalie dir angetan hat. Das Mädchen ist nicht ganz richtig im Kopf."

Ich lache, weil ich an diesem Punkt lachen muss. Ich bin fertig mit Weinen. Ich habe es satt, mich selbst zu bemitleiden. Ich plustere mein Kleid auf und lasse meine Kraft davon anheizen. „In gewisser Weise bin ich froh, dass sie das Video veröffentlicht hat. So bizarr das auch klingen mag, jetzt hat sie nichts mehr in der Hand, was sie mir vorhalten könnte. Und dass es in der Welt ist, hat mir gezeigt, wie stark ich sein kann."

Mein Vater lächelt süß, geht ins Bad und legt mir unbeholfen die Hand auf die Schulter. „Mit dieser Einstellung musst du nach deinen Cousins kommen, denn ich habe verdammt noch mal nicht diese Art von Kampfgeist in mir."

Ich lache und ziehe ihn zu einer Umarmung heran. Er ist angespannt, als er mir den Rücken tätschelt, aber das macht mir nichts aus, denn er versucht es wenigstens.

„Ich bin bald zu Hause." Ich drehe mich ein letztes Mal, bevor ich zur Tür hinausgehe und mich auf den Weg zur Hochzeit meines Ex-Freundes und meiner lieben Stiefschwester mache.

Der Ballsaal ist ein Meer aus Weiß und Taupe. Sehr geschmackvoll. Sehr sauber. Ganz im Gegensatz zu Rosalie. Kränze aus Schleierkraut und Kerzen erhellen die runden Tische. Ich stehe in der Tür, erkenne viele Gesichter, verspüre aber kein Verlangen, mit einem von ihnen wieder in Kontakt zu treten. Es ist schon komisch, wie ein paar Monate in London meine Sicht auf das Leben, das ich hier zurückgelassen habe, verändert haben. Alles ist blass im Vergleich zu dem, was ich in Übersee erlebt habe. Und auch wenn ich zurückkehre, bin ich entschlossen, einen Neuanfang zu machen, losgelöst von all diesen alten Bekannten.

Der DJ verkündet über das Mikrofon, dass Parker und Rosalie ihren ersten Tanz tanzen werden, also beschließe ich, dass jetzt der große Moment gekommen ist. Mit einem tiefen Atemzug gleite ich durch die Tür, wobei ich mein Bestes gebe, meinen Kopf hochzuhalten. Ich spüre, wie mir Blicke folgen, und ich weiß nicht, ob es an meinem Kleid liegt oder daran, dass jeder hier weiß, dass Parker zunächst mein Freund war und erst danach mit Rosalie zusammenkam. Ungeachtet der Tatsache, dass ich kürzlich in einem Sexvideo mit einem sexy Sportler in London zu sehen war. Das interessiert doch keinen!

Ich mache mich auf den Weg zum Rand der Tanzfläche und schnappe mir im Gehen eine Champangerflöte vom Tablett eines Kellners. Ich nippe an dem prickelnden Getränk und bewege mich nah genug heran, damit die bunten DJ-Lichter meine Haut beleuchten können. Ich kann nicht anders, als Rosalies prinzessinnenhaftes Hochzeitskleid zu bewundern, das wie ein Besen auf der Tanzfläche hin und her schwingt. Offensichtlich hat sie Parker vor dieser Affäre nicht zum Tanzunterricht gezwungen, und das verleiht mir ein kleines Siegesgefühl. Nachdem ich Roan getroffen habe, weiß ich jetzt, wie es ist, sich wirklich zur Musik zu bewegen. Aber unabhängig von ihrer eingeschränkten Beweglichkeit beim Tanzen ist sie wunderschön. Ihr

Make-up ist frisch und die Hälfte ihrer blonden Haare ist zurückgesteckt. Alles in allem ist sie ein wunderschöner Schurke.

„Allie", sagt eine Stimme, woraufhin ich mich umdrehe und meine Ex-Stiefmutter Hilary sehe, die mich mit ihren großen blauen Augen anblinzelt. „Oh mein Gott", sagt sie, ihr Blick senkt sich auf mein Kleid und mustert mich, als hätte sie gerade einen Geist gesehen. „Ich wusste nicht, dass du kommen würdest."

Ich lächle und zucke mit den nackten Schultern. „Ich hatte gehofft, Rosalie überraschen zu können."

Hilary nickt und schaut sich im Raum um. „Ist … dein Vater hier?"

Sie sieht hoffnungsvoll aus. Hilary war schon immer etwas ahnungslos. Ahnungslos im Leben und außerordentlich ahnungslos, wenn es um ihre Tochter ging.

Ich schüttle bedauernd den Kopf. „Nein, er musste arbeiten."

Sie nickt, enttäuscht von dieser Antwort. „Als Rosalie sagte, dass Charles sie zum Altar führen würde, war ich zugegebenermaßen schockiert, dass er dem zustimmte, nach allem, was zwischen dir, Rosalie und Parker passiert ist."

„Wir beide", antworte ich kalt und presse die Lippen aufeinander, um nicht mehr zu sagen.

Hilary zuckt zusammen. „Es tut mir leid, Allie. Ich habe immer gewusst, dass Rosalie Gefühle für Parker hat, aber ich hätte nie gedacht, dass sie …"

Ich zwinge mich zu einem Lachen, weil ich mein hübsches Kleid vollkotzen werde, falls sie ihren Satz zu Ende bringt. „Ehrlich gesagt, hat Rosalie mir einen Gefallen getan."

„Oh?", fragt Hilary und tritt näher an mich heran. „Bist du weitergezogen? Bist du mit dem Jungen aus dem Video zusammen?" Ihre Stimme wird sanfter. „Keine Sorge, ich habe es nie gesehen. Du bist wie eine Tochter für mich."

Ich atme ungläubig durch die Nase aus, denn ich habe mich nie wie Hilarys Tochter gefühlt. Sie schenkte mir keine besondere Aufmerksamkeit, wie es mein Vater mit Rosalie tat.

„Ich bin weitergezogen, aber dieses Video hat meine Beziehung zu ihm zerstört. Es hat mir das Herz gebrochen, dass es an die Öffentlichkeit gelangte.“

Sie bekommt einen verschwörerischen Ausdruck im Gesicht. „Also war es nicht er, der es veröffentlicht hat? Ich nahm an, dass er es war.“

„Nein“, rufe ich und spüre, wie alle im Ballsaal uns beobachten. „Roan war mein Freund, und er hätte das nie in die Öffentlichkeit getragen. Nicht in einer Million Jahren.“

Sie hält ihre Hände abwehrend zurück. „Tut mir leid, das wusste ich nicht. Aber wie ist es dann an die Öffentlichkeit gekommen?“

Ich lächle, neige meinen Kopf und starre die gute alte ahnungslose Hilary an, die wirklich keine Ahnung von ihrem eigenen Kind hat. „Das solltest du deine Tochter fragen.“ Meine Stimme ist lauter, als ich beabsichtigt hatte, als das Ende des Liedes zu verklingen beginnt.

Als die Musik ganz aufhört, drehe ich langsam meinen Kopf in Richtung Tanzfläche und sehe Rosalie und Parker, die mich mit offenem Mund anstarren wie ein kitschiger Big Mouth Billy Bass, der an der Wand singt. Ich lächle, winke und lege meinen freien Arm um Hilary, nur um Rosalie unter die Haut zu gehen.

Sie schauen sich gegenseitig verwirrt an, da sie nicht verstehen, was meine Anwesenheit hier bedeutet. Der DJ unterbricht all unsere Konzentration, als er der Menge ankündigt, dass sich jeder einen Fremden schnappen und auf die Tanzfläche zerren soll.

Die Klänge von Frank Sinatra erfüllen den stillen Raum, als Rosalie zielstrebig auf mich zugeht, wobei Parker ihr folgt. Er sieht nervös aus, wie ein aufgescheuchtes Hündchen, und ich kann nicht anders, als mich zu fragen, was ich jemals in ihm gesehen habe.

Rosalies Augen sind Schlitze, als sie auf mein Kleid schaut. „Allie.“ Sie sagt meinen Namen wie einen Fluch. „Du bist gekommen.“

Ich ziehe die Brauen hoch und lächle sie strahlend an. „Ich hätte nicht im Traum daran gedacht, deinen großen Tag zu verpassen!“ Ich stelle meine Sektflöte ab, schlendere zu ihr hinüber und lege meine Arme um ihre trägerlosen Schultern wie Judas, der Jesus auf die Wange küsst. Als ich mich zurückziehe, zieht Rose die Brauen zusammen. „Herzlichen Glückwunsch, Schwesterherz.“ Ich wende mein gekünsteltes Lächeln Parker zu. „Herzlichen Glückwunsch, Geisterpenis – ich meine Parker."

Er runzelt die Stirn, weil er meine Anspielung offensichtlich nicht versteht, schüttelt dann den Kopf und murmelt ein erbärmliches Dankeschön. Er senkt seinen Blick und starrt ungeniert auf meine Brüste. Zugegeben, ich trage einen tiefen Ausschnitt, also kann man den Ausschnitt nicht übersehen. Aber er schaut nicht nur. Er starrt auf mein Dekolleté, als wäre es gerade aus dem Krieg zurückgekehrt.

Rosalie bemerkt Parkers Aufmerksamkeit und stößt ihn mit dem Ellbogen in die Rippen, bevor sie sich wieder mir zuwendet. „Was ist dein Plan, Allie?"

Ich schenke ihr meinen besten unschuldigen Blick. „Plan?"

Sie schürzt die Lippen. „Ja. Du bist offensichtlich wegen etwas hier. Also, was hast du vor? Willst du mir juristische Papiere zustellen? Ich habe bereits von deinem Anwalt gehört."

Hilary tritt neben uns. „Rose, ein Anwalt? Was ist denn hier los?"

„Nichts, Mutter", blafft sie. „Parker kümmert sich darum." Sie richtet ihre eisig blauen Augen auf mich. „Bist du hier, um mich vor all meinen Hochzeitsgästen zu outen? Um ihnen allen zu sagen, dass ich mir ein Sexvideo aus deiner Cloud besorgt und es ohne deine Zustimmung auf einer Pornoseite veröffentlicht habe?"

Hilary schnappt erschrocken nach Luft, während ich Rosalie anstarre und mit einem zufriedenen Lächeln langsam blinzle.

„Oder bist du hier, um Parker zurückzubekommen?", fährt Rose fort. „Denkst du, du kannst in einem nuttigen roten Kleid auftauchen und er wird vergessen, dass er mich mehr liebt als dich?"

Bei ihrer letzten Bemerkung rolle ich meine Augen zur Decke. „Rose, ich bin nicht deine Konkurrenz."

Sie funkelt mich an und verschränkt ihre knochigen Arme vor der Brust. „Du hast mir meinen Tag ruiniert. Ich musste mich von meiner Mutter zum Altar führen lassen. Weißt du, wie demütigend das war?"

„Rose!", ruft Hilary. Ihre Augen sind vor verletzten Gefühlen weit aufgerissen. „Ich dachte, das wäre heute ein ganz besonderer Moment für uns gewesen."

„Mom!", knurrt sie und richtet ihren Blick warnend auf Hilary.

Ich schüttle den Kopf über diesen Anblick. „Ich hatte nichts damit zu tun, dass mein Vater sich von dir abgewandt hat. Wenn du jemanden *suchst*, dem du die Schuld daran geben kannst, dass dein perfekter Tag ruiniert wurde, kannst du dir selbst die Schuld geben, weil du das Konzept von Grenzen nicht verstehst."

Sie lacht schallend. „Oh, und du bist der moralische Kompass für das Leben, nachdem du ein Sexvideo mit einem beliebigen Fremden gedreht hast?"

„Er ist kein Fremder", erwidere ich, als meine eigene Wut bei jeder Erwähnung von Roan aus ihrem Mund in Wallung gerät. „Er ist ein echter Mensch mit Verantwortung und er hat nicht verdient, was du ihm angetan hast."

Sie lacht und wendet sich von mir zu Parker, dem das ganze Gespräch furchtbar unangenehm zu sein scheint. Rose wirft mir einen vernichtenden Blick über ihre Schulter zu. „Deshalb bist du also hier? Um mir zu sagen, dass ich das Leben eines Mannes ruiniert habe?"

Mein Körper schreckt vor ihrem rachsüchtigen Tonfall zurück. Sie zeigt keine Reue. Keine Reaktion oder Gefühle. Keine Erinnerung an eine Zeit in unserem Leben, in der sie mich nicht hasste. Sie ist von nichts erfüllt.

Ich atme schwer aus und trete direkt auf sie zu, wobei mir meine Absätze zusätzliche Zentimeter an Höhe verleihen, sodass ich mich wie eine Amazonenkriegerin fühle. „Ich bin hier, um dir zu zeigen, dass du mich nicht gebrochen hast."

Ihre Augen werden schmal, da sie mir kein Wort glaubt.

„Ich bin hier, um dir zu zeigen, dass ich meinen Platz in dieser Welt finden werde, und dass die Liste der bösartigen, schrecklichen Dinge, die du mir angetan hast, mein Leben nicht ruinieren wird."

Sie lacht wahnsinnig. „Nun, ich bin sicher, ich habe das Leben deines Mannes auch nicht ruiniert. Wahrscheinlich stehen bei ihm inzwischen alle übereifrigen Frauen Schlange, die bereit sind, seine Lückenbüßerin zu sein. Du wirst schnell vergessen sein, Allie. Das ist nicht weiter verwunderlich. Schließlich hatte Parker dich schon vergessen, bevor ihr euch überhaupt getrennt hattet."

Ich öffne den Mund, um zu antworten, aber die Realität ihrer

Worte durchdringt plötzlich das dicke Fell, das ich getragen habe, seit Roan im Tower Park von mir weggegangen ist.

Rosalie hat recht. Roan wird weiterziehen. Er wird eine andere finden. Er wird eine andere Frau lieben, und sie wird mit ihm tanzen und mit ihm lachen. Sie wird in seinem Bett schlafen und genießen, wie er versucht, ihre Sorgenfalten wegzureiben. Sie wird wahrscheinlich zu seinen Spielen gehen und sein Trikot tragen. Sie wird nach Kapstadt fliegen und seine Oma kennenlernen, mit seiner Mutter und seinen Schwestern die Sehenswürdigkeiten besichtigen und mit ihm auf einem knarrenden Schlafsofa Liebe machen. Sie wird Roans Kinder bekommen.

Meine Hände bewegen sich zu meinem Bauch, denn die Vorstellung, dass eine andere Frau mit ihm zusammen ist, ihn liebt und eine Familie mit ihm gründet, bereitet mir Übelkeit. In meinem Inneren beginnt es zu brodeln, und plötzlich wird mir übel, während mich das verzweifelte Bedürfnis packt, von hier zu verschwinden.

Ich werfe noch einen Blick auf Rosalie, bevor ich mich zum Gehen wende. Sie sieht irgendwie kleiner aus, wie eine gerissene Porzellanpuppe, die jeden Moment zerbrechen könnte. Wie konnte ich zulassen, dass sie diese Macht über mich hat? Warum?

Mein Körper beginnt zu zittern, als mir die wahre Natur meiner Gefühle kristallklar wird. Ich bin nicht einmal wegen ihr oder Parker hier. Im großen Schema meines emotionalen Zustands sind sie mikroskopisch kleine Flöhe der Verärgerung. Nichts weiter.

Ich habe mich wieder einmal zum Narren gemacht. Ich dachte, dieser Racheplan heute Abend würde mir helfen, weiterzuziehen und mich stark zu fühlen.

Aber ich habe mich geirrt.

Denn es war nicht das Video oder dieses blöde rote Kleid, das mich stark gemacht hat.

Es war Roan.

Seine Berührung, seine Anwesenheit, sein Glaube an mich war die einzige Rache, die ich je brauchte. Ich brauche ihn.

Ich hebe meinen tränengefüllten Blick, als ich mich auf den Weg zum Ausgang mache und an einem attraktiven Mann im Anzug vorbeischaue, der an der Türschwelle steht. Die vertraute Gestalt wird mir bewusst und ich spüre, wie mein Herz stehenbleibt.

In diesem Moment erstarrt die ganze Welt.

Roan.

Roan DeWalt.

Ist hier.

Auf der Hochzeit meiner Stiefschwester.

Mein Brustkorb hebt sich angestrengt, als ich merke, dass ich die Luft angehalten habe. Sobald mein Verstand den Sauerstoff wiedergefunden hat, den er für seine Funktionsfähigkeit braucht, vergewissere ich mich, dass es sich bei dem Mann hier wirklich um den handelt, den ich liebe.

Roan hält in der Tür inne – groß, dunkel und gutaussehend wie immer. Seine Haut leuchtet wie frisches Karamell, und in seinen Augen liegt eine Hoffnung, die ich schon lange verloren glaubte. Er trägt einen dunkelgrauen Anzug, der mich an den erinnert, welchen er am Abend unseres ersten Treffens trug.

Als meine Augen aufhören, die Dicke seiner Muskeln zu betrachten, richten sie sich wieder auf seine blassbraunen Augen. Die gerade auf mich fixiert sind.

Ich halte den Atem an. Roan hebt die Augenbrauen, als er mich langsam von Kopf bis Fuß betrachtet, als sei ich ein Wandgemälde, das er schätzen muss. Seine Lippen öffnen sich in stiller Ehrfurcht, und sein erhitzter Gesichtsausdruck verrät mir, dass ihm gefällt, was er sieht.

Sobald er sich sattgesehen hat, sieht er mir in die Augen und legt eine Hand auf seine Brust, als hätte ich ihm gerade ebenfalls den Atem geraubt. Ich hoffe, das habe ich. Ich hoffe, dass seine Anwesenheit das bedeutet, was ich mir wünsche, denn falls nötig werde ich auf die Knie gehen und betteln.

Er geht zielstrebig auf mich zu und ich bemerke kurz, dass alle Augen auf ihn gerichtet sind. Wie könnten sie das auch nicht sein? Er ist die Art von Mann, in die sich Frauen verlieben, ohne es überhaupt zu versuchen. Ich glaube, ich habe mich sogar schon am Abend unseres Kennenlernens in ihn verliebt.

Ich widerstehe dem Drang, zu ihm hinüberzuhüpfen, jeder Muskel in meinem Körper ist angespannt und bereit, seine Nähe zu spüren. Als er mich erreicht, sind die drei Worte, die aus seinem Mund kommen, nicht das, was ich erwartet habe.

„Tanz mit mir."

Er hält mir eine Hand hin, während er die andere auf seinen Rücken legt und sich verbeugt, als wäre er eine Art Prinz, der eine Prinzessin bittet, seine Königin zu werden. Ohne eine Antwort zu geben, strecke ich meine zitternde Hand nach seiner aus und lasse mich von ihm auf die Tanzfläche führen.

Er schließt mich in seine Arme – seine festen, fähigen, perfekten Arme – und mir wird klar, dass wir nicht nur tanzen. Wir tanzen Wiener Walzer.

Die wenigen Paare, die langsam um uns herum tanzen, starren mit offenem Mund auf unsere Bewegungen, die aussehen, als würden wir schon unser ganzes Leben lang zusammen tanzen. Sie hören auf, sich von einer Seite zur anderen zu wiegen und treten zurück, um die Pracht von Roan zu bewundern, der mich in meinem umwerfenden roten Kleid über die ganze Tanzfläche wirbelt.

Ich nehme den Takt mit ihm auf und es fühlt sich mühelos und leicht an. Jedes Mal, wenn ich stolpere, verwandelt er es in eine Drehung, was meine Fehler wie schwungvolle Bewegungen aussehen lässt. Irgendwann hebt er mich über seinen Kopf, und in dem Moment wird mir klar, dass die Tanzfläche völlig leer ist und der ganze Ballsaal uns zusieht. Alle stehen am Rand und genießen das Spektakel, das er veranstaltet. Das ich seinetwegen veranstalte.

Er verlangsamt den Walzer und sieht mir tief in die Augen. „Hi, Mooi."

Ich schnaube überrascht, mein Herz klopft ungläubig in meiner Brust. „Wie bist du hier?"

Er grinst, und seine Augen funkeln, als er antwortet: „Es gibt ein sehr modernes fliegendes Fortbewegungsmittel, das Flugzeug."

Ich verdrehe die Augen und stoße ihn gegen die Schulter. „Ich weiß, wie du hier bist, aber wie bist du hier, hier?"

„Dein Vater hat mir gesagt, wo ich dich finden kann. Ich musste mir einen Anzug für den Anlass kaufen."

Meine Augen drohen, Tränen zu vergießen. „Wie kann es sein, dass du mich nicht abgrundtief hasst?"

Er schluckt langsam und seine Augen werden immer ernster, während sie über mein Gesicht tanzen. „Dich zu hassen wäre einfach, aber ich habe noch nie den einfachen Weg gewählt."

Seine Antwort bringt mich zum Lächeln. Nach allem, was ich über diesen Mann erfahren habe, weiß ich, dass sie stimmt. „Also, was bedeutet das?"

„Was willst du, dass es bedeutet?", fragt er, womit er den Druck wieder auf mir ablädt.

Ich schüttle den Kopf und drücke meine Stirn an seine Schulter, bevor ich mich zurückziehe und ihn ansehe. „Ich möchte, dass es bedeutet, dass unsere Liebe stark genug ist, um alles Geschehene zu überwinden. Diese ganze Sache … Du und ich … Das Sexvideo von uns, das da draußen ist. Das wird nie verschwinden. Ich meine, ja, sie haben es entfernt. Aber die Leute vergessen es nicht, und es könnte wieder auftauchen."

„Das ist alles sehr wahr", sagt er schlicht.

„Und ich weiß, wenn ich in Chicago und weit weg von London bleibe – weit weg von dir und der Harris-Familie –, dann werden die Leute weniger von mir sehen, und umso unwahrscheinlicher ist es, dass sie dieses dumme, schreckliche Video erwähnen. Sie könnten diese durchgeknallte Harris-Cousine vergessen."

„Du willst also vergessen werden?"

„Nein", antworte ich und meine Schultern spannen sich an. „Nicht mehr. Ich dachte, nach Hause zu kommen und Rosalie und Parker zu zeigen, dass sie mich nicht gebrochen haben, würde mir helfen, stark genug zu sein, um alles zu überwinden. Aber, meine Güte, ich fühle mich jetzt noch miserabler als bei meiner Ankunft."

„Das liegt daran, dass dieser Ort nicht dein Zuhause ist, Lis", sagt Roan mit sanfter Stimme, aber seine Augen sind erbittert, als er in die meinen blickt. „Chicago ist nicht dein Zuhause. Diese Menschen sind nicht deine Familie." Er schaut sich in der Menge der Gesichter um, die ich einmal kannte, aber jetzt kommen sie mir wie urteilende Fremde vor. „Dein Zuhause sind diejenigen, die dich nicht verstoßen, wenn du Mist baust, weil sie wissen, dass du besser bist.“

Mir stehen die Tränen in den Augen, weil ich nicht weiß, ob er von sich selbst oder von meinen Cousins spricht. „Wo ist mein Zuhause, Roan?“, frage ich, wobei meine Stimme vor Angst bricht, denn es gibt nur eine Antwort, die ich hören will.

Er sieht mich mit so viel Zärtlichkeit an, dass ich den Atem anhalten muss, als er antwortet: „Dein Zuhause ist bei dem Mann, der weiß, dass seine Frau etwas Beschissenes getan hat, aber auch weiß, dass ein Leben voller Beschissenheit mit ihr ein gut gelebtes gemeinsames Leben wäre.“

Bei seinen Worten füllen Tränen meine Augen. Worte, die ich gerne glauben möchte, aber ich habe immer noch Ängste. „Was ist mit deiner Karriere? Deinem Werbevertrag?“

Er schüttelt den Kopf, und seine Augen werden weicher, als er antwortet: „Früher habe ich mich nur für Fußball interessiert. Mein einziger Traum war es, groß rauszukommen und einen Werbevertrag zu bekommen. Aber irgendwann haben sich meine Träume geändert. Etwas hat sie verändert … Jemand hat sie verändert … Du.“

Heiße Tränen laufen mir übers Gesicht, als ich zu Roans blassbraunen Augen aufblicke, die im Licht des Ballsaals funkeln. Er schaut mit so viel Wärme, Liebe und Vergebung auf mich herab, dass ich mich völlig unwürdig fühle.

„Es tut mir so leid, Roan. Ganz ehrlich. Du hast mich auch verändert, und ich liebe dich so sehr. Ich bereue jede Sekunde dessen, was ich in jener Nacht getan habe.“

Roans Augenbrauen heben sich in gespielter Herausforderung. „Ich hoffe, nicht jede Sekunde davon.“

Ich verziehe das Gesicht und schüttle das nervöse Lachen ab, das in meiner Kehle aufsteigt. „Ich meine es ernst. Als ich dich das erste Mal traf, dachte ich, es bestünde genug Abstand zwischen uns, dass dieses schreckliche Video dich nie berühren würde. Dass du nur ein Fremder wärst, der nie betroffen wäre. Aber nachdem wir miteinander geschlafen hatten, wusste ich, dass ich das Video nie jemandem zeigen würde, weil ich dich für mich behalten wollte."

Roan reibt seine Lippen aneinander. „Ich weiß, dass das Video da draußen ist, Lis. Ich weiß, dass es scheiße ist, und ich weiß, dass es etwas ist, das wir wahrscheinlich nie ganz werden abschütteln können. Aber wir können es gemeinsam überleben, denn du gehörst zu mir. Du gehörst mir und ich gehöre dir. Ich will dein Zuhause und deine Familie sein. Verdammt, ich will dich heiraten."

Meine Augen weiten sich und mein ganzer Körper beginnt zu zittern. Meine Stimme bebt, als ich krächze: „Sag das nicht, wenn du es nicht so meinst."

Er schüttelt den Kopf, sein Gesicht ist so ernst wie ein Herzinfarkt. „Als Vaughn mir erzählte, dass du wieder hierher zurückziehst, blieb mir das Herz stehen, das schwöre ich. Ich habe nicht einmal eine Tasche gepackt, bevor ich zum Flughafen gefahren bin und den ersten Flug genommen habe. Ich habe vierundzwanzig Stunden nicht geschlafen, dein Vater musste mir eine Zahnbürste leihen, und ich habe viel mehr Geld für diesen Anzug ausgegeben, als ich hätte tun sollen, weil ich hier bin, um dir zu sagen, dass ich dich will, Mooi. Für immer. Und wenn du hier bist, um dich an deiner Stiefschwester zu rächen, werde ich sofort auf ein Knie fallen und dich bitten, mich zu heiraten. Ihr das Rampenlicht zu stehlen, wäre die ultimative Rache."

Er geht auf ein Knie, und mir fällt die Kinnlade herunter, als ich ihn wieder auf die Beine ziehe. In meinem Kopf kreisen die Emotionen, während ich den Kopf schüttle und meine Tränen wegwische. „Nicht hier."

Er sieht mich verwirrt an und blickt zu Rosalie und Parker hinüber, die uns beobachten, als stünden wir in Flammen. Ich greife nach seinem Gesicht und presse meine Lippen auf seine, genieße diesen Moment, den er mir gerade geschenkt hat. Dieser Moment … Dieser magische, unglaubliche, unvergessliche Moment. Er erwidert meinen Kuss, schiebt seine Zunge in meinen Mund und hält mein Gesicht fest, so wie er es bei unserem ersten Kuss getan hat.

Schließlich ziehe ich mich zurück und meine Stimme ist atemlos, als ich sage: „Echt oder unecht? Du hast gerade versucht, mir auf der Hochzeit meiner Stiefschwester und meines Ex-Freundes einen Antrag zu machen."

Sein Atem ist durch sein leises Lachen warm auf meinen Lippen. „Verdammt echt."

Mein Lächeln ist breit, während ich den Kopf schüttle. „Ich möchte nicht, dass die Frage, die du mir offenbar stellen willst, mit Rache behaftet ist. Diese Leute haben sich schon genug in mein Leben eingemischt. Diesen Moment bekommen sie nicht auch noch." Ich streiche mit meinen Händen über sein Gesicht und präge mir seinen liebevollen Ausdruck ein. „Ich möchte, dass es rein und perfekt ist und genau das, was wir immer hätten sein sollen."

„Rein und perfekt", antwortet er mit einem sexy Lachen. „Es ist also ausgeschlossen, dich zu fragen, ob du eine Sexvideo-Fortsetzung machen willst, wenn ich dir einen Antrag mache?"

„Ja!", rufe ich lachend aus und ziehe ihn wieder an meine Lippen. Ich küsse ihn sanft und füge hinzu: „Es ist mir egal, wann und wie, aber bitte behalte deine Frage für dich, bis wir zu Hause sind."

„Zuhause?" Er sagt es wie eine Frage. „Und wo ist das genau?"

Ich atme schwer aus. „Wo immer du bist."

EPILOG

Mehrere Monate später

„ALLIE HARRIS", SAGE ICH UND BLICKE KNIEND ZU MEINER wunderschönen Freundin auf. Ihre strahlend blauen Augen werden groß und ihre Hände umfassen erwartungsvoll ihre Wangen. „Würdest du mir die Ehre erweisen … mir einen doppelten Americano zu holen?"

Allies Körper entspannt sich augenblicklich und sie stürzt sich auf mich. Sie stößt mich von meinem Knie und auf den Boden des Cafés in der Nähe ihres neuen Arbeitsplatzes in East London. „Du bist so ein Arschloch!", ruft sie, wobei ihre Stimme den knurrigen Unterton bekommt, den ich so liebe.

Ich lache, denn das wird nie langweilig. „Glaubst du wirklich, dass ich dir in einem Café einen Antrag machen werde?"

Sie schiebt ihre Unterlippe zu einem Schmollmund vor. „Meinst du nicht, dass wir den Medien schon genug Aufregung bereitet haben? Das geht jetzt schon seit Monaten so!"

Ich stehe auf, lege meinen Arm um sie und ignoriere alle, die mit offenem Mund auf das Spektakel starren, das ich gerade veranstaltet habe. Meine Stimme ist ein Flüstern, als ich antworte: „Ich bin mir nicht sicher. Wie lang ist die Verjährungsfrist, bis die Presse vergisst, dass wir ein Sexvideo zusammen haben?"

Sie seufzt besiegt. „Wahrscheinlich nie."

Ich lache und stelle mich hinter sie, um meine Arme um ihre Taille zu legen und ihr einen Kuss auf die Schläfe zu drücken. „Komm schon, Mooi. Wir geben ihnen damit eine größere, bessere Geschichte. Du kannst genauso gut lachen. Das tun alle anderen auch."

Wir schauen beide aus unserer kleinen Blase des neckischen Glücks heraus und sehen mehrere Schaulustige, die ihre Handys auf uns richten. Eines dieser Videos wird wahrscheinlich an mehrere Unterhaltungskanäle verkauft werden, die in den letzten fünf Monaten über Allie und mich berichtet haben.

Zum Glück berichten sie nicht mehr über unser Sexvideo. Na ja, jedenfalls nicht sehr oft. In diesen Tagen stehen Allie und ich regelmäßig in den Zeitungen, weil ganz London weiß, dass ich meine Freundin mit dem quäle, was die Medien „Proposal Fake Outs" nennen. Es war eigentlich Macs Idee, was keine Überraschung ist. Eines Abends schlug er beiläufig vor, dass ich den Medien etwas anderes zu erzählen geben sollte, und ich schätze, ich habe das irgendwie übernommen.

Als Allie und ich nach der Hochzeit ihrer Stiefschwester nach London zurückkehrten, beschlossen wir beide, dass eine sofortige Verlobung keine gute Idee wäre. Das ist nicht falsch zu verstehen. Ich meinte es ernst, was ich an jenem Abend sagte. Ich will sie heiraten. Ich werde sie auch heiraten. Aber wir wussten, dass wir uns etwas Zeit nehmen müssen, um herauszufinden, wie unsere neue Normalität nach dem Sexvideo-Skandal aussehen würde.

Es hat sich herausgestellt, dass die Dinge ziemlich gut laufen.

Das Schlimmste war, dass meine Oma mehrere Wochen lang nicht mit mir gesprochen hat. Aber schließlich hat sie sich wieder eingekriegt und ist vor ein paar Monaten sogar mit meiner Mutter und meinen Schwestern nach London gereist. Der Besuch war nett und nur beim Brunch zu vierzig Prozent peinlich, als meine beiden Schwestern Allie fragten, wo sie ihre Dessous kauft.

Die Dinge mit Allies Familie haben sich auch verbessert. Die Harris-Brüder haben mir gegenüber eine komplette Kehrtwende vollzogen, vor allem, nachdem sie herausgefunden hatten, dass ich Allie beschützt habe, während sie mir ins Gesicht schlugen und ich mich weigerte, Nialls Aussage zu unterschreiben. Ich muss nicht nur an allen Sonntagsessen der Harris-Brüder teilnehmen, sondern wurde sogar eingeladen, bei einem Harris Shakedown zu helfen, der stattfand, nachdem Tanner und Belle ihre Tochter Josephine bekommen hatten. Als Belles Vater auftauchte, um die kleine Joey im Krankenhaus zu besuchen, beschlossen die Harris-Brüder, dass man ihm zeigen müsse, wer jetzt Belles wahre Familie ist. Offensichtlich bin ich jetzt auch einer von ihnen.

Schließlich nahm Allie eine Stelle als Beraterin für Marketing und Öffentlichkeitsarbeit in Sloans und Leslies Bekleidungsboutique an. Die beiden waren der Meinung, dass Allie so ziemlich alles tun kann, was sie für ihren florierenden Laden brauchen, wenn sie sich durch einen Sexvideo-Skandal durchschlagen konnte.

Und seit sie so viel in der Boutique arbeitet, ist Allie mit Freya sehr eng befreundet. Ironischerweise sind Freya und Mac jetzt beste Freunde, sodass es in diesen Tagen verdammt viel Spaß macht, mit unseren engsten Freunden Zeit zu verbringen. Allie und ich halten Ausschau nach Anzeichen für eine Romanze zwischen den beiden, aber das ungleiche Paar scheint völlig zufrieden zu sein, wenn sie zusammen auf dem Sofa Netflix schauen. Die Art und Weise, wie sie sich wie ein altes Ehepaar streiten, ist wirklich verdammt süß.

Was meine Karriere angeht, so läuft es für den Bethnal Green F. C. in der Premier League hervorragend. Unsere Saison begann etwas holprig, aber wir haben uns alle gut eingefunden, nachdem wir unsere Nervosität über das Spielen in den großen Ligen abgeschüttelt hatten. Sogar an der Sponsorenfront ist es für mich gut gelaufen. Ich habe meinen Sponsorenvertrag mit Adidas verloren, aber ich habe drei Werbespots für die Whisky-Brennerei gedreht, bei der Allie in Chicago ein Vorstellungsgespräch hatte. Es gibt also Unternehmen, die einen Skandal nicht als etwas Schlechtes ansehen. Tatsächlich war ich ihnen nach dem Sexvideo viel mehr Geld wert als vor dem Sexvideo, also hat das ganze Geschehen auch seine guten Seiten.

Und obwohl ich es hasse, dass unser Video da draußen ist, hat es Allie und mich näher gebracht, als ich es je für möglich gehalten hätte. Wir sind die einzigen beiden auf der Welt, die verstehen, wie es ist, damit zu leben. Wir können die Leute, die es gesehen oder Kopien davon haben, nicht löschen, aber es ist alles Teil unserer unkonventionellen Liebesgeschichte.

Sobald wir den Ansatz „Wenn du sie nicht schlagen kannst,

verbünde dich mit ihnen“ verfolgten, füllte sich unser Leben mit viel mehr Freude. Daher auch die „Proposal Fake Outs“. Es macht viel mehr Spaß, wenn sich die Medien danach erkundigen als nach dem Sexvideo. Und obwohl Allie so tut, als würde sie sie hassen, ist sie in den letzten Monaten mehr denn je gehüpft. Ich weiß, das bedeutet, dass sie glücklich ist.

Verdammt, ich bin auch glücklich. Ja, was sie getan hat, hat mich verletzt. Verdammt, es hat mich sehr verletzt. Aber ohne Allie zu sein, hat mich noch mehr fertig gemacht, und Vaughns Worte im Tower Park haben mich sehr berührt. *„Wenn genug Liebe da ist, ist alles verzeihlich.“* Ganz gleich, wie viel Schmerz mir ihr Verrat bereitete, ich habe nie aufgehört, Allie zu lieben. Deshalb werde ich mit diesem Video da draußen leben und sie beschützen, so lange ich lebe. Sie ist die Eine für mich, und nichts anderes ist wichtiger als sie.

„Du bist danach fertig, richtig? Wir können gehen, sobald du den Mädels ihren Kaffee gebracht hast?“, frage ich ungeduldig, denn ich habe heute viel geplant und muss pünktlich sein.

„Ja, ich habe Zeit, sobald ich diese letzte Aufgabe erledigt habe“, sagt Allie, während sie den Zettel mit den Kaffeebestellungen von Sloan, Leslie und Freya an die Barista übergibt. „Willst du mir immer noch nicht sagen, wo wir hinfahren?“

„Nein“, antworte ich mit einem Grinsen. „Ich habe dir doch gesagt, es ist eine Überraschung.“

Allie wirft mir einen skeptischen Blick zu. „Müssen wir dafür fliegen?“

Ich lache über die Andeutung. „Diesmal nicht, Mooi.“

Sie nickt anerkennend. „Wenigstens weiß ich, dass du nicht wieder einen falschen Antrag machen wirst. Mein Gott, ich dachte wirklich, es wäre der eine, als du vor deinem Spiel im Tower Park auf ein Knie gefallen bist.“

„Du und Tausende von Fans auf der Tribüne“, antworte ich lachend. „Mein Gott, das wird unmöglich zu schlagen sein.“

Sie setzt ein falsches Lächeln auf. „Zum Glück haben wir YouTube-Links, um uns für den Rest unseres Lebens daran zu erinnern. Wir Glücklichen.“

Ich zucke mit den Schultern. „Wenigstens hat dieses Video mehr Aufrufe als unser Sexvideo."

Sie rollt mit den Augen. „Ich frage mich langsam, ob das Sexvideo weniger schmerzhaft war als das hier."

Mir fällt die Kinnlade herunter, als ich so tue, als würde ich mir einen Dolch durch das Herz stoßen. „Ich dachte, du magst meine vorgetäuschten Anträge?"

Sie lacht und schüttelt den Kopf. „Ich finde sie amüsant, aber nur, wenn es eines Tages einen echten geben wird."

Oh, meine schöne Lis. Du hast ja keine Ahnung.

Wir liefern den Kaffee an die Kindred Spirits Boutique und steigen dann in mein Auto, um den langen Weg zu einem Ort zu fahren, an dem ich schon einmal mit Allie war. Sie hält meine Hand über der Konsole und hat keinerlei Ahnung, dass ich die Zeit totschlage, damit alle ihre Plätze einnehmen können.

Als ich vor dem bekannten Hotel parke, wird ihr endlich klar, wohin ich sie gebracht habe.

„Ich erinnere mich an diesen Ort!"

Ich schnappe spöttisch nach Luft. „Wirklich?"

Sie sieht mich verwirrt an. „Hier hat meine Tante Fiona geheiratet. Hier haben wir uns kennengelernt."

„Hm, das hätte ich fast vergessen", sage ich, steige aus dem Auto und versuche vergeblich, mein Lächeln zu verbergen, während ich meine Schlüssel an den Mitarbeiter des Parkservice weitergebe.

Ich gehe um sie herum und ergreife ihre Hand, als sie ihre Augen auf mich richtet. „Was machen wir hier?"

Ich rolle mit den Augen. „Mooi, ich sagte doch, es ist eine Überraschung."

Wir gehen durch die Tür und betreten die vornehme Lobby. Die Marmorböden glänzen im Tageslicht, das durch die großen Fenster hereinscheint. Ich zeige auf den Boden und dann auf den Aufzug. „Hier habe ich zum ersten Mal bemerkt, dass du eine erwachsene Frau bist, die immer noch gerne hüpft."

Sie lacht und gibt mir einen leichten Schubs. „Nur wenn ich wirklich glücklich bin."

Amüsiert ziehe ich die Brauen hoch. „Du warst in letzter Zeit oft glücklich.“

Ihr Lächeln wird sanft und warm, was mir einen Blitz der Gefühle direkt ins Herz schießt. „Das war ich in der Tat.“

Wir biegen links ab zu den Türen des Ballsaals, in dem ihre Tante ihren Empfang hatte. Wir gehen durch den verlassenen Raum und denken über die nervigen Dinge nach, die ihre Tante an jenem Abend zu uns gesagt hat, während ich sie in Richtung des zweitürigen Ausgangs ziehe, der zu den Springbrunnen draußen führt.

„Wenn du vorhast, mich wieder im Springbrunnen zu durchnässen, kannst du von Glück reden, dass es heute warm ist“, sagt Allie und drückt mir warnend die Hand. „Und ich hoffe, das bedeutet, dass du uns ein Zimmer gebucht hast.“

Ich lache und führe ihre Hand zu meinen Lippen, um einen züchtigen Kuss auf ihren Knöchel zu drücken. „Ich weiß, dass du gerne nass wirst, Mooi.“

Sie beißt sich auf die Lippe, und ich zwinkere ihr zu, bevor ich durch die Türen gehe, die in den Betonhof führen, wo die Springbrunnen zu jeder vollen Stunde in Betrieb gehen. Es dauert noch eine gute Viertelstunde, bis sie wieder angehen, und die Leute spazieren sorglos in der Gegend herum. Oben auf der Treppe bleibe ich stehen und blicke auf den Platz, an dem ich mich in sie verliebt habe.

„Du weißt, dass ich mich hier draußen in dich verliebt habe, oder?“, frage ich ernst und atme das berauschende Gefühl aus, das meine Brust zusammenzieht. Ich schlinge meine Arme um ihre Taille und ziehe sie an mich, um ihre Körperwärme an mir zu spüren.

Sie legt ihre Hände um meine Arme und sieht mich mit großen, fragenden Augen an. „Ich sage immer noch, dass es Lust war.“

Ich zucke mit den Schultern. „Es war etwas, das ich noch nie zuvor gefühlt hatte, so viel weiß ich.“

Sie nickt nachdenklich und blickt hinaus in die Weite. „Ich weiß nicht, wie du es geschafft hast, mich an jenem Abend zum Lächeln zu bringen, aber du hast es geschafft. Ich war ein Wrack, und doch hast du es irgendwie geschafft, dass alles verblasst.“

Ich küsse sie auf die Stirn und atme ihren Duft ein. „Ich werde immer für dich da sein, Mooi."

„Das weiß ich", antwortet sie mit einem traurigen Blick in den Augen. „Und ich werde dich nie wieder anlügen."

„Ich weiß, dass du das nicht tun wirst", versichere ich ihr und beuge mich zu ihr hinunter, um ihre Lippen zu küssen.

Das ist im Moment eine Sache zwischen uns. Allie kämpft immer noch damit, ihre Schuldgefühle wegen des Videos loszuwerden. Aber sie weiß nicht, dass ich ihr tausendmal verzeihen würde, weil sie mich so glücklich macht. *Sie weiß auch nicht, dass ich sie im Moment wie verrückt anlüge.*

Plötzlich schallt Frank Sinatras „Strangers in the Night" durch den leeren Innenhof. Wir gehen auseinander und schauen die Treppe hinunter, wo die Musik aus den Lautsprechern im Gebüsch rund um den glatten Beton dröhnt. Die Passanten halten inne, schauen sich nervös um und ihr Blick fällt auf ein Paar in der hintersten Ecke. Das Paar tritt aus dem Gebüsch heraus und wird sichtbar, gekleidet in farbenfrohe Tanzkostüme. Der Mann nimmt die Frau in die Arme und sie beginnen, auf der großen, ebenen Fläche Walzer zu tanzen.

„Stören wir bei etwas?", fragt Allie, verwirrt durch den Anblick der Leute, die ausweichen, um den Tänzern aus dem Weg zu gehen.

Ich zucke mit den Schultern, und wir beide wenden unsere Aufmerksamkeit wieder dem Paar zu, das sich mit geübter Leichtigkeit bewegt. Sie sind offensichtlich Profis und scheinen sich nicht an der Menschenmenge zu stören, die den Rand des Hofes säumt, um ihre Darbietung zu beobachten.

Ich runzle die Stirn, als ich spüre, wie sich Allie in meinen Armen anspannt. „Warte ... Sind das nicht die Tanzlehrer, die uns in dem Tanzstudio trainiert haben, in das Vi uns mitgenommen hat?", fragt sie und sieht mich zur Bestätigung an.

Ich hebe meine Hand, damit mir das Sonnenlicht nicht in die Augen fällt, um es mir genauer anzusehen. „Das könnte sein. Ich bin mir nicht sicher."

Sie presst ihre Lippen zu einer feinen Linie zusammen, aber unsere Aufmerksamkeit ist wieder auf den Innenhof gerichtet, als die

Musik von sanftem und verträumtem Sinatra zu kraftvollem Wohlfühl-Pop wechselt. Der Song „Perfect Strangers" von Jonas Blue erfüllt den Raum, während sich mehrere andere Paare auf den Beton gesellen und in die Arme schließen. Die restliche Menge zieht sich weiter zurück, als der Refrain einsetzt und die Tänzer im perfekten Gleichklang nebeneinander Walzer tanzen, als hätten sie diese Nummer schon tausendmal geprobt.

Wir schauen uns das Spektakel eine Minute lang an, und ich tue mein Bestes, um mein zufriedenes Lächeln zu verbergen, denn Allie denkt immer noch, dass sie Zeugin von etwas ist, das nichts mit uns zu tun hat. Dann bemerkt sie eine Bewegung auf der linken Seite und blickt hinüber, um eine weitere Gruppe hereinkommen zu sehen. Diese Gruppe schließt sich der anderen an, sodass es mindestens zwanzig Leute sind, die zu einem Lied tanzen, das davon handelt, dass völlig Fremde eine gemeinsame Nacht verbringen, die sie verändern könnte. Während ich mir erlaube, den bekannten Text zu hören, drohen meine Gefühle, das Geheimnis zu verraten.

Die Gründe, warum Allie in mein Leben getreten ist, mögen wegen ihres schlecht durchdachten Racheplans gewesen sein, aber diese Rache hat uns das perfekte Comeback beschert. Und deshalb werde ich unsere erste gemeinsame Nacht nie bereuen.

Plötzlich wechselt die Musik wieder, diesmal zu Ed Sheerans „Photograph", und Allies Griff um meinen Arm verstärkt sich zu einem fast schmerzhaften Druck, als sie eine neue Gruppe von Tänzern auftauchen sieht.

Mac und Freya tanzen einen Tango vor den Tänzern und bleiben mitten unter ihnen stehen. Mac hat eine Rose zwischen den Zähnen, als er Freya dramatisch nach hinten neigt und sie fast auf den Boden fallen lässt. Sie schlägt ihm auf die Schulter, reißt ihm die Rose aus dem Mund und wirft sie hinter sich. Allie sieht mich an und fragt leise: „Was zum Teufel?"

Ich lächle stolz und zeige auf die nächste Gruppe, die sich zu unseren Freunden gesellt.

Allie wendet ihnen ihre Aufmerksamkeit zu, und ich höre, wie sie nach Luft schnappt, als meine Mutter, meine Schwestern und meine

Oma sich an die Spitze der Tänzerinnen und Tänzer stellen, während Mac und Freya und die anderen Paare hinter ihnen sich in zwei Reihen aufstellen. Sobald sie an ihrem Platz sind, beginnen alle im Gleichklang zu tanzen.

„Roan, was ist das?", fragt Allie mit erstickter Stimme.

Ich lege meinen Arm um ihre Schultern und küsse ihren Kopf. „Schau weiter zu."

Ungläubig schüttelt sie den Kopf und hält sich den Mund zu, während alle einfache Bewegungen vorführen, die sogar meine Oma hinbekommt. Ich führe einen inneren Kampf mit mir selbst, wem ich mehr zuschauen möchte … den Tänzern oder Allie.

Allie gewinnt. Ich glaube, sie könnte für immer gewinnen.

Plötzlich geht ihr Blick nach rechts und sie stößt einen kleinen Schrei aus, als ihre eigene Familie gemeinsam einmarschiert.

Ihr Vater Charles und ihre Mutter Karen – mit der ich durch Charles' Hilfe Kontakt aufnehmen konnte – führen die Gruppe um Vaughn und den Rest seiner Harris-Truppe in den Hof. Da ist zunächst Gareth mit Milo auf dem Arm und Sloan, die Hand in Hand mit Sophia geht. Dann sind da Booker und Poppy mit ihren Zwillingen, die sie praktisch zu den anderen Tänzern ziehen. Als Nächstes kommen Vi und Hayden, der Rocky auf den Schultern hat, die der Menge zuwinkt.

Hinter Rocky steht der stolze frischgebackene Vater Tanner – in seiner ganzen bärtigen Männerdutt-Pracht – und hält sein drei Wochen altes Mädchen im Arm. Belle geht neben ihm her und schaut besorgt nach Joey, die zu schlafen scheint und den ganzen Spaß verpasst.

Das Schlusslicht bildet eine hochschwangere Indie, die mit Camden geht, der sich an ihr festhält, als könnte sie jeden Moment umkippen. Ehrlich gesagt war ich mir nicht sicher, ob sie es schaffen würden. Bei Indie könnten jeden Tag die Wehen einsetzen, aber sie hat mich praktisch gezwungen, diesen Flashmob-Antrag zu beschleunigen, weil sie ihn nicht wegen so etwas Albernem wie einer Geburt verpassen wollte.

Die Harris-Familie ist wirklich die allerbeste. Und alle sehen so glücklich aus, dass es genauso gut ihre Schwester sein könnte, die sich verlobt, nicht nur ihre Cousine.

Ich schaue zu Allie hinunter, die weint und unkontrolliert zittert, während sie den Schock in ihrem Gesicht verbirgt. Die Laute, die sie von sich gibt, klingen irgendwie beunruhigend, aber ich sage nichts, weil ich selbst gegen ein paar wirklich unmännliche Schluchzer ankämpfe. *Verdammte Scheiße, da ist etwas in meinem Auge.*

Die Harris-Crew stimmt in die Choreografie mit ein, die sie seit Wochen in dem kleinen Tanzstudio einstudiert hat. Es war ein Chaos, es zu organisieren, aber im Moment ist es ein perfektes Chaos. So ähnlich wie bei Allie und mir.

Sophia versucht, die Zwillingsjungs zu drehen, weil das ihr choreografierter Tanz war, aber die Jungs sind mehr daran interessiert, wie kleine Schrecken herumzulaufen und mit ihrer teuflischen Niedlichkeit die Show zu stehlen. Vi weint, während Hayden zu seinem eigenen Takt marschiert und Rocky auf seinen Schultern hüpfen lässt. Es ist Perfektion.

Sogar Charles tanzt. Obwohl er ziemlich schlecht tanzt. Aber er sieht trotzdem stolz und glücklich aus. Ich bin froh, dass er ein Teil davon ist. Und ich bin froh, dass er mir seinen Segen gegeben hat, seine Tochter zu bitten, mich zu heiraten, denn ohne sie kann ich in dieser Welt nicht leben.

Schließlich verklingen die Töne von Ed Sheeran, und ich ziehe Allie schnell zum großen Finale an den Fuß der Treppe. Sie lacht und weint, als sie die Kameras bemerkt, die hinter den Büschen auftauchen, zusätzlich zu all den Fremden, die die Szene mit ihren Handys filmen.

Sollen sie doch filmen. Ich gebe meine volle Zustimmung, dass diese Erinnerung aufgezeichnet wird.

Ich positioniere Allie am Rand der provisorischen Tanzfläche und stelle mich in die Mitte der Gruppe. Tanner und Gareth geben beide ihre Babys ab, und Allies Gesicht leuchtet auf, als der nächste Song beginnt.

„I'm Too Sexy" dröhnt aus den Lautsprechern, und die Harris-Brüder jubeln vor Begeisterung, als die Tänzer den Platz für sie und mich freigeben. Zwei Brüder flankieren mich auf beiden Seiten und Mac steht hinten, während wir sechs zum Beat wippen, bis der Gesang wieder einsetzt. Sobald die Strophe beginnt, legen wir mit einer Routine los, an der wir Tag und Nacht mit meiner Mutter über Skype gearbeitet haben.

Wie ich schon sagte – ein verdammtes Chaos.

Aber was soll's, jetzt tun wir es.

Allie brüllt vor Lachen, während der Rest unserer Familie einen behelfsmäßigen Laufsteg für uns sechs bildet, den wir entlangstolzieren können. Tanner legt sich vorne hin, um vorgetäuschte Fotos zu machen, für die wir alle wie Paparazzi-Huren posieren.

Als der „I'm Too Sexy"-Refrain wiederholt wird, beginnen wir fünf langsam, unsere Hemden aufzuknöpfen. Aber bevor wir zu weit kommen, laufen die Damen hinaus, um uns zu stoppen. Sie schieben die anderen Jungs in den hinteren Teil des Hofes und lassen mich allein zurück.

Dann wechselt die Musik zu „At Last" von Etta James, und ich gehe mit einem breiten Grinsen auf Allie zu und frage: „Erinnerst du dich an dieses Lied, Lis?" Ich nehme ihre Hand und ziehe sie in die Mitte des Hofes.

Ihre Augen glänzen, während sie gegen weitere Tränen ankämpft. „Das tue ich."

Ich nehme sie in die Arme und wirble sie ein wenig über die Tanzfläche. „Echt oder unecht? Ich habe dir an dem Abend im Tanzstudio gesagt, dass das unser Hochzeitslied sein könnte."

Sie nimmt einen tiefen Atemzug und stößt ihn mit einem kleinen Schluchzen wieder aus. „So echt."

Ich atme tief durch und gehe einen Schritt zurück, um auf ein Knie zu fallen. „Das heißt, das hier ist kein Fake, Allie Harris."

Ich greife in meine Tasche, um die Ringschatulle zu holen, und als hätte ich es so geplant, wird der Springbrunnen plötzlich lebendig.

Allie quiekt und tritt aus dem Strahl, der ihr ins Gesicht schießt. Ich bleibe auf meinem Knie und ducke meinen Kopf gegen den Regen aus verdammt kaltem Wasser, der auf uns niederprasselt. Das war nicht gerade Teil meines Plans. Ich hatte gehofft, die Frage vor dem

Wasserwerk zu stellen und einen magischen Moment zu erleben, in dem sie Ja sagt und wir *dann* alle im Wasser tanzen.

Aber es ist keine Überraschung, dass dieser Moment nicht perfekt ist. Allie und ich sind nicht perfekt. Wir sind einfach wir.

„Bist du sicher, dass das echt ist?", schreit Allie, die angesichts der Wassermassen, die um uns herum spritzen, das Gesicht verzieht. Sie blickt auf die riesige Menschenmenge, die sich versammelt hat. „Denn das wäre ein wirklich guter Fake, wenn du versuchen würdest, mich ordentlich zu erwischen!"

„Das ist echt, Mooi", sage ich laut über das donnernde Geräusch von Wasser, das auf Beton trifft.

Ich lecke mir die Feuchtigkeit von den Lippen und rutsche auf meinem Knie in einen Bereich, der nicht vom Wasser überflutet wird. Allie folgt mir. Ihr Blick schweift nach unten, als ich den Deckel der Schatulle öffne und einen funkelnden runden Diamanten zum Vorschein bringe, für dessen Auswahl ich viel zu viele Stunden gebraucht habe.

Ich greife nach ihrer nassen, zitternden Hand. „Allie Harris, du sagst, du bist keine Tänzerin, aber was du nicht weißt, ist, dass Tanzen nur bedeutet, im Kreis zu hüpfen. Und von dem Moment an, als du in mein Leben getreten bist, war ich nicht mehr derselbe. Und ich will auch nicht mehr derselbe sein. Ich will der sein, der ich bin, wenn ich mit dir zusammen bin. Ich würde alles für dich tun, Mooi. Und ich will alles für dich tun, für den Rest unseres Lebens. Willst du mich heiraten?"

„Ja!", ruft sie, ihre Lippen sind zu einem überglücklichen Lächeln verzogen, während ihr Wimperntusche über das Gesicht läuft. Sie weicht einem neuen Wasserstrahl aus und lacht die ganze Zeit, während sie hinzufügt: „Ja, Roan. Du bist mein Zuhause, meine Familie, mein Leben. Natürlich werde ich dich heiraten!"

Sie fällt auf mein Knie und küsst mich mit allem, was sie hat. Und ich gebe es ihr zurück, denn es gibt keine bessere Rache im Leben …

… als ein Happy End.

Ende

Lust auf weitere heiße Sport-Romance-Bücher? Du kannst alle Harris-Brüder in ihren eigenen Geschichten jetzt mit Kindle Unlimited hier lesen.
geni.us/HarrisBrosGermanSeries

Oder stürze dich in meine heiße romantische Komödie namens „Ein Mechaniker zum Verlieben – Wait With Me"

Und melde dich für meinen deutschen Newsletter an, um alle Updates darüber zu erhalten, wann Freya und Mac erscheinen!
www.subscribepage.com/amydaws_deutscher_newsletter

WEITERE BÜCHER VON
AMY DAWS

Die Harris-Brüder-Reihe:

Challenge – Ein Bad Boy zum Verlieben: Camdens Geschichte
Endurance – Ein Feind zum Verlieben: Tanners Geschichte
Keeper – Ein bester Freund zum Verlieben: Bookers Geschichte
Surrender – Ein Boss zum Verlieben und *Dominate – Ein Fußballstar zum Verlieben*: Gareths Geschichte

Payback – Ein knisternder Racheplan

Ein Mechaniker zum Verlieben - Wait With Me

Wait With Me als Verfilmung

Für weitere Informationen zu allen Büchern von Amy, schau hier auf Amys Website nach.
amydawsauthor.com/deutsch

Und wenn du einfach per E-Mail informiert werden möchtest, wenn das nächste Buch erscheint, abonniere Amys deutschen Newsletter.
www.subscribepage.com/amydaws_deutscher_newsletter

MEHR ÜBER DIE AUTORIN

Amy Daws ist eine Amazon-Bestsellerautorin der Harris-Brüder-Reihe und vor allem für ihre wortwitzigen, fußballspielenden britischen Playboys bekannt. Die Harris-Brüder und ihre London-Lovers-Reihe fachen ihre Leidenschaft für alles an, das mit London zu tun hat. Wenn Amy nicht gerade schreibt, schaut sie Gilmore Girls oder singt mit ihrer Tochter Karaoke im Wohnzimmer, während Dad hilflos lächelnd aus der Ferne zusieht.

Mehr von den deutschen Ausgaben von Amys Büchern findest du auf ihrer Website amydawsauthor.com/deutsch und generell alles von Amy unter den unten stehenden Links.

www.facebook.com/amydawsauthor
www.instagram.com/amydaws.deutsch
www.tiktok.com/@amydaws_deutsch

Abonniere auch den deutschen Newsletter, um keine Neuigkeit zu den deutschen Veröffentlichungen von Amy zu verpassen:
www.subscribepage.com/amydaws_deutscher_newsletter